# Uma proposta Irrecusável

OBRAS DA AUTORA PUBLICADAS PELA EDITORA RECORD

*Amor nas entrelinhas*
*Uma pitada de amor*
*Uma proposta irrecusável*

# KATIE FFORDE

# Uma proposta Irrecusável

Tradução de
Thaís Britto

1ª edição

EDITORA RECORD
RIO DE JANEIRO • SÃO PAULO
2020

**EDITORA-EXECUTIVA**
Renata Pettengill

**SUBGERENTE EDITORIAL**
Mariana Ferreira

**ASSISTENTE EDITORIAL**
Pedro de Lima

**AUXILIAR EDITORIAL**
Juliana Brandt

**REVISÃO**
Glória Carvalho

**DIAGRAMAÇÃO**
Beatriz Carvalho
Beatriz Araujo

**CAPA**
Letícia Quintilhano

**TÍTULO ORIGINAL**
*A Perfect Proposal*

---

CIP-BRASIL. CATALOGAÇÃO NA PUBLICAÇÃO
SINDICATO NACIONAL DOS EDITORES DE LIVROS, RJ

F463p

Fforde, Katie, 1952-
Uma proposta irrecusável / Katie Fforde; tradução de Thaís Britto. – 1ª ed. –
Rio de Janeiro: Record, 2020.
23 cm.

Tradução de: A Perfect Proposal
ISBN 978-85-01-11939-1

1. Ficção inglesa. I. Britto, Thaís. II. Título.

20-66093

CDD: 823
CDU: 82-3(410.1)

Leandra Felix da Cruz Candido – Bibliotecária – CRB-7/6135

---

Copyright © Katie Fforde, 2010

Texto revisado segundo o novo Acordo Ortográfico da Língua Portuguesa.

Todos os direitos reservados. Proibida a reprodução, no todo ou em parte, através de quaisquer meios. Os direitos morais da autora foram assegurados.

Direitos exclusivos de publicação em língua portuguesa somente para o Brasil adquiridos pela
EDITORA RECORD LTDA.
Rua Argentina, 171 – Rio de Janeiro, RJ – 20921-380 – Tel.: (21) 2585-2000, que se reserva a propriedade literária desta tradução.

Impresso no Brasil

ISBN 978-85-01-11939-1

Seja um leitor preferencial Record.
Cadastre-se no site www.record.com.br
e receba informações sobre nossos
lançamentos e nossas promoções.

Atendimento e venda direta ao leitor:
sac@record.com.br

Para a minha família, todas as gerações,
do passado e do presente. Todos ajudaram neste livro.

E para a Romantic Novelists' Association,
por continuar incrível aos 50 anos! Obrigada!

# Capítulo 1

— Então, refresque minha memória: quem é esse Tio Eric Malvado mesmo? Tenho certeza de que você já me falou dele, mas não consigo acompanhar nem a vida dos meus próprios parentes, imagine a das outras pessoas.

Sophie colocou a colher no pires e olhou, pensativa, para uma de suas duas melhores amigas, sentada à sua frente.

— Ele é alguma coisa do meu pai, Mands, mas também nunca o conheci. Ou, se conheci, era muito nova para lembrar, então é normal que você também não se lembre. Não tenho certeza se é realmente um tio ou um primo mais velho. Acho que eles tinham brigado, mas parece que está tudo bem agora.

Elas estavam em sua cafeteria favorita, em sua mesa favorita ao lado da janela, de onde podiam ver as pessoas passando e de quebra comentar sobre as roupas delas. Sophie, pela força do hábito, limpou um pouco de café derramado com um guardanapo.

— E por que mesmo você tem que tomar conta dele? Você só tem 22 anos. Não é nenhuma velha solteirona, dessas que são despachadas para cuidar de parentes idosos e solitários.

A reprovação de Amanda ficava ainda mais evidente pela maneira como ela mexia seu cappuccino, com movimentos bruscos.

Sophie apertou os olhos fingindo dar uma bronca na amiga:

— Você lê muitos romances históricos, Mandy. Mas admito que a situação dá mesmo a impressão de que a filha desgarrada está sendo mandada para a casa do tio rico na esperança de que ele deixe todo o seu dinheiro para ela — disse, e franziu as sobrancelhas. — Mas não é isso. De jeito nenhum.

Amanda levantou as sobrancelhas, cética.

— Não é! — protestou Sophie.

— Então sua família não está fazendo você de empregada de novo enquanto a acompanhante desse parente aleatório está de férias?

Sophie encolheu os ombros.

— Ela não é uma acompanhante! É uma governanta, ou cuidadora, ou algo assim... Acompanhante soa muito estranho.

Amanda encarou Sophie.

— Por que você? Por que não outra pessoa da família? Por que não sua mãe, por exemplo?

— Ah, Amanda, você sabe por quê. Ninguém mais toparia ir. E, de qualquer forma, estou desempregada no momento. — Sophie sabia que a amiga estava mais indignada do que ela própria com a ideia de cuidar de um parente idoso. Talvez ela tivesse realmente cedido à pressão da família. — Eu vou cobrar por isso — argumentou Sophie.

— E você acha que ele vai pagar? Com certeza, se quisesse, ele poderia procurar uma agência e contratar uma pessoa para cuidar dele. Não estaria insistindo em chamar alguém da família. Ele deve ser um mão de vaca. Por isso o chamam de "malvado".

Sophie ponderou.

— Bem, como eu disse, não o conheço pessoalmente, mas minha família toda de fato diz que ele é um pão-duro. Parece que tentaram pedir dinheiro emprestado a ele numa crise financeira e ele colocou todos para fora de casa berrando trechos de Shakespeare sobre devedores e credores dizendo que não era um deles. — Ela riu, imaginando os pais irritados com o desfecho da situação. — Mas isso foi há muitos anos.

— Bem, ele deve ser mão de vaca mesmo para pedir a você que tome conta dele, se pode pagar por um profissional.

Sophie mordeu o lábio. Ela não queria contar para Amanda que foi a mãe dela quem ofereceu seus serviços, provavelmente para abrandar tio Eric, agora que ele estava bem mais perto da morte. Mesmo que ele não quisesse emprestar dinheiro, talvez acabasse deixando uma herança para eles, já que não tinha outros parentes. E a família de Sophie estava sempre na pindaíba.

Mas Amanda conhecia Sophie desde a época da escola e sabia muito bem como a família tratava a filha mais nova.

— Nem precisa me dizer. Foi sua mãe quem falou para ele que você faria isso.

— Tá bem, tá bem, então não digo! — Sophie piscou para a amiga por cima da xícara de café. — Está tudo bem. Eu sei que você acha que a minha família toda me trata mal, mas eu dou conta de muito mais do que eles imaginam. Ser considerada burra pelas pessoas, mesmo que seja pela sua própria família, te dá um pouco de poder, sabe? — Ela sentia que precisava explicar por que não estava indignada. — Sei que sempre pareço estar engolindo sapos, mas nunca faço nada que realmente não queira.

Amanda suspirou.

— Bem, se é o que você diz... Mas eu nunca entendi por que sua família acha você burra.

Sophie deu de ombros.

— Acho que é porque não sou uma acadêmica como eles, e também por ser a mais nova. Acho que acabaram se acostumando a me ver dessa forma. E também por acharem que meus talentos não são muito úteis. Embora sempre se beneficiem deles. — Ela suspirou. — Bem, na minha família, se você não tem um título antes do nome, você não é ninguém.

Amanda bufou.

— Bem, eu adoraria saber o que Milly tem a dizer sobre isso.

Milly, a terceira parte do trio conhecido na escola como "Milly-Molly-Mandy" — injustamente, na opinião de Sophie, que odiava ser chamada de Molly —, morava em Nova York. Alguns anos mais velha que as outras duas, Milly era a líder do grupo, e sempre falava o que pensava. Era ainda mais direta que Amanda.

— Eu não quis perturbar a Mills com isso, embora tenha mesmo que ligar para ela. Só que agora preciso correr. Tenho que achar copos de plástico minimamente decentes para as crianças. As pessoas vão chegar por volta de uma hora da tarde — disse Sophie, fazendo uma cara estranha. — Minha mãe está insistindo em montar um cômodo especial para as crianças no segundo andar, no antigo quarto de brinquedos. Ela diz que é porque acha que será mais divertido para elas, mas a verdade é que não quer crianças atrapalhando a festa dela.

— Viu só? Lá vai você de novo, fazendo um monte de coisas para ajudar sua mãe a dar uma festa, e eles continuam tratando você como uma cidadã de segunda classe.

Sophie deu uma risada:

— Isso não tem nada a ver com classe, querida, tem a ver com cérebro! Eu até tenho classe, mas os resultados das minhas provas dizem que não tenho lá muito cérebro.

— Você parece a sua mãe falando.

— É mesmo? Isso não é bom.

— É inevitável. E acho que a sua mãe tem razão sobre o cômodo para as crianças. Festas de adultos podem ser insuportáveis quando você é mais novo. E seu pai tem uma tendência a perguntar às crianças coisas do tipo "você está aprendendo latim?".

Sophie ergueu as sobrancelhas.

— Mas essas festas também são bem chatas quando você é adulto. É por isso que esse ano você não vai. No ano passado você foi, não é? E meu pai não te pergunta mais nada sobre latim. Ele sabe que você estudou comigo na escola e que nós não aprendemos latim.

Amanda agora estava, obviamente, sentindo-se culpada.

— Você quer mesmo que eu vá? Eu vou. A gente costumava se divertir no festão anual dos seus pais.

— Sim, quando nós três pintávamos o rosto umas das outras e íamos brincar no jardim com a mangueira.

As duas suspiraram com o momento nostálgico, e Sophie continuou:

— Tudo bem. Encaro essa sozinha. Afinal, estou acostumada com minha família horrenda. Posso lidar com eles.

Sophie franziu a testa de leve. Ela não havia sido totalmente sincera com Amanda. Embora tenha sempre aceitado seu lugar na hierarquia da família, aquilo havia se tornado mais irritante nos últimos tempos. Principalmente naquele período difícil em termos financeiros. Sua habilidade em transformar o que era velho e usado em algo chique estava sendo bastante útil, e até que seria bom ganhar um tapinha nas costas de vez em quando.

Escondida numa ruazinha na parte mais antiga da cidade, havia uma loja que vendia lembrancinhas para festas. Como tudo estava em liquidação, Sophie acabou comprando mais coisas: velas que soltavam faíscas, tinta para pintar o rosto e perucas metalizadas. Depois, subiu a colina que dava na enorme e antiga casa vitoriana onde morava.

Ela achava que, se o fato de estarem sem dinheiro fosse realmente um problema para os pais, eles teriam se mudado para um lugar menor, ou transformado parte da casa num sobrado e o alugado. Bastava fazer um banheiro e uma pequena cozinha no sótão, e eles poderiam ter uma fonte de renda fixa há anos. Do jeito que a casa estava, os familiares que ainda moravam lá — Sophie, Michael, seu irmão mais velho, e os pais — viviam brigando pelo único banheiro e fazendo bagunça nos quartos desocupados.

A mãe de Sophie, que desistira da carreira de professora para virar artista, havia usado boa parte do espaço para montar um estúdio e guardar suas pinturas. Seu pai, um acadêmico, era um comprador de livros compulsivo. Ele precisava de um escritório e de uma biblioteca. Michael, que também era acadêmico, precisava das mesmas coisas que o pai. Uma vez, Sophie chegou a sugerir que os dois dividissem uma biblioteca para que ela tivesse um espaço onde pudesse fazer suas costuras. Nada feito: arte era arte, e costurar era considerado no máximo um trabalho de "restauração", ou algo totalmente frívolo. Sua irmã Joanna havia saído de casa quando Sophie tinha 15 anos, e ela acabou ocupando o quarto vazio com sua máquina de costura e toda a parafernália de que precisava para suas criações.

Agora, os quartos do primeiro andar haviam sido desocupados para a festa de seus pais, algo que exigiu bastante do talento de Sophie. A casa tinha graça e charme, mas os carpetes estavam surrados. Havia manchas de mofo neles, que foram escondidas com gigantescos arranjos de flores. Sophie também teve de forrar as mesas com toalhas para disfarçar os círculos deixados pelos acadêmicos desleixados, que costumavam colocar suas canecas quentes em qualquer lugar.

A cozinha havia sido ocupada pelo pessoal do bufê, Linda e Bob, para quem Sophie trabalhava com frequência como garçonete. O espaço era enorme, equipado com aquele tipo de móvel vintage que está na moda hoje em dia — mas só porque eles deixaram passar a época em que as cozinhas planejadas eram uma febre. Sophie às vezes pensava em vender todas aquelas "relíquias" da cozinha, substituí-las por itens mais novos e ganhar algum dinheiro. Mas coisas novas não combinariam com aquele lar levemente decadente.

Ela largou a bolsa em cima do balcão.

— Ok! Limão-siciliano, limão, batatas fritas e comidinhas variadas para as crianças. Faltou alguma coisa?

— Acho que não — disse Linda, pegando os limões. — As saladas estão montadas, já preparei o salmão e as carnes frias. O que é quente está no forno, então acho que está tudo certo, na verdade.

— Então, o que você quer que eu faça?

Sophie era muito boa em decifrar linguagem corporal. Sabia que sua amiga precisava de alguma coisa, talvez de muita coisa. E estava acostumada a auxiliar nas festas da família. Sempre ajudava em tudo, na verdade. A jovem ficava muito feliz em ser útil, diferentemente dos homens da família, que sempre pareciam ofendidos quando alguém lhes pedia que fizessem algo minimamente doméstico. Sua mãe, obviamente, não achava que precisasse oferecer ajuda: ela estava, no momento, imersa na banheira, exausta depois de remodelar o jardim. (Sua sensibilidade artística não estava batendo com uma combinação de cores específica.)

— Você pode levar as taças para a sala de jantar? E talvez dar uma limpada nelas? Seu irmão as pegou na loja de vinhos, mas dei uma olhada e não me parecem limpas.

— Está bem.

Sophie pegou um pano de prato, colocou-o no ombro e levou as caixas com as taças para a sala de jantar. Lá, havia uma sacada que dava para o jardim; o clima estava bom como fazia muito tempo não se via em outubro, e talvez fosse agradável abrir as portas e deixar o caminho livre para a varanda.

O jardim, como o restante da casa, era muito encantador, se você não se detivesse tanto nos detalhes. Havia diversos arbustos gigantescos — sem poda fazia anos — e aglomerados enormes de flores floxes rosa-choque, que floriram tarde demais, ao lado de tritônias laranja. (Foi isso que causou o ataque repentino da mãe com um garfo para jardinagem.)

Ainda meio corada e reluzente do banho, a mãe encontrou Sophie na sala de jantar mergulhando as taças numa bacia com água quente e lustrando-as.

— Ah, querida, não faça isso! Elas já estão bem limpas. Preciso que arrume umas flores para o hall. Eu não tinha notado aquela mancha assustadora logo em frente à porta. Um vaso de flores grande a esconderia. Precisamos de mais uma de suas criações malucas.

— Hmm... eu precisaria de uma mesa ou algo assim para colocar o vaso em cima. Ah, já sei. Tem uma caixa de papelão bem resistente lá em cima. Só preciso achar um pedaço de tecido. Deixe comigo, mãe.

— Obrigada, querida — agradeceu-lhe a mãe, ajeitando os cabelos e voltando para o andar de cima, onde provavelmente terminaria de se arrumar.

Sophie foi procurar a tesoura de jardinagem.

Depois de transformar a maior parte do sótão em um espaço reservado para as crianças — que poderia ser qualquer pessoa com menos de 25 anos —, Sophie foi de uma pequena crise (não há papel para secar as mãos!) a outra (não há papel higiênico!), então teve pouquíssimo tempo para se arrumar para a festa. Ela pegou uma blusa branca, porque era a que estava limpa, e uma minissaia preta, porque a mãe ia preferir isso ao jeans, e então desceu para ajudar os pais e o irmão a servir as bebidas. Não que o irmão estivesse servindo alguma coisa. No momento em que chegava alguém com quem ele queria conversar, garantia que ele e sua vítima estivessem com as taças cheias e a levava a seu escritório, onde batiam papo em paz.

Em pouco tempo, tudo já parecia encaminhado; a comida estava sendo servida, os convidados se espalhavam pelo terraço, e Sophie começou a desejar estar lá em cima, com o pessoal mais jovem. Ela já estava cansada de explicar o tempo todo que, sim, era bem mais nova que seus irmãos mais velhos e mais inteligentes, e, não, não frequentava a universidade, nem planejava entrar em uma. Sentia-se feliz fazendo o que fazia, muito obrigada. (Ela era muito educada.)

Em alguns momentos, Sophie desejava responder que o que ela queria mesmo era estudar alfaiataria, mas que a ideia havia sido descartada pelos pais, que alegaram não ser uma carreira adequada e que com o tempo ela iria amadurecer e acabar desistindo daquilo. Ela estava começando a ficar profundamente irritada, algo que Amanda e Milly teriam aprovado.

Sophie estava se perguntando se deveria roubar uma travessa inteira de musse de chocolate e levar lá para cima, quando uma conhecida de sua mãe que ela já havia visto várias vezes — pois a mulher e a mãe frequentavam a mesma aula de artes — tocou em seu ombro.

— Você pode me dar uma taça limpa? Esta aqui está imunda.

A mulher não sorriu ao fazer o pedido, nem mesmo disse "por favor" ou "obrigada". E Sophie, que limpou pessoalmente todas as taças e não conseguia imaginar em que armário aquela ali havia se escondido, sentiu-se ofendida. A mulher não percebeu, claro, porque Sophie apenas sorriu e pegou a taça suja. Então ela foi até a cozinha, lavou a taça, secou e a trouxe de volta para a mulher.

— Ah, e um vinho branco, por favor. Que não seja chardonnay — disse. — Algo decente.

Quando a mulher finalmente conseguiu o vinho que queria, e dignou-se a reconhecer o serviço dela com um aceno de cabeça, Sophie decidiu que já estava cansada de trabalhar de graça como garçonete e que precisava fugir dali.

Ela roubou a musse de chocolate e algumas colheres, certa de que havia pratos de papel no cômodo das crianças. Pretendia dividir o doce com quem estivesse lá em cima, animaria os convidados com um jogo e depois ligaria para Milly em Nova York.

— Então — continuou Sophie, com o telefone apoiado entre a orelha e o ombro, enquanto distribuía as cartas de baralho — uma velha bêbada e má achou que eu fosse uma garçonete! Na festa dos meus pais! E eu já vi essa mulher várias vezes! Foi demais para mim, então vim me refugiar aqui em cima. Está bem mais divertido.

— Isso é horrível.

Do outro lado do Atlântico, a voz de sua amiga estava meio rouca.

— Desculpe, Milly! Eu te acordei? Estava querendo te ligar fazia séculos e esqueci da diferença de fuso horário.

— Está tudo bem, já tinha acordado. Estava de preguiça na cama, mas não se preocupe. — Houve uma pequena pausa na qual Sophie quase pôde ouvir a amiga esfregando os olhos e se preparando para fofocar. — E, então, não tinha ninguém interessante na festa?

— Se você está se referindo a homens, não. É a festa anual de verão dos meus pais, só que um pouco atrasada. Você deve se lembrar... você e a Amanda vinham sempre. Só tem parentes e velhos amigos dos meus pais. Corri para o andar de cima, onde as crianças estão. Estou cansada de ser tratada como empregada. Já é ruim ser tratada assim pela minha família, mas quando os convidados também começam a fazer isso...

— Para falar a verdade, Soph, você trabalha como garçonete.

— Eu sei! E tenho orgulho de ser garçonete, mas essa mulher foi tão grossa que ela teria sido rude mesmo se eu *estivesse* trabalhando. Então fiz todo mundo juntar todas as cartas de baralho que conseguisse encontrar para jogarmos Racing Demon, e vamos nos divertir muito.

Dava para perceber que Milly não achava a ideia da amiga tão "divertida" assim. Houve um momento de silêncio, um farfalhar de lençóis, e então Milly disse:

— Olha, por que você não vem para Nova York? Sei que estou sempre pedindo isso, mas agora seria mesmo o momento perfeito. Você não está mais trabalhando como babá, não é? Está livre? O tempo está bem agradável aqui, e daqui a um mês é Dia de Ação de Graças.

— Parece maravilhoso! Mas não quero gastar dinheiro. Estou economizando para fazer um curso.

— Um curso de quê?

— Não consigo decidir. De alfaiataria ou de gestão de pequenos negócios. O que parecer mais útil quando eu tiver o dinheiro, acho.

— Seus pais não vão pagar para você estudar? — Milly não conseguia esconder sua indignação. — Você não fez faculdade, já economizou uma fortuna deles.

— Bem, é verdade, mas eles não vão pagar por nada que considerem um "hobby", como encadernação ou confecção de vitrais. E tenho certeza de que alfaiataria está nessa mesma categoria para eles. Arte é outra coisa — disse Sophie, na mesma hora, lendo os pensamentos da amiga. — E a ideia do pequeno negócio também teria o mesmo problema, provavelmente. Eles não entendem as pessoas que trabalham para si mesmas — suspirou. — Embora, para falar a verdade, eles não tenham muito dinheiro também.

— Então venha para Nova York! Você não vai gastar muito. Tem passagem em promoção. E pode ficar aqui comigo.

Sophie estava adiando o que precisava contar à amiga. Milly reagiria da mesma forma que Amanda. No entanto, era melhor ser honesta, já que sua amiga estava preocupada. E ela acabaria desabafando em algum momento, de qualquer maneira.

— É que... eu fiquei de tomar conta de um parente mais velho. Mas está tudo bem! Ele vai me pagar. — Ela cruzou os dedos quando disse isso, porque ainda não tinha certeza de que iria ganhar pela tarefa.

Como era de esperar, a (péssima) opinião de Milly sobre sua família ecoou pelo oceano Atlântico.

— Ah, Sophie! Não pode deixar sua família obrigar você a fazer algo que beneficia só a eles, e não a você. Sabe como eles são.

— Sei muito bem.

— Eles sempre tentam fazer você se adequar ao que eles querem, e nunca dão espaço para que siga seus próprios sonhos. Está na hora de tomar o controle da sua vida e seguir sua estrela!

Sophie hesitou.

— Você tirou isso de um livro de autoajuda ou de um desses programas de televisão com frases inspiradoras?

Ela quase conseguiu ver a expressão magoada de Milly.

— Tá, tudo bem, provavelmente tirei, sim. Mas só porque se trata de um clichê não quer dizer que não seja verdade.

— Eu sei. Vou tentar me impor e não ser mais um capacho.

— Você não é um capacho, Soph, mas eles são muito mandões, e você é prestativa e altruísta demais. Bem, vou procurar um trabalho que possa trazer você para cá sem um green card.

— Obrigada, Milly. Vou ignorar o fato de que você está sendo muito mandona neste momento. Como você conseguiu seu green card?

— Meu chefe resolveu tudo. Eu tenho habilidades únicas.

— Ah, uma delas é ser mandona?

— Mas só estou sendo mandona para o seu próprio bem!

— É o que todos eles dizem.

— Sophie! — chamou uma das crianças que esperavam pacientemente enquanto ela embaralhava as cartas. — Os mais novos estão ficando de saco cheio. Já vamos jogar?

— Claro — respondeu Sophie. — Mills, tenho que ir. Estou sendo requisitada. Ligo para você depois.

— E eu vou procurar um trabalho para você aqui. Nós íamos nos divertir tanto juntas! Posso te mostrar todos os lugares, as melhores lojas... Vai ser sensacional! Vou te mandar um e-mail — disse Milly, que agora parecia totalmente acordada.

— Legal! E obrigada por me ouvir. Que horas são aí?

— Quase dez da manhã. Mas hoje é domingo!

— Ah, não tenho nenhum motivo para me sentir culpada então.

Sophie encerrou a ligação com a segunda de suas melhores amigas e virou-se para os vários primos e filhos dos amigos de seus pais.

— E então, pessoal? Todos com suas cartas?

Uma das "crianças" mais velhas tinha conseguido contrabandear algumas garrafas de vinho lá para cima e agora estava enchendo a taça de Sophie. Ela podia ser a "menos inteligente" (ninguém dizia de fato que ela era burra) da família Apperly, mas com certeza era a mais bonita e, de longe, a mais gentil. Era por isso que agora estava sentada no chão, com as longas pernas cruzadas, o cabelo cor de caramelo preso num coque no alto da cabeça. Depois de ser confundida com a garçonete, ela rapidamente trocou sua minissaia preta e blusa branca por uma calça jeans e uma blusa de gola V que havia customizado com botões de madrepérola comprados por uma pechincha em um brechó.

— Vamos dar uma olhada nas regras? — sugeriu.

Como muitos deles nunca haviam jogado antes, era preciso explicar direitinho como era o jogo, levando em conta a idade e a falta de experiência de alguns participantes, e quais eram as punições, para os que já eram especialistas em Racing Demon. E então o jogo começou. Cartas voaram e houve gritos de indignação e de triunfo. Quando a primeira rodada terminou, Sophie teve de consolar o jogador mais novo.

— Desta vez você só precisa se livrar de dez cartas, e todos os outros precisam de 12 — explicou ela, abraçando o menino choroso de 6 anos. — E seu irmão precisa descartar 14, porque ele ganhou!

— Sophie — disse o irmão em questão, em tom de reclamação —, acho que você está inventando as regras no meio do jogo.

— Estou mesmo. E tenho todo o direito.

Houve alguns resmungos, mas, como Sophie era a prima favorita, e todos eles tinham uma leve queda por ela, o motim foi evitado.

— Está bem, encham seus copos. Toby, você pode colocar um pouquinho de vinho na sua limonada, mas só eu posso bebê-lo puro — declarou ela.

— Isso não é justo! — reclamou Toby, com o apoio dos demais.

— Eu sei — replicou Sophie, fingindo tristeza. — A vida é difícil, não é?

Ela podia ser bem tranquila, mas não seria responsável por deixar os primos adolescentes beberem demais e passarem mal.

Sophie continuou o jogo até que o mais novo, com uma pilha de apenas cinco cartas para se livrar, eventualmente ganhasse. Honra mantida, ela se levantou do chão, limpou a calça jeans e voltou para o primeiro andar, checando antes se não havia deixado nenhuma bebida alcoólica ao alcance dos primos.

Como já esperava, só restava a família, reunida em pequenos grupos pela casa. O pessoal do bufê estava recolhendo tudo. Sophie começou a juntar as taças, um pouco por hábito e também porque sabia que ninguém mais iria ajudar.

— Querida! — disse a mãe dela, uma artista linda e agora um pouquinho bêbada, colocando o braço em volta da filha mais nova. — Quase não vi você. Ficou tomando conta dos mais novos?

— Alguns já não são mais tão novos. Mas, sim, fiquei.

— Essa menina é um doce! — elogiou a mãe de Sophie, mexendo no cabelo da filha e soltando-o do coque. — Sempre tão boa com crianças!

— Fico feliz em ajudar — afirmou a jovem, tentando não se sentir mal com aquele meio elogio. — Acho que vou ajudar Linda e Bob na cozinha.

— Veja se ainda tem mais uma garrafa de espumante — disse uma voz bem nítida vinda do corredor. — Fiquei conversando com um amigo chato do papai e estou há um tempão sem beber nada.

Joanna, a irmã mais velha, era a favorita de Sophie. Ainda que todos a tratassem como se ela fosse uma pessoa muito simplória, Joanna pelo menos percebia que Sophie não era mais criança.

Sophie pegou uma garrafa de champanhe e algumas taças limpas e voltou para procurar a irmã. Ela a encontrou no jardim de inverno, fumando um cigarro.

— Quer que abra a garrafa para você? — perguntou Sophie.

— Eu abro garrafas de champanhe desde antes de você nascer — afirmou a irmã, apagando o cigarro.

— Desde que tinha 15 anos? Estou chocada!

Joanna não se abalou.

— Vai beber comigo?

— Vou ajudar o pessoal na limpeza. Eles estão bem cansados lá na cozinha e ainda têm um outro evento para fazer esta noite. — Sophie pensou um pouco e concluiu que já dava para fazer piada: — Você acredita que aquela ridícula que fazia aula de arte com a mamãe achou que eu era garçonete?! Pediu uma taça limpa e ainda foi bem exigente com o vinho que queria.

Joanna encolheu os ombros:

— Você sempre sendo prestativa... Vou guardar um pouco do champanhe para você. Nossos primos já estão indo embora com os filhos. Vamos poder relaxar e conversar um pouco. Não consigo acreditar que eles convenceram você a tomar conta do Tio Eric Malvado.

Como Sophie também não conseguia acreditar naquilo, voltou à cozinha. Assim que tudo estivesse limpo, poderia tomar uma taça de champanhe tranquilamente com a irmã e relaxar.

# Capítulo 2

Ah, tomar uma taça de champanhe tranquilamente não estava nos planos de ninguém. Embora todos os tios, tias e primos tivessem ido embora, os membros da família que restavam — os filhos dos anfitriões — estavam bem agressivos. Isso acontecia com frequência, e Sophie nunca conseguia entender se era por causa do álcool ou só porque eles eram naturalmente críticos e invejosos e não faziam a menor questão de esconder isso quando estavam juntos, em família.

Primeiro, o irmão mais velho de Sophie chegou como um raio ao jardim de inverno. Stephen trabalhava para uma instituição em defesa de causas ambientais e conseguia fazer parecer que salvar o planeta era algo ruim. Ele era enfadonho, afetado e tedioso. Ficou irritado porque descobriu que os filhos estavam jogando pôquer e queria alguém em quem colocar a culpa, agora que os primos já tinham ido embora. Ele acabou encontrando mais combustível para sua raiva ao sentir um leve cheiro de cigarro em meio aos jasmins azuis e às figueiras.

— Fale a verdade, Jo. Você não está deixando a Sophie fumar, né?

Sophie nem reagiu. Não adiantava tentar lembrar ao irmão que ela tinha idade suficiente para fumar se quisesse.

— É claro que não — disse Joanna, colocando os pés em cima do sofá e exalando a fumaça. — Só deixei que ela bebesse uma taça de champanhe.

— Já tem quatro anos que, segundo a lei, posso beber em bares, Stephen — replicou Sophie, que havia se aninhado numa cadeira, quase escondida atrás do jasmineiro.

Ele ignorou o comentário. Aos olhos de Stephen, Sophie era muito nova para fazer qualquer coisa que fosse remotamente divertida, mas era velha o bastante para servir de bode expiatório. Ele parou na frente dela com as mãos na cintura:

— Foi você que ensinou meus filhos a jogar cartas? Peguei os dois apostando!

— Mas com fósforos — disse Sophie. — Os coitadinhos precisavam fazer alguma coisa. É muito chato ser criança em festa de adulto, sabia? Principalmente quando os convidados são tão chatos.

— A coitada da Soph foi confundida com uma garçonete — explicou Joanna, virando o restante da garrafa na sua taça.

— Eu achei que você estaria tomando conta deles — esbravejou Stephen. A irmã mais nova era um alvo fácil, e ele estava determinado a brigar com alguém.

— Joguei Racing Demon com eles por um tempo, mas depois desci — disse Sophie. — Eles devem ter continuado o jogo quando os outros foram embora com os pais. Eles são seus filhos, sabia? A responsabilidade é sua, não minha.

A culpa o atingiu em cheio, exatamente como ela pretendia. Stephen levava suas responsabilidades a sério.

— Só não achei nada legal encontrar meus filhos apostando em jogos de azar...

— Com fósforos! — disseram juntas Joanna e Sophie.

— Onde está a Hermione? — perguntou Sophie, referindo-se à esposa dele.

— Está conversando com Myrtle e Rue sobre os perigos das apostas.

As irmãs se entreolharam.

— Tenho certeza de que vocês duas estão achando isso muito engraçado — continuou Stephen, lendo corretamente as expressões das irmãs. — Mas nós demos um duro danado para ensinar valores morais aos nossos filhos. Não quero que tudo vá por água abaixo numa tarde.

— Bem, então você deveria tomar conta deles — disse Joanna, que adorava provocar o irmão mais velho. — Ou confiar mais nos valores morais que ensinou aos dois. E no hábito de comer iogurte e granola.

— Não é porque escolhemos levar uma vida sustentável que você precisa ficar debochando.

— Ah, querido, preciso sim! — insistiu Joanna.

— Vocês querem um chá? — perguntou Sophie, tentando conseguir um descanso de cinco minutos só para ela. Sua família sempre a deixava com vontade de tomar um chá.

Champanhe deixava Joanna impertinente, mas como ela não vinha para casa com frequência — e eles compravam champanhe com menos frequência ainda —, Sophie sempre esquecia que a irmã não podia beber muito. Um chá poderia ajudá-la também. Às vezes Sophie achava que havia sido trocada na maternidade, pois era muito diferente do restante da família. Mas como ela se parecia fisicamente com a mãe, aceitou que era bem provável que tivesse herdado a personalidade e as habilidades de algum outro parente. Essas coisas normalmente pulavam uma geração.

Os cozinheiros haviam deixado a cozinha impecável, mas Sophie aproveitou o tempo que a água levou para ferver para esvaziar a máquina de lavar louças. Depois que guardou tudo, fez o chá e pegou uns biscoitos para amenizar o efeito do álcool, voltou para o jardim de inverno. Michael e os pais haviam se juntado ao grupo, e o clima já tinha evoluído de agressivo para quase trágico. Sophie imediatamente virou as costas, murmurando "mais canecas" enquanto se retirava.

Então voltou com mais canecas e mais água quente, e como todos estavam muito concentrados numa discussão para notar o bule de chá, ela começou a servir.

— Alguém quer açúcar? — indagou, subindo a voz para que a ouvissem.

Houve um silêncio.

— Imaginei que você saberia a essa altura — resmungou Stephen. — Mas a resposta é não. E não quero leite de vaca também.

— Ah, querido — disse a mãe. — Só temos leite de vaca.

— Beber leite de vaca é mais cruel do que comer carne — afirmou Hermione.

Seus dois filhos, Myrtle e Rue, estavam pendurados em sua saia feita à mão, arrasados após o sermão sobre jogos de azar. Se era porque a bronca tinha surtido efeito ou porque a mãe havia mandado que ficassem ali, Sophie não sabia dizer. De qualquer forma, a jovem ficou com pena dos sobrinhos, afinal, ter um pai mandão e uma mãe hipócrita não deve ser lá muito divertido.

— Querem biscoito? — Sophie estendeu o prato para eles.

— Não, obrigada! — respondeu Hermione pelos filhos. — Eles já comeram açúcar e gordura trans demais.

— Bem, eles têm açúcar, sim, mas fui eu mesma que fiz, com manteiga — explicou Sophie.

— Foi você que fez? — perguntou a mãe de Sophie. — Com manteiga? Que extravagante.

— Vou comer um — disse Michael, o segundo mais velho da família. — Os biscoitos que a Sophie faz são deliciosos.

A jovem sorriu.

— Você gosta mesmo — disse Joanna. — Sempre come tudo. Será que não está na hora de você se mudar?

— Não — retrucou Michael. — Eu sentiria muita falta dos quitutes da Sophie.

— Querida — começou a dizer a mãe para Joanna, que fazia a mesma pergunta toda vez que vinha para casa —, já falei mil vezes que não faz sentido seu irmão pagar aluguel quando temos tanto espaço aqui.

— Eu pago aluguel — disse Sophie, discretamente.

Ela sabia que não era justo, mas se sentia mais confortável agindo dessa forma, e não alguém que poderia estar se aproveitando dos pais não-tão-ricos. Da primeira vez que Sophie ofereceu o dinheiro, sua mãe apenas disse, de forma vaga, como de costume: "Obrigada, querida", e o colocou dentro de uma lata, na cômoda. Ela nunca cobrou, de fato, mas a jovem coloca o dinheiro na lata toda semana. Com frequência, Sophie recorre àquele dinheiro para comprar lâmpadas, papel higiênico e várias coisas para a casa.

— Mas é diferente — argumentou Michael. — Você não tem um trabalho importante como o meu.

— Mas isso é péssimo! — intercedeu Joanna para defender a irmã, embora no fundo tenha sido mais para alfinetar o irmão do que por Sophie. — Ela ganha uma mixaria comparado a você, e mesmo assim você mora aqui de graça.

— Mas ela só faz uns bicos! — declarou Michael que, assim como Joanna, parecia ignorar a presença de Sophie. — Eu tenho uma carreira!

— E ela não gasta dinheiro com nada a não ser com essas bugigangas — disse Stephen, que sempre apoiava Michael quando ele ficava contra Joanna. — Olhe para ela! Parece uma daquelas mulheres-troféu que ficam penduradas nos homens famosos, uma dessas subcelebridades.

Sophie, que customizava as próprias roupas de brechó, combinando seu talento para costura e o olho bom para os detalhes, sentiu-se chateada e satisfeita ao mesmo tempo. Ficou imaginando se em seu orçamento limitado caberia a assinatura de uma revista de celebridades para dar de presente de aniversário à sobrinha Myrtle. Ter aquele "símbolo de tudo que há de errado no século XXI" na própria casa toda semana ia enlouquecer seu irmão. Quem sabe Joanna pudesse pagar — talvez fosse uma boa ideia comentar isso com ela.

— Bem, acho que não seria o caso da Sophie, a menos que ela esteja escondendo algum namorado da gente — disse Joanna.

— Só quis dizer que ela parecia uma, não que era uma — rebateu Stephen, irritado, pegando um biscoito e esquecendo que não devia comer nada que não fosse orgânico e feito com farinha não processada.

— Isso só prova que ela não serve nem para ser uma mulher-troféu — disse Michael. — Os bolos e os biscoitos são uma delícia, mas não são úteis.

— Muito menos quando são feitos com farinha branca e açúcar refinado — completou Hermione. — Sempre usamos mel em vez desse negócio puro, branco e mortal. E, claro, farinha, arroz e massa integrais, nada muito industrializado.

— Vocês devem gastar muito dinheiro com dentista! — comentou Joanna que, assim como o restante da família, já estava cansada de ouvir Hermione descrever sua dieta perfeita.

— Por quê? É o açúcar que acaba com os dentes, sabia?

— Não quis dizer que vocês precisam tratar dos dentes — explicou Joanna. Ela odiava Hermione e não fazia nenhuma questão de esconder isso. — É que vocês devem quebrar um pedacinho ou outro dos dentes de vez em quando de tanto mastigar esses blocos de cimento que você faz, não?

Sophie percebeu que o irmão, inconscientemente, passou a língua nos dentes, o que indicava que Joanna estava certa. Mas Sophie achou melhor tentar acalmar os ânimos.

— Vocês não acham que está na hora de pararmos com essas provocações? Quase nunca estamos todos juntos, não devíamos brigar.

— Sophie, você não sabe nem mesmo a diferença entre uma provocação e uma discussão pertinente, não é? — falou Michael.

— Sei, sim — respondeu ela imediatamente. — E o que vocês estão fazendo é provocação.

— E o que você sabe da vida? — questionou Stephen, ficando ao lado do irmão, agora que as habilidades culinárias de sua mulher não estavam mais em xeque. — Você raramente diz algo pertinente.

— Isso é meio rude! — protestou Joanna, que havia encontrado uma garrafa de vinho branco pela metade atrás de uma planta e já tinha se servido da maior parte.

— Sophie sabe que eu não tive a intenção de ser rude. E todos nós sabemos que o que falei é verdade — defendeu-se Michael, soando meio hipócrita. — Sophie é uma ótima menina, uma cozinheira brilhante, mas nunca foi a mais inteligente.

— Eu sempre me perguntei por que vocês, que são tão inteligentes, nunca têm um centavo — resmungou Sophie. — Essa família é cheia de cabeçudo, mas é todo mundo falido.

— Isso não é necessariamente ruim — explicou Hermione. — No fim das contas, dinheiro não significa nada.

— A não ser que você tenha contas a pagar — rebateu Sophie, cujo temperamento conciliador estava por um fio.

— Nós controlamos bastante nossos gastos — justificou-se Hermione, de um jeito bem esnobe. — É muito fácil viver com o que se tem quando você não se rende ao materialismo da vida moderna.

— Não acho que eu tenha me rendido ao materialismo. Mas vocês, sim. E muito — rebateu Sophie.

A família toda olhou perplexa para Sophie, à exceção de Joanna, que ficou feliz e satisfeita ao ver a irmã finalmente manifestando sua opinião.

— Por que diz isso, querida? — perguntou a mãe.

— Que outro motivo vocês teriam para me mandar cuidar do Tio Eric Malvado?

Houve um suspiro de alívio coletivo.

— Você sabe por que, querida — explicou a mãe, como se falasse com uma criança. — A governanta dele está de férias. Ele precisa de alguém, e você está livre.

— Não confunda "livre" com "disponível", mãe. Eu insisto que ele me pague, mesmo que sejam só 5 libras por semana. Mas essa não é a verdadeira razão de eu precisar fazer isso, não é?

Houve um silêncio constrangedor, e todos olharam para suas canecas vazias.

— Vocês estão me mandando para lá porque querem o dinheiro dele!

Naquele momento, ficou ainda mais evidente que os familiares da jovem evitavam a troca de olhares por estarem constrangidos.

— É verdade! — insistiu Sophie. — Todos vocês querem o dinheiro dele.

— Acho que o termo técnico para isso é "redistribuição de renda" — disse Joanna, pegando um cigarro na bolsa.

— Não é por nenhuma razão egoísta, minha querida — explicou a mãe, gentil. — Precisamos de dinheiro para consertar o telhado, e tio Eric tem muito dinheiro.

— Vocês não têm como saber disso — argumentou Sophie, temendo que a mandassem verificar a conta dele.

— Na verdade nós temos — disse o pai dela, que até aquele momento havia se mantido fora da discussão, desfrutando de uma dose de uísque. — Eu vi o testamento do pai dele. O velho está nadando em dinheiro.

— E ele não tem ninguém para quem deixar isso tudo — completou Michael.

— Tirando o fato de que existe a possibilidade de ele ter gastado esse dinheiro todo, acho que vocês deviam esperar o homem morrer antes de planejar colocar as mãos nessa herança — afirmou Sophie. — Não estou disposta a envenená-lo por vocês, mas também não acho que ele vai viver muito.

— Não temos nenhuma garantia de que ele vai deixar dinheiro para a família — argumentou a mãe de Sophie. — Ele pode doar tudo para um abrigo de animais, ou algo assim.

— Sim, e isso é uma decisão dele — concordou Sophie, pensando imediatamente em apresentar outras opções para incentivar o tio a fazer caridade e deserdar sua família gananciosa.

— Esse dinheiro terá mais serventia para a gente do que para um abrigo de animais — disse Stephen.

— Ué, mas eu achei que vocês... — tentou argumentar Sophie.

— Ah, não seja ridícula! Queremos investir o dinheiro num sistema de filtro de raízes, para tratar nosso esgoto doméstico — protestou o irmão.

— Eca! — disse Joanna.

— É, Sophie, não seja boba — acrescentou a mãe, ignorando Joanna. — E acho que é muito egoísmo da sua parte não querer tentar ajudar a família.

— Ah, pelo amor de Deus! — Sophie descruzou as pernas e se levantou do chão. — Vocês são inacreditáveis! Zombam de mim porque só faço "uns bicos", reclamam que nada do que eu cozinho é "útil", embora pareçam bem satisfeitos ao encher a pança comendo tudo o que eu preparo, inclusive você, Stephen. Nenhum de vocês atravessaria a rua para ajudar o tio Eric...

— Bem, ele não é chamado de "malvado" à toa — interveio Joanna.

— E aí vocês esperam que eu não só cuide dele como também tire o dinheiro dele?

— Bem, sejamos honestos: você não tem nada melhor para fazer mesmo — rebateu Michael.

Aquilo foi um basta para Sophie. Ela ia, sim, arrumar algo melhor para fazer. Assim que fosse liberada dos cuidados com tio Eric, iria para Nova York visitar Milly. Ela sempre quis fazer isso, e agora sua família tinha praticamente feito a viagem se tornar uma necessidade.

— Bem, talvez eu tenha — disse ela e saiu da sala, pegando o celular no bolso. — Milly? Lembra que você se ofereceu para procurar um trabalho para mim aí? Você pode fazer isso? Mas, mesmo se não puder, eu vou para Nova York! Acho que, se eu não sair de perto da minha família insuportável logo, vou enlouquecer!

# Capítulo 3

O trem podia até estar indo para Worcester, mas, durante todo o trajeto até a casa de tio Eric, Sophie só pensava em ir para Nova York. Ela, Milly e Amanda costumavam assistir a *Friends* e a *Sex and the City* juntas, e sonhavam em usar aqueles sapatos, visitar aquelas lojas e frequentar aqueles bares. Elas também fantasiavam conhecer homens interessantes, mas como nenhum personagem, em nenhuma das duas séries, saiu com ninguém que fosse incrivelmente maravilhoso e não tivesse nenhum defeito grave, elas preferiram direcionar as fantasias aos aspectos mais materiais.

E desde que Milly havia ido para os Estados Unidos trabalhar (sem Sophie e Amanda! Como ousava?), as duas remanescentes viviam sonhando em um dia fazer uma viagem de amigas, para que as três pudessem viver esse sonho juntas, nem que fosse só por uns dias.

Mas a falta de dinheiro, outros compromissos e, provavelmente, o bom senso, sempre as impediram de pôr a ideia em prática. No entanto, depois de cumprir suas obrigações com tio Eric, Sophie decidiu que não deixaria a questão financeira atrapalhar. Ela era boa em lidar com orçamento limitado — sempre foi — e daria um jeito de viajar.

Seria bom para a família passar um tempo sem ela, Sophie decidiu, olhando pela janela do trem, mas sem prestar atenção na paisagem. Eles não lhe davam o devido valor. Quando ela não estivesse lá cuidando dos pequenos detalhes que mantêm uma casa funcionando — como trocar lâmpadas, fazer compras e cuidar dos reparos domésticos e das tarefas do dia a dia — é que iam perceber o quanto ela faz falta. E ela provaria para eles que era mais do que um rostinho bonito com talento para costura.

Sophie achou que seria melhor se conseguisse ir para Nova York sem torrar todas as economias. Senão, quando voltasse para casa depois das férias, teria de começar a juntar dinheiro do zero para o curso.

Aliás, Sophie não conseguia escolher um curso. O ideal seria algo que englobasse alfaiataria e modelagem, que mesclasse moda e negócios e que a permitisse começar o próprio negócio trabalhando com o que amava — transformando peças de segunda mão em produtos interessantes e únicos. Um dia Sophie faria a família admitir que ela era inteligente do jeitinho dela, e que suas habilidades práticas eram mais úteis do que todos os diplomas deles juntos.

Quando o trem parou na estação, a jovem estava muito animada — para ir a Nova York, para fazer algo de bom da vida dela e para fazer sua família pensar pelo menos uma vez. Ela colocou a mochila nas costas e, olhando o mapa que havia baixado da internet, saiu em direção à casa de tio Eric com a determinação vigorosa de ter uma vida melhor.

Para surpresa de Sophie — e de tio Eric também —, foi amor à primeira vista. Ele havia imaginado que Sophie seria igualzinha aos outros parentes: preguiçosos e interesseiros. Só havia concordado em recebê-la durante as férias da governanta porque lhe pouparia o trabalho de procurar uma pessoa mais adequada.

Já Sophie imaginou que ele seria mal-humorado, teimoso e "malvado", como sua família o descrevia. Mas logo começou a questionar o porquê de ter acreditado neles, já que estavam sempre enganados a respeito de coisas que realmente importavam. Assim que aquele senhor abriu a porta para Sophie, que estava usando uma calça skinny e tinha feito um coque que parecia um ninho no alto da cabeça, ela notou que ele talvez fosse mesmo teimoso, e que provavelmente estava meio entediado, mas que com certeza não era malvado. Sophie esperava encontrar um senhor mal-humorado, típico de um romance de Charles Dickens ou Ian Fleming, mas acabou dando de cara com um velhinho gentil usando um terno meio surrado — mas de um bom corte —, um cardigã furado e uma gravata que precisava ser alisada por um ferro. Na mesma hora, teve vontade de remendá-lo — se não literalmente, pelo menos emocionalmente. Ele precisava muito das habilidades de Sophie, e ela estava disposta a ajudá-lo.

Ele a conduziu à sala de estar e serviu uma taça cheia de xerez:

— Você vai precisar. Minha governanta vai lhe dar uma longa lista de instruções sobre como organizar a minha vida da forma que eu gosto — disse e suspirou. — Mas não estou muito certo de que ela saiba, na verdade.

Sophie tomou um gole do xerez, que lhe pareceu muito bom, e foi atrás da Sra. Brown que, como previsto, tinha uma tabela de horários e uma lista de instruções que se estendia por várias e várias páginas. Sophie examinou os papéis e olhou para a mulher:

— Não estou vendo muito exercício nessa lista. Ele pode sair de casa? Andar um pouco?

A Sra. Brown assentiu.

— Sim, mas ele prefere ler jornal e ouvir rádio. E a comida tem que ser bem simples, nada sofisticado. Comida do dia a dia mesmo, como sempre fiz para ele. Eu sei do que as pessoas idosas gostam.

Sophie não tinha a menor ideia do que as pessoas idosas gostavam, mas ela tinha certeza de que não gostaria de ter uma vida tão restrita. Talvez tio Eric estivesse precisando de algumas mudanças. Ela arriscou tomar mais um gole do xerez.

Então foi levada a um quarto com uma cama de solteiro, arrumada com lençóis, cobertores e um edredom com estampa estilo paisley. Havia ainda uma estante cheia de livros antigos, de autores de quem Sophie nunca tinha ouvido falar: Ethel M. Dell, Jeffery Farnol e Charles Morgan. Uma penteadeira prateada com espelho de mão, escova de cabelos, escova para roupas e pente estava disposta em frente a um espelho triplo, no qual havia um pequeno cone de papelão pendurado, que Sophie descobriu ser um recipiente para jogar os cabelos que ficam presos na escova. O cômodo era fofo e tinha tudo a ver com a jovem, que gostava de coisas à moda antiga. Ela tinha consciência de que, às vezes, era até meio antiquada. Ao anoitecer, Sophie se aninhou na cama — cujo colchão não era o mais confortável do mundo — e começou a ler um dos livros que havia pegado na estante. Duas linhas depois, achou que seria melhor dormir.

A Sra. Brown apareceu na manhã seguinte para se assegurar de que Sophie sabia o que estava fazendo.

A governanta obviamente se sentia culpada por tirar férias, que estavam atrasadas havia tempo:

— Trabalho com o Sr. Kirkpatrick há muito tempo, e é conveniente para mim. Mas como minha filha organizou tudo para que eu fosse visitá-la na Austrália, achei que devia aproveitar a oportunidade. Ela acha que duas semanas não são o bastante, mas para mim está bom. Não gosto de deixá-lo aqui.

— Nós ficaremos bem — disse Sophie, segura. — Aproveite a sua viagem! Prometo que vou cuidar dele e devolvê-lo a você em ótimas condições.

— O café da manhã é mingau e...

— Eu sei. Está na lista. Você me deu ótimas instruções. Pode deixar, tio Eric e eu ficaremos bem.

Mas a Sra. Brown não estava convencida disso:

— O telefone da agência está na última página. Eu achava melhor ter chamado um profissional, mas seu tio não quis pagar a agência e mais o salário. Ele gosta de economizar cada centavo.

Como sua família já havia lhe dito que ele era um velho pão-duro, Sophie não ficou surpresa.

— Vai dar tudo certo. Eu também gosto de economizar.

Dito isso, Sophie conduziu a Sra. Brown até a porta e acenou, toda animada, quando ela chegou à calçada.

Então a jovem fez uma pequena oração pedindo que nada desse errado, que seu tio idoso não caísse e quebrasse o fêmur nem nada parecido, antes de fechar a porta.

Sophie deveria preparar o mingau (feito com água, sem açúcar, apenas umas gotinhas de leite e nada de deixá-lo exagerar no sal), mas, ao comentar isso com tio Eric, que já estava lendo o jornal na sala de jantar, viu uma cara de poucos amigos em resposta.

— Quer granola então? Eu trouxe um pouco de casa.

— Meu Deus, menina, você quer me matar? Esse negócio foi inventado pelos dentistas para alavancar os negócios. Eles colocam uns grãos capazes de quebrar qualquer dente. É melhor dar isso aos pássaros!

— Tá bem. Então o que o senhor quer? Torrada? Com ovos mexidos, talvez?

Uma expressão saudosa apareceu no rosto cansado de tio Eric:

— Pode ser ovo cozido com torradinhas?

Sophie fez uma cara esquisita.

— Vou fazer o possível, mas é difícil acertar o ponto do ovo. Se a gema ficar muito dura, podemos fazer sanduíches de ovo para o almoço, então.

Sophie conseguiu preparar os ovos perfeitamente — ela fez tio Eric comer dois —, e então ovo cozido com torradinhas virou o café da manhã favorito da casa.

As atribuições de Sophie eram cozinhar quatro pequenas refeições diárias, checar se tio Eric havia tomado seus remédios e cuidar de algumas tarefas domésticas. Mas isso não tomava todo o seu dia. Quando o tempo estava bom, ela explorava os cafés e os brechós da vizinhança; quando não estava, tratava de organizar a vida de tio Eric. Embalada pela trilha sonora da Rádio 4 — a única estação de rádio que ele permitia —, ela vasculhou cada canto da casa, esvaziou, limpou e reorganizou todos os armários. No fim da primeira semana, depois de dar uma olhada em todos eles, ela tinha separado tanta quinquilharia que podia até abrir uma lojinha. Mas como tio Eric não deixou que ela alugasse um estande na feira local para vender nada, Sophie agora tinha outro foco: a escrivaninha bagunçada.

Ela já havia dado uma geral no guarda-roupa também, remendado o cardigã favorito dele (deixando claro que era uma das poucas mulheres de sua geração que sabia fazê-lo), costurado o bolso de seu robe e colocado palmilhas fofinhas em seus chinelos.

À noite, durante e depois do jantar, eles conversavam. Sophie perguntava a tio Eric sobre "os velhos tempos" até ele ficar entediado com o assunto. Então, em um determinado momento, ele perguntou à jovem sobre sua vida amorosa.

— Então, jovem Sophie, você é uma moça razoavelmente bonita. Presumo que tenha um rapaz.

Sophie demorou um instante para entender o que ele queria dizer.

— O senhor quer dizer um namorado? Não, não estou namorando no momento. Graças a Deus.

Ela se lembrou de Doug, seu ex particularmente grudento, mas logo o tirou da cabeça.

— Achei que as jovens gostassem de ter um rapaz para levá-las para dançar, fazer piqueniques, esse tipo de coisa.

— Bem, eu gostaria que um dos meus namorados tivesse feito isso, mas não foi o caso. O máximo que eu conseguia era uma cerveja num pub escuro — lamentou. — Parece que costumo atrair homens bem chatos. — Então ela parou e pensou um pouco. — Embora minhas amigas digam que é porque sou muito boba e nunca mando os caras darem o fora. Se me chamam para tomar alguma coisa eu sempre vou, querendo ou não.

— Isso é um disparate! E muito chato, realmente!

— Sim, também acho muito chato. Pretendo ficar um tempo sem namorar, de qualquer forma. Eu me divirto muito mais com as minhas amigas do que com a maioria dos caras que eu conheço.

— Com certeza você não se deparou com o tipo certo ainda.

— É, não mesmo. O senhor não é o primeiro a me dizer isso.

— E o que o seu pai e seus irmãos falam sobre isso? Estão ajudando você em relação a isso?

Só de imaginar sua família tentando encontrar um homem apropriado para ela, Sophie foi do horror à histeria e chegou a engasgar de tanto rir. Precisou tomar um longo gole de chá para se acalmar.

— Tá na cara que não, né? — disse tio Eric.

— Tio Eric! — Sophie estava chocada. — Que frase moderninha foi essa?

Tio Eric fez cara de quem estava extremamente satisfeito.

— Eu gosto de me manter atualizado.

— Não gosta nada — disse Sophie, pegando a mão dele. — O senhor gosta é de chocar as pessoas, igualzinho a mim.

— Já limpei todos os enfeites e os coloquei de volta na cornija da lareira — disse Sophie mais tarde, quando tio Eric acordou do que ele chamou de "cochilo pós-prandial". — E agora, o que eu faço?

— Minha nossa, menina, você demanda entretenimento constante. Qual é o seu problema? A Sra. Coisinha não fica o tempo todo de um lado para o outro, não.

Tio Eric tentava parecer contrariado, mas não convencia Sophie. Ele estava animadíssimo com toda aquela agitação em sua vidinha monótona. Em apenas uma semana, a presença de Sophie já tinha feito uma enorme diferença tanto na vida como na casa de tio Eric.

— A Sra. Coisinha, que se chama Sra. Brown, deve ter uma enorme tolerância ao tédio.

Ao ouvir aquilo, ele realmente pareceu chateado.

— Tem gente que acha que tomar conta de um senhor idoso é uma tarefa muito recompensadora e gratificante. Além de ser um privilégio morar na minha adorável casa. Aposto que algumas pessoas fariam isso até de graça.

— Claro que é um privilégio contar seus comprimidos e garantir que o senhor não exagere nas bebidinhas noturnas e não caia da escada. Mas isso não é o suficiente para me manter ocupada. E a sua casa é gigante, mas não é nada adorável... O senhor devia é me pagar mais por andar tanto. Como o senhor não vai fazer isso, não pode contestar minha necessidade de ter sempre algo para fazer. — Ela parou por um instante. — Posso começar a arrumar a escrivaninha se o senhor quiser.

— Só por cima do meu cadáver! Não vou deixar uma linguaruda ler todos os meus documentos importantes sem nem ao menos entender quão significantes são.

Sophie não se abalou.

— Não vou jogar nada fora. Vou organizar tudo em pilhas. E aí o senhor decide se vai arquivá-los, reciclá-los ou se vai queimar tudo. — Ela sorriu, encorajando-o. — Na verdade, isso seria uma ótima ideia. A casa ficaria quentinha até o senhor receber seu subsídio para combustível de inverno.

Pela cara, o tio-avô estava quase concordando.

— Afinal, não é possível que tenha alguma coisa recente ali. Aqueles papéis estão cobertos de poeira, e o resto do cômodo está tão limpinho. A escrivaninha está estragando tudo.

Ele pigarreou, franziu a testa e suspirou, mas acabou dizendo:

— Está bem, menina, se faz tanta questão... Mas você precisa me prometer que não vai ler nada, apenas arrumar os documentos.

Tio Eric usava um casaco todo carcomido pelas traças que Sophie lhe implorou que jogasse fora, mas ele se recusou a fazer isso. Olhando para aquela bagunça, decidiu se rebelar um pouco.

— Não posso arrumar nada se não souber do que se trata. Não seja bobo, Tio Eric Querido.

Ela usava aquele apelido para evitar chamá-lo acidentalmente de Tio Eric Malvado.

Ele suspirou, fazendo um protesto simbólico.

— Bem, vá em frente e faça o que quiser, como sempre.

— Eu abandonei o meu iPod pelo senhor, não foi? Só ouço a Rádio 4 agora.

Na verdade, ela até gostava de ouvir aquelas informações que provavelmente nunca saberia de outra forma, mas não ia dizer isso a ele. O joguinho entre eles dependia de cada um manter sua posição.

— Você está falando daquele aparelho que emite ruídos irritantes? Deveria estar agradecida.

— Não são ruídos irritantes se colocar o fone de ouvido. Aí o senhor escuta a música. Não quer comprar um para o senhor?

Tio Eric apenas desdenhou.

— Bem, vou cochilar agora e talvez terminar as palavras cruzadas depois.

— Quer que eu ligue o aquecedor para o senhor?

— Eu sou capaz de apertar um botão — rebateu ele. — Não estou senil ainda.

Sophie abriu o sorriso que ele estava querendo ver.

— Que bom. Quando terminar aqui vou ajudar o senhor com as palavras que faltam.

— Hmm — resmungou tio Eric e saiu dando uma bufada irônica.

Sophie deu um suspiro carinhoso. Ela nunca havia se interessado por palavras cruzadas até então — sua família completava tudo tão rápido que ela não tinha nem a oportunidade de tentar. Tio Eric, embora fosse bem rápido, gostava de ter alguém com quem debater. Agora que havia aprendido as regras, Sophie quase sempre entendia as pistas. Esse tempo com tio Eric estava lhe fazendo bem de diversas maneiras, e não apenas porque havia excelentes brechós por perto — seu guarda-roupa estava ficando cheio.

Ela tirou o vaso de cima da mesa redonda que ficava no meio da sala e ajeitou a toalha de chenile. Precisava de espaço para arrumar a escrivaninha. Diferentemente dos irmãos, que, ao que indicava, cobiçavam tudo que havia ali, Sophie só queria herdar aquela escrivaninha.

Como isso provavelmente não ia acontecer, a jovem pretendia pelo menos limpá-la, tirar a poeira e deixá-la lustrada. Aí ela realmente poderia admirar aquela profusão de pequenas gavetas e arquivos, os prováveis compartimentos secretos e todo o trabalho artesanal daquele móvel. Talvez a escrivaninha nunca fosse dela, mas pelo menos poderia aproveitá-la por alguns dias.

Até a hora de descer para dar os comprimidos de tio Eric, Sophie já havia feito um bom progresso, mas ainda havia um monte de papéis para arrumar. Acabou trapaceando um pouco e transferindo todos os papéis para a mesa redonda, assim poderia começar logo a limpar e lustrar. Agora era a hora de olhar todas aquelas contas antigas, extratos de banco, apólices de seguro que haviam expirado, orçamentos de consertos de carros que nem existiam mais, e toda aquela papelada inútil que as pessoas guardam. Mas a escrivaninha em si estava linda.

No dia seguinte, depois de todas as atividades com tio Eric, incluindo arrastá-lo para uma curta mas revigorante caminhada e obrigá-lo a tirar o cardigã para que ela o lavasse, Sophie voltou à arrumação da escrivaninha. Ela gostava de arrumar as coisas, de colocar ordem no caos. Enquanto trabalhava, sonhava com a viagem para Nova York, com as compras com Milly, com os passeios a galerias de arte e museus, e com a ideia de ficar bem longe da família.

Na primeira vez que viu "Nova York" escrito em alguns papéis grampeados em cima da mesa, achou que estivesse imaginando coisas, mas depois de dar uma segunda olhada, viu que era aquilo mesmo. Finalmente algo interessante, ao contrário de tudo que havia naquela escrivaninha. Já ia ler, mas de repente se deu conta de que eram documentos pessoais de tio Eric, então os levou para o andar de baixo.

— Tio Eric, o que é isso? — perguntou, entregando-lhe os papéis.

— E eu lá sei? — respondeu ele, dando uma olhada através dos óculos que estavam pendurados no pescoço. — Já está na hora do jantar? Estou com fome!

Isso era um bom sinal. Tio Eric nunca queria comer, mas Sophie percebeu que, quando fazia lanches gostosos, ele comia bem. Ela pretendia deixar algumas sugestões de receitas para a Sra. Brown.

— Vou preparar alguma coisa para o senhor comer depois que tomar seus comprimidos. Quer dar uma olhada nesses papéis enquanto eu pego os remédios? O senhor já terminou as palavras cruzadas?

— Sim, não precisei da sua ajuda hoje.

— Então precisamos de alguma outra coisa para mantê-lo ocupado. Por que não compra uma televisão? O senhor ia adorar.

— Minha querida, você sabe muito bem o que penso sobre televisão. Me dê os papéis que vou dar uma olhada neles.

Sophie deu um tapinha no ombro do tio ao sair da sala.

— Vamos à biblioteca amanhã procurar outra coisa para o senhor ler. Ou talvez pudéssemos pedir à biblioteca itinerante que passasse mais perto daqui.

Naquela noite, enquanto comiam os ovos mexidos com Marmite e torradas, tio Eric falou:

— Sabe aqueles papéis que você me deu para olhar?

— Sei — respondeu Sophie, pegando o bule para servir o chá.

Tio Eric não sabia lidar com canecas e saquinhos de chá. Gostava do chá servido no bule.

— Acho que você vai se interessar por eles.

— O que são?

— Estão relacionados com uma parte da minha herança, e da sua família também. Direitos de perfuração.

— Como assim? Quer mais uma torrada? Faço num instante.

— Bem, quero, sim. Gosto desse negócio marrom que você passa nelas.

— É Marmite, Tio Eric Querido. Isso existe há séculos. O senhor já deve ter provado.

— Devo ter esquecido. Enfim, vá fazer mais torradas que depois conto a história para você.

Quando Sophie voltou com mais um carregamento de torradas, ele começou:

— Há muito tempo, umas quatro gerações atrás, nossa família possuía os direitos de perfuração de uma pequena parte do Texas. Mas de uma parte onde não tinha petróleo, ou que era muito caro para perfurar, então os direitos não valem nada.

— Que pena — disse Sophie, passando manteiga na bordinha da torrada. — Adoraria ser dona de uma parte de um poço de petróleo. Esse dinheiro seria ótimo para mim.

— Seria ótimo para todos nós. Mas, mesmo que houvesse petróleo, os direitos foram transformados em ações, que foram deixadas para pessoas diferentes ao longo dos anos.

— E por que está escrito Nova York no documento?

— Ah, esse é o endereço da minha prima Rowena. Ela tentou juntar todo mundo que tem ações para formar um grupo e assim conseguir um porta-voz que pudesse negociar o aluguel dos direitos de perfuração.

— E ela conseguiu juntar todo mundo?

— Não faço ideia. Ela comprou as ações de algumas pessoas que acharam que aquilo não valeria nada nunca. Mas não tenho notícias dela há séculos. Imagino que esteja em um asilo ou algo assim. Escrevi para ela há alguns anos, mas não tive resposta. Talvez tenha morrido.

— O senhor não parece triste — observou Sophie, dando uma mordida na torrada.

— A maioria dos meus amigos já morreu, Sophie. Na minha idade, a gente se acostuma com isso — disse, pragmático.

— Então o senhor acha que os direitos de perfuração não valem nada?

Tio Eric ficou pensativo.

— Nunca valeram nada, mas, talvez, com equipamentos mais modernos, tenham algum valor hoje. Quem sabe?

— Então há uma chance de o senhor e outras pessoas da família estarem sentados numa mina de ouro, ou melhor dizendo, num poço de petróleo?

— É uma possibilidade, mas não quero correr atrás disso.

— Bem, o senhor se incomoda se eu der uma olhada nesses documentos? Talvez eu descubra algo interessante — disse e parou. — O senhor devia ir ver a sua escrivaninha. Está incrível! Já pode aparecer no *Caçadores de relíquias*!

Então ela lembrou que tio Eric não tinha televisão e não ia entender a referência.

— Se você não tiver nada melhor para fazer, pode olhar. Mas tenho certeza de que vai achar um tédio. Esse assunto é chatíssimo.

— Mas pode levar a algum lugar. Poços de petróleo são interessantes, não é?

— É verdade. Se quiser dar uma olhada nos papéis, não me oponho. Mas nada de levá-los para a sua família. Eles vão ficar cheios de ideias malucas que não vão dar em nada, ouça o que estou dizendo.

— Pode voltar para o seu Sudoku. Eu aviso se tiver algo mais que valha a pena olhar.

— E então, descobriu alguma coisa? — perguntou tio Eric antes de ir para a cama, enquanto os dois bebiam chocolate quente e comiam biscoitos.

Sophie achou que ele até tivesse esquecido o assunto.

— Só aquele endereço em Nova York. Mas encontrei uma carta antiga também, que certamente todos os envolvidos receberam, sugerindo que todos se unissem para formar uma associação ou algo assim, como o senhor disse.

— Hmm... Acho que não fizemos isso. Não lembro bem por quê. Isso foi há muito tempo.

Algo na voz dele animou Sophie.

— O senhor quer que eu dê uma olhada nisso?

— Bem, se você tem energia e ânimo para isso, pode valer a pena. Você não ganharia nada com isso, é claro.

— Não?

— Depende de quem herdou as ações. É possível que seu avô tenha deixado para você e seus irmãos. Se não, o beneficiário é só o seu pai. Quer mesmo que ele e a sua mãe se tornem milionários do petróleo?

Sophie riu.

— Olha, duvido muito que eles fiquem milionários, mas seria bom se ganhassem um dinheiro. Poderiam ajeitar a casa, consertar o telhado. Seria útil.

— Então vai fundo! Se você tiver algo de útil para fazer, vai parar de me perturbar. — Ele franziu a testa. — Talvez tenha mais documentos no sótão, mas como houve um vazamento horrível lá há alguns anos, deve estar tudo destruído.

— Eu poderia ir olhar...

— Não poderia, não. Não há nada para ver lá, tenho certeza. Pode se ocupar dos papéis que estão aí, são mais do que suficientes.

— Mas eu teria que ir a Nova York.

— Você me disse que queria ir mesmo, para visitar sua amiga Molly.

— Milly — corrigiu-o Sophie. — Sim, estou esperando que ela arranje um emprego para mim. Seria uma extravagância ir para lá de férias.

— Tenho certeza de que vai dar um jeito de ir. Você é uma moça engenhosa.

Ao fim de sua estada, Sophie deu um abraço apertado em tio Eric. Pela reação dele, teve a impressão de que ninguém nunca o havia abraçado daquele jeito. Ele parecia frágil em seus braços, mas a jovem sabia que era bom para ele se sentir amado.

— Tchau, sua malandra — disse ele. — Mantenha contato. E me conte se encontrar algo de útil sobre esses direitos de perfuração. Talvez eu tenha que ir para um asilo se a Sra. Brown não me aguentar mais.

— Eu venho cuidar do senhor — disse Sophie, e percebeu que realmente falava sério.

Na viagem de trem para casa, ela imaginava anunciar para a família que havia dado um jeito na situação financeira deles. Seria lindo se ela fosse a pessoa que realmente fizesse a diferença, mesmo sem ter conseguido entrar em uma universidade concorrida. Mas então se deu conta de que não poderia falar nada até concluir o projeto, ou eles pegariam em seu pé sem pena.

Alguns dias depois, ela começou a ajudar num café onde trabalhava de vez em quando desde que havia terminado a escola. Embora fosse legal encontrar os velhos amigos e descobrir que os clientes continuavam sendo os mesmos — e que até se lembravam dela —, aquilo fez Sophie se sentir claustrofóbica. A vida não podia se resumir a apenas isso!

Todo dia ela entrava em casa e ia direto para o laptop na esperança de ter recebido um e-mail de Milly. Às vezes até havia uma mensagem ou outra falando sobre um assunto qualquer, mas nada sobre o emprego. Até que um dia, enfim, ela recebeu um e-mail cujo assunto era "Possível oportunidade de trabalho".

> É só para cobrir férias, mas eles são muito legais. São super-ricos, e, segundo a Jess (que é a babá oficial deles), bem generosos. A Jess disse que eles topam pagar sua passagem, desde que você não se importe em viajar de econômica. Acho que você vai ficar bem! Só me diga o mais rápido possível se está interessada e aí eu falo com a Jess. Ela vai adorar se você vier! Vai ganhar pontos se ela mesma arranjar uma substituta enquanto estiver visitando a família.

A amiga também falou sobre referências e abordou outros detalhes.

Sophie olhou no relógio e viu que ainda dava para ligar para Milly. Mas então consultou o saldo do celular e viu que não tinha quase crédito nenhum mais. Resolveu mandar um e-mail mesmo:

Que notícia maravilhosa! Não me incomodo de viajar de classe econômica. Vou pesquisar sobre visto e essas coisas.

Quando desceu para se juntar à família no jantar, Sophie parecia bastante otimista. O irmão percebeu.

— Você parece animada, Soph. Não me diga que acabou de receber um cheque gordo do tio Eric.

— Nada disso — respondeu, tentando esconder o sorriso que chamava a atenção da família.

— Você não conseguiu descobrir para quem ele vai deixar o dinheiro, não é? — perguntou a mãe. — Se for para um abrigo de animais, acho que teremos que contestar o testamento.

— Não, não sei para quem ele vai deixar o dinheiro. Acho que ele nem tem muita grana, na verdade. Parece uma delícia, mãe — disse ela, apontando para a torta de queijo cottage em cima da mesa. Enquanto ela esteve fora, a mãe teve de cozinhar.

— Obrigada, querida.

A mãe se distraiu com o elogio de Sophie, que era exatamente o que ela queria.

— Mas parece que você viu um passarinho verde, Sophie — observou o irmão. — Algum motivo tem.

— Sophie sempre foi uma pessoa radiante, querido — afirmou a mãe deles, colocando a colher no purê de batatas.

— Mas ela normalmente não faz essa cara de arrogante — retrucou Michael.

— Que bom! — disse Sophie, ainda sem querer compartilhar as boas notícias. Ela precisava de um tempo para se acostumar com a ideia antes de contar para a família, que certamente lhe daria diversos motivos para não ir.

— Então, o que é, Sophie? — perguntou o pai. — Tem algum motivo para você estar sendo arrogante ou é só a cara mesmo?

— Você tem alguma coisa para nos contar? — perguntou a mãe, lhe entregando um prato.

Sophie percebeu que não ia ganhar nada escondendo a novidade deles por mais tempo, então resolveu falar.

— Tá bem, não é nada de mais. Acabei de receber um e-mail da Milly. Ela arranjou um emprego para mim em Nova York.

# Capítulo 4

— Nova York?! — exclamaram o pai e o irmão, praticamente em uníssono. — E o que que tem de bom lá?

— Ótimos lugares para fazer compras — replicou Sophie, dando a resposta que eles estavam esperando porque sabia que ficariam decepcionados se dissesse qualquer coisa diferente disso.

— E como você vai pagar uma viagem para Nova York? — perguntou Michael, olhando para todos os pratos para garantir que tinha comida suficiente para ele.

— Eu economizei uma grana. E vou trabalhar enquanto estiver lá.

— Você não pode trabalhar sem um green card — observou o pai, comentando o óbvio, como de costume.

— Vou trabalhar durante um mês como babá. Não vou ficar lá para sempre.

Sophie estava um pouco preocupada por não ter um green card, mas seus futuros patrões não se importavam, então ela achou que não haveria problema, não durante um período tão curto.

— Ah, como babá... — disse o pai, deixando subentendido o que ele pensava sobre essa forma de ganhar a vida.

— Sim, e não há nada do que se envergonhar. Alguém precisa cuidar das crianças.

Esse era um assunto que sempre rendia naquela casa, e Sophie esperou a resposta já ensaiada da mãe.

— Nunca contratei uma babá para cuidar de vocês. Sempre fiz tudo sozinha.

— Isso porque você não trabalhava fora de casa — rebateu Sophie, sentindo-se um tanto indelicada.

— Eu trabalhava! — respondeu a mãe, como sempre fazia, referindo-se à pintura, uma atividade que sempre serviu de desculpa quando não queira fazer alguma coisa com os filhos. Se os irmãos mais velhos não a tivessem levado à piscina, Sophie nunca teria aprendido a nadar, por exemplo.

— Bem, eu vou para Nova York — disse a jovem, sem querer trazer à tona a clássica história da vida artística da mãe, incluindo a vez em que ela quase participou de uma exposição com um artista que quase ganhou o Prêmio Turner.

— E onde você vai arranjar dinheiro para pagar a passagem? — perguntou o pai. — Não dá para ir de graça.

— Eu sei. Como eu disse, tenho minhas economias. E o tempo que passei com tio Eric também rendeu uma graninha.

— Então o Tio Eric Malvado te pagou? Como você conseguiu tirar dinheiro daquele velho miserável? — indagou Michael.

— Você sabe muito bem que fui trabalhar para ele, que ele me pagou um salário. E ele não é malvado. Na verdade, é bem amável quando você o conhece.

Sophie se lembrou com carinho dos dias que passou com o tio. Ele podia até posar de velho rabugento, mas pelo menos não a menosprezava, como o restante da família.

— Aquele homem não abre a mão nem para dar tchau — resmungou a mãe. — Quando pedi que patrocinasse uma exposição minha, ele recusou na hora.

Ele não foi o único a recusar o pedido dela, mas isso não fez com que ela fosse mais enfática em relação à sua avareza.

— Ele me pagou o mesmo que paga a Sra. Brown. E ainda foi mais barato para ele do que contratar um profissional de uma agência.

— Eu disse que ele era um pão-duro — falou a mãe, servindo-se de mais verduras depois de prender uma mecha solta de cabelo.

— Mas e então, o que você vai ficar fazendo lá em Nova York? É uma cidade bem cara para se passar férias — argumentou o irmão.

— Eu já disse que não vou para lá de férias — explicou Sophie, pacientemente. — Arranjei um trabalho.

— E como vamos nos virar aqui sem você? — reclamou o pai.

— Não sei o que se passa na cabeça desses jovens de hoje... Vocês só querem saber de andar por aí, só pensam em si mesmos.

— Coma mais um pedaço, querido — disse a mãe, colocando mais torta no prato do marido. — Eu que fiz.

O pai voltou a comer, e Sophie ficou aliviada pelo desvio no foco da conversa, assim ela não precisaria falar sobre o outro motivo que tinha para ir a Nova York. Não queria contar nada para eles por enquanto.

Depois de botar os pratos na lava-louça e arrumar a cozinha (a mãe era uma boa cozinheira, mas fazia uma bagunça enorme), ela foi para o quarto e viu que tinha mais um e-mail de Milly.

> Acabei de falar com a família fofa para quem você vai trabalhar. Eles estão animadíssimos com uma autêntica babá inglesa na ausência da deles. Mas eles querem referências. Aqui vai o e-mail deles. Estão ansiosos para receber notícias suas.

Sophie deu um soquinho no ar em comemoração e começou a escrever o primeiro e-mail, pensando em qual empregador recente lhe escreveria uma referência o mais rápido possível.

Depois de uma troca de e-mails bem-humorada com a família que queria contratá-la, ela conseguiu a vaga de babá. Seus futuros empregadores lhe disseram que reembolsariam a passagem assim que Sophie chegasse a Nova York. Tudo estava dando certo! Sophie estava tão animada que não conseguia dormir. Ficou pensando em todas as roupas que tinha, tentando montar a mala enxuta perfeita na cabeça. Estava decidida a viajar com pouca coisa e, se desse, comprar algo quando estivesse lá. Era praticamente impossível ir a Nova York e não comprar roupas. Ela havia acabado de decidir que precisava de uma calça jeans nova quando finalmente dormiu.

Durante todo o dia seguinte no trabalho, enquanto sorria, servia café, limpava mesas e preparava enormes quantidades de bolinhos, Sophie só conseguia pensar que iria mesmo para Nova York! Arranha-céus, táxis amarelos, hidrantes vermelhos, lojas maravilhosas: ela mal podia esperar para ver isso tudo. Às vezes precisava lembrar a si mesma que estava indo trabalhar, e que a família que a contratou morava num lugar mais afastado, mas ela tinha certeza de que ia conseguir tirar uns dias de folga para ficar com Milly.

Alguns dias depois, ela se encontrou com Amanda.

— Meu Deus, estou tão animada! — disse Sophie à amiga enquanto esperavam no balcão do bar. — Nem acredito que vou viajar mesmo.

Amanda pediu uma garrafa de vinho branco e uma de água com gás.

— Já está com sua passagem e tudo o que precisa para viajar?

Sophie fez que sim com a cabeça.

— Estou. Resolvi tudo pela internet, inclusive o visto. Ainda bem que eu tinha um passaporte novinho. E, claro, nenhuma condenação por terrorismo nem nada do tipo — disse, fazendo uma pausa. — O que é "torpeza moral"?

— Do que você está falando? — perguntou Amanda, sem entender nada.

— Tinha uma pergunta sobre isso no formulário do visto. Acho que respondi a coisa certa.

— Ainda bem que não acharam que você era uma mulher-bomba nem nada do tipo, senão iam proibir a sua entrada — brincou Amanda, ao pagar ao barman.

— Não, nem brinca! Não podemos fazer piada com esse assunto — disse Sophie, ansiosa. — Os agentes da imigração não costumam levar isso na esportiva e mandam as pessoas direto para a cadeia.

Amanda riu e pegou o troco. Elas então pegaram as garrafas e duas taças e foram para sua mesa favorita.

— Não ligue para mim, só estou morrendo de inveja.

— Seria muito mais divertido se você fosse comigo — argumentou Sophie, dando o primeiro gole no vinho. — Mas você teria que arranjar um emprego também.

— E eu tenho um emprego aqui — disse Amanda, dando um suspiro. — Já pensou nas roupas que vai levar?

— Só penso nisso. Mas vou trabalhar como babá, basicamente, então vou levar opções bem casuais. Acho que a família que me contratou gosta de atividades ao ar livre, então não vou precisar de vestidos.

— Precisa de uma mala emprestada?

Sophie fez que não com a cabeça.

— Obrigada, mas acho que vou levar uma mochila mesmo. Talvez eu faça umas viagens quando estiver lá, então a mochila é mais prática.

Amanda suspirou de novo.

— Não acredito que você e Milly vão estar juntas em Nova York e eu não estarei com vocês!

— Pois é. Isso é um absurdo, não é? Mas não vou ficar lá por muito tempo. É só um emprego temporário. Estarei de volta antes do Natal. E, de qualquer forma, nada faria com que você ficasse longe dos seus médicos.

Amanda havia trabalhado como estagiária em um centro cirúrgico e gostara tanto da experiência que quase precisou ser cirurgicamente retirada de lá quando o estágio acabou. Felizmente eles também a amaram e lhe propuseram um emprego assim que ela terminasse a faculdade.

— Bem, isso é verdade.

— E você tem um namorado fofo também.

— Eu sei! Já desperdicei minha juventude.

Uma vez ela disse a Sophie que achava que sua vida tinha se definido muito cedo. Mas Amanda adorava a vida que tinha, então o que podia fazer?

— Boba! Vamos combinar de ir juntas da próxima vez. Eles vão pagar minha passagem quando eu chegar, então não vou ficar desfalcada.

Ela tentou não pensar na possibilidade de que seus empregadores talvez se esquecessem de reembolsá-la. Era uma despesa muito grande para ela. Mas, quem sabe, se a história dos direitos de perfuração desse em alguma coisa... Era bem improvável, claro, mas talvez houvesse alguma chance. Não custava nada sonhar. Ela fez um dossiê com cópias de todos os documentos e pegou todas as informações possíveis com tio Eric. Se ela conseguisse resolver isso... Sophie sentia uma mistura de entusiasmo com ansiedade para tentar encontrar a prima Rowena quando estivesse nos Estados Unidos. Era uma missão difícil, mas ela estava disposta a tentar.

Sem saber o que se passava pela cabeça da amiga, Amanda continuou:

— Pelo menos ir para Nova York vai finalmente tirar o Doug do seu pé. Nunca vi uma pessoa tão grudenta. Vocês dois terminaram há meses, e ele continua correndo atrás de você, pedindo para voltar.

Sophie olhou para a amiga. A qualquer momento ia começar o sermão por ela ser muito amável. "Sophie-do-coração-mole" era o apelido dela desde que elas começaram a usar maquiagem e sair com homens de verdade.

— Mas eu não o aceitei de volta — rebateu Sophie, um tanto indignada.

— Não, mas você sai para dar umas voltas com ele, o que o encoraja a pensar que há esperança! — disse Amanda, que não aprovava o costume de Sophie em continuar amiga dos ex-namorados.

Sophie suspirou.

— É, você sabe que eu não gosto de decepcionar as pessoas.

— Tudo bem ser gentil, Soph, mas com você é sempre uma via de mão única. Você está sempre disponível para todo mundo, mas ninguém faz o mesmo por você. E você ainda paga tudo!

— Já aprendi a lição. Nunca mais vou sair com um homem desesperado, sem dinheiro e covarde. Prometo.

— Bem, pelo menos o Doug era bonito — admitiu Amanda, dando crédito a Sophie.

— E quando a gente se conheceu ele tinha um emprego! E um carro! Só depois que as coisas foram para o buraco, e aí eu não podia terminar com ele por causa disso, não é?

— Bem, podia ter terminado com ele porque descobriu que ele era um chato obcecado por si mesmo.

— Não! Não naquela época!

— E todas aquelas mensagens que ele mandou bêbado, implorando para que você o aceitasse de volta?

Sophie achou aquele episódio realmente chato, e ele ainda fazia isso de vez em quando, mas, se ela contasse para Amanda, ouviria um sermão eterno.

— Mas eu terminei com Doug, e ele não vai conseguir falar comigo em Nova York, de qualquer forma.

Amanda mudou de assunto.

— Está pensando em comprar muitas coisas?

— Acho que não vou ficar muito tempo em Manhattan, se é que vou passar por lá. A família que me contratou vai me buscar no aeroporto e nós vamos direto para a casa deles — contou, com uma pontada de ansiedade. — E se eu não me der bem com as crianças? Vou me sentir bem isolada.

— É claro que vai se dar bem com as crianças! Você é ótima com crianças. Aposto que vai estar fazendo fantasias de Ação de Graças para eles antes mesmo de desfazer as malas — disse Amanda, dando um cutucão na amiga. — Eles vão amar você.

Animada, Sophie ponderou:

— Não sei se eles se fantasiam no Dia de Ação de Graças. Acho que é só no Halloween.

— É a mesma coisa. Beba mais um pouco — disse Amanda, servindo mais vinho e água para elas antes de continuar. — Então não vai passar muito tempo com Milly?

— Só se tiver folga, ou então no fim da viagem, espero. Acho que o apartamento dela é minúsculo. Não que isso seja um problema.

— E onde essa família mora?

— Eles moram no Maine. Estou imaginando uma casa de tábuas de madeira, com aquelas caixas de cartas...

— Caixas de correio.

— ... na porta. E o entregador jogando o jornal de domingo no jardim.

— Ah, você vai se divertir muito. Algo me diz que vai ser incrível — disse Amanda.

— Espero que você tenha razão!

— Ah... — disse, fechando a cara. — Vou sentir saudades!

— O Doug também!

A mãe de Sophie se sentou na cama enquanto ela arrumava a mochila.

— Vamos sentir saudades, querida — disse, repetindo o que Amanda falara.

— Não vão, não. Vocês são muito ocupados — rebateu Sophie, pensando se deveria pedir à sua mãe que se sentasse na cadeira para que ela pudesse espalhar suas coisas pela cama para que não corresse o risco de esquecer nada. — Agora... Cadê minha lista?

— Como você consegue ser tão organizada? — observou a mãe de Sophie, como se aquilo fosse um defeito. — Na sua idade eu simplesmente enfiava tudo na bolsa e ia embora.

— Eu poderia fazer isso, mas não quero levar coisas desnecessárias nem me esquecer de pegar nada importante.

Sophie encontrou a lista, deu uma olhada nela e pegou os últimos itens que faltavam.

Mais tarde, quando sua mãe saiu para fazer um chá para as duas, Sophie tirou tudo da mochila, colocou o dossiê no fundo dela e arrumou as roupas de novo. Quando chegasse aos Estados Unidos, ela procuraria a prima Rowena na lista telefônica. Quem sabe não poderia até pedir ajuda aos novos patrões?

Da segunda vez que arrumou suas coisas, sobrou até espaço na mochila. Mas Sophie não colocou mais nada, pensando nas futuras compras, e desceu para se juntar à mãe na cozinha.

Finalmente chegou o dia de partir para sua aventura; pelo menos era assim que ela estava começando a encarar a viagem. Foi Amanda quem a levou até o aeroporto, já que sua família tinha outras coisas para fazer, como sempre. Amanda precisava voltar logo, então apenas deixou a amiga lá e foi embora, mas foi ótimo para Sophie ter conseguido uma carona. Muito melhor do que ir para o aeroporto de transporte público.

Sophie gostava de viajar de avião. Gostava daqueles pacotinhos das refeições, de observar as outras pessoas, de ter um tempo para ler e tirar um cochilo. Mas o voo foi bem longo e, quando ela finalmente chegou aos Estados Unidos e passou pela imigração — o que pareceu levar uma eternidade e que incluiu colher impressões digitais, fazer a identificação pela íris e responder a muitas perguntas —, estava destruída. Para piorar o desfecho, não havia nenhuma família feliz segurando um cartaz com o nome dela.

Ela se obrigou a ficar calma. Eles podem ter ficado presos no trânsito ou confundido o horário de chegada dela. Pode ter acontecido qualquer coisa, na verdade. Ela seria paciente e esperaria um pouco mais.

Sophie esperou por uma hora e então pegou o papel com o telefone deles na mochila. Tentou diversas combinações do número, com ou sem prefixo, até finalmente conseguir.

— Alô? Aqui é Sophie, Sophie Apperly. Já cheguei! — disse, sentindo uma onda de cansaço começando a dominá-la no pior momento possível.

Houve um silêncio terrível no outro lado. E então uma voz falou:

— Sophie, querida, você não recebeu meu e-mail? Mandei ontem — disse a mulher, com uma voz tão simpática quanto o tom de suas mensagens, mas não exatamente feliz.

A animação de Sophie, que já estava bem baixa por conta do fuso horário diferente, foi parar no fundo do poço.

— Não acessei meu e-mail ontem antes de sair.

— Ah, querida, que pena! Tivemos uma emergência familiar e vamos todos para a Califórnia. Estamos arrumando as malas agora.

— Ah...

— Minha mãe está doente, e eu não podia deixar as crianças com uma pessoa que elas não conhecem. Tenho certeza de que você entende. Mandei um e-mail para você assim que soube quão grave era a situação da minha mãe. Até tentei te ligar.

Sophie estava prestes a se desculpar por não ter recebido a mensagem ou lido o e-mail, mas então se deu conta de que aquilo não era exatamente culpa dela. Conteve um suspiro, sentia-se derrotada. Apenas uma hora atrás ela estava animadíssima por finalmente ter chegado aos Estados Unidos e por ter um trabalho para pagar sua viagem, e agora tudo tinha ido por água abaixo. O que ela ia fazer?

— Claro que vamos pagar seu voo de volta e tudo mais, já que veio para cá por nossa causa — continuou a mulher. — Estou com seus dados bancários aqui, posso transferir o dinheiro. Você tem algum lugar para ficar? Se precisar de dinheiro para um hotel...

— Sim, tenho um lugar para ficar, não preciso de dinheiro para o hotel — disse, sabendo que Milly certamente ia ajudá-la. — Vou ficar bem, não se preocupe. Até logo — falou, mas o que ela realmente queria dizer era: "Pode transferir o dinheiro agora?"

Ela tinha duas opções: ter um ataque de pânico e depois ligar para Milly pedindo ajuda ou podia simplesmente ligar para Milly pedindo ajuda. Embora fosse bastante assustador estar sozinha num aeroporto gigante em um país estranho, pelo menos o idioma era o mesmo — bem, mais ou menos —, e entrar em pânico não ajudaria em nada. Ela ligou para o celular de Milly.

Milly soltou uma série de xingamentos bem ingleses ao ouvir as novidades de Sophie, mas não fugiu do assunto:

— Pegue um táxi para a minha casa. Não pague mais de 40 dólares — disse e fez uma pausa. — Você tem 40 dólares?

— Tenho.

— Está bem, mas você ainda vai precisar dar uma gorjeta. Vai demorar cerca de uma hora. Vou estar lá te esperando, mas depois preciso voltar para cá. Estou no trabalho.

— Mas são quase dez da noite! E hoje é sábado! — disse Sophie, sentindo uma nova onda de pânico chegando.

— Eu sei, mas amanhã é a abertura de uma exposição, e tenho muita coisa para fazer. Acho que eu te contei.

Sophie se lembrou. Milly tinha o emprego dos sonhos: trabalhava para um artista famoso tanto pela fortuna que suas obras custavam como pelos salários generosos que pagava aos seus funcionários. E pelas festas luxuosas que oferecia. Mas os funcionários trabalhavam muito para isso.

— Ah, sim. Você me contou.

Só quando estava no táxi foi que Sophie percebeu que nem por um minuto pensou em voltar para casa. Como ela encararia a família? E estava tão perto de Milly, como ir embora sem vê-la? E como poderia desperdiçar uma passagem aérea para Nova York? Além do mais, ela tinha uma missão, e agora teria mais tempo para se dedicar a ela.

Então começou a se animar, convencida de que estava fazendo a coisa certa. Estava em Nova York, prestes a encontrar sua amiga. Só de estar naquela cidade já se sentia praticamente a Sarah Jessica Parker!

Olhou pela janela, doida para ver os pontos turísticos famosos, mas logo se deu conta de que o aeroporto era bem longe da cidade, então se acomodou no assento e fechou os olhos. Queria abri-los de novo e já estar em Manhattan.

O barulho de uma buzina a despertou do cochilo. Sophie se ajeitou no banco do táxi e olhou pela janela, impressionada com quão familiar, e ao mesmo tempo diferente, tudo parecia. As luzes e os letreiros brilhavam, cheios de vida. Cada música ou diálogo que ela tinha ouvido sobre Nova York voltou à sua mente, principalmente na voz de Frank Sinatra: "The city that never sleeps"; "So good they named it twice"; "I like to be in America".

Ela adorou a *americanidade* de tudo: as luzes dos semáforos incidindo sobre as ruas divididas em várias pistas, os táxis amarelos, todo aquele agito. Quando criança, ela vivia assistindo aos DVDs e às fitas VHS da irmã mais velha, e de vez em quando sentia que tinha vivido por meio daqueles filmes. Agora que ela estava finalmente ali, era como se estivesse em um filme, e não apenas o assistindo.

O que mais a surpreendeu foi quão largas eram as ruas e, embora os prédios fossem muito altos, eles não se agigantavam sobre ruazinhas estreitas, como visto nos filmes. "Assisti a *Superman* demais", murmurou para si mesma, já sentindo o entusiasmo se sobrepor ao jet lag e à ansiedade por não ter um emprego.

Até mesmo os prédios que não eram arranha-céus pareciam mais altos do que os prédios do mesmo tipo em Londres.

Como seria maravilhoso morar aqui, ela pensou, ou trabalhar aqui, como Milly.

Milly é muito sortuda por ter arrumado um emprego tão legal ainda tão jovem, pensou Sophie. Ela é só alguns anos mais velha do que eu, mas já tem muita responsabilidade, trabalha num lugar incrível, faz o que ama. E eu? Não consigo nem arranjar um trabalho de babá!

Mas então Sophie ponderou: ela era uma babá muito competente, e o fato de estar sem trabalho no momento não tinha nada a ver com seus defeitos. Tudo bem que o fato de eles terem desistido de contratá-la era um tremendo banho de água fria, mas eles ainda iam pagar sua passagem. E mesmo que não pagassem, ela não podia desperdiçá-la. Precisava aproveitar ao máximo cada minuto da viagem, seguir com a missão, encontrar sua parente distante e voltar para casa vitoriosa. Mesmo que no fim das contas ninguém ficasse milionário, ela teria encontrado Rowena. Tio Eric ficaria impressionado.

O táxi parou na porta do prédio de Milly. Estavam no Upper West Side, segundo a amiga, perto do Central Park, e o prédio era um daqueles edifícios clássicos de tijolos marrons (igual ao da Carrie em *Sex and the City*, Milly havia dito a Sophie e a Amanda quando alugou o apartamento). Havia um longo lance de escadas até a porta, e Sophie notou as escadas de incêndio externas nos prédios vizinhos; mesmo à noite, o lugar parecia bem promissor.

Sophie entregou seus preciosos dólares ao taxista, subiu os degraus levando a mochila e apertou a campainha ao lado do nome de Milly. Enquanto esperava, estudava as camadas de tijolos divididas por linhas brancas. O prédio inteiro parecia um cenário de um filme ou de uma série de TV. Milly lhe contara que era comum as pessoas morarem em prédios onde também funcionavam escritórios, então havia muito mais prédios mistos em Nova York do que na maioria das cidades da Inglaterra.

Instantes depois de Sophie tocar a campainha, as duas amigas já estavam se abraçando efusivamente, pulando e gritando, animadas.

— Bem-vinda a Nova York! — disse Milly, e Sophie achou que aquelas eram as palavras mais incríveis que já tinha ouvido.

Milly insistiu em carregar a mochila de Sophie escadaria acima até o apartamento.

— Estou avisando, é minúsculo. Mas ele será todo seu por um tempinho. Infelizmente preciso voltar para o trabalho. Ainda temos muito o que fazer antes da abertura amanhã. Chegamos!

Ela abriu a porta e entrou no que parecia ser um conjugado com uma pequena cozinha no canto. Havia um sofá-cama, uma mesa pequena com duas cadeiras e uma fileira de cestas de ráfia cheias de roupas.

— É meio pequeno — disse Milly, vendo o apartamento pelos olhos da amiga.

— É fofo — respondeu Sophie automaticamente, pensando que, embora fosse *realmente* minúsculo, muito menor do que qualquer apartamento que tenha visto em programas de TV, seria divertido ficar hospedada com Milly. — Tamanho não é documento! — disse, e estava sendo sincera. — Já está tarde! Você tem mesmo que voltar para o trabalho?

O entusiasmo de Sophie, abalado graças à longa viagem, havia despencado. De repente ela se sentiu muito cansada — sentiu o jet lag pesar — e a ideia de ficar sozinha assim logo de cara era meio deprimente.

— Eu sei, mas a abertura da exposição é amanhã — repetiu Milly, antes de fazer um tour pelo apartamento com a amiga. — É aqui que tudo acontece: como, durmo, vejo TV. E aqui é a cozinha — disse, indicando uma área do cômodo com micro-ondas, pia e geladeira. — Aqui é o banheiro. Infelizmente não tem banheira, mas o chuveiro é ótimo. Agora preciso correr. Pode ficar à vontade.

Milly deu um beijo em Sophie e abriu a porta para sair, mas deu meia-volta:

— Ah, a cama é esse sofá. É só abrir. Consegue fazer isso?

Sophie fez que sim com a cabeça.

— Tem cerveja na geladeira — disse Milly, talvez por perceber o desânimo da amiga. — Pode beber à vontade. Vou entrar sem fazer barulho quando voltar para não te acordar. Você não se incomoda em dividir a cama, não é? Já fizemos isso milhares de vezes quando éramos crianças. Vai ser divertido!

Sophie se sentiu melhor depois que foi ao banheiro e lavou as mãos. Então considerou suas opções: ficar na casa de Milly por mais tempo que o necessário não parecia ser uma delas. É verdade que elas já haviam dividido a cama antes, mas apenas uma noite ou outra. Não por dias seguidos.

Ela pegou uma cerveja e bebeu direto da garrafa. Precisava relaxar e dormir. Primeiro descobriria como montar o sofá-cama, depois, quando acordasse, pensaria em um plano. Mas de uma coisa ela tinha certeza: não voltaria para a Inglaterra sem ter conseguido descobrir nada de interessante. Se não conseguisse resolver isso, a família jamais a deixaria esquecer essa história. Ela seria não só a garota frívola que gastou uma fortuna indo atrás de um emprego que não existia como também alguém que deambulava por aí. Sua família gostava dessas palavras difíceis, especialmente de dirigi-las a Sophie sempre que possível.

Milly chegou de madrugada e fez Sophie se levantar do sofá para abri-lo corretamente, mas de manhã já estava saindo para o trabalho de novo.

— Quer ir à abertura hoje à noite? Vai ter tanta gente que ninguém vai notar uma pessoa a mais.

— Não posso ir a uma exposição numa galeria chique! — disse Sophie, chocada com a sugestão. Ela não tinha conseguido dormir depois que Milly chegou e estava um trapo. — As pessoas vão achar que sou a garçonete e vou ficar complexada.

Milly arregalou os olhos.

— É só você não se vestir como uma garçonete! Eu posso te emprestar uma roupa. Agora preciso ir. Divirta-se durante o dia!

Sophie acenou para Milly, imitando o trejeito irônico que a amiga fazia com os dedos e pensando no que poderia fazer para aproveitar Nova York ao máximo. Decidiu deixar a busca por um novo trabalho para o dia seguinte. Hoje, ia apenas explorar a cidade.

Milly havia lhe dado um mapa, algumas orientações sobre o funcionamento do metrô, que ela já tinha esquecido, e indicado a direção do centro da cidade. Sophie resolveu andar pela cidade, já que era um daqueles belos dias de outono, gelados e ensolarados.

Devidamente encasacada, ela conseguiu chegar ao Central Park sem nem precisar olhar o mapa. Era incrível estar naquele lugar gigantesco, predominantemente verde e com direito a esquilos andando para lá e para cá, pessoas correndo e aproveitando o dia, tudo isso em uma das maiores cidades do mundo. É claro que havia parques em Londres, mas por algum motivo aquela cena não parecia tão inusitada lá.

Ela mal abriu o mapa e duas pessoas a abordaram.

— Posso ajudar? Está perdida?

Sophie levou um susto. Haviam lhe dito, principalmente sua família, que os nova-iorquinos eram mal-educados e hostis, e que no Central Park era quase certo que ela seria assaltada.

— Não estou perdida, só checando...

— Ah, você é inglesa! Que sotaque fofo! Para onde está indo? Quais são seus planos na cidade?

Sophie logo percebeu que nenhuma daquelas duas pessoas, uma mulher de meia-idade e um homem mais velho de terno, tinha a intenção de assaltá-la, só estavam querendo ajudar.

— Só quero ver o máximo possível de Nova York a pé — respondeu Sophie.

— Quer fazer compras? — perguntou a mulher.

— Só olhar as vitrines. Não quero gastar dinheiro — respondeu a jovem, com convicção.

— Então não vou te dizer onde ficam as lojas em liquidação.

— Vamos virar o mapa do jeito certo — sugeriu o homem.

— Você pode se divertir muito em Nova York durante o dia sem gastar nem um centavo — observou a mulher.

— Pode até fazer um passeio de barco — lembrou o homem. — Conhece a balsa para Staten Island?

— A de *Uma secretária de futuro*? Perdão, todo o meu conhecimento sobre Nova York vem de filmes e séries.

— Comigo é assim também quando se trata de Londres — disse a mulher. — Nunca estive lá, mas conheço bem!

Quando eles foram embora, depois de dar várias dicas, Sophie já não estava mais se sentindo solitária numa cidade grande; sentia que estava vivendo uma aventura. E estava adorando.

Ao atravessar o parque, passou direto pelas lojas de grife, sem ter coragem de entrar em nenhuma delas, e ficou só olhando as vitrines, desejando ser Carrie Bradshaw e conseguir andar naqueles saltos altíssimos. De repente, percebeu que estava na porta da Bloomingdale's. A "Bloomie's", de onde saem as famosas sacolas marrons. Ela se animou e entrou.

Quase instantaneamente foi abordada por uma moça negra bela e jovem, que lhe perguntou se queria experimentar um novo perfume. Sophie hesitou, mas a moça insistiu:

— Quer vir até o balcão? Minha colega pode ajudar se estiver precisando de alguma outra coisa.

Sophie olhou para onde ela estava apontando e viu uma cadeira vazia. Ela havia andado muito naquela manhã, então seguiu naquela direção.

— Olá! — disse uma outra bela jovem, essa de origem hispânica. — Como posso ajudá-la?

— Olha, para ser sincera, não vou comprar nada, mas adoraria...

— Quer que eu faça uma maquiagem em você? — perguntou a moça. — Você tem uma pele linda, mas acho que podemos realçar um pouco a cor dos seus olhos. Sente-se aqui. Você é inglesa?

Meia hora depois, Sophie saiu da Bloomingdale's com muito mais maquiagem no rosto do que já havia usado a vida inteira e com uma bolsinha de amostras que ia durar por semanas. Ela também comprou um presentinho para Milly — uma linda bolsinha com maquiagens em miniatura — e uma meia-calça para si mesma, e estava feliz por ter duas sacolinhas marrons para exibir pela rua. Se fosse cuidadosa, a maquiagem podia durar até a noite, para a abertura da exposição.

Durante o resto do dia, ela passeou por Nova York. Encontrou o prédio do Empire State, subiu em um dos elevadores com centenas de outros turistas só para descobrir que sua vista preferida era quando estava bem segura, encostada na parede. Na descida, ficou conversando com uma mulher que contou que havia trabalhado ali por anos e que também morria de medo de altura. Depois, Sophie ficou observando os patinadores na pista de gelo do Rockefeller Center. Uma pequena parte dela queria se juntar a eles, enquanto outra estava feliz por conseguir descansar um pouco.

Ela queria fazer tudo a pé, tanto para economizar dinheiro como também porque havia achado o metrô complicado demais para um primeiro dia. Ela se perdeu algumas vezes e, sempre que isso acontecia, abria o mapa para se localizar. E toda vez que fazia isso alguém vinha abordá-la oferecendo ajuda. Quando chegou à rua 42, ficou com vontade de sapatear; na Broadway, sentiu que deveria cantar; e quando chegou ao Greenwich Village, deu de cara com a Magnolia Bakery, a loja onde Carrie comprava cupcakes. Havia uma fila enorme de turistas japoneses na porta, então desistiu de entrar.

Ficou um tempão olhando distraída para algo que parecia um conjunto de prateleiras de bolos, só que para carros, com várias camadas — o que obviamente era um artifício para estacionar o maior número de carros num espaço pequeno —, quando se deu conta de que estava exausta. Fez uma extravagância e pediu um táxi para a casa de Milly: ela se convenceu de que aquilo fazia parte da experiência de estar em Nova York e, portanto, era um gasto justificado. Quando chegou à casa da amiga, tirou um longo cochilo, feliz de ter o sofá-cama todo só para ela.

Quando Milly chegou, Sophie já estava pronta para a festa.

## Capítulo 5

— Ficou meio curto — disse Sophie, se olhando no espelho, depois de experimentar o vestido de Milly.

Não era a primeira vez que ela tomava emprestado as roupas da amiga. Como Milly era um pouco mais velha que Sophie e Amanda, seu guarda-roupa era ligeiramente mais sofisticado que o das amigas, e as duas sempre acabavam aproveitando.

Milly ficou observando a amiga.

— Está ótimo, desde que sua meia de liga não tenha nenhum fio puxado.

— É novinha — disse Sophie, levantando a cabeça. — Comprei hoje, e aqui eles chamam de meia-calça.

Milly sorriu.

— Muito bem, está aprendendo a falar como os americanos. E os sapatos?

Sophie fez uma careta.

— Não tenho nada adequado. Ou coloco essas botas velhas sem salto ou tênis. Babás normalmente não precisam de sapatos de salto incríveis.

Milly assentiu.

— Eu te empresto um sapato de salto. A gente calça parecido — disse, pegando uma caixa embaixo do sofá-cama.

— Isso não é um sapato, Milly — observou Sophie, quando viu o calçado. — É praticamente uma perna de pau. Não vou conseguir andar com esse salto.

— Mas veja como eles são lindos! Ponha os sapatos e pare de reclamar.

Sophie calçou os sapatos, sem querer admitir quão maravilhosos eles realmente eram.

— Se gosta tanto deles, por que não vai usá-los?

Milly fez uma cara irônica.

— Eu poderia dizer que é porque quero que você, minha melhor amiga, use sapatos maravilhosos, Louboutin autênticos, em sua primeira festa em Nova York.

— Mas... — insistiu Sophie, quase rindo. Ela sabia que viria uma desculpa melhor.

— A verdade é que estou trabalhando e não vou conseguir andar para lá e para cá com esses sapatos. Então vou deixar que você se destaque e ficarei só admirando seus pés. Agora, poderia por favor sair da frente do espelho? Preciso me maquiar.

Sophie se sentou no sofá.

— Mesmo que obviamente Nova York seja grande o suficiente para nós duas, o seu apartamento não é. Vou começar a procurar emprego amanhã, e vou focar naqueles que incluam hospedagem.

Milly parou de aplicar a segunda camada de rímel.

— Por que você não esquece essa coisa de arranjar um trabalho, Soph? Fique aqui, vamos nos divertir juntas. Eu sei que é um pouco apertado, mas não quero que vá para o outro lado da cidade. Isso seria um saco.

— Fico me sentindo mal por explorar você. E você precisa trabalhar. Além disso, tenho uma missão. Se ficar com você aqui, terei que ir embora em uma semana, isso se eu conseguir mudar minha passagem. Meu dinheiro vai acabar muito rápido. Se bem que, se eles depositarem o dinheiro da passagem na minha conta, vai ajudar bastante.

— Olhe aí! Não precisa arranjar trabalho nem voltar logo para casa. Podemos só nos divertir.

— Preciso confessar que parece que voltei a ser adolescente, quando nos arrumávamos para sair.

— É verdade — concordou Milly. — Só falta a Amanda para ficar perfeito.

— As coisas estão mesmo dando certo para você em Nova York, Mills? Acha que vai morar aqui para sempre?

Milly deu de ombros.

— Está tudo ótimo agora: tenho um namorado ótimo, um emprego ótimo. Mas acho que vou começar a sentir falta da Inglaterra em algum momento.

— Amanda também está com a vida estabelecida. Só eu que não — disse, suspirando.

— Somos muito jovens para estar com a vida estabelecida, até mesmo eu. Mas que missão é essa? Parece interessante — perguntou Milly, enquanto passava o delineador.

— Talvez seja. Quando estava trabalhando para tio Eric, encontrei uns documentos sobre direitos de perfuração de poços de petróleo que foram deixados em forma de ações para alguns membros da minha família...

— Continue! — pediu Milly, pegando o batom.

— Pode ser que não dê em nada, mas vou tentar localizar as pessoas que ficaram com essas ações e reunir todo mundo para ver se conseguimos fazer alguma coisa com esses direitos. De repente fazemos uma concessão ou algo assim. Parece que uma parente mais velha já tentou fazer isso. Tenho um endereço dela em Nova York. Se eu conseguir descobrir quanto ela avançou com isso, talvez possa continuar o trabalho.

— Hmm... Parece divertido, mas meio improvável — disse Milly, insegura. Ela não queria que a amiga ficasse muito empolgada com algo que tinha tão poucas chances de dar certo.

— Eu sei, mas você sabe que gosto de um desafio.

Elas se olharam pelo espelho.

— Bem, se tem alguém que pode resolver uma coisa assim, é você. Você é muito engenhosa.

— Obrigada. E acho que minha família finalmente ia prestar atenção em mim se eu fosse a responsável por deixá-los ricos.

— Eles não merecem ficar ricos! E, bem, eles também não merecem você. Você é legal demais para eles — disse Milly, cutucando Sophie com o cotovelo. — Bem, se já colocou seus cílios postiços, é hora da diversão.

Sophie tropeçou de leve e seguiu, meio desequilibrada, andando nos saltos emprestados da amiga.

— Estou muito animada para sair por Nova York! Mesmo que seja para ir a uma galeria de arte velha e chata.

O comentário vulgar e pouco culto de Sophie sobre arte moderna era o tipo de piada que as duas sempre faziam, e Milly ignorou a provocação.

— E você, nada de desanimar os compradores, hein? Se alguém perguntar o que achou de um dos quadros, sempre diga que é maravilhoso.

— Ou desconcertante.

Confiante de que sua amiga não iria envergonhá-la de propósito, Milly conduziu Sophie até a porta e a trancou quando saíram.

Enquanto seguiam de táxi (pago pela empresa de Milly) pelas ruas de Nova York, Sophie fez uma observação:

— É igual à época em que estávamos na escola, não é?

— Vocês estavam na escola, eu já tinha ido para a faculdade. Eu não frequentava pubs quando era menor de idade. E vocês conseguiam entrar em todos os lugares só porque eram altas.

— Ainda sou alta — disse Sophie. — E ainda pedem minha identidade até hoje.

— Vão pedir aqui também. Aqui você só pode beber se tiver mais de 21 anos.

— Eu sei. Ainda bem que trouxe meu passaporte. Olhe ali! A Broadway com as luzes todas acesas! Isso é incrível! Não consigo nem acreditar que estou aqui! Agora que estamos juntas, parece mesmo um episódio de *Sex and the City*.

Milly deu uma risadinha.

— Você não ia se divertir tanto se estivesse trabalhando como babá. Não ia ficar na cidade, não é?

— Não, acho que era meio longe. Mas ia ter um teto e comida. E poderia continuar com a minha missão.

— Bem, você ainda pode.

Sophie hesitou.

— Eu sei. Mas preciso arrumar um trabalho para poder ficar mais tempo aqui do que só uns poucos dias de férias. Preciso de dinheiro para me sustentar aqui.

Milly mordeu o lábio.

— Acho que arrumar um trabalho pode ser meio difícil.

— Tudo é difícil! — declarou Sophie. — Mas poucas coisas são impossíveis.

— Uau. Isso parece uma daquelas frases bordadas em almofadas ou coisa assim.

— Vi numa plaquinha, na verdade — confessou Sophie, rindo.

Quando chegaram à galeria no Chelsea, Milly apresentou Sophie a alguns de seus colegas. Embora todos fossem simpáticos e acolhedores, estavam ocupados e logo sumiram de vista. Sophie acabou ficando sozinha.

Ela foi andando em meio à multidão — e ninguém parecia muito interessado em olhar as obras de arte —, até chegar bem perto de uma das pinturas. Examinou o quadro com atenção, dando à obra o benefício da dúvida. Mas, não, ela definitivamente não entendia nada daquilo. Nem sabia se gostava.

Observou mais alguns quadros, de artistas diferentes, mas nenhum a comoveu. Então se deu conta de que, infelizmente, só gostava de pinturas que mostrassem coisas que pudesse reconhecer.

Ela encontrou as placas que indicavam os banheiros e estava andando pelo corredor que levava até eles quando, de repente, notou uma senhora idosa. Havia algo errado com ela. Sophie tirou os saltos enormes de Milly e correu.

Enquanto corria em meio às pessoas para alcançá-la, Sophie pensou que, se estivesse em um filme, aquela cena passaria em câmera lenta. Felizmente, como numa manobra reversa de rúgbi, conseguiu alcançar a senhora antes que ela caísse.

— Peguei a senhora — disse ela, derrapando na chegada, mas conseguindo alcançar seu alvo.

Sophie então ficou de joelhos, segurando a senhora com toda a calma, até que ela estivesse sentada no chão.

— Ah, querida, como sabia que eu estava prestes a desmaiar? — perguntou a senhora, depois de alguns suspiros, olhando com gratidão para Sophie.

— Vi que a senhora não estava muito bem, parecia vacilante.

A senhora balançou a cabeça, ainda impressionada.

— Você tem reações muito rápidas. E é inglesa!

Sophie riu.

— Sim, mas acho que as duas coisas não estão relacionadas.

— Bem, quem sabe?

A mulher ajeitou as roupas. Estava usando um terninho bege elegante e lindos sapatos. Sophie notou que ela tinha unhas perfeitas, e as mãos ostentavam belíssimas joias. Ela se sentiu um tanto desarrumada em comparação.

Outras pessoas vieram socorrê-la, preocupadas, mas a senhora as mandou embora.

— Esta jovem vai tomar conta de mim, obrigada.

Sophie também se sentou no chão e esticou as pernas, para ficar mais confortável. Agora, estavam as duas sentadas, encostadas na parede e com as pernas esticadas.

— Está se sentindo melhor?

— Um pouco. Do nada vi tudo preto e senti que estava perdendo o controle.

— Então foi isso que eu percebi — disse Sophie. — Recentemente passei um tempo tomando conta do meu tio-avô e acabei desenvolvendo um bom olho para possíveis quedas.

— Fico muito grata. Se tivesse caído, podia ter quebrado alguma coisa e ficaria de cama por uma eternidade.

— O segredo é não se levantar muito rápido. Vamos ficar aqui até a senhora se sentir completamente recuperada.

A família de Sophie costumava dizer que ela não tinha o gene do constrangimento. Embora ela não concordasse com isso, estava bem tranquila em ficar ali sentada no chão até que fosse seguro ajudar aquela senhora a se levantar.

— O lado bom é que estou muito velha para ficar com vergonha de estar sentada no chão.

Sophie achou graça.

— E eu sou uma turista inglesa nada orgulhosa, então podemos ficar aqui conversando. A senhora está sozinha? Quer que eu chame alguém?

— Meu neto está aqui em algum lugar. A namorada chegou e ele saiu para procurá-la, então resolvi ir ao banheiro sozinha — explicou, sorrindo para Sophie. — Sabe, eu também sou inglesa. Ouvir a sua voz me lembrou de algumas palavras que usamos para chamar as coisas. Lavabo! Não é horrível esse nome? — observou, franzindo a testa. — Veja bem, eu vim para cá bem jovem, já assimilei as diferenças da língua. Até tentei manter meu sotaque.

Para Sophie, ela parecia americana, mas bem de leve.

— Eu fui uma noiva da guerra — continuou a senhora.

— É mesmo? Que fascinante! Como foi isso?

As duas ficaram ali conversando, animadas, sentadas no chão da galeria de arte, com as mulheres que iam e vinham do banheiro pulando suas pernas, até que um jovem alto e muito bem-vestido apareceu, trazendo os sapatos de Sophie.

Ele era meio mauricinho, Sophie pensou. Usava um corte de cabelo alinhado, um lindo terno, uma camisa perfeita e sapatos brilhantes.

Os cabelos eram de um louro escuro, e os olhos, provavelmente verdes — não dava para ver muito bem de onde estava sentada. Não parecia muito feliz de ter encontrado a avó sentada no chão com uma mulher que ele nunca tinha visto. Atrás dele estava uma loura usando sapatos que Sophie nunca teria conseguido experimentar sem cair. Ela também não parecia muito animada.

— São seus? — perguntou o rapaz para Sophie, olhando para ela apenas por um segundo, antes de dirigir-se à senhora. — Vó, a senhora está bem? — perguntou, se abaixando. — Disseram que sofreu um acidente. Por que não me chamou?

Pelo menos, Sophie admitiu, ele parecia realmente preocupado.

— Ah, não se preocupe, querido. Essa moça gentil está tomando conta de mim. Esse é meu neto, Luke. Luke Winchester. Luke, esta é...

— Sophie Apperly — completou Sophie.

— Ah! — exclamou a senhora, virando-se para Sophie. — Este sobrenome é do sudoeste do país, não é?

— É, sim.

A senhora soltou um suspiro de nostalgia.

— Eu também sou de lá!

— É mesmo? De qual parte?

— Você ainda não calçou seus sapatos — interrompeu Luke Winchester, que não parecia impressionado com a animação nostálgica da avó com o velho país.

— É verdade — concordou Sophie, que até entendia a atitude do rapaz. A avó dele podia estar doente; ele poderia estar querendo levá-la ao médico o mais rápido possível. Ela pegou os sapatos e os calçou. — São muito altos para correr. Quando vi que sua avó ia cair, os tirei na hora. Acho que ela já está bem.

— Você é médica? — perguntou ele.

— Não, mas tenho...

— Acho que minha avó precisa ir ao médico o mais rápido possível.

— Com certeza — concordou Sophie.

— Ah, não faça drama. Estou bem. Tive uma tontura, mas Sophie me segurou a tempo — rebateu a senhora, que parecia estar se divertindo. — Meu nome é Matilda Winchester, mas meus amigos me chamam de Mattie — disse, tocando o braço de Sophie, como se estivesse selando a amizade delas.

— Vai ficar sentada aqui a noite toda, vó? — perguntou Luke.

— Bem, está tão agradável aqui! Talvez eu deva ficar, sim.

Algo que Sophie identificou como alívio apareceu na expressão carrancuda de Luke.

— Se está se sentindo bem, acho que devia se levantar. Além disso, quero apresentar a senhora a uma pessoa.

A mulher loura deu um passo à frente e segurou o outro braço de Matilda, enquanto o neto a levantava. Sophie, sentada no chão, também ajudou a senhora a se levantar, até que estivesse em pé e segura. Então, ela se levantou também.

— Esta é Tyler. Tyler Marin. Tyler, esta é minha vó, a Sra. Winchester.

Tyler estendeu a mão.

— Muito prazer em conhecê-la, Sra. Winchester. Luke fala da senhora o tempo todo.

— Nossa, e você acha isso atraente? — perguntou Matilda, olhando atentamente para a loura.

Tyler riu de nervoso, sem saber muito bem como responder.

— Vó, pare de provocar a Tyler — disse Luke. — É claro que não falo da senhora o tempo todo.

— Ainda bem. Já basta ser um exemplo de pilar da sociedade, não precisa ser também insuportavelmente chato.

— A senhora ficou muito inglesa de repente.

— Não é? — brincou a avó, incorrigível. — Foi porque encontrei esta conterrânea. Agora, querida... Sophie, não é? Venha jantar conosco. Quero conhecer você melhor.

A decepção no rosto de Luke quase fez Sophie querer aceitar o convite, se pudesse.

— Adoraria, mas já tenho planos, como dizem por aqui. Estou com minha amiga Milly e, quando terminar aqui, vamos sair para jantar e depois vamos a uma boate. É uma festinha do trabalho dela.

— Ah, a qual boate vocês vão? — perguntou Tyler.

— Não me lembro direito. Tem um nome de animal e um número, talvez?

— Bungalow Eight? — perguntou Tyler, com uma expressão impressionada.

Luke, já entediado com a conversa, se meteu.

— Bem, espero que se divirta, senhorita...

— Sophie, por favor — disse ela, que percebeu a tentativa de Luke de manter distância chamando-a de senhorita, mas o interrompeu antes que ele falasse seu sobrenome.

Foi então que Milly apareceu.

— Sophie! O que você estava aprontando? Alguém me falou que havia um tumulto perto dos banheiros. Devia ter imaginado que você estaria envolvida nisso!

— Querida, não brigue com a sua amiga! — pediu Matilda. — Ela me salvou de uma queda — continuou, dando uma olhada para o neto. — Eu a convidei para vir jantar conosco, mas ela disse que já tem compromisso. É com você?

Milly concordou com a cabeça.

— Sim, estava mesmo vindo buscá-la.

— Esta é minha amiga Milly — anunciou Sophie, achando que uma apresentação mais formal ia demorar muito.

— Ótimo — disse Luke. — Quer dizer, que bom que Sophie não está sozinha. Vamos embora. Muito obrigado por tomar conta da minha avó.

Mas Matilda não estava com tanta pressa.

— Luke, querido, não vou deixar Sophie ir embora sem pegar o contato dela. Pegue um de seus cartões, ela pode anotar o telefone dela para mim no verso.

— Seria ótimo encontrar a senhora novamente enquanto estiver em Nova York — disse Sophie enquanto anotava o número de seu celular.

— Quanto tempo vai ficar aqui? — perguntou Luke, só para ser educado, e não porque realmente queria saber.

— Depende se eu conseguir ou não um emprego — respondeu Sophie, devolvendo o cartão para ele com um sorriso. — Se não conseguir nada, vou ficar só mais uma semana.

— Você tem green card? — perguntou ele.

— Não.

— Então creio que será muito difícil — disse, sendo bem assertivo.

— É o que todo mundo tem dito para mim — falou Sophie, olhando para Milly. — Mas toda vez que alguém me diz que uma coisa que eu quero é difícil de conseguir, parece que fico mais determinada a tentar.

Mas, assim que disse isso, Sophie se deu conta de que aquela característica não era necessariamente uma qualidade. Mas é claro que Matilda achava que era.

— Está certa, querida! Você é meu tipo de pessoa. Luke, se não vai me deixar sequestrar Sophie, então me leve logo para jantar.

Embora Luke quisesse muito atender àquele pedido, ainda teve de esperar as despedidas, porque Matilda não iria embora sem antes dar um beijo em Sophie, lhe agradecer novamente e prometer que entraria em contato.

— Luke, dê um de seus cartões para Sophie, caso ela precise entrar em contato comigo.

— Vó, eu mandei fazer uns cartões lindos para a senhora. Não está com eles?

Matilda tentou fingir que se sentia culpada, mas não convenceu.

— Saí com essa bolsinha minúscula. Os cartões ficaram em outra.

Luke entregou o cartão a Sophie, mas a expressão em seu rosto deixava claro que não queria de jeito nenhum que ela entrasse em contato.

Sophie pegou o cartão e levantou as sobrancelhas para fingir interesse. Ela não tinha a menor intenção de ligar para ele, mas queria deixá-lo apreensivo. Qual era o problema dele? Como conseguia ser tão arrogante, quando a avó era tão simpática e agradável?

— Bem, ele tem um corpão — comentou Milly, pegando Sophie pelo braço enquanto a conduzia em meio à multidão.

— É verdade — concordou Sophie. Afinal não podia discordar daquilo, principalmente depois de perceber que seus olhos tinham uma cor meio dourada, com círculos mais escuros ao redor da íris. — Mas nem um pouco simpático. A avó, no entanto, é adorável.

— E de onde eles surgiram? — perguntou Milly, acenando para seu grupo de amigos, tentando dizer que ela e Sophie já estavam indo.

— Eu estava olhando de longe...

— Como você sempre faz.

— Bem, como eu sempre faço em galerias de arte. Quando vi que ela ia cair, larguei os sapatos e corri para ajudá-la.

— Que gentil — disse Milly, como se estivesse um pouco surpresa com este ato de bondade.

— Bem, eu não podia deixar uma senhora cair, não é? Ela podia ter quebrado o fêmur.

— Mas você nem a conhece. Alguém poderia ter ajudado.

Sophie deu de ombros.

— Acho que não. E, de qualquer forma, acredito que fiquei mais sensível às pessoas idosas depois de cuidar do tio Eric. Todo mundo sempre pressupõe que pessoas mais velhas são chatas, mas muitas são bem divertidas.

— Bom, talvez no caminho para a boate eu deva deixar você no asilo, então.

— A gente vai para o início da fila e dá os nomes para o segurança? — perguntou Sophie logo depois. — E quando ele vir que estamos na lista de convidados, simplesmente vai deixar a gente passar na frente de todo mundo?

— Não — respondeu uma colega de Milly, que também estava no táxi. — Ele fechou um andar inteiro. A gente simplesmente entra.

— Ah! — exclamou Sophie, um tanto decepcionada. Ela queria que seu nome estivesse numa lista para ser tratada como uma celebridade.

Milly viu a reação da amiga e riu.

— Podemos fazer isso em outra noite, se quiser. Mas claro que não vamos estar na lista, e vamos precisar ficar na fila como todo mundo.

Sophie considerou a possibilidade.

— Bem, isso pode ser divertido de uma maneira totalmente diferente.

Milly apenas revirou os olhos.

Na manhã seguinte, o corpo de Sophie já estava começando a se ajustar ao fuso horário, mas ela ainda se sentia bem cansada da noite anterior na boate. Ela vivia cochilando em frente à TV e estava quase adquirindo uma lesão por esforço repetitivo de tanto apertar o botão do controle remoto. E em relação às suas perspectivas de trabalho, aos poucos ela começava a chegar à triste conclusão de que todos estavam certos: seria impossível, não importava quão determinada estivesse. De repente, seu celular tocou. Chocada que ele funcionasse estando tão longe de casa, ela olhou a tela e viu que não sabia quem era. Normalmente ela não atendia ligações de números desconhecidos, mas como estava muito longe de qualquer homem que pudesse persegui-la ou que ela não quisesse ver, resolveu atender.

— Sophie, querida, é você? Aqui é Matilda Winchester. Você salvou a minha vida ontem na galeria de arte.

Sophie riu com gosto.

— Não salvei a vida da senhora exatamente...

— Querida, você salvou, sim. Talvez só não saiba quanto.

Houve uma pausa.

— Gostaria de encontrar você. Até quando vai ficar em Nova York?

— Bem, como eu disse, isso depende de eu conseguir um emprego — respondeu Sophie, suspirando. — E tenho umas coisas para fazer antes de voltar para casa.

— Então não vamos perder tempo! Você já foi ao Frick?

Sophie vasculhou a memória tentando descobrir a que aquela gentil senhora se referia. Estava acostumada a receber respostas sarcásticas da família quando fazia esse tipo de pergunta, mas resolveu arriscar.

— Desculpe, mas o que é Frick?

— Ah, me desculpe! É muito irritante quando alguém presume que você sabe sobre alguma coisa, mesmo que você não tenha como saber, não é? É um museu incrível. Uma galeria de arte. As duas coisas, na verdade.

— Ah, sim... Hmm... Embora eu estivesse numa galeria de arte ontem, percebi que só gosto mesmo de pinturas de coisas que eu consiga reconhecer — respondeu Sophie, cautelosa.

— Então você vai adorar a Coleção Frick! Podemos nos encontrar lá e depois vamos tomar um chá num café austríaco encantador no bairro.

Sophie estava animada com a ideia de encontrar Matilda mais uma vez, não só porque tinha realmente gostado dela, mas porque Milly ficaria fora o dia inteiro, e ela estava se sentindo meio solitária. Mas não queria gastar nem um centavo que não fosse extremamente necessário.

Matilda não entendeu bem o silêncio de Sophie e continuou.

— Você sabe onde é o Frick? Encontro você lá às duas. Podemos respirar um pouquinho de cultura e depois tomar um chá. Os bolos desse café são tão bons quanto os de Viena, ou pelo menos é o que dizem. É bem ao lado do Frick.

Sophie sorriu.

— Está bem, combinado. Encontro você lá às duas.

Sophie tomou banho, passou um pouco de maquiagem e depois ficou olhando suas roupas, pensando no que poderia vestir para ir a um museu. Escolheu as botas sem salto e foi montando o look a partir delas. Acabou colocando uma saia jeans curta, uma meia-calça opaca e um de seus cardigãs customizados e algumas bijuterias. Era um visual meio *boho*, mas era confortável e foi o melhor que conseguiu fazer com as roupas que havia levado. Passou um batom, pegou um casaco mais pesado e saiu.

O grande problema de combinar encontros com as pessoas nos lugares é que o local exato é sempre meio vago. Era para elas se encontrarem na porta do museu ou lá dentro? Se ela estivesse indo encontrar uma amiga, isso se resolveria em segundos com a ajuda do celular. Mas Matilda talvez não tenha celular. Seu único contato com ela era por meio de Luke, com seu cabelo louro-escuro e seus olhos combinando.

Matilda não estava do lado de fora, então Sophie decidiu entrar. Respirou fundo e subiu a escada estreita de pedras da entrada.

# Capítulo 6

Assim que entrou no museu, Sophie soube que tinha tomado a decisão certa. A Coleção Frick parecia um cubo de gelo dentro de um copo de água com gás: a quietude cercada pela efervescência que era Nova York. Ela amou.

— Ah, que bom! Você está aqui.

A voz animada e com leve sotaque inglês de Matilda fez Sophie se virar com um sorriso. A jovem havia parado perto da entrada, contemplando aquela atmosfera incrível. Mas em determinado momento começou a achar que tinha entendido o horário errado ou que Matilda havia desistido.

— Desculpe pelo atraso, querida. Tive um imprevisto.

Ela apertou os lábios de leve, e Sophie teve a impressão de que o atraso não havia sido culpa de Matilda. A senhora fez uma pausa e continuou falando.

— Meu neto Luke insiste em nos encontrar para o chá. Parece que ele... — começou ela e parou, hesitando novamente. — Parece que ele acha que eu preciso de uma pessoa para me proteger. Ele não entende que não se chega à idade que eu tenho sem aprender um pouco sobre os outros.

Sophie franziu a testa.

— Está dizendo que seu neto acha que a senhora está em perigo *comigo*? — perguntou, apontando para si mesma, para deixar bem claro sua pergunta. — Mas eu a ajudei! Se não fosse por mim, a senhora teria caído no chão e talvez até quebrado o fêmur.

— Eu sei! — disse Matilda, tão indignada quanto Sophie. — É ridículo, não é? Mas ele é superprotetor. Quando o pai dele morreu, nós nos aproximamos muito. A mãe dele se casou de novo, muito rápido na opinião dele, e ele nunca se deu bem com o padrasto. Com o passar dos anos, os papéis se inverteram, e agora ele acha que precisa cuidar de mim — contou, dando um suspiro e um sorriso, como se quisesse espantar uma lembrança de tempos bem infelizes. — Mas deixe pra lá, pelo menos ele paga o nosso chá. Vamos ver uns quadros. Só vamos encontrá-lo daqui a uma hora — afirmou, rindo. — Ele vai faltar a uma reunião para nos encontrar, insistiu muito no encontro.

Matilda pegou Sophie pelo braço, determinada a esquecer o comportamento absurdo do neto.

— Bem, não teremos tempo para ver tudo, querida — disse Matilda, firme e quase mandona. — Nunca dá, até porque teríamos indigestão artística. Então posso mostrar a você meus favoritos?

Sophie cedeu, animada, aos desejos de Matilda sem nenhuma objeção, ainda se perguntando por que o neto dela estava tão preocupado com uma mulher que claramente sabia se cuidar.

Os quadros favoritos de Matilda eram de artistas ingleses. Elas pararam em frente a uma pintura da Catedral de Salisbury.

— Venho até aqui sempre que quero matar as saudades de casa. Não é a mesma coisa, mas, como a Inglaterra é muito pequena, Salisbury pode ser considerada praticamente vizinha de Cheltenham para um americano — disse, olhando para Sophie. — E de que parte do sudoeste você é?

— Sou de Cotswolds, que é uma área até bem grande.

— Eu também! — respondeu Matilda. — É por isso que, quando ouvi seu sobrenome, sabia que seríamos amigas. Meus avós eram da Cornualha.

Elas examinaram dois quadros de John Constable.

— Uau! — exclamou Sophie. — É bem diferente daquelas imagens que vemos em cartões de aniversário, não é?

Imaginando uma provável reação dos outros visitantes àquele comentário, Matilda conduziu Sophie mais para a frente.

— Ver uma pintura real é muito diferente de ver uma reprodução. É como ver o mar ao vivo e uma imagem dele num cartão-postal. Agora vamos ver uns artistas franceses? Meu neto acha que eles são muito vulgares, mas eu gosto de coisas bonitas!

— Seu neto é especialista em arte?

— Não, ele é advogado. Por que pensou isso?

— Acho que foi porque nos conhecemos numa galeria de arte. Eu estava lá porque minha amiga Milly trabalha para o artista. Vocês não estavam considerando comprar nada, estavam?

— Não, de jeito nenhum! Era só um evento social. As pessoas não vão a esses lugares para realmente ver as obras de arte, sabe? Pelo menos a maioria delas.

Sophie riu. Estava usando roupas compradas num brechó e customizadas por pelo menos metade do preço de um único sapato de Matilda, mas as duas estavam tendo uma conversa divertida sobre arte que ela conseguia acompanhar. Matilda não enfatizava que Sophie não entendia muito do assunto nem menosprezava sua opinião, o que sua família sempre fazia.

Será que o fato de Matilda ser inglesa era o que a diferenciava tanto de seu neto bonitão? Ele parecia tão tenso, todo engomadinho, enquanto a avó era toda elegante e descontraída, e demonstrava sua riqueza e autoridade de maneira quase indiferente. Nada a impediu de fazer amizade com uma jovem que era, óbvio (embora Sophie esperasse que não fosse tão óbvio), de um mundo completamente diferente.

Elas passaram por algumas meninas em balanços e por mulheres voluptuosas que não pareciam incomodadas em exibir suas bundas enormes em peças drapeadas, e seguiram na direção de onde estavam os quadros de Holbein.

— Quase dá para sentir a maciez da pele desse casaco, não é? — comentou Sophie, em frente ao retrato de Sir Thomas More. — Tudo bem, eu sei que não posso tocar. Mas é muito bem-feito, não é? Os quadros da exposição de ontem eram... Bem, diferentes.

— Pense na arte como se fosse o céu — explicou Matilda. — Existem diversos tipos, e todos eles têm seus fãs.

Sophie achou graça.

— Eu prefiro este tipo — disse Sophie, apontando para as pinceladas perfeitas à sua frente.

— Eu também, para ser sincera — concordou Matilda. — Mas tento manter a mente aberta para a arte, senão vamos voltar sempre aos nossos favoritos e nunca aprenderemos nada novo. Falando em favoritos, vamos olhar os de Vermeer, e depois podemos ir tomar o chá.

No fim das contas, elas viram muito mais quadros do que pretendiam e já estavam atrasadas quando chegaram ao café, que, por sorte, era bem perto. Sophie odiava chegar atrasada aos compromissos, mas Matilda não estava com pressa para encontrar o neto querido. A jovem tentou adotar a mesma atitude despreocupada.

Luke já estava sentado a uma mesa e acenou para elas, que não precisaram ficar na pequena fila que se formava na entrada do café. Ao seguirem até a mesa de Luke, Sophie notou uma melodia vindo de um grande piano. Além disso, os painéis de madeira escura na parede davam ao local um aspecto de uma outra época. Os enormes cabideiros entalhados lembravam chifres de animais. Lembravam a Coleção Frick e eram muito diferentes de tudo o que havia em Nova York. Matilda dissera que aquele café era o lugar mais parecido com Viena fora de Viena.

Na mesa havia dois bules de chá e uma variedade dos doces mais lindos que Sophie já tinha visto. Luke se levantou e deu um beijo carinhoso na avó. Ele acenou com a cabeça para Sophie de um jeito formal e muito educado, mas, ainda assim, com um ar de reprovação. Ela retribuiu o cumprimento com vontade de rir — ele era muito almofadinha.

— Já fiz o pedido porque tenho pouco tempo — explicou ele. — Você gosta de chá Earl Grey? — perguntou ele a Sophie.

— Ah, sim, claro. Eu normalmente bebo um chá mais forte com um pouco de leite, mas gosto de Earl Grey também.

Algo na expressão dele dizia que, nos círculos que ele frequentava, as pessoas não costumavam classificar o chá indiano como "forte". Como americano, ele nem era de beber chá. Estava, inclusive, tomando café naquele momento.

— Espero que o chá não esteja frio — disse Matilda, passando o bule prateado para Sophie. — Você vai ver que é muito difícil encontrar um bom chá nos Estados Unidos.

— Levando em consideração que a senhora está aqui desde os 19 anos, e que havia um racionamento de chá na Inglaterra na época em que saiu de lá, me surpreende que seja uma especialista — observou Luke.

— Estive em Londres algumas vezes desde então, querido. Toma-se um ótimo chá no Brown's — explicou Matilda, levando a provocação na esportiva. — Coma alguma coisa e pare de ser tão rabugento. E como está aquela sua adorável namorada?

— Continua adorável, mas ela não é mais minha namorada.

— Por que você me apresentou a ela se sabia que não ia durar?

Luke hesitou.

— Eu não sabia que não ia durar. E aparentemente conhecer a minha avó é um passo muito importante para as mulheres que saem comigo.

— Ah, é? — perguntou Matilda, confusa. — E por quê?

Luke deu de ombros.

— Acho que as pessoas sabem que a senhora é importante para mim.

Sophie tinha a sensação de que Luke estava escondendo alguma coisa. Será que tinha a ver com a riqueza de Matilda? Talvez ele não fosse rico por mérito próprio e qualquer mulher... Ela fez o fluxo de pensamentos parar de repente. Não era tão cínica assim. Por que as mulheres iam querer ficar com ele pelo dinheiro ou até se preocupar se se ele não tinha o bastante? Ele era um cara bem bonito. Infelizmente, muito mauricinho e certinho demais para o seu gosto.

Matilda estava olhando com uma expressão de lástima para o neto, que por sua vez não parecia estar com muita pena de si.

— Você realmente faz muito sucesso com as mulheres. Pobre Luke — disse Matilda e se virou para Sophie. — As mulheres se aproximam dele por causa de sua enorme fortuna e de sua beleza.

Bem, isso respondeu o questionamento de Sophie.

— Então por que elas não ficam com ele? — perguntou Sophie. Afinal de contas, se ele era financeiramente independente, o que fazia com que elas se afastassem? Então ela percebeu que provavelmente não eram as mulheres que terminavam com Luke, e sim ele.

— Talvez elas percebam que não são mais bem-vindas — rebateu ele.

Ele olhava para Sophie de um jeito frio, provavelmente tentando insinuar alguma coisa. A jovem também estava olhando para ele, sua expressão deixava claro que o rapaz não precisava se preocupar, pois não fazia o tipo dela.

Matilda franziu o cenho, e Sophie teve a impressão de que ela queria dizer alguma coisa, mas não podia. Em vez disso, pegou o garfo e ficou examinando os bolos.

— Nova York tem muita moça jovem e adorável. Um jovem metrossexual aqui tem é excesso de opções.

Sophie e Luke olharam para ela, chocados.

— Vó, onde a senhora aprende essas expressões? — perguntou ele, surpreso.

Empolgada com a reação que causou, ela até desistiu dos doces.

— Ah, por aí. Eu vivo num mundo moderno, afinal de contas. E por que você não me chama mais de vovó, como fazia quando era criança? Vó é tão matriarcal.

— É que agora sou adulto...

— Você já é adulto há bastante tempo, querido. Tem 32 anos.

— Ele não é tão velho assim — observou Sophie, que tinha dez anos a menos. — Ainda tem muita vida pela frente.

— Agradeço pelo comentário — disse Luke, com um olhar que deixava claro que só a avó tinha permissão para provocá-lo.

Sophie deu uma piscadela para ele. Qualquer um que a conhecesse saberia que aquilo era um sinal de que ela não iria parar com a provocação.

— Vamos manter o foco — disse Matilda. — Este bolo aqui, se não me engano, é de chocolate com avelã, um dos meus favoritos. E este outro é... Este é de quê, querido?

— Pistache com chocolate — respondeu Luke. — E esta torta aqui é floresta negra.

Depois de mais um tempo de conversa sobre parentes e bolos, eles ainda não haviam tomado nenhuma decisão. Matilda se levantou.

— Preciso ir ao banheiro. Luke, pode pegar mais água quente, ou talvez um chá fresco? Sophie, se quiser provar um pedaço de uma autêntica torta floresta negra, essa é a sua chance.

— Quer que eu vá com a senhora ao banheiro? — perguntou Sophie, já se levantando.

— Não, obrigada, querida. Estou me sentindo muito bem e não tenho nenhuma intenção de desmaiar.

Então Matilda foi ao banheiro e Sophie bebeu mais um gole de chá. Por cima da xícara, viu que Luke estava nervoso, mexendo com o garfo no prato. Ela abriu um sorriso encorajador para ele. Não conseguia entender por que aquele homem sofisticado estava tão desconfortável, sendo que ela era uma ninguém sem nenhum tostão, e era amiga da avó, e não dele.

Ele pigarreou.

— Preciso falar com você.

— Pode falar, estou ouvindo.

— É que é meio constrangedor. Minha avó é uma mulher muito bondosa e generosa.

— Eu sei! Ela é um amor! — exclamou Sophie, pensando em quão gentil Matilda vinha sendo com ela, e no quanto as duas estavam se divertindo juntas.

— E você é muito atraente — disse, pigarreando mais uma vez e depois se empertigando. — Quer dizer, você exerce um fascínio sobre uma mulher mais velha como a minha avó.

— Ah, então está retirando o elogio? Você não me julga atraente, mas acredita que a sua avó acha isso? — perguntou, sorrindo, porque era uma situação engraçada, embora um pouco decepcionante.

— Sim... Não... Por que você está tentando dificultar as coisas para mim? — perguntou ele, fazendo uma careta.

— Desculpe! — disse ela, e sorriu de novo, mas ele não parecia convencido.

— O que quero dizer, antes que minha avó volte, é que ela pretende convidar você para ficar na casa dela.

Parecia que ele estava tentando alertá-la sobre algo extremamente perigoso.

— Ah! — exclamou Sophie, surpresa, mas não intimidada. — Que gentil da parte dela.

— E quero que você diga não.

— Por quê?

— Porque ela é uma senhora de idade e vulnerável! Não quero que ela seja explorada por...

Luke parou de falar. Sophie percebeu que, para ele, ser pego cometendo tamanha falta de educação era algo nada agradável.

— Por "jovens inglesas fascinantes"? — disse Sophie, fazendo aspas com os dedos. Ela gostava de ajudar as pessoas.

— Sim! Quer dizer... Não estou sugerindo que...

— O que você está dizendo é que, de forma nenhuma, está sugerindo que eu sou uma ameaça para a sua avó, mas também não quer arriscar me ver por perto?

— Você está tornando isso muito difícil para mim.

— De jeito nenhum — disse Sophie, serena, tomando seu chá. — Estou tornando tudo muito fácil para você. Estou dizendo as palavras que aparentemente você não consegue pronunciar.

— Eu realmente não quero ser rude, mas preciso cuidar da minha avó.

— Na verdade, acho que você não precisa fazer isso. Ela é uma mulher muito inteligente e totalmente lúcida. Acho que você está se preocupando à toa.

— Eu sei que ela é inteligente, mas... Ela tem alguns caprichos estranhos de vez em quando. Faz amizade com pessoas... Pessoas que talvez não queiram o bem dela.

— Entendi — disse Sophie, que até compreendia a preocupação de Luke com a avó, mas achava que ele estava passando do limite. Além de, obviamente, estar sendo muito presunçoso. — E você acha que eu sou uma delas?

— Não... Talvez... Eu não sei! Você é... Diferente, e minha avó é vulnerável... — disse ele e parou.

— E...

— Vocês são do mesmo lugar na Inglaterra. É claro que ela ia ficar fascinada por você.

— Sim, você já disse isso.

— E não quero que você se aproveite dela.

Sophie franziu a testa. Ela entendia a preocupação de Luke com a avó, e até o admirava por isso, mas não deixaria que ele praticamente a acusasse de ser uma golpista.

— E eu não vou fazer isso.

— É claro que você diria isso, não é?

Agora Sophie estava irritada. Ele estava sendo muito rude, basicamente sugerindo que ela tentaria tirar dinheiro da avó dele ou algo assim.

— Você está dizendo que não confia em mim?

Era óbvio que não, mas Sophie gostava de ouvir as coisas ditas explicitamente.

— Não. Não é que eu não confie em você... Bem, pelo menos... — Luke abriu um sorrisinho e, por um momento, Sophie conseguiu enxergar o neto que Matilda amava e até o perdoou por aquela conversa. — Não confio em nenhuma de vocês duas.

Sophie olhou bem para ele, com seu terno, a camisa em tom rosa pastel e gravata listrada em rosa e cinza, e sentiu certa pena. Luke claramente era muito bom em se livrar de suas namoradas indesejáveis, mas as amigas da avó, aparentemente, eram mais difíceis de serem descartadas. Então decidiu acabar logo com o sofrimento dele.

— Mas por que não? Eu não tenho nenhuma intenção de fazer mal a ela. Na verdade...

Sophie estava prestes a dizer que não pretendia aceitar o convite, caso Matilda o fizesse, quando ela reapareceu.

— Você pediu mais chá, Luke? — perguntou a simpática senhora.

— O atendimento aqui é meio devagar — disse, olhando em volta em busca de um garçom.

— O atendimento é meio austríaco — comentou Luke, levantando a mão para chamar alguém.

— Por que não estão comendo bolo? — perguntou Matilda quando viu que Luke finalmente havia conseguido chamar um garçom. — Vocês ficaram aqui um tempão, já era para terem escolhido.

— Luke e eu estávamos conversando — explicou Sophie, sem querer deixar Matilda preocupada.

— Ah, que bom! — disse ela, quase batendo palmas de satisfação. — Fico muito feliz que estejam se dando bem.

Sophie flagrou Luke encarando a avó. Pela expressão em seu rosto, ele não estava convencido de que Matilda tivesse acreditado que os dois só estavam conversando. Luke achara a reação da avó meio exagerada

Matilda ainda estava estudando os doces.

— Já que não decidem, vou facilitar a vida de vocês. Vou pedir esse aqui.

Agora que Matilda estava de volta, Sophie se sentia um pouco mais confortável, mas ainda não estava no clima para comer bolo. Aquela torta dos sonhos na sua frente, com recheio de creme com cereja, não parecia nada apetitosa sob os olhares de reprovação de Luke. Por que ele insistiu em se meter no chá das duas? Ela e Matilda teriam se divertido muito mais sem ele. E aquela necessidade de proteger a avó era um pouco excessiva. Matilda não era uma senhorinha indefesa e, além do mais, ele devia saber avaliar melhor as pessoas. Sophie não parecia ser o tipo de pessoa que tentaria roubar a fortuna de uma idosa rica. Mas ela precisava admitir que Luke ainda não tivera a chance de conhecê-la melhor.

Quando finalmente suas xícaras de chá fresco e suas enormes fatias de bolo foram servidos, Luke perguntou a Sophie:

— E então, como anda a busca por trabalho?

Parecia ser uma pergunta capciosa. Será que ele estava prestes a acusá-la de fazer algo ilegal? Ou estava suspeitando que ela não queria trabalhar de verdade e preferia ganhar dinheiro de um jeito mais fácil?

— Acho que desisti de tentar arranjar trabalho.

— Ah! — exclamou Matilda, inclinando-se para a frente. — E por que você queria antes?

— Porque, quando vim para cá, achei que estaria empregada como babá. Mas, assim que cheguei ao aeroporto e liguei para a família que havia me contratado, eles me disseram que estavam indo para a Califórnia.

— Que chato — disse Matilda, pousando a mão sobre a de Sophie. — Então agora vai ficar apenas de férias? Por que não está feliz com isso?

Sophie ficou pensando se deveria ou não revelar sua missão para duas pessoas que não conhecia muito bem. Mas então percebeu que não tinha nada a perder.

— Preciso fazer uma coisa em Nova York que pode demorar um pouco. Não tenho dinheiro para ficar muito tempo como turista. Posso ficar no máximo duas semanas.

E ela só conseguiria fazer o dinheiro durar esse tempo todo se economizasse muito.

— E o que você precisa fazer? — perguntou Matilda.

— Pretendo encontrar uma parente distante. Preciso perguntar uma coisa para ela.

— E onde ela mora? — perguntou Luke.

— Em Nova York.

— Mas onde exatamente?

— Eu tenho o endereço dela aqui — respondeu, vasculhando a bolsa e encontrando o papel depois de alguns segundos.

— Você não pode resolver isso para ela, Luke? — perguntou Matilda. — Você consegue localizar essa pessoa com facilidade.

— Não, não precisa! — disse Sophie, que não queria ficar devendo nenhum favor a Luke. Mas, enquanto ela falava, com o papel na mão, ele se aproximou e o tirou de seus dedos.

— Esse endereço não é em Nova York.

— É, sim! Eu copiei com muita atenção.

— É no *estado* de Nova York, não na cidade.

— Ah — suspirou Sophie. Aquilo foi um balde de água fria. Para visitar a prima Rowena agora ela teria de fazer muito mais do que simplesmente entrar num táxi e dar o endereço ao motorista. Além disso, ficou parecendo que ela não tinha noção de que Nova York era um estado imenso. Sophie só não tinha olhado o endereço com atenção. Estava tão preocupada em conseguir chegar até o outro lado do Atlântico que, desde que desembarcou nos Estados Unidos, só pensava em como se manter ali. — Bem, vou ter que pegar um ônibus ou algo assim — disse, animada, tentando não pensar nos filmes nos quais os personagens que viajavam de ônibus não acabavam bem, mesmo conseguindo sobreviver. Ela sempre comparava sua vida aos filmes, culpa da lista enorme de longas-metragens a que assistiu com a irmã mais velha quando era criança.

— Tem certeza de que ela não morreu? — perguntou Matilda. — Nem todo mundo é abençoado com uma boa saúde como a minha.

— Bem, não tenho certeza — disse Sophie, desanimada, comendo o restinho de creme com cereja do prato.

— Neste caso, deixe Luke procurá-la para você. Não faz sentido ir tão longe à toa. E não gosto da ideia de uma jovem como você viajando sozinha de ônibus. De repente eu poderia mandar meu motorista...

O desânimo de Sophie se dissipou quando ela viu a cara de pânico de Luke naquele momento. Ficou tentada a aceitar aquela ajuda, só para ver o que ele iria fazer.

— Mas se Luke conseguir resolver isso, você pode passar o Dia de Ação de Graças comigo. Quero dizer, lá em casa, em Connecticut, não aqui.

— Ah, imagina, isso é muita gentileza.

— Você já tem planos para o Dia de Ação de Graças? — perguntou Matilda, praticamente exigindo uma resposta.

— Hmm... — Sophie hesitou.

Ela e Milly vinham discutindo — quase brigando, na verdade — a respeito desse grande feriado americano. Milly jurava que a família de seu novo namorado não iria se incomodar que Sophie fosse ao jantar. O problema era que o jantar seria no apartamento minúsculo do rapaz, onde a família toda, que vinha de Buffalo, ficaria hospedada. Então Sophie recusou o convite. Era um feriado americano, não tinha a menor importância para ela. E ficar em casa sozinha não seria um problema. Mas elas não tinham resolvido a questão ainda porque Milly teve de sair para trabalhar.

— Não acho que Sophie vá querer trocar Nova York pelo interior — ponderou Luke. — Ela com certeza vai querer assistir aos desfiles, conhecer os pontos turísticos da cidade, comer cupcakes daquela lojinha no Village, essas coisas que as mulheres gostam.

— Não no Dia de Ação de Graças — rebateu Matilda, com firmeza.

Até aquele momento, Sophie pensava o mesmo que Luke. Por mais que gostasse de Matilda, ela mal a conhecia. E queria continuar aproveitando a cidade fingindo ser Carrie Bradshaw, mesmo que por pouco tempo. Mas ao ouvi-la falar do Dia de Ação de Graças, Sophie sentiu um súbito desejo de assar biscoitos (podiam até ser cookies) em formato de peru em vez de badalar de salto por Nova York.

— Sophie? — insistiu Matilda com os olhos brilhantes, inquisidores e levemente dominadores. — Quais são seus planos?

Ela hesitou por tempo demais.

— Está vendo? — observou Matilda, triunfante. — Ela está sozinha na cidade, sem família. Precisa ficar com a gente.

— Eu tenho a Milly — respondeu Sophie.

— Que certamente já tem planos para o feriado há muito tempo. Ela tem namorado, não é?

— Sim, ele é chef. A família dele está vindo e...

— Tenho certeza de que são ótimas pessoas e que a receberiam muito bem, mas você estaria atrapalhando, não é?

Sophie resmungou alguma coisa, protestando e concordando ao mesmo tempo.

— Adoraria que viesse passar o Dia de Ação de Graças com a gente — disse Matilda, segurando a mão de Sophie com a sua, cheia de anéis. — Estou planejando uma grande festa, com toda a família. Você podia me ajudar, inclusive.

— Vovó! Você já tem uma equipe de 16 pessoas! Não precisa da Sophie.

— Eu quero que ela vá. Precisar e querer são duas coisas bem diferentes.

Só sendo uma mulher muito rica para dizer esse tipo de coisa com sinceridade, pensou Sophie, enquanto olhava para avó e neto discutindo por sua causa.

— Você dá festas o tempo inteiro — argumentou Luke. — Por que quer envolver Sophie nisso?

— Vai ser uma grande festa, e achei que ela poderia se interessar em ver como é um tradicional Dia de Ação de Graças americano — argumentou Matilda. — De qualquer forma, chega de interrogatório. Isso está me tirando o prazer de degustar minha torta Klimt. E não faça essa cara de surpresa por eu saber o nome da torta. Luke, querido, você não tinha algo para fazer?

Luke terminou seu chá e olhou para as duas mulheres.

— Bem, já entendi que não sou bem-vindo. Sophie, se me passar o endereço, posso fazer uma pesquisa e retornar para você. Pode me dar seu celular?

Ela lhe deu seu número, achando muito improvável que ele ligasse.

Sophie estava no apartamento de Milly, ainda se recuperando daquela enorme quantidade de açúcar e creme, quando Luke ligou.

— Não é possível que você já tenha encontrado minha parente, é? — perguntou a jovem quando ele se identificou.

— Claro que não. Nem comecei a procurar ainda.

— Ah... E por que está me ligando?

— Quero convidar você para tomar um drinque hoje à noite.

Sophie quase deixou o telefone cair, tamanha a surpresa.

— Por quê?

Ela ouviu uma risada no outro lado da linha. Isso a surpreendeu, assim como sua reação imediata ao convite.

— Porque quero conhecer você melhor.

— É mesmo? — perguntou ela, desconfiada.

— Você é uma moça muito questionadora. Minha avó convidou você para passar o feriado de Ação de Graças com a gente. Eu gostaria de conhecer você melhor antes disso. Acho que você ficaria mais à vontade também, se me conhecesse assim como conhece a minha avó. Vai ser uma grande festa.

— Está bem, acho que você tem razão — disse, sem estar totalmente convencida disso.

— Então... Está livre? Ou já tem planos?

O lado covarde de Sophie, que era bem reprimido, queria dizer: "Sim, tenho planos." Mas ela era mais curiosa do que tímida.

— Não, nada que não possa ser cancelado.

— Pode me encontrar na Thursday House? É um bar, perto de onde você está.

Sophie já tinha ouvido falar do Thursday House. Sua mãe diria que é um lugar *"le dernier cri du chic"*. Em outras palavras, podre de chique. Se ela não aceitasse o convite e Milly descobrisse, ia ouvir um belo sermão.

— Está bem. Que horas?

Ela ligou para Milly no trabalho assim que Luke desligou.

— Você não vai acreditar. Luke Mauricinho me convidou para um drinque no Thursday House.

— Aimeudeus! Que incrível! Ele deve gostar mesmo de você.

— Não, não é isso. Acho que não. Não estou com essa sensação.

— Bem, se ele não gosta de você, por que está te convidando para sair? Tem certeza de que ele não está mudando de abordagem, querendo dar um tempo das supermodelos com quem normalmente sai?

Sophie riu.

— Não! Ele disse que quer me conhecer melhor, já que vou passar o Dia de Ação de Graças com a avó dele. Embora eu realmente ache que tem mais coisa aí.

— Bem, vamos descobrir logo. Pegue meu vestido emprestado de novo. E os sapatos. Chame um táxi. E anote tudo, disfarçadamente, é claro. Quero saber de todos os detalhes!

# Capítulo 7

Eu deveria ter trazido mais roupas, Sophie pensou, ao colocar as bijuterias de Milly para que não ficasse muito na cara que estava com o mesmo vestido que havia usado na abertura da exposição. Felizmente, a amiga tinha ótimas opções de colares, e Sophie escolheu três, um deles tinha brincos combinando, que ela também pegou emprestado. O caimento de uma das peças chamava certa atenção para o decote que, mesmo sendo discreto, tinha um ótimo efeito. Ela deu uma borrifada de perfume como último toque e, com uma ajeitada de ombros e um sorriso espontâneo no rosto, a produção estava pronta. Dava trabalho se aprontar para estar com a alta sociedade nova-iorquina.

Sophie não sabia muito bem quanto tempo levava para se chegar aos lugares em Nova York, então acabou chegando cedo, de táxi. Se não estivesse com os saltos de Milly, teria dado uma volta pelas redondezas para matar o tempo, mas ela só conseguia andar distâncias curtíssimas até que o peito do pé começasse a queimar de dor.

Na entrada, havia vários rapazes de terno Armani. Seriam seguranças ou estavam controlando a entrada? Ou as duas coisas? Sophie não teve tempo nem de chegar a uma conclusão, porque eles rapidamente a rodearam e a conduziram para dentro, abrindo a porta, dizendo "olá" e desejando uma ótima noite.

Quando já estava lá dentro, uma mulher também muito elegante chegou perto dela e perguntou se podia ajudar.

Certa de que estava prestes a ser conduzida para fora, ou para a área de serviço, Sophie respondeu:

— Boa noite, estou aqui para encontrar Luke Winchester.

— Ah, sim. O Sr. Winchester ainda não chegou, mas Carla vai levá-la até a mesa que ele costuma ocupar.

"A mesa que ele costuma ocupar" era no último andar, Sophie logo descobriu, depois de seguir com Carla por um elevador tão rápido que a subida durou apenas alguns segundos, mas pareceu ter deixado uma parte dela no primeiro andar.

Sophie foi cambaleando atrás de Carla, pensando que deveria ter treinado andar com aqueles saltos em casa, e foi conduzida por um salão enorme, cheio de mesas e cadeiras. Enquanto seguiam, Sophie percebeu que havia uma lareira aberta, onde troncos de madeira aparentemente reais crepitavam. Ela viu ainda que havia dois fornos de pizza e pelo menos dois bares antes de Carla lhe mostrar a mesa, com uma vista da cidade e do Central Park inteiro.

— Uau, que vista incrível! — disse Sophie. Era como se Manhattan inteira se estendesse diante dela. Tudo brilhava; todos os prédios pareciam delineados pela luz. Era mágico.

— Não é à toa que essa é a mesa favorita do Sr. Winchester — observou Carla. — E espere só para ver quando a cidade estiver decorada para o Natal. Logo depois do Dia de Ação de Graças, todas as luzes se acendem e fica parecendo que estamos em um conto de fadas. Aceita alguma bebida?

Sophie estava prestes a recusar, mas mudou de ideia:

— Um vinho branco e uma água com gás, por favor.

Beber daria a ela algo para fazer com as mãos. Ela estava meio nervosa agora que havia entrado no bar. Começou a suspeitar que aquela história de "conhecê-la melhor" significava que Luke queria investigá-la.

De repente um garçom apareceu e colocou na mesa um porta-copos, um guardanapo e uma tigela com um mix de nuts. Sophie estava prestes a se servir, quando se lembrou de ter ouvido em algum lugar que alguns testes já haviam detectado sete amostras diferentes de urina em nuts servidas nos bares. Isso acontece porque alguns homens não lavam as mãos depois de ir ao banheiro. Será que isso acontecia naquele bar também? Ou será que a clientela dali era mais bem-educada? Será que o Thursday House jogava fora as nuts que sobravam de cada mesa? Ela suspirou e decidiu arriscar.

Sophie pensou que teria sido ótimo se ela tivesse levado um livro ou uma revista, quando um grupo de cinco mulheres chegou: eram todas uma variação de Paris Hilton; usavam saias curtas, sapatos altíssimos e estavam tão carregadas de joias que poderiam inclusive abrir uma joalheria de médio porte com as peças que as cinco ostentavam. Elas se sentaram à mesa atrás da de Sophie, e isso significava que ela não podia mais admirar seus bronzeados artificiais perfeitos ou imaginar se aqueles narizes e seios empinados tinham sido moldados cirurgicamente. Mas podia ouvir a conversa sem que elas percebessem.

— Então, Kelly — começou uma delas —, por que escolheu essa mesa especificamente?

Havia algo divertido em sua voz, e o tom e o sotaque eram os mesmos das personagens de *As patricinhas de Beverly Hills*, um dos filmes favoritos de Sophie. Ela já não estava mais entediada. Tomou um gole do vinho e começou a relaxar.

— Você sabe muito bem por quê — respondeu a amiga, com a voz igualmente descolada. — É por causa da vista.

— Ah! — exclamou uma terceira. — Não é porque um certo homem solteiro que acabou de voltar ao mercado senta por aqui?

— Não tenho certeza, mas acho que, se você já se casou uma vez, mesmo que tenha se divorciado, não pode mais voltar a ser chamado de solteiro — disse a outra, provocando um suspiro geral. — É uma pena.

— É uma pena que Luke Winchester já tenha sido casado, porque isso significa que a fortuna dele agora é um pouco menor. Mas ninguém é perfeito, amiga. Se esse for o único defeito dele...

— Você é muito descarada!

Um dos garçons foi atender a mesa delas e, enquanto as mulheres pediam seus drinques, Sophie ficou pensando sobre o fato de Luke já ter sido casado. Se ele teve de pagar uma fortuna quando se separou, faz sentido que tenha um pé atrás com as mulheres, o que explicaria seu comportamento estranho em relação à amizade entre ela e Matilda. Sophie deu um suspiro. Aquelas mulheres falavam sobre casamento de forma tão cínica. Provavelmente eram tão jovens quanto ela, mas pareciam já cansadas da vida. E, embora fossem lindas, pareciam bem mais velhas. Provavelmente teriam aquela aparência por muitos anos ainda, até que um dia a idade real coincidisse com a idade aparente. Naquele momento, elas tinham 20 e poucos anos, mas pareciam 36. De propósito.

— Não acredito que você está perseguindo o Luke — comentou outra, tomando um gole de seu drinque altamente sofisticado. — Isso é *tão* infantil!

— Mas é tão divertido! Minha mãe vai ficar toda animada se eu disser que o conheci. Ela está planejando meu casamento desde que eu tinha 6 anos.

— Desde quando você liga para o que a sua mãe quer?

— Bem, acho que eu meio que estou planejando também — disse, e as outras riram também, um indício de que não era só ela que fazia aquilo.

— E Luke *é*, sem dúvida, o solteiro mais cobiçado de Nova York — contou a que sonhava com o casamento. — Preciso de um noivo rico. É por isso que estamos aqui.

— Não sei se ele continua rico depois do divórcio.

— Ele tem um jatinho Lear? Acho que não — falou uma. Aparentemente, a falta deste item poderia tirá-lo do topo da lista dos solteiros mais cobiçados, de acordo com essa mulher. — Voos comerciais são um saco.

— Ele tem um Gulfstream, querida. Lear é só para pequenas distâncias.

Mais risadas. Sophie estava ali, fascinada, fingindo observar a vista de Manhattan para tentar escutar a conversa. As mulheres claramente não tinham visto a moça "misteriosa" sentada à mesa favorita de Luke Winchester. Como ela certamente não estava à altura dos padrões daquelas mulheres, era invisível para elas.

— Não há indício de que a crise tenha afetado o império Winchester — comentou uma delas.

— Você é muito obcecada por dinheiro! — repreendeu outra. — Não basta Luke ser um gato?

— Ele vai herdar todo o dinheiro da avó quando ela morrer — comentou a que sabia sobre os jatinhos. — Tipo, ela é bem velha.

Mesmo sendo jovem, Sophie não concordava com a ideia de que, quando se tinha mais de 30 anos, qualquer pessoa era velha. Matilda não era tão idosa assim. Qualquer pessoa pode desmaiar. Ela ainda podia viver por muitos anos. Animada com esse pensamento, pegou mais uma noz da tigela.

— Vocês acham mesmo que já devíamos estar pensando em casamento? — perguntou uma das mulheres, que parecia mais desconfortável com a conversa. — A vida não é só isso.

Houve alguns segundos de silêncio enquanto o grupo contemplava essa ideia revolucionária.

Até que uma deu um suspiro:

— Não dá para passar a vida inteira fazendo compras, porque uma hora cansa, entende? Quando você se casa, não precisa mais ficar nessa procura por homens solteiros qualificados.

— Embora isso não tenha acontecido com a primeira mulher do Luke...

— Talvez o Luke seja insuportavelmente chato.

— Nada disso — disse uma delas, obviamente com alguma informação privilegiada. — Ele gosta de mulheres inteligentes, aparentemente.

— É por isso que ele vai gostar da gente. Eu sou muito inteligente.

— E muito modesta! Você anda com os resultados das provas dentro da bolsa?

Elas riram mais ainda.

— Nesta bolsa não, querida. Não caberia.

— Bem, de qualquer forma, acho que será difícil conquistá-lo. Parece que ele não gosta muito de compromisso. Uma amiga da minha irmã saía com ele. O estilista dela já havia desenhado o vestido de noiva, ela já tinha encomendado o tecido, mas, assim que Luke descobriu, correu para Los Angeles.

— Ela não devia ter deixado Luke ficar sabendo!

— Pois é, mas organizar um casamento é algo que demanda tempo! Se você for esperar o cara fazer o pedido oficialmente, não dá para preparar tudo a tempo.

Ouviu-se uma profusão de risadas afiadas. Sophie não sabia se tinha acabado de ouvir uma verdade absoluta do universo em que essas mulheres viviam ou se havia escutado uma declaração completamente ridícula.

— Vamos pedir mais bebidas?

Sophie conseguia imaginar aqueles dedos com unhas francesinhas se mexendo para chamar a atenção do garçom, que devia estar esperando. Estava se perguntando se os drinques delas tinham álcool quando viu alguém se aproximando da mesa. Era Luke. Ela se levantou, mas logo depois se arrependeu. Devia ter ficado sentada, calma e elegante.

— Boa noite, Sophie — disse ele, dando dois beijinhos em suas bochechas. — Você está linda — completou, e parecia levemente surpreso.

— Obrigada. É o mesmo vestido que usei naquele dia da abertura da exposição.

Ela não sabia por que havia dito aquilo, mas talvez tivesse sido afetada pelas mulheres sentadas atrás dela, que agora estavam estranhamente quietas.

— Sim, eu percebi. — Luke parecia ligeiramente confuso. — Eu não sabia... Quero dizer, não sabia que as mulheres usavam...

— O mesmo vestido duas vezes?

As mulheres da mesa de trás certamente a tinham feito pensar dessa forma.

Ele concordou com a cabeça.

— Bem, nós usamos. Pelo menos eu uso.

Sophie percebeu que Luke estava esperando que ela se sentasse para fazer o mesmo. As boas maneiras dele a deixavam confusa. Nenhum de seus namorados na Inglaterra costumava se comportar daquela forma. Ela se sentou, e ele ocupou a cadeira da frente.

— O que você está bebendo? — perguntou ele, olhando para o copo já vazio dela. — Quer um champanhe?

— Quero, sim — respondeu Sophie, pensando que precisava de coragem e, portanto, de algo mais forte do que vinho branco e água com gás. — Com certeza.

O grupo da mesa de trás continuava curiosamente quieto.

O garçom apareceu sem que Luke tivesse precisado fazer nada para chamá-lo, e ele fez o pedido.

— Estamos comemorando alguma coisa? — perguntou Sophie depois que a garrafa de champanhe apareceu, como se só estivesse esperando ser pedida, e o garçom serviu a bebida nas taças.

— Não, mas minha avó disse que era para eu ser legal com você.

— Ah. E se ela não tivesse falado...?

— Aí seria água da torneira mesmo — respondeu ele, sem dar um sorriso, e Sophie demorou alguns segundos angustiantes para perceber que ele estava brincando.

O nervosismo fez com que ela gargalhasse mais do que a piada pedia; Luke nem era tão engraçado assim.

— Um brinde à sua primeira viagem a Nova York — disse Luke pouco depois, levantando a taça.

— Obrigada — respondeu Sophie, sem conseguir pensar em mais nada que merecesse um brinde, e bebeu um gole.

Houve um longo silêncio. As mulheres atrás deles também estavam quietas. Talvez sem conseguir pensar em nenhum assunto para falar, ou quem sabe ansiosas para não perder nada.

— Isso é meio constrangedor — disse Luke, finalmente.

Sophie sentia o mesmo, a única diferença é que teria dito "muito constrangedor". Aquele homem a havia convidado para um drinque com o intuito de conhecê-la melhor, teoricamente. E agora não tinha nada a dizer.

— Posso ajudar a deixar a situação menos constrangedora de alguma forma?

Luke suspirou.

— Bem, você poderia lembrar de repente que tem outros planos para o Dia de Ação de Graças... Mas minha avó está decidida a convencer você a passar o feriado com a gente. Já estou conformado.

— Por que você não quer que eu vá? A casa da Matilda é bem grande, não é?

Ele havia sido evasivo no dia que foram ao café, mas agora Sophie estava determinada a descobrir por que ele desconfiava dela.

— Sim, é bem grande.

— Então qual é o problema?

— É difícil explicar.

— Bem, você pode tentar. Você é advogado e trabalha em Nova York. De acordo com tudo o que vi nos filmes e nas séries, vocês são sempre incisivos nas explicações e rápidos nas perguntas.

Ele sorriu, mas ainda estava pouco à vontade.

— Está bem. Minha avó é uma mulher muito rica e já se aproveitaram dela antes.

— O que você está querendo dizer? — perguntou Sophie, irritada. Por que ele estava falando aquelas coisas com ela? Será que achava que ela tinha más intenções?

Luke suspirou.

— Uma vez uma jovem foi se hospedar na casa dela com o filho, e minha avó deu uns brinquedos muito caros para a criança.

— E isso é ruim? — perguntou Sophie. Será que aquele cara queria que a avó economizasse todo o dinheiro só para que ele herdasse tudo no futuro?

— Não foi só isso. Minha avó deixou essa mulher ficar na nossa casa de praia. É só um chalé, na verdade, mas ela não quis ir embora e ficou muito tempo lá.

Novamente, não parecia nada grave.

— Ela ocupou a casa, você quer dizer?

— Ela ficou lá sem a nossa permissão. Tivemos que mandá-la embora.

— E você acha que eu vou fazer a mesma coisa? Escute aqui, eu sou inglesa, tenho uma passagem para voltar para casa. Não posso ficar aqui para sempre. Mas, se você preferir que eu não vá, não tem problema, mas vai ter que explicar tudo direitinho para a Matilda. Acho que seria extremamente rude da sua parte.

Sophie tentava conter sua indignação, mas estava fervendo por dentro. Ele realmente achava que ela queria se aproveitar de Matilda, da bondade daquela senhora. Como ele ousava? Era muito ofensivo.

— Se você ficar e prometer que não vai tirar proveito da vovó, tudo bem. Mas, se acontecer alguma coisa, qualquer coisa mesmo, prometo que faço você ser deportada tão rápido que não vai ter tempo nem de pegar sua escova de dentes.

Sophie respirou fundo. Jogar o champanhe nele e sair correndo não era uma opção, nem mesmo se ela conseguisse andar com aqueles saltos.

— Eu entendo sua preocupação com Matilda, mas realmente não entra na minha cabeça o fato de você me ver como uma ameaça. Eu não tenho filho, meu visto é de turismo, muito provavelmente não irei para o chalé da sua família na praia, que aposto que tem uns três banheiros...

— Tem quatro, na verdade. Desculpe por parecer neurótico, mas ela é muito importante para mim. Desde que meu pai morreu, eu sou o único parente próximo da vovó deste lado do país.

— Bem, acho legal que se preocupe com ela. Minha família pensa que as pessoas mais velhas só servem para... — Sophie parou e achou melhor não revelar a faceta mercenária de sua família, pois ele poderia concluir que ela era igual. — Enfim, quando meu tio Eric, que na verdade é meu tio-avô, precisou de alguém para ficar com ele, eu fui a única que topou. E nós nos divertimos muito.

— Obrigado por me contar isso — disse Luke, sem parecer nem um pouco grato. — Pode me prometer que não vai ficar na casa da minha avó por muito mais tempo depois do feriado?

— Posso prometer que, sob nenhuma circunstância, farei qualquer coisa para prejudicar sua avó. Isso é tudo o que posso fazer.

Houve mais um momento de silêncio. A ira de Sophie estava se dissipando; ela entendia que as intenções dele eram boas. Bem, pelo menos foi o que pareceu. Mas estava claro que Luke não tinha a menor ideia de como convencer as pessoas a fazer o que ele queria sem intimidá-las. Sophie ficou pensando por quanto tempo mais ela precisava ficar ali. Ela não tinha obrigação de terminar a bebida, mas tomou mais um gole mesmo assim. As mulheres da mesa de trás começaram a conversar sobre bolsas, mas Sophie percebeu que elas estavam se revezando para falar enquanto uma ficava ouvindo a conversa deles. Isso a animou um pouco. Elas deviam estar se perguntando por que Luke estava acompanhado de uma pessoa tão desarrumada e com roupas fora de moda. Claro que seu sotaque inglês poderia explicar sua falta de estilo. Se ela tivesse chance, daria uma garimpada em brechós para que ninguém a confundisse mais. É claro que nenhuma mulher chegaria a considerá-la uma ameaça à sua beleza cuidadosamente forjada, mas pelo menos ficariam intrigadas.

— Então, como é a sua vida na Inglaterra?

— É assim que você vai me conhecer melhor? — perguntou Sophie, tentando soar natural, com medo de parecer muito indignada.

— Aham. Você tem alguém especial por lá?

Embora ela não tivesse o costume de desconfiar das pessoas, tudo o que Luke dizia parecia sugerir que ele a estava investigando. Em outra circunstância, ela estaria empenhada em tranquilizá-lo, mas agora tinha decidido deixá-lo mais preocupado.

— No momento, não. Estou livre, leve e solta em Nova York. Não é ótimo?

— Tenho certeza de que deve ser ótimo quando é uma experiência nova. Quer mais champanhe?

Ele serviu mais champanhe na taça dela, fazendo Sophie se sentir humilhada de certa forma. O comportamento dele a fazia se sentir como Holly Golightly, de *Bonequinha de luxo*. Era como se, caso ela se levantasse para ir ao banheiro, ele fosse lhe oferecer dinheiro, "50 dólares para o toalete", que seria seu pagamento.

— Sim, por favor — respondeu ela, sem conseguir pensar em um jeito de sair dali.

Luke recostou-se na cadeira, visivelmente relaxado, agora que a parte constrangedora da conversa havia ficado para trás.

— E o que você já fez desde que chegou?

Sophie contou sobre os passeios que havia feito, sem mencionar seu medo de altura. Estava aliviada que o assunto agora era mais neutro.

— Se passar pelo Village, pelo Greenwich Village, quero dizer, tente ir a Bedford Street. Edna St. Vincent Millay morou lá. A casa dela é muito estreita, não tem nem 3 metros de largura.

— Sério? Como alguém consegue viver numa casa tão estreita?

— Imagino que deva ser difícil, mas várias pessoas famosas já moraram lá. Tem um jardim bem agradável nos fundos.

— Bem, se eu passar por lá, vou dar uma olhada.

— Faça isso. Minha avó adora as poesias de Edna St. Vincent Millay.

— Eu não conheço, mas parece que você não aprova.

Ele sorriu.

— Não é questão de aprovar ou desaprovar. Mas acho que você pode gostar, já que minha avó gosta.

Sophie inclinou a cabeça para o lado. Estava começando a relaxar também.

— Eu e Matilda nos damos muito bem. Talvez seja porque somos mulheres, e inglesas...

Luke fez uma expressão pesarosa.

— Ou porque são meio rebeldes.

Ao dizer isso, ele sorriu de uma maneira absurdamente charmosa. Mas logo Sophie percebeu que era porque ele gostava muito da avó, e não porque estava tentando seduzi-la.

Sophie riu.

— Nunca pensei em mim como uma pessoa rebelde. Sempre fui uma boa filha, esforçada na escola, que ajuda em casa, esse tipo de coisa — disse ela, sem citar novamente tio Eric. Uma coisa era se defender, outra era se vangloriar.

— Mas, quando estava fazendo todas essas coisas, você não se distraía de vez em quando?

Ela pensou nas vezes em que fez a lição correndo no vestiário da escola minutos antes da aula porque ficava trabalhando em seus projetos de corte e costura durante o horário de estudo em casa. Ou na vez em que prendeu as bainhas da cortina com fita crepe, mesmo tendo prometido à mãe que as costuraria, só porque fazer aquilo era chato demais e aquela solução era bem mais rápida.

— Talvez — admitiu.

— A minha avó se distrai sempre. Começa a fazer uma coisa e termina fazendo outra totalmente diferente porque ficou entediada no meio do caminho. Acho que você pode influenciá-la nesse sentido.

— Acho muito difícil — rebateu Sophie, depois de pensar um pouco. — Ela tem uma personalidade muito forte. — Sophie achou a sugestão de Luke muito injusta. Lá estava ele fazendo suposições sobre ela mais uma vez.

Sua expressão deve ter denunciado o que estava pensando, porque Luke se inclinou ligeiramente para a frente e disse:

— Sophie, acho que começamos com o pé errado...

— Pegar sapato emprestado dá nisso!

Ele ignorou a piadinha.

— Mas eu te garanto que, como convidada da minha avó, você será tratada com toda a gentileza.

Sophie sorriu, mas ainda estava reticente.

— Minha avó me pediu que te entregasse isso — disse ele, tirando um pedaço de papel da carteira e entregando a ela. — É um itinerário.

— Ah, meu Deus.

Luke ignorou o susto que ela tomou.

— E ela me pediu para perguntar se você quer que ela mande o motorista até Nova York ou se você prefere ir de trem.

— Vou de trem, é claro! Eu nunca imaginei... — disse e fez uma pausa. Ela não queria ficar batendo na tecla de que não ia fazer nada de mal à avó dele, então mudou de assunto. — Onde ela está agora?

— Indo para casa, talvez já tenha até chegado. O motorista gosta muito dela.

— Imagino. Ela é adorável.

Luke não pareceu impressionado com aquela declaração. Talvez ainda suspeitasse dela, embora Sophie não conseguisse entender por quê. O que ele achava que ela poderia fazer com Matilda?

Ela deu uma olhada no itinerário.

— Quanto tempo você acha que Matilda ia querer que eu ficasse lá? Não quero abusar da hospitalidade.

Luke de repente se transformou no herdeiro perfeito daquela respeitável dinastia.

— Bem, você pode chegar na quarta-feira e ficar para o fim de semana. Haverá uma pequena reunião de família na quarta à noite, para umas vinte pessoas só, e o jantar oficial de Ação de Graças será na quinta. Basicamente será só a família, além de alguns amigos e vizinhos.

— Meu Deus! Vocês têm tantos parentes assim?

— Na verdade, não temos muitos, não. Mas, como você já percebeu, minha avó tem um coração maior que o Texas, e todo tipo de agregado oportunista é considerado "família" para ela.

— Bem, entendi a indireta.

Sophie não conseguia decifrá-lo. Luke parecia disposto a garantir que ela se sentisse bem-vinda na casa da avó, mas ao mesmo tempo continuava desconfiado. Mas ele conseguia ser muito charmoso quando queria.

— Eu não quis dizer que...

— Não, claro que não, eu provavelmente entendi errado — disse Sophie, sorrindo e olhando bem nos olhos de Luke. A coloração estranha deles a fascinava. Ela não estava "interessada" nele, mas as íris de seus olhos eram tão estranhas que ela não conseguia não olhar. A jovem se recompôs rapidamente. Se o encarasse por muito tempo, Luke ia interpretar errado. — De qualquer forma, estou animada para ficar na casa da Matilda. Vou fazer o possível para ajudá-la com o que puder.

— Ela conta com uma equipe. Você estará lá como convidada, não como ajudante.

Sophie sorriu delicadamente, pensando que "ajudante" era um jeito politicamente correto de se referir à empregada.

— E os planos para o jantar de hoje? Sei que está em cima da hora, mas, se estiver livre...

Sophie deu um pulo ao ouvir o convite, e, aparentemente, Luke também parecia surpreso. Talvez ele não tivesse a intenção de estender a noite além daquele drinque.

Sophie e Milly haviam conversado mais cedo sobre a possibilidade de Luke a convidar para jantar. Sophie dissera que achava que era muito improvável; Milly achava que isso significava que ele gostava dela. Se fosse esse o caso, ele tinha um jeito estranho de demonstrar seus sentimentos. Então ela respondeu:

— Não, obrigada. O namorado da minha amiga está cozinhando para a gente. Ele é chef.

Luke curvou-se educadamente.

— Então nos vemos na casa da minha avó.

Na manhã seguinte, após uma noite muito divertida na casa de Franco, o namorado de Milly, as duas deram uma olhada no itinerário de Sophie e nas roupas que ela trouxera da Inglaterra. Milly havia tirado o dia de folga e estava dando toda a atenção ao dilema da amiga: como transformar roupas adequadas ao trabalho de babá em algo apropriado para o fim de semana em uma mansão em Connecticut.

— Ok! O que temos aqui? Três calças jeans...

— Que são novas! — ressaltou Sophie, já na defensiva. — Comprei um pouco antes de vir.

— Onde?

O canto da boca de Sophie se contraiu.

— Numa feirinha.

Milly deu uma risada irônica.

— Tudo bem! Se alguém perguntar, diga que são de uma marca inglesa.

Aliviada ao ver que nem todas as suas roupas seriam descartadas, Sophie pegou uma saia para a inspeção de Milly.

— Uma saia curta e sexy — observou Milly. — Com a blusa certa, é perfeitamente adequada para um jantar de família. Afinal de contas, você vai ficar sentada. As pessoas nem vão ver quão curta a saia é, e Matilda certamente tem aqueles guardanapos enormes que você pode usar para cobrir as coxas.

— Bem, pelo menos já temos um look.

— Ainda não, falta a blusa — disse Milly, anotando tudo em uma lista.

— Agora entendo como você arranjou um emprego importante mesmo tão jovem — disse Sophie.

Milly fez uma expressão de que não havia entendido o comentário.

— Ah, meus pais comentaram alguma coisa sobre o assunto quando estávamos conversando sobre a minha viagem — explicou Sophie.

Milly assentiu e voltou a se concentrar na lista.

— Ok, você trouxe uma blusa branca que combina com essa saia. Não é à toa que te confundem com uma garçonete.

— Foi só uma vez, e a pessoa provavelmente estava bêbada — respondeu Sophie, meio ressentida. — Acha que não posso usar essa roupa em uma reunião de família, então?

— Não. Precisa de algo mais bonito, mais coladinho, mas sem ser muito decotado.

— Não tenho nada assim. — Sophie se sentiu na defensiva novamente. Ela queria se rebelar, mas sabia que a amiga só estava querendo ajudar.

— Já anotei aqui. Agora vamos pensar no traje da festa de Ação de Graças.

— Quero um look bem glamoroso!

— Isso não tem nada a ver com você, Soph. Por que você quer um look glamoroso?

Sophie suspirou.

— É que o Luke...

— Você está a fim dele! Eu sabia!

— Não, não e não! Não estou. Mas ele faz eu me sentir como a Holly Golightly, sabe? De *Bonequinha de luxo*.

Milly balançou a cabeça.

— Não acha que passou tempo demais assistindo a esses DVDs velhos da sua irmã? Você usa esses filmes como parâmetros para a sua vida.

Ciente de que aquilo era verdade, Sophie se sentiu repreendida. Milly percebeu isso e continuou, mais gentil agora:

— Mas deve ser bem legal tomar café na Tiffany.
Sophie sorriu com o comentário da amiga.
— Eu sei. E a razão pela qual eu não gosto do Luke, e que nunca poderia gostar, é que ele faz com que eu me sinta a parente pobre, a oportunista...
— A jovem que ganha dinheiro porque sai com homens ricos. Eu entendo, Sophie, mas por que então você quer ficar glamorosa?
— Porque não quero que as pessoas achem, que ele ache, que Matilda perdeu a cabeça e resgatou uma pobretona na rua.
— Mas foi você que resgatou a Matilda! — observou Milly, fingindo estar indignada. — Por que está tão preocupada com isso? As pessoas vão amar seu sotaque inglês sofisticado. E se suas roupas forem diferentes, eles vão achar que é apenas excentricidade inglesa. Mas você vai ficar glamorosa, eu prometo — disse, fazendo algumas anotações.
— E o meu vestido? Fica muito melhor em você do que em mim.
Sophie jogou as mãos para o alto. Ela preferia usar um saco de lixo em vez daquele vestido.
— Luke já me viu com esse vestido duas vezes! Não posso usá-lo de novo de jeito nenhum.
Milly balançou a cabeça.
— Então você vai ter que comprar outro. Precisa levar pelo menos um vestido sexy.
— Por quê? Nenhum evento pede um vestido sexy. Preciso de algo sofisticado.
— Uma mulher não deve viajar sem um vestido sexy. Luke não há de ser o único homem naquela casa. Nunca se sabe quem você pode conhecer. E o vestido deve ser curto.
— Por quê?
— Porque você tem pernas lindas e porque vestidos curtos são mais baratos que os longos.
— Ah, será que eu conseguiria transformar um suéter longo num vestido?

Milly deu uma gargalhada.

— Sim, mas acho que pode fazer melhor do que isso. Você sempre foi brilhante customizando roupas na Inglaterra. Tenho certeza de que não perdeu o jeito. E é impossível que você não encontre um vestido bom e barato em Nova York.

— Está bem.

— Tem uma loja maravilhosa que vende todo tipo de acessório.

Sophie estreitou os olhos.

— Será que eles vendem plumas?

— Aposto que sim — respondeu Milly. — Vamos procurar o endereço.

Enquanto Milly pesquisava no celular, Sophie vasculhava o armário da amiga. Ela pegou um vestidinho preto básico.

— Você ainda usa isso?

Milly olhou para ela.

— Sei o que você está pensando. Se eu te desse esse vestido, você economizaria uma grana.

— Você leu meus pensamentos.

— Está bem, pode ficar com ele, mas só se... — Milly fez uma pausa para dar ênfase. — Só se você me devolver depois que transformá-lo em algo incrível.

— Combinado! Você não vai se importar se eu cortá-lo na cintura, vai? Ou se fizer um decote nas costas?

— Desde que fique fabuloso. Mas talvez as duas coisas não fiquem legais juntas. Acho que Nova York não está preparada para tanta customização, muito menos Connecticut.

— Vou tentar não estragar o vestido, Milly. Mas você vai me ajudar nas compras, não vai?

Milly fez cara de sofrimento.

— Ah, eu adoraria, mas o motivo de eu ter pedido essa folga há milênios foi para passar um tempo com o Franco.

Isso foi um balde de água fria. Sophie estava ansiosa para sair com a amiga, mas ela entendia. Todo mundo parecia trabalhar muito mais em Nova York do que na Inglaterra, e folgas eram coisas muito preciosas.

— Está bem, e é mais rápido comprar roupas sozinha. Só me diga onde ficam os melhores brechós.

Milly pegou o mapa e foi assinalando alguns pontos.

— Aqui essas lojas são chamadas de bazares.

— Os dois funcionam para mim.

Lojas que vendem roupas de segunda mão normalmente têm um cheiro muito característico. Um cheiro com o qual Sophie estava bastante acostumada e que não a desagradava.

Esta loja em particular tinha mais roupas vintage do que propriamente de segunda mão e parecia um verdadeiro baú do tesouro para Sophie. Certamente seria mais cara do que as lojas que costumava frequentar, mas valeria muito a pena.

O piso era de tábuas e as paredes haviam sido cobertas com espelhos e propagandas dos anos 1950 e 1960, talvez até mais antigas. No fundo, tocava um jazz suave, e ela sentiu aquela animação que percorria seu corpo ao comprar roupas. O que a animava não era gastar dinheiro, e sim a emoção da busca, a possibilidade de descobrir alguns achados em meio a diversas roupas descartadas.

A responsável pela loja estava costurando, então Sophie lhe disse exatamente o que estava procurando e deu início à sua busca. A mulher voltou para sua costura.

Sophie tinha um método: vasculhava cada arara e prateleira para ter certeza de que tinha visto tudo. Algumas coisas eram descartadas logo de cara, outras tinham potencial; então ela voltava para dar uma segunda olhada nessas peças. Encontrou uma saia poodle linda dos anos 1950, que podia encurtar a partir da cintura e usar com uma legging preta. Achou uma jardineira jeans vintage perfeita para Milly, e também algumas bijuterias descoladas às quais não resistiu. Mas não encontrou nada que fosse adequado para o feriado chique que passaria em Connecticut.

Queria muito a saia poodle, mas acabou não a comprando e levou apenas a jardineira. Não podia gastar dinheiro comprando coisas só porque tinha gostado delas. Ao pagar, já estava pensando na próxima loja na qual iria quando viu um par de sapatos. Parecia ser o seu número e tinha um salto escarlate lindo.

— Nossa, que lindos! — exclamou, animada.

A mulher da loja olhou para eles.

— Comprei numa liquidação, mas não me serviram. Por isso resolvi vender aqui.

— E quanto é? — perguntou Sophie, já tirando uma das botas para experimentar.

— Bem, como você é inglesa, pode pagar o mesmo que paguei por eles. Foram bem baratos.

— Isso é muito gentil! Não vou discutir por estar me dando desconto por eu ser inglesa, vou só dizer obrigada!

# Capítulo 8

Sophie não teve dificuldade para encontrar a plataforma de onde partiria seu trem. No momento em que pediu informação, revelando, assim, seu sotaque inglês, foi praticamente levada pela mão e colocada dentro do trem. A viagem foi agradável, e a mulher que lhe ajudou ficou falando sobre os netos. Não havia a menor possibilidade de Sophie pensar em perder a parada: com bastante antecedência, pediram a ela que juntasse suas tralhas.

Quando chegou à estação, havia um homem sorridente, com uniforme de chofer — incluindo o chapeuzinho — esperando por ela. Ele foi até Sophie e pegou sua mochila. Matilda certamente deve ter lhe dado uma descrição precisa dela. Naquele momento ela se deu conta de que devia ter pegado a mala de rodinhas de Milly emprestada. Estava parecendo um tanto desleixada de mochila. Será que algum hóspede havia chegado de mochila antes?

— Senhorita Sophie Apperly? — perguntou ele.

— Sou eu.

— Meu nome é Sam. Trabalho para a Sra. Matilda há mais de vinte anos.

— Deus do céu! — exclamou Sophie, mas depois se arrependeu. "Deus do céu" era muito inglês.

— Sim, senhorita. Venha comigo, vou levá-la para casa.

Ela sorriu ao perceber que aquele homem gentil realmente gostava do que fazia — e de Matilda.

Assim que os enormes portões de ferro da casa se abriram, Sophie entendeu a preocupação de Luke com relação à amizade entre jovens perdidas e sua avó. Ela obviamente não era apenas rica, devia ser milionária. E, embora estivesse segura sob a proteção de um rottweiler — seu neto —, Sophie entendia a ansiedade dele: a personalidade simpática e generosa de Matilda podia mesmo atrair aventureiras aproveitadoras.

O contraste entre mansão extremamente bem-cuidada e a casa de seus pais, decadente e caindo aos pedaços, era espantoso. Não havia nenhuma folha seca fora do lugar, nem um vestígio de musgo subindo pelas paredes causando mofo.

A jovem de repente se sentiu culpada por ter aceitado o convite. Suas motivações não estavam corretas. Embora realmente gostasse de Matilda, ela havia decidido visitá-la por outras razões: Sophie estava determinada a ficar nos Estados Unidos por tempo suficiente para encontrar sua parente. Depois de passarem por um terreno de grama lisinha, descerem por uma avenida de carvalhos silvestres e chegarem à porta da mansão (que, para Sophie, parecia só um pouco menor que o Palácio de Chatsworth), ela tinha resolvido que não ia ficar hospedada ali por muito tempo, mesmo se falhasse em sua missão. Voltaria para Nova York na segunda-feira, no primeiro trem. Sophie também achava que já estava abusando da boa vontade de Milly, ficando no apartamento da amiga, mas pelo menos elas duas podiam conversar sobre qualquer assunto.

Matilda veio até a porta para lhe dar as boas-vindas e pareceu muito pequena diante daquele imenso cenário — pequena, porém absolutamente adequada. Ela deu um abraço caloroso em Sophie.

— Que bom que você veio! Você não imagina como eu estava ansiosa pela sua chegada. Tenho várias tarefinhas para você.

Sophie retribuiu o abraço caloroso e respondeu:

— Duvido que a senhora tenha alguma tarefa para mim. Está mais do que claro que conta com uma "equipe".

Matilda deu uma bela gargalhada.

— Bem, sim. É claro que conto. Mas, para certas coisas, confio em poucas pessoas — disse, dando uma piscadinha para Sophie e fazendo-a rir.

— Está bem, mas acho que não vai ser nada parecido com as coisas que resolvi para o tio Eric — disse Sophie, se lembrando do trabalho de limpeza e arrumação e das provocações divertidas entre ela e o tio-avô.

— Provavelmente não. Acredito que eu e seu tio Eric tenhamos necessidades distintas. Bem, vamos entrar e tomar um chá — convidou Matilda, pegando o braço dela.

Sophie preferia uma taça de vinho, mas chá estava bom também. Quem sabe serviriam xerez mais tarde? Ela gostava do Amontillado, que bebeu na casa de tio Eric, mas talvez Matilda preferisse algo mais seco, que Sophie não gostava muito. Mas a ralé, ou, no caso dela, os mochileiros itinerantes, não tinha direito de escolher.

— Gostaria de se refrescar antes do chá? Talvez ir até o seu quarto e se trocar? — perguntou Matilda.

Sophie não ia iludir Matilda a respeito de seu guarda-roupa, nem a respeito de mais nada.

— Hmm... Não, obrigada. Mas gostaria de lavar as mãos.

Uma mulher sorridente usando uniforme levou-a até o banheiro do primeiro andar, que era do tamanho de uma piscina. Ela sabia que nos Estados Unidos essas mulheres eram chamadas de empregadas. Tio Eric as teria chamado de governantas.

Felizmente a empregada ficou aguardando do lado de fora do banheiro, caso contrário, Sophie jamais teria achado o caminho do solário onde Matilda servia o chá num jogo de prata, com direito a chaleira sobre um *rechaud*, além de xícaras e pires de porcelana.

— Me perdoe, querida — disse ela, quando Sophie chegou ao solário. — Adoro usar esses apetrechos antigos, e ter uma visitante inglesa é um bom motivo para isso. Minha família acha que é uma loucura usar essas coisas que demandam uma limpeza cuidadosa — observou, e apontou para o bule de chá, a leiteira, o açucareiro e a chaleira. — Mas Consuelo já está acostumada a limpá-las.

Consuelo sorriu, confirmando que era verdade.

— Ligo a TV no meu programa favorito e fico lá, polindo. Sra. Matilda, ainda precisa de mim? Se não precisar, vou voltar para a cozinha. Ainda tem muita comida para preparar.

— Não, obrigada. Sophie pode me ajudar se o bule estiver muito pesado. Como gosta do seu chá, querida?

— Com só um pouquinho de leite. A senhora consegue pegar o bule?

— Na verdade, não. Eu conseguiria se estivesse desesperada, mas como você está aqui...

Sophie pegou o bule, encantada. Era tão diferente do que costumava fazer. Ela apenas colocava o saquinho de chá na caneca. Ela adorou a porcelana, quase transparente e com gravuras de pássaros. Tio Eric teria aprovado.

— Coma um cookie... quer dizer, biscoito — disse Matilda, depois que o chá foi servido. — Repare que eles deveriam se parecer com um peru.

Sophie não conseguiu reconhecê-los, mas achou o formato até parecido com pássaros.

— Será que amanhã você poderia ajudar as crianças menores a decorar os biscoitos? Elas ficam muito entediadas antes da refeição.

— Claro, sem problemas! Parece divertido. E fico feliz em ajudar como puder.

— Luke me disse que eu não deveria tratá-la como uma empregada. Isso foi um pouco surpreendente.

— Ah, é? Por que será?

Matilda deu de ombros.

— Acho que ele quer que você tenha uma estada agradável conosco.

Sophie achou que não era bem aquilo. Embora Luke fosse incrivelmente educado, não havia nada de mais entre os dois. Então Sophie se deu conta de que provavelmente ele estava com medo de que ela tentasse manipular Matilda para lhe dar um emprego de verdade, e finalmente conseguir o tão cobiçado green card. Certamente não queria que a avó ficasse sustentando Sophie ou coisa parecida. Meu Deus, que homem desconfiado! Talvez fosse porque ele era advogado, ou quem sabe não confiasse em nenhuma mulher com menos de 60 anos, depois que a ex tinha feito a limpa na conta bancária dele.

— Bem, eu adoro crianças. O trabalho que vim fazer aqui e acabou não rolando era de babá. Eu comentei com a senhora, lembra?

Matilda franziu a testa.

— Sim, você comentou comigo, mas preciso confessar que fiquei feliz por não ter dado certo. Talvez você não tivesse me conhecido, e sei que seremos grandes aliadas.

— Aliadas? Contra quem?

— Contra ninguém especificamente — respondeu Matilda, como quem não quer nada e pegando o bule de chá, que agora estava mais leve. — Quer mais chá, querida?

— Sim, por favor — aceitou Sophie, observando enquanto sua anfitriã servia o chá, agora mais concentrado, na xícara. Talvez ela estivesse influenciada pelo comportamento desconfiado de Luke, mas algo nas palavras de Matilda sugeria que ela estava tramando alguma coisa.

— Gostaria de ver seu quarto? — perguntou Matilda, quando as duas acabaram de beber o chá e comer os biscoitos.

— Sim, por favor. Mas acho que antes preciso ir mais uma vez ao banheiro.

Matilda fez uma expressão pesarosa.

— Minha querida, seu quarto tem um banheiro próprio, e com banheira. Achei que você, sendo inglesa, talvez preferisse uma banheira a um chuveiro.

— Eu me viro bem com chuveiro, mas, se tem banheira, está ótimo.

O quarto era suntuoso, maior do que a sala de estar da casa de seus pais. Ficava no térreo e tinha uma porta dupla que dava para o jardim. No verão devia ser uma delícia sair para aproveitar o sol no jardim italiano que ficava logo em frente. Sophie deu apenas uma rápida olhada, antes que Consuelo fechasse as pesadas cortinas, deixando o quarto quentinho e acolhedor. Deve ser bem difícil se adaptar a um apartamento pequeno em Nova York quando se está acostumado a viver num lugar tão grande, pensou Sophie, mas logo depois concluiu que o apartamento de Matilda provavelmente era gigante também.

Consuelo se ofereceu para ajudar Sophie a desfazer as malas, mas a jovem sorriu e recusou a oferta.

— Como você pode ver, não trouxe muita coisa. Nem quero que você veja minhas calcinhas velhas.

A empregada deu uma risada.

— Bem, se a senhorita tiver esquecido alguma coisa, com certeza temos aqui. Temos um estoque de maquiagem das melhores marcas, se precisar.

Sophie hesitou. Ela não costumava usar muita maquiagem. Tinha levado as amostras que havia ganhado na loja, um rímel quase seco e um restinho de batom que só dava para aplicar usando um pincel. Será que precisava de mais alguma coisa. As amostras eram de sombras em gel para os olhos, em sua maioria, e coisas que não faziam muita diferença para alguém da idade dela.

— Acha que preciso?

A empregada assentiu.

— As mulheres que saem com o Luke normalmente usam uma tonelada de maquiagem. A senhorita não precisa de muito, tem uma pele ótima. Mas seria bom usar alguma coisa.

— Será que você pode...

— Vou trazer tudo. A senhorita pode se divertir testando o que gostar. O jantar é servido às sete, quando toda a família está pronta. Tocamos um sino, a senhorita vai ouvir. Mas, se estiver pronta antes disso, saiba que a Sra. Matilda gosta de tomar uma taça de xerez às seis e meia. Ela vai adorar a sua companhia.

*

Pontualmente às seis e meia, Sophie saiu meio cambaleante do quarto, agradecida por não precisar enfrentar escadas, e carregando os docinhos que tinha feito na casa de Milly. Sua esperança era que o fato de terem sido feitos artesanalmente os tornasse especiais, e não apenas uma desculpa para economizar no presente. Os sapatos incríveis com salto escarlate ficaram um pouco grandes, mas ela os comprou assim mesmo porque eram lindos demais, e porque achou que teria sido mal-educado não os levar. Milly disse que eles pareciam sapatos de drag queen, mas Sophie achou que valia a pena ser confundida com uma.

A saia era a mesma de sempre, praticamente sua marca registrada, e também foi uma pechincha, se não levar em conta a pouquíssima quantidade de tecido usada para fazê-la. Arrematou o look com um cardigã de cashmere simples, de gola V, que havia comprado em Nova York — um de seus melhores achados nos brechós. A meia-calça era a parte mais cara do visual, mas, como Milly ressaltou, era também a que cobria a maior parte do corpo. A amiga também falou "suas pernas estão tão lindas que o gasto valeu a pena".

Ela usou a maquiagem que Consuelo lhe emprestou, além de ter borrifado uma generosa quantidade do perfume Guerlain que estava no banheiro. Ainda no quarto, sentia-se fabulosa, mas aquela autoconfiança foi diminuindo à medida que chegava mais perto da sala de estar. Começou a ouvir vozes. Muito em breve teria de se apresentar à família de Matilda, e provavelmente todos se mostrariam parecidos com Luke: pensariam que Sophie era uma aproveitadora disfarçada de pobretona. Talvez a saia estivesse muito curta.

Pelo menos a caminhada até lá serviu para ela treinar andar com aquele sapato. Sophie estava decidida a superar o nervosismo e se divertir. E Matilda era muito simpática, quem sabe seus parentes também fossem? Luke podia ser só uma exceção.

Houve um momento de silêncio quando Sophie parou na entrada do maior cômodo que ela já tinha visto na vida. No fundo, havia uma lareira digna de um castelo, crepitando com toras do tamanho de troncos de árvores.

Embora estivesse longe dos demais, estava claro que o grupo de pessoas mais afastadas da lareira prestava atenção nela. Seus olhares a analisavam. Matilda, que estava conversando em voz baixa com um homem de sua idade, percebeu a presença de Sophie e foi até ela.

— Sophie, querida, venha se juntar a nós — disse e deu um beijo em sua bochecha.

— Olá — disse Sophie, retribuindo o beijo. — Trouxe uma coisinha para a senhora. Não é nada de mais, só uns docinhos que eu fiz.

Sophie se deu conta de que se sentiria muito mais confortável ali como garçonete do que como convidada.

— Que gentileza a sua! Mas não tinha necessidade, o fato de você estar aqui é o que conta.

— Eu sei, mas eu não me sentiria bem se aparecesse aqui de mãos abanando.

— Bem, tenho certeza de que estão deliciosos — disse, entregando os doces para um mordomo de uniforme que, silenciosamente, surgiu ao seu lado. — Tome uma taça de xerez. Ou prefere outra coisa?

— Xerez está ótimo — respondeu Sophie.

Na verdade, um drinque mais forte seria melhor. Sophie tinha certeza de que aquele mordomo poderia providenciar um manhattan ou old fashioned perfeito, mas não ela nunca tinha bebido nenhum desses drinques. Além disso, não queria que "extravagante" fosse mais um defeito na lista que a família de Matilda provavelmente já estava fazendo sobre ela.

— Venha conhecer a família — convidou Matilda, quando Sophie já estava com sua taça. — Imagino que não vai conseguir guardar o nome de todos. Nós, americanos, temos um pequeno truque que ajuda: repetir o nome da pessoa a quem está sendo apresentada.

Uma mulher um pouco mais velha que a mãe de Sophie apareceu, rindo.

— Então você é americana hoje, mãe? Normalmente tem tanto orgulho de ser inglesa. Olá, Sophie, meu nome é Susannah, sou uma das filhas da Matilda. Moro na Califórnia. Sou tia do Luke.

A mulher lançou um olhar provocante para Luke, que estava com o nariz enfiado em sua taça, bebendo. Ao lado dele havia uma jovem bonita, de cabelos louros e de vestido cor-de-rosa. Na mesma hora, Sophie se sentiu desarrumada com aquele visual predominante preto gritando "brechó".

— Luke, não quer apresentar Bobbie para Sophie primeiro?

Luke sorriu.

— Sophie, esta é a Bobbie, filha de velhos amigos da família.

Uma outra mulher riu.

— Não somos tão velhos assim, querido.

Bobbie se aproximou, como se fosse dar um beijo em Sophie, e ela ficou surpresa com a reação. Sophie achou que a mulher não fosse tão simpática assim.

— Olá, Sophie. Venha conhecer meus pais.

Ela tinha o mesmo sotaque e tom de voz daquelas das mulheres que Sophie tinha visto no bar. Sophie ficou se perguntando se todas elas se conheciam. Bobbie devia ter a mesma idade de Sophie, mas a fez se sentir mais velha.

Outras pessoas se apresentaram a ela e, no geral, Sophie se sentiu bem-vinda. Mas ainda estava deslocada. A conversa antes do jantar foi de jatinhos a crise de crédito (que, aparentemente, não tinha afetado nenhum dos presentes), passando pela grande dificuldade que era conseguir um jardineiro que cultivasse orgânicos hoje em dia. Sophie quase levantou a mão e anunciou que era uma ótima jardineira, para ver se conseguia um trabalho, mas Luke estava de olho nela, então a jovem achou melhor não falar nada. Ela também não queria envergonhar Matilda, então limitou-se a responder as perguntas sobre a Inglaterra, mesmo que não tivesse muito a dizer. Não tinha a menor ideia de quantos habitantes sua cidade tinha, por exemplo.

Luke a conduziu até onde seria servido o jantar. Era uma reuniãozinha simples de família que requeria um mordomo, diversas criadas — inclusive Consuelo, que deu uma piscadinha para Sophie —, e uma série de coisas que Milly teria descrito como "blá-blá-blá".

De um dos lados de Sophie à mesa, sentou-se uma velha amiga de Matilda. Luke estava do outro. Bobbie estava ao lado dele, e não se incomodou em ficar conversando com Sophie por cima de Luke. A princípio, Sophie precisou se concentrar muito para entender a conversa, mas, depois de algumas frases, se acostumou com a fala rápida de Bobbie e conseguiu acompanhar as palavras, pelo menos. Ouvindo o relato de Bobbie sobre o universo dela, parecia que Sophie estava assistindo a um filme daqueles bem glamorosos. Tudo era fascinante, mas nada tinha a ver com ela.

A comida estava magnífica. O primeiro prato era uma pequena porção de sopa, que parecia uma espuma, mas por baixo tinha um creme delicioso de ervilhas frescas. Sophie comentou com Luke:

— É um pecado chamar algo tão monumental de sopinha, não acha?

Uma ruga apareceu no canto do olho de Luke, como se ele quisesse rir, e, naquele momento, o rapaz parecia outra pessoa.

— Acho que sim — respondeu, antes que Bobbie monopolizasse a atenção de Sophie novamente.

— A gente preciiiisa passar um tempo juntas amanhã! — disse, animada.

A gente não preciiiisa, não, pensou Sophie, tentando entender por que Bobbie sugerira aquilo, e como poderia dizer não.

— Acho que minha avó já tem uma tarefa para Sophie, se ela não se importar — disse Luke, com um sorriso quase charmoso.

— É verdade, eu tinha esquecido! Vou ajudar as crianças a decorar os biscoitos... Quer dizer, os cookies, em formato de peru.

Bobbie franziu o nariz.

— Que tarefa melequenta, mas talvez seja divertido.

— Bem, você pode me ajudar! Não sei quantas crianças serão nem se elas sabem fazer cobertura de açúcar.

— Glacê — corrigiu-a Luke.

— Glacê — repetiu Sophie e comentou: — Acho que os Estados Unidos e a Grã Bretanha são duas nações divididas *mesmo* por uma língua em comum. — Ela sempre ouviu o pai dizer isso, e talvez ele estivesse certo.

— Como assim? — perguntou Bobbie, arqueando suas sobrancelhas perfeitas.

— Acho que Sophie está se referindo àquela música "Let's Call the Whole Thing Off", sabe? "You like *tomato* and I like *tomahto*" — explicou Luke, brincando com a diferença nas pronúncias da palavra "tomate" nos dois países.

— Sim, mas com *potato* a pronúncia é a mesma, não é? — argumentou Sophie.

— Sim. E por que alguém pronunciaria *potahto*? — perguntou Bobbie. — É meio ridículo.

— Com certeza — concordou Sophie. — Mas o mais engraçado é que, se eu estivesse num restaurante e pedisse *tomayto*, como vocês, americanos, em vez de *tomahto*, ia parecer ridículo também. Mesmo eu estando aqui nos Estados Unidos.

— Não entendi — disse Bobbie.

— Porque não seria natural. Ia parecer que eu estava imitando o sotaque americano.

— O americano e não o britânico? — perguntou Luke, virando a cabeça de leve.

— Eu não tenho sotaque — rebateu Sophie, educada. — Vocês, colonizados, é que têm.

Bobbie arregalou os olhos, confusa, enquanto Luke apertou os lábios e balançou a cabeça.

— Não me venha com esse discurso paternalista. Fique sabendo que os Winchesters vieram para cá no navio *Speedwell*, que viajou mais ou menos na mesma época do *Mayflower*.

Sophie percebeu o início de um sorriso de canto de olho em Luke.

— Impressionante. Mas, ainda assim, são vocês que têm sotaque.

Seus olhares se encontraram por um breve segundo, e houve um tipo de comunicação entre eles que Sophie não conseguiu definir, mas da qual gostou.

— Se você diz... — ponderou Luke.

Sophie arregalou os olhos.

— Não acredito que está concordando comigo.

— Só dessa vez — disse ele.

Sophie se virou, confusa. Se fosse qualquer outro homem tendo aquela conversa com ela, acharia que ele estava flertando.

— Que roupa você vai usar amanhã? — perguntou Bobbie.

— Ainda não decidi — respondeu Sophie, se questionando se o vestido preto de Milly era uma opção adequada para aquela reunião familiar.

— Jura? — indagou Bobbie, chocada. — Não acredito que é a véspera do Dia de Ação de Graças e você ainda não sabe que roupa vai usar! Se eu ainda não tivesse decidido, passaria o dia inteiro amanhã vasculhando meu armário e espalhando todas as opções em cima da cama. Que pesadelo!

— É porque não se comemora o Dia de Ação de Graças na Inglaterra, lembra? — falou Luke.

— É mesmo? Mas têm Natal, não é?

— Ah, sim. E comemoramos todas as outras datas festivas, Páscoa, Pentecostes... — prosseguiu Sophie.

— Mas e o 4 de julho? — perguntou Luke, agora claramente fazendo piada.

— Preferimos comemorar o Dia da Bastilha — rebateu Sophie. — O tempo é mais agradável a partir de meados de julho.

Bobbie olhou para os dois por alguns segundos antes de se retirar da conversa.

O jantar seguiu com um prato maravilhoso depois do outro, até que Sophie estava tão satisfeita que não conseguia mais nem se mexer. Porém, antes da sobremesa, Matilda bateu palmas e pediu atenção.

— Senhores, poderiam por favor pular dois lugares para sua esquerda?

Foi só quando Luke estava prestes a se afastar dela que Sophie percebeu o quanto estava à vontade em sua companhia. Ele ainda desconfiava dela, mas pelo menos não a interrogou sobre o crescimento econômico da Grã-Bretanha, como fez o homem sentado do outro lado.

— Bem, olá! — disse o senhor que se sentou no lugar de Luke. — O que esta rosa selvagem inglesa está fazendo por essas bandas?

Sophie estava pronta para ser simpática com este senhor aparentemente respeitável, assim como era com tio Eric. Mas, depois do elogio, ele colocou a mão em sua perna e a apertou tão forte que Sophie se retraiu.

Ela olhou para Luke, na esperança de que ele pudesse resgatá-la, mas o rapaz já tinha sido capturado por um outro homem, que provavelmente estava falando sobre um assunto muito técnico e importante, ignorando completamente a mulher sentada entre ele e Luke.

Ela desvencilhou a perna das mãos do senhor e fez o possível para sorrir. O homem então começou a fazer um relatório detalhado de suas façanhas no Vietnã enquanto, por baixo da mesa, seguia procurando o joelho de Sophie. Ela colocou o guardanapo no colo. Se ele tentasse agarrar sua coxa, só encontraria tecido. Ficou olhando em volta, tentando desesperadamente encontrar alguém que pudesse ajudá-la. É claro que ela podia ter levantado a voz e dito que estava sendo assediada sexualmente, mas achou que aquilo seria rude. Ela podia comentar sobre o assunto depois com Matilda, se surgisse a oportunidade. Talvez ele não tivesse muita noção do que estava fazendo, pois não parecia tão ameaçador.

Parecia que havia se passado um ano quando finalmente Matilda se levantou.

— Bem, queridos, vou ter que deixá-los. Mas fiquem à vontade para tomar um café, chá, ou qualquer coisa que quiserem na sala de estar. Eu vou dormir.

Sophie se levantou tão rápido que o senhor ao seu lado quase caiu da cadeira: a ausência da perna dela o fez perder o equilíbrio. Em segundos, estava ao lado de Matilda.

— A senhora acha que seria muito mal-educado da minha parte se eu fosse dormir também? Acho que ainda posso estar com um pouco de jet lag.

Ela não sabia se ainda podia usar essa desculpa, mas estava realmente exausta. Mas talvez tenha sido apenas a tensão daquela noite. De qualquer forma, ela só queria ir para o quarto.

— Não, claro que não, querida — respondeu Matilda. — Fique à vontade para fazer o que quiser. Realmente ficar ouvindo as histórias de velhos soldados pode ser bem exaustivo — concluiu ela, com uma piscadinha.

— Vou para o quarto, então.

Quando teve certeza de que Matilda não ficaria chateada com ela, Sophie deu um leve aceno às pessoas que estavam mais próximas dela e seguiu pelo enorme corredor até chegar ao seu quarto. Ela nem olhou para Luke, propositalmente. Não queria ver a expressão de reprovação dele.

Ela vestiu o robe que Matilda separou para ela com todo carinho e já tinha lavado sua roupa íntima na pia da suíte. Estava cogitando tomar seu primeiro banho de banheira nos Estados Unidos quando alguém bateu à porta. Ela parou na porta do banheiro e gritou "Entre!", imaginando que fosse Consuelo se oferecendo para preparar seu banho ou qualquer outra coisa que Sophie podia tranquilamente fazer sozinha.

A porta continuou fechada, então Sophie foi até lá e abriu. Era Luke, segurando seus sapatos.

— Você esqueceu isso lá.

— Ah, é verdade.

Instintivamente, ela segurou o robe na altura do pescoço, embora tivesse mostrado muito mais pele quando estava vestida, e estendeu a outra mão para pegar os sapatos.

— Você sempre tira os sapatos antes de sair correndo? — perguntou Luke, ainda os segurando.

— Eles estão largos no meu pé — explicou. — E eu não saí correndo. Meio que perdi os sapatos embaixo da mesa — disse, franzindo de leve a testa. — Não quer entrar?

Ela estava um pouco envergonhada por receber Luke usando apenas um robe de seda, mas não queria ter a conversa que precisavam ter com ele ali, com a porta meio aberta.

Luke entrou no quarto.

— Por que você saiu correndo?

Sophie sentia que ele a analisava com um olhar torto e curioso, numa expressão ao mesmo tempo hostil e investigativa. Ou talvez estivesse apenas evitando olhar para seu corpo delineado pelo robe, que escondia a pele, mas destacava as curvas.

— O homem que estava sentado ao meu lado pôs a mão na minha perna.

Luke ficou estarrecido.

— Isso é um absurdo! Vou lá falar com ele agora. Ele não pode se comportar dessa forma com as convidadas da minha avó.

— Ele não pode se comportar dessa forma com ninguém, mas agora não é um bom momento. Já está muito tarde.

— Não está tão tarde. Você e Matilda é que se retiraram cedo.

Ela deu uma risada.

— Eu ainda não me recuperei totalmente do jet lag. Mas ele já é velhinho. Não quero fazer um escândalo, seria um constrangimento para Matilda.

Ele ponderou por alguns segundos, preocupado, mas enfim concordou com ela.

Sophie estendeu a mão para pegar os sapatos mais uma vez. Ele não os entregou.

— Por que você compra sapatos que ficam largos em você? Não experimentou antes na loja?

Já que Luke tinha vindo trazer os sapatos para ela no quarto, Sophie decidiu explicar.

— Bem, o primeiro par de sapatos era emprestado, da Milly. E os saltos eram altíssimos. E esses aí... — disse, olhando para os sapatos ainda nas mãos de Luke. — Esses aí eu comprei porque eram lindos. Olhe só para eles. Os saltos são escarlate! Por que eu não compraria?

— Porque os sapatos são grandes para você. Não tinha um par do seu tamanho?

Ela hesitou por um segundo antes de contar a verdade a Luke.

— Não num brechó. Eles não têm variedade de tamanhos.

— Mas eles são enormes! — rebateu Luke, sem parecer desconfortável pela referência ao brechó.

Sophie concordou com a cabeça.

— Eu sei. Mas são tão lindos.

Luke desistiu de argumentar, e ela gentilmente pegou os sapatos da mão dele.

— Sophie — disse ele.

— Diga.

— Preciso te pedir um favor.

— Ah, é?

— Haverá um grande brunch no sábado. Todos vamos estar lá. Gostaria que você fosse comigo, como se estivéssemos juntos.

— É mesmo? Por quê? — perguntou ela, chocada. — Deve haver uma fila de mulheres querendo ir com você a um brunch — continuou, franzindo a testa. — Embora eu nunca tenha ido a um brunch. Não temos isso na Inglaterra, a não ser quando você toma café da manhã muito tarde e acaba deixando o almoço pra lá. Mas não temos, pelo menos não nos círculos que eu frequento.

— Sophie! — disse ele, impaciente. — Eu sei que há uma fila de mulheres querendo sair comigo. Porque sou muito rico...

— E também muito bonito...

Ele sorriu, como se estivesse concordando que havia soado arrogante.

— Enfim, de qualquer forma, isso me torna desejável. Desejável até demais. E aqui, na minha região, qualquer mulher que eu leve...

— A um brunch! — Sophie não estava conseguindo levar aquilo a sério.

Ele continuou.

— ... acaba achando que é *a* escolhida. Seria como assumir um noivado. Não sei se você sabe, mas eu sou divorciado, então qualquer mulher com quem eu saia acaba sendo vista como uma pretendente. Qualquer nova amizade que eu faça sofre essa enorme pressão — explicou e fez uma pausa, pensando em como continuar essa conversa delicada.

Sophie decidiu ajudá-lo. A conversa das mulheres no bar havia deixado tudo muito claro para ela.

— Mas, se você levar uma pobretona da Inglaterra a um brunch, ninguém vai achar que tem alguma coisa com ela, certo?

Aquela conclusão lamentável o fez sorrir.

— Eu nunca diria isso com essas palavras.

— Não! Porque você é americano e não tem mesmo jeito com as palavras que nós, ingleses, temos. Mas foi isso que você pensou.

— Não foi, não!

Ele foi até a parede da janela, onde havia um pequeno sofá, uma poltrona e uma escrivaninha, e sentou-se na poltrona. Sophie o seguiu e se acomodou no sofá, com todo o cuidado para que seus joelhos não ficassem à mostra.

— Você é uma mulher adorável. Ninguém vai se surpreender se eu chegar de braços dados com você. Mas ninguém espera que eu me case com alguém de fora do círculo de amigos da minha família, já que há tanto dinheiro envolvido e muitas mulheres igualmente adoráveis para escolher.

— Aham — disse Sophie, encorajando Luke a continuar. Ela estava achando engraçado ver o esforço que ele fazia para não ser mal-educado.

— Então será que você faria esse enorme favor de ir comigo? Se eu for com Bobbie, por exemplo, é bem capaz que alguma revista de fofocas comece a planejar nossa lua de mel nas Ilhas Maurício.

— Tenho certeza de que, se conversar com Bobbie, ela vai concordar em passar a lua de mel num lugar que você prefira. Passear de caiaque na Nova Zelândia ou algo assim.

Luke já estava começando a ficar impaciente.

— Com certeza ela concordaria, mas essa não é a questão! Eu não quero me casar com Bobbie, nem quero levá-la ao brunch.

— Ela vai estar lá de qualquer maneira.

— Exatamente. Então ela não pode me acompanhar, certo?

— Não sei por que não poderia.

Luke franziu a testa. Ele ficava meio sexy quando estava emburrado.

— Eu já disse, não quero.

— Então vá sozinho, você já é adulto.

Luke respirou fundo, obviamente pensando em outra forma de convencê-la, já que aquela abordagem não estava funcionando.

— Se eu for sozinho, praticamente todas as mulheres solteiras que estiverem lá vão me atacar, ou então serão jogadas para cima de mim pelas mães.

Sophie levantou as sobrancelhas, sem acreditar no que ouvia. Ela sabia que aquilo era verdade, com base no que tinha ouvido das mulheres no bar, mas não podia deixar Luke falar essas coisas sem contestar. O ego dele estava inflado demais.

— Jura?

Ele suspirou, ainda sem perceber que ela o estava provocando.

— Não é por eu ser "bonito" — disse, piscando os olhos, lembrando que ela havia dito isso. — Nem por ser um bom advogado. É só porque venho de uma família muito tradicional, e eles não admitem que todo esse dinheiro saia do nosso círculo.

— Entendi. É um comportamento de clã.

— Exatamente. Mantenha a riqueza no mesmo círculo, e assim todos ficaremos ainda mais ricos.

— Então você quer que eu vá para te proteger, para afastar todas essas mulheres solteiras de você.

— Não... — disse ele e parou. — Sophie, às vezes você é bem irritante.

— Luke, eu pensei que você me achasse irritante o tempo todo.

Um sorrisinho de canto de boca apareceu no rosto dele.

— Eu acho, mas ainda assim quero que você vá comigo ao brunch.

Ela balançou a cabeça.

— Lamento não poder ajudar, mas não posso ir.

— E por que não? Você só vai embora na segunda, e o brunch é no sábado!

Ela pensou em apenas recusar, mas depois achou que devia lhe dizer a verdade.

— Eu vou estar aqui, mas não posso ir — disse e se levantou. — Venha comigo.

Ele a seguiu pelo quarto até um armário antigo, que provavelmente não seria grande o suficiente para guardar nem a coleção de saias de verão de Bobbie. De qualquer forma, para Sophie, era gigantesco. Ela abriu a porta.

— Aí. Essas são todas as roupas que eu trouxe. Não me planejei para ir a um brunch. Sinto muito.

Luke olhou para as roupas de Sophie, todas amontoadas apenas de um lado do armário. Elas ocupavam um total de três cabides. As botas, embaixo dos cabides, tinham tombado e pareciam bem gastas. Ele não disse "Por que não usa essa? Ou essa?", apenas olhou para as roupas e depois de volta para Sophie. Pensou por um momento e pigarreou antes de falar.

— Sophie, vou dizer uma coisa que você provavelmente vai achar ofensivo. Minha intenção não é te ofender, e sim achar um jeito de você me ajudar.

— O que é?

— Vamos ao shopping comprar uma roupa para você ir ao brunch. Se fizer isso por mim, posso agilizar a busca pela sua parente.

— Mas, Luke, eu achei que você não gostasse de aproveitadoras! Não era por isso que não queria que eu fizesse amizade com Matilda? Para não tentar tirar alguma coisa dela?

— Eu sei, mas uma coisa é a minha avó, outra coisa sou eu. Eu não caio nessa.

— Mesmo depois do seu divórcio caríssimo?

— Sim. Por favor. Faça isso por mim.

Sophie lutou para não dar uma de Holly Golightly. Mas Holly ganhou. Holly nunca iria se opor a fazer um favor para um jovem rico que se oferecesse para comprar uma roupa nova para ela.

Ela sorriu.

— Está bem. Posso devolver a roupa caso não a suje no brunch?

Ele sorriu para ela.

— É bem provável que você suje a roupa no brunch, Sophie.

Sophie foi dormir pensando em Luke. Ele não era exatamente a pessoa que ela achou que fosse. Tudo bem que ele era um mauricinho, que era um cara bem conservador e riquíssimo, arrogante e provavelmente convencido demais. Mas também tinha senso de humor e era gentil. E seus olhos eram de uma cor muito interessante...

# Capítulo 9

No dia seguinte, às sete, Consuelo levou o café da manhã no quarto para Sophie. Se ela estivesse dormindo, talvez não escutasse as batidinhas de leve na porta, como se a empregada não quisesse acordá-la. Mas Sophie estava lendo havia um tempo, deleitando-se naqueles lençóis, os mais confortáveis nos quais já havia se deitado, e torcendo para que não ficasse mal acostumada e conseguisse voltar para os mais baratos.

— Não precisava trazer o café na cama! — disse Sophie, ao abrir a porta. — Eu teria me levantado para comer, mas não sabia a hora do café da manhã.

— Tudo bem, querida. A Sra. Matilda achou que a senhorita ia gostar de ser servida na cama. Ela quer que seja muito bem-tratada — disse, colocando a bandeja na mesa de cabeceira para que Sophie pudesse ajeitar os lençóis. — Luke saiu para correr, ele faz isso todos os dias. Ainda é relativamente cedo, mas imaginamos que já estivesse acordada.

— Adivinhou. Estou morrendo de fome.

— Bem, espero ter adivinhado também do que a senhorita gosta. Trouxe ovos mexidos, bacon, cogumelos, croissants, suco de laranja, café e água quente com um saquinho de chá — disse, parando para ajeitar a bandeja. — Ah, e algumas torradas também. Vocês ingleses gostam delas frias, não é?

— Eu gosto de qualquer jeito, muito obrigada! — agradeceu-lhe Sophie, dando um suspiro de felicidade ao olhar para a comida. — Está tudo com uma cara ótima!

— Então coma enquanto está quente! Vou levá-la para encontrar a Sra. Matilda daqui a uma hora e meia. É tempo suficiente?

Sophie assentiu e pegou o garfo e a faca que estavam enrolados no guardanapo.

— A senhorita quer cereal? — perguntou Consuelo, percebendo que havia se esquecido disso.

Sophie estava comendo uma tira do bacon mais gostoso e crocante que já havia provado na vida e fez que não com a cabeça.

— Já vai ser difícil comer tudo isso aqui.

Consuelo balançou a cabeça sorrindo e saiu do quarto. Quando ficou sozinha, Sophie devorou seu café da manhã. Enquanto comia ovos e bacon, e mordiscava croissants e torradas, imaginava o que aquele dia lhe reservava. Deveria acompanhar Luke ao brunch? Bem, talvez, se Matilda aprovasse a ideia. Mas deveria permitir que ele comprasse roupas para ela? Claro que não.

Sophie tentou ver a situação pelo ponto de vista de Luke. Ele precisava dela para uma tarefa. Se ela não tiver trajes apropriados, não terá como executar a tarefa. Ele podia tranquilamente arcar com essa despesa. Não havia de fato nenhuma questão moral que a impedisse de aceitar. Mas esse era exatamente o problema enfrentado por Holly Golightly: o fato de um homem comprar roupas para ela fazia com que Sophie se sentisse uma concubina. Ela não ia conseguir fazer isso.

— Estava tudo no seu agrado, querida? — perguntou Matilda, quando Sophie foi até seu quarto mais tarde.

— Tudo perfeito! E que luxo, um café da manhã no quarto!

— Achamos que você estaria com fome. Não comeu muito ontem à noite.

— Achei que...

— Enfim, não precisamos mais falar sobre isso. Luke me disse que vai levar você para fazer compras.

Sophie fez que não com a cabeça.

— Não posso fazer isso, não me sinto à vontade. Vim passar esse feriado maravilhoso com a senhora, mas não posso aceitar que Luke compre roupas para mim. Não é o certo.

— Se Luke a convidasse para esquiar com ele, pelos motivos dele, e você não tivesse as roupas adequadas, deixaria que ele as comprasse para você?

— Não é a mesma coisa!

— É, sim, do ponto de vista dele. Você precisa de ferramentas para executar uma tarefa. Deixe que ele lhe dê essas ferramentas.

A analogia fez Sophie pensar, mas ela ainda estava balançando a cabeça, em negação.

Matilda pousou sua mão sobre a de Sophie.

— Ele pediu um favor muito grande a você, e quer que ganhe algo com isso. A generosidade é uma via de mão dupla: você dá e recebe. Você é muito generosa, permita-se receber também.

Sophie deu um meio sorriso.

— Parece até algo ilegal. Como se envolvesse drogas ou algo assim.

Matilda riu.

— Bem, não é nada ilegal. Luke é um grande cumpridor da lei.

— O problema é que não tenho certeza se entendi por que ele quer que eu o acompanhe. Por que isso seria bom para ele?

Embora Luke tivesse apresentado o argumento de maneira clara, ela queria a garantia de Matilda de que sua ajuda era realmente essencial.

Matilda pensou e suspirou.

— Em Nova York, Luke pode sair com quem ele quiser. Bem, eu adoraria que ele parasse de escolher essas jovens magérrimas com cabelos montados só porque ficam bonitas ao lado dele. Mas isso não é da minha conta — observou, parando para respirar, e depois continuou: — Mas, quando ele leva uma mulher para um evento habitual, que é o caso desse brunch, significa que a jovem é especial.

— Quer dizer, é tipo convidar o namorado para o Natal? Porque você não faz isso a não ser que seja sério... Bem, está bem, entendi essa parte. Mas por que ele não vai sozinho?

— Porque senão vai ser atacado. E quando circular a notícia de que ele não está namorando, todas as mulheres solteiras da Nova Inglaterra vão... como é mesmo que se diz hoje em dia... se jogar em cima dele.

Sophie riu da escolha de palavras.

— Então, se eu for com ele, vou protegê-lo da horda de mulheres. Ah, e além disso não vai ficar parecendo que temos alguma coisa porque eu sou inglesa e, portanto, inadequada. É isso?

— Você é perfeitamente adequada, mas é mais ou menos isso.

— Está bem — concordou Sophie, deixando-se convencer com elegância. Se Matilda achava que ela devia ir, então ela iria. — E o que devo usar num brunch?

— Deixe que Luke e a atendente da loja orientem você. Não precisa se preocupar com isso. Agora sugiro que você relaxe um pouco. Vá passear pela área externa da propriedade, faça o que tiver vontade até a hora do almoço. Depois do almoço as crianças vão chegar para decorar os cookies.

— Ah, e quem são as crianças? São da família? Filhos de amigos? Não vi nenhuma criança ontem à noite.

— São os filhos dos vizinhos. Eles sempre vêm para decorar os cookies para a festa à noite. É uma tradição que comecei há alguns anos e não consigo deixar de lado. Os funcionários odeiam, porque estão sempre muito ocupados. Mas, se você supervisionar as crianças, eles não vão precisar trabalhar nisso.

Luke não tinha aparecido — provavelmente estava trabalhando, Sophie pensou, embora ela soubesse que ninguém trabalhava no feriado de Ação de Graças. Mas ela aproveitou para dar uma volta nos jardins, notando o quão ingleses — ou italianos — eles eram. Eram enormes. Havia também um bosque por onde ela caminhou e, na hora de voltar, estava se sentindo revigorada devido ao exercício e pronta para o almoço.

Depois que ela e Matilda almoçaram, Sophie foi levada até a cozinha. Tratava-se de uma cozinha dos sonhos, ela disse a Matilda. Tinha todos os equipamentos mais modernos do mercado, além de um enorme armário com formas de bolo, panelas e todo tipo de utensílios de cobre, bandejas em majólica coloridíssimas e luminosas, peças Willow inglesas já meio gastas, e outros pratos com padrões tradicionais de louça.

— Nossa, é lindo! — disse Sophie, olhando especificamente para o armário. — Amei!

— Na maior parte do tempo é apenas decorativo — explicou Matilda. — Mas quando damos grandes festas no verão, é divertido usar todas essas coisas bonitas. Agora vou deixar você com a Consuelo. Acho que está tudo pronto para você começar. As crianças vão chegar daqui a pouco.

"Tudo pronto" significava uma enorme quantidade de cookies em formato de perus, abóboras e cornucópias já preparados, uma considerável porção de sacos para inserir todos os tipos de bicos de confeiteiro, que as crianças usariam para a decoração, além de potes e mais potes de confeitos. Havia aquelas bolinhas prateadas que Sophie já conhecia, e também várias outras: açúcar dourado, miçangas comestíveis imitando joias, umas coisinhas incríveis que pareciam gotas de água, também comestíveis, açúcar em formato de estrelas, flores de todos os tipos e formatos — só não havia diamantes de verdade. O glitter comestível estava já nos polvilhadores, e ainda havia canetas com as quais se podia escrever diretamente na cobertura.

— Que incrível! Mal posso esperar para começar! — exclamou Sophie.

As crianças chegaram já formando uma fila. Eram cinco, três meninas e dois meninos. Sophie imaginou que tinham entre 5 e 7 anos, a melhor fase para animação e bagunça. Mas nenhum deles estava vestido para decorar cookies, parecia mais uma visita de domingo. Sophie ficou surpresa, não imaginava que os americanos pudessem ser tão conservadores.

— Oi, eu sou a Sophie. Sou da Inglaterra, e nós vamos decorar esses cookies juntos — disse ela. — Consuelo, será que temos aventais para eles? Senão eles vão sujar essas lindas roupas.

Consuelo saiu da cozinha e voltou com uma cesta cheia de camisas velhas, saias de elástico e outras peças adequadas para fazer sujeira.

— A Sra. Winchester separou essa cesta há anos para salvar as crianças das coberturas coloridas. Isso aqui vira uma bagunça — disse Consuelo, entregando a cesta para Sophie e dizendo à jovem que ela poderia chamá-la a qualquer momento, se precisasse de ajuda.

— Está bem. Agora vocês já sabem meu nome, mas eu não sei o de vocês — falou Sophie, dirigindo-se aos pequenos. — Por que não me dizem seus nomes e escolhem uma peça dessas aqui para colocar por cima da roupa?

Uma menina se pronunciou.

— Meu nome é Lola.

— Oi, Lola. Pode escolher uma roupa.

Um a um, eles foram escolhendo suas peças, mas ainda estavam bem tímidos.

— Ótimo, agora vamos nos espalhar em volta da mesa. Peguem um cookie em formato de peru, um saco de confeitar e podem começar! Vou fazer umas pintas no meu.

— Perus não têm pintas — disse uma das meninas, que se chamava Crystal.

— Eles meio que têm, se tiverem penas. Mas os cookies não precisam parecer reais, só precisam ficar bonitos! Olhe, esse está uma graça. Agora façam um, vocês.

À medida que foram perdendo a vergonha, as crianças soltaram a imaginação e usaram todos os produtos disponíveis para decorar os cookies. Sophie sabia que as crianças iam embora às quatro. Ainda eram duas e meia, e todos os cookies já estavam decorados. Ela começou a olhar em volta, tentando pensar em alguma maneira de manter aquelas crianças entretidas, e viu um pote grande de vidro. Estava cheio de cortadores de cookies. Sophie achou que eles mereciam ser usados.

— Então tá! Vamos fazer mais cookies, mas agora vamos usar essas forminhas diferentes para deixar tudo mais legal. Ainda tem um monte de confeitos brilhantes que podemos usar na decoração. Só não temos mais glitter comestível.

— Posso comer um cookie? — perguntou um dos meninos.

— É claro — respondeu Sophie, se perguntando se os pais dele tinham alguma restrição a açúcar. Mas seria desumano esperar que uma criança decorasse cookies e não comesse nem unzinho.

Todas as crianças, e Sophie também, comeram cookies. Estavam gostosos, mas não tanto quanto os que ela fazia.

— Acho que vou usar a minha receita na próxima leva.

Enquanto misturava os ingredientes da massa de cookie num canto da cozinha — da sua receita —, Sophie pensou que talvez estivesse sendo o que Luke chamou de "rebelde", mas tinha certeza de que Matilda entenderia. As crianças estavam muito animadas, principalmente quando descobriram um cortador no formato do navio *Mayflower*. Sophie acabou tendo de cortá-los porque as velas e cordas eram bem complicadas.

Mas as crianças piraram com os outros cortadores. Havia formatos para todos os motivos festivos possíveis, e muitos outros mais. Tinha os tradicionais sinos, árvores de Natal, azevinhos, renas, estrelas cadentes e Papais Noéis. Mas também havia trevos irlandeses, águias e cocares dos nativos americanos. Eles fizeram uma farra de cookies, e cada criança assinou os seus com as suas iniciais. As coisas saíram um pouco do controle quando eles decidiram fazer mechas no cabelo com a cobertura que sobrou — nos próprios cabelos. Mas, assim que Sophie percebeu o que eles pretendiam, conseguiu impedi-los.

Quando os pais foram buscar as crianças, que levaram para casa cestas e mais cestas de cookies e estavam bem menos limpos do que quando chegaram — a não ser o cabelo e o rosto —, Sophie estava se sentindo tão grudenta que começou a andar pela casa com todo o cuidado. Não queria tocar em nada antes até chegar à sua suíte e tomar um banho.

— Eu não comeria isso, se fosse você — disse Luke, inclinando-se sobre a mesa, enquanto Consuelo entregava uma tigela a Sophie.

— O que é?

— É um prato tradicional de Ação de Graças. Meu avô gostava muito, então minha avó pede que o preparem todo ano.

— Mas o que é? Parece uma sopa de vagem.

— É exatamente isso — respondeu Luke. — E com essas cebolas boiando.

— Acho que vou recusar — disse Sophie.

Sophie achou que o jantar de Ação de Graças estava indo bem. A família de Matilda era acolhedora e simpática, e obviamente estava acostumada a receber convidados no feriado. Sophie já se sentia mais à vontade com Luke, mesmo depois de ele a ter flagrado com massa de cookie no cabelo; ela teve de se arrumar bem rápido. Pelo menos estava se sentindo bonita com o vestido de Milly, que ela customizara com franjas e plumas antes de vir para Connecticut.

O maior peru que Sophie já havia visto na vida foi servido, e um dos homens começou a fatiá-lo com entusiasmo.

Pouco antes de o prato principal ser servido, todas as crianças — inclusive as mais velhas — cantaram um salmo de Ação de Graças, e depois os convidados em volta da mesa tiveram de dizer pelo que se sentiam gratos. Sophie, que acabou sendo a primeira, falou que se sentia grata por ter conhecido Matilda e, consequentemente, o restante de sua linda família. Deu tudo certo.

Depois que o peru foi servido, os acompanhamentos foram oferecidos a todos ao redor da mesa.

Sophie recusou a sopa de vagem, mas aceitou pequenas porções de tudo o mais que estava sendo servido. Seu prato estava lotado.

— O problema é que tudo parece tão gostoso que não quero deixar de experimentar nada — disse Sophie à pessoa sentada a seu lado, que era uma prima de Matilda ou algo assim.

— Matilda sempre escolhe os melhores cozinheiros. O marido dela era um expert. Mas como foi que você a conheceu mesmo?

Sophie já havia respondido àquela pergunta diversas vezes, e a história parecia mais ridícula a cada vez que ela contava.

— Foi bastante inesperado! Por acaso vi que Matilda estava prestes a desmaiar durante um vernissage na galeria onde minha amiga trabalha — contou, fazendo uma pausa. — Então ficamos conversamos, sentadas no chão, na porta do banheiro feminino, e acabamos nos aproximando. Acho que eu nem deveria estar aqui hoje, mas, quando Matilda soube que eu não tinha planos para o feriado de Ação de Graças, fez questão que eu viesse.

— Não se preocupe, querida Sophie. Isso é a cara da Matilda. Ela sempre foi muito generosa.

Sophie sorriu, sentindo-se pouco à vontade. A mulher percebeu e então continuou:

— Matilda acha que não faz sentido ter uma comemoração de Ação de Graças sem alguém de fora da família. E eu soube que você ajudou na decoração dos cookies, não é? Minha filha me falou de você.

Na hora, Sophie se sentiu melhor — menos como uma aproveitadora e mais como uma jovem prestativa — e começou a contar como tinha sido a tarde de decoração dos cookies com as crianças. A mulher ao seu lado gargalhou e, ao mesmo tempo, se mostrou perplexa.

A refeição continuou; todos beberam vinho. Os convidados de Matilda eram simpáticos e pareciam de fato interessados em conhecer Sophie. Ela quase contou sobre sua empreitada em busca da prima distante, mas pensou melhor e decidiu não comentar nada. Seria praticamente impossível encontrá-la, no fim das contas. E ela sabia que a achariam estranha por atravessar o Atlântico só por causa de uma remota possibilidade de ganhar dinheiro.

Depois do jantar, vieram as tortas. Havia dezenas delas: tortas de abóbora, maçã, frutas diversas, nozes e várias outras. Algumas tinham aquela cobertura folhada, parecida com uma treliça, outras eram abertas ou tinham cobertura dupla. Além disso, havia todo tipo de creme, chantilly, sorvete, e uma jarra que foi compartilhada com Sophie primeiro.

— Isso é Bird's Custard, querida! — explicou Matilda, falando alto de longe. — Achei que essa sobremesa com farinha de milho faria você se sentir em casa.

— Mas não precisa comer se não quiser — disse Luke. — Minha avó sempre oferece isso para os convidados ingleses, mas ninguém come.

— Bem, eu adoraria — disse Sophie na hora, embora já estivesse satisfeita. — Tem um tempão que não como creme de milho.

Se alguém suspeitou que ela não comia aquilo fazia tempo porque não gostava, ninguém disse nada.

Depois da festa, ela se deitou na cama com a sensação de que o dia tinha sido feliz. Havia se divertido muito com as crianças e tomado chá com Matilda. Luke se juntara às duas, e eles tiveram uma tarde aconchegante na sala de estar, conversando até a hora de se arrumar para o jantar. Luke se mostrara surpreendentemente agradável. E continuou simpático durante o jantar.

Sophie acordou no meio da noite depois de um sonho com Luke. Aquela sensação calorosa e aconchegante que sentia ao despertar não combinava com o advogado mauricinho que ela conheceu. Começou a imaginar qual Luke era real e voltou a dormir.

No dia seguinte, conformada que era aceitável receber presentes generosos de um homem rico, e tão bem-vestida quanto era possível com os itens de sua mala, Sophie entrou no carro de Luke e os dois saíram para comprar roupas. Ela gostaria de saber dizer qual era o modelo do carro — as pessoas adoram esse tipo de detalhe —, mas, tirando o fato de ser de um modelo grande, rebaixado e prateado, ela não tinha mais nenhuma informação. Nem queria perguntar nada a ele. Mas curtiria o passeio naquele carro aconchegante, observando, pela janela, as colinas cheias de árvores da Nova Inglaterra.

Depois que Matilda a convenceu de que não havia problema em aceitar o generoso presente de Luke, Sophie estava até mais animada.

— E então, aonde vamos? Ao shopping? — perguntou ela, na esperança de que a resposta fosse "sim". É claro que havia muitos shoppings na Inglaterra, mas os dos Estados Unidos pareciam mais interessantes. Bem, pelo menos nos filmes.

— Enquanto você estava se arrumando, minha avó indicou algumas lojas de grife na cidade.

Sophie lamentou:

— Mas elas não são caras demais? E nessas lojas normalmente não dá para só olhar e sair sem comprar nada.

— Imagino que minha avó já tenha ligado para lá. Vão estar nos esperando já com algumas peças separadas.

Sophie se contorceu no banco de couro.

— Eu costumo comprar roupas em brechós. Ou em alguma loja barata.

Luke olhou para ela, intrigado.

— Nunca conheci uma pessoa tão resistente a comprar roupas.

— Não sou nada resistente, eu adoro comprar roupas! Mas só quando tenho condições de pagar por elas — rebateu Sophie. Luke jamais entenderia.

— Bem, eu posso pagar pelas roupas. Isso deveria ser o bastante.

Sophie riu.

— Vou te dizer uma coisa: é a primeira vez que estou com alguém que tem mais dinheiro que eu.

Luke se virou e encarou Sophie.

— Sério? Achei que você tivesse pouco dinheiro e que, portanto, praticamente todo mundo teria mais que você.

— Nossa, Luke, isso foi meio rude, não? Nós, ingleses, nunca falamos de dinheiro.

— Ainda bem que não sou inglês. Mas estou errado?

Sophie deu de ombros.

— Na verdade, você está certo, embora eu odeie admitir isso. O que quis dizer é que meus ex-namorados eram todos falidos e meio mãos de vaca. Estavam mais preocupados com o planeta do que em agradar a namorada — disse, mordendo o lábio. — É claro que o planeta é muito mais importante...

— Mas de vez em quando dá para agradar a namorada sem danificar a camada de ozônio!

Sophie riu.

— Exatamente! Acertou em cheio.

— Nós, americanos, fazemos isso de vez em quando.

Luke estava olhando para a frente, mas Sophie achou ter visto um sorrisinho de canto da boca no rosto dele.

— Não acredito que os nomes dos lugares são ingleses! — exclamou Sophie, pouco depois.

— Acho que é natural querer trazer algo do seu lugar de origem.

— Imagine só sair do seu país sabendo que nunca mais vai voltar. Provavelmente foi preciso muita coragem para fazer essa viagem longa num navio tão pequeno.

— Está com saudades de casa, Sophie?

Ela balançou a cabeça.

— Não, estou me divertindo muito — disse, e sorriu para Luke, sabendo que ele fazia parte daquela diversão. — Obrigada!

— O prazer é todo meu — disse ele e, por um momento, os dois estavam em perfeita harmonia. Em poucos minutos, eles chegaram a uma cidade que se parecia com as regiões mais ricas da Inglaterra.

— Vamos nos apressar. Você precisa voltar para decorar o restante dos cookies, não é?

— Algumas meninas não conseguiram ir ontem, mas ouviram falar que foi divertido e querem ir hoje.

— E está marcado para as três da tarde, então precisamos correr.

— Mas ainda são dez e meia. Quanto tempo acha que vamos demorar?

Os dois entraram na loja que, como esperado, era bem intimidadora. Em seu quarto na casa de Matilda, Sophie se sentia um pouco deslocada, mas bem-trajada. Mas ali ela estava de fato muito malvestida. A calça jeans até que era razoavelmente nova, e a blusa, de uma marca bacana (havia conseguido um ótimo desconto por ela) e Sophie tinha limpado as botas antes de sair. Mas a jaqueta estragava tudo.

A dona da loja foi até os dois com a mão estendida para cumprimentá-los. Era a mulher mais bem-vestida que Sophie já tinha visto na vida. Quando ela chegou perto, Sophie percebeu que mulher provavelmente tinha feito "alguma coisa" no rosto. Devia ter uns 50 e poucos anos e tinha linhas de expressão suficientes para manter a personalidade, mas nada de papada ou pálpebra caída. Ela usava um tailleur impecável cor-de-rosa, na altura dos joelhos — provavelmente era um Chanel vintage —, que mostrava suas pernas perfeitas, e sapatos de salto médio que provavelmente custavam dez vezes mais do que toda a roupa de Sophie. O cabelo com luzes estava lindíssimo e a maquiagem, perfeita. Sophie foi se encolhendo na direção de Luke.

Mas assim que a mulher sorriu, revelando dentes pequenos, brancos e perfeitos, Sophie relaxou. Aquela mulher era perfeita e muito boa em seu trabalho; sabia que não podia intimidar os clientes. Ela pegou a mão de Sophie, que estava caída ao lado do corpo, e a apertou.

— A senhorita deve ser a Sophie. Meu nome é Heidi. A Sra. Winchester disse que seria um prazer ajudar você a se vestir, e pelo que pude ver ela tinha razão. Corpo de modelo, covinhas, cabelos lindos! Eu a reconheci você assim que pisou na loja só pela descrição que Matilda me deu.

— Ah! — exclamou Sophie, sem saber se isso melhorava ou piorava a situação.

— E o senhor deve ser o neto da Sra. Winchester.

A vendedora apertou a mão de Luke, e Sophie ficou aliviada ao notar que ela não parecia conhecê-lo; sinal de que ele não havia levado outras mulheres àquela loja para comprar roupas.

Ela segurou a mão de Sophie com as duas mãos.

— Querida, você vai querer que seu adorável namorado a ajude ou seremos só nós duas?

Sophie entrou em pânico. Será que devia falar que Luke não era seu namorado? E de onde Heidi tinha tirado essa ideia? Escolher as peças sem ele seria melhor ou pior?

Ele respondeu por ela. Havia uma pilha de revistas em cima de uma mesa, e um pequeno sofá.

— Vou pegar um jornal para ler. Estarei por aqui se precisarem de uma opinião masculina.

Heidi adorou a resposta.

— Querido, nós mulheres sempre queremos uma opinião masculina, mas só depois que decidimos que opinião é essa, e se vamos ouvi-la ou não.

Sophie levou um tempo para entender e então concordou com a cabeça.

— Gostaria de tomar uma taça de champanhe ou um café enquanto lê as notícias? — perguntou Heidi, pegando o casaco de Luke e levando-o até o sofá.

— Não, obrigado. Vou deixar vocês duas continuarem.

Heidi entregou o casaco para uma assistente que apareceu do nada, igualmente bem-vestida, porém um pouco mais jovem do que a chefe.

— Obrigada, querida — agradeceu-lhe Heidi, tirando a jaqueta de Sophie sem que ela percebesse. — Agora — continuou ela, olhando para Sophie desde o rabo de cavalo até as pontas meio descascadas das botas —, temos muito trabalho a fazer!

Ela levou Sophie até o provador nos fundos da loja do mesmo jeito que uma babá coloca as crianças para dormir: gentil, mas ao mesmo tempo firme, para não as deixar fugir.

— Tire a parte de cima da sua roupa que vou trazer algumas opções para a senhorita experimentar. A Sra. Winchester disse que a ocasião é um brunch, certo?

— Isso mesmo. E acho que será bem sofisticado.

Heidi concordou com a cabeça.

— É o brunch da Sra. St. Clare. Muito sofisticado.

— Como você sabe? — perguntou Sophie. A mulher parecia ser muito sábia.

— Ela promove esse brunch todo ano e, além disso, a Sra. Winchester me contou.

Heidi ficou em silêncio, olhando para Sophie, que ainda não tinha tirado a roupa, com vergonha de deixar a mulher ver seu sutiã.

— Querida, será que podemos começar pelo básico?

— Hmm...

— Lingerie. Acho que esse seu belo corpo não está muito bem servido de peças íntimas.

Sophie nunca pensou naquele sutiã surrado e naquela calcinha sem graça como "lingerie". Talvez com razão.

— Não sei se...

Luke ia comprar uma roupa para ela fingir que era sua namorada. Ninguém ia ver seu sutiã...

— Devo perguntar ao Sr. Winchester?

— Eu não sei! — respondeu, pensando que a ideia de Luke comprar uma lingerie para ela parecia exagerada. — A gente nem se conhece direito!

Heidi sorriu.

— Não foi isso que entendi pelo telefonema da Sra. Winchester, mas, se a senhorita não quer fazer um estardalhaço a respeito do assunto, eu entendo — disse, avaliando a situação, mas sem deixar que sua expressão denunciasse nada. — Tire a roupa. Vou trazer algumas peças para a senhorita experimentar.

O provador era bem espaçoso. Assim como na loja, havia um pequeno sofá e uma pilha de revistas. Enquanto tirava as roupas e as pendurava nos ganchos, achou que seria melhor não discutir com Heidi. Se a vendedora queria acreditar que ela e Luke estavam juntos, que acreditasse. Talvez assim parecesse menos esquisito o fato de ele estar comprando roupas para ela, pensou, sentando-se no sofá. Talvez Matilda tenha dito a mulher que os dois eram praticamente noivos, para que a situação não parecesse estranha. Sophie pegou uma *Vogue* americana, mas depois a trocou pela *Cosmopolitan* e estava entretida com um artigo sobre hipnoterapia para ajudar a perder peso quando Heidi voltou. Ela trazia uma seleção de sutiãs, calcinhas de todos os tamanhos e alguns conjuntos.

— Eu perguntei ao Luke — disse Heidi, diante do olhar de pavor de Sophie. — Ele disse que a senhorita devia levar tudo. Agora, tire esse sutiã. Se é que podemos chamá-lo de sutiã.

Pelo menos ela não foi obrigada a experimentar as calcinhas, e o sutiã que Heidi mais gostou realmente deixou Sophie fabulosa.

— Agora vamos para as roupas.

Heidi saiu do provador e retornou segundos depois, com cabides e sacolas plásticas. Certamente sua assistente ficou separando algumas peças enquanto ela ajudava Sophie a regular o sutiã.

— Normalmente brunch pede um look sofisticado e ao mesmo tempo casual, que eu acho que é o mais difícil de alcançar. Experimente esta calça. E calce também esse sapato de salto. A senhorita não pode usar uma sandália rasteira.

Sophie achou que poderia usar sandália, sim, principalmente depois que seus sapatos de salto se revelarem um perigo para a saúde. Mas, ao vestir aquela sedosa calça palazzo de boca larguíssima, percebeu que só conseguiria usá-la com suas botas se subisse a bainha. Quando a calça foi ajustada, ela calçou o scarpin trazido por Heidi.

— Está incrível! Agora vamos para a parte de cima.

As roupas eram maravilhosas, mas Sophie não se sentia ela mesma nelas. Eram muito sofisticadas, muito certinhas. O estilo dela era mais descolado, original. Mas talvez isso não tivesse importância. Ela fingiria que era namorada de Luke. Não precisava parecer ela mesma, e sim uma herdeira de Nova York, de uma família rica e tradicional, talvez descendente de algum milionário do ramo do petróleo. Isso a fez rir. Talvez até conseguisse mesmo esse efeito, se seu plano desse certo.

Depois de um tempo, Heidi enfim se mostrou satisfeita com o resultado do visual. Ela havia encontrado sapatos, bolsa, cinto e lenço de pescoço.

— Agora vamos ver o que o Sr. Winchester acha — disse ela, levando Sophie até Luke, que estava com o caderno de economia aberto na sua frente. — Bem, e então? Ela não está linda?

Luke olhou para Sophie. Primeiro, fez uma expressão incrédula. Depois, franziu o cenho.

— Desculpe, mas essa roupa não serve.

— Querido! — protestou Heidi, deixando escapar a decepção para além da aparência profissional. — Ela está um arraso!

— Está, sim — concordou Luke. — Mas a minha mãe usaria essas roupas, e não minha namorada — disse. Ele pigarreou, talvez porque já tivesse dito a Heidi que Sophie não era sua namorada. — O que quero dizer é que ela fica melhor de jeans e camisa.

— Eu tenho jeans e camisa! — disse Sophie, indignada. — Você me obrigou a passar por isso... — começou ela, mas parou de falar no mesmo instante. Não queria ofender Heidi, que havia se esforçado tanto.

— Você precisa de jeans de grife — disse Luke. — Como é mesmo o nome da marca? Chloé? E também de uma blusa e de botas.

— Eu tenho botas! — protestou Sophie mais uma vez, porém um pouco mais baixo. Ela sabia que ele diria "botas que não estejam surradas", caso reclamasse muito.

— Mas vamos levar o sutiã e a bolsa. Eles são perfeitos.

# Capítulo 10

Sophie saiu da loja carregando sacolas cheias de roupas que a faziam se sentir ela mesma, só que uma versão cinco estrelas e muito chique dela mesma. A bolsa recém-comprada, que talvez fosse o novo amor da sua vida, estava pendurada no ombro.

— Luke, obrigada por me ter ajudado a escolher as roupas certas. E obrigada pela bolsa também.

— A bolsa errada teria estragado todo o nosso esforço.

— Eu sei. Mas é tanta coisa! Estou me sentindo a Julia Roberts em *Uma linda mulher*.

Ele riu.

— Você é fã dos filmes da Julia Roberts?

— Com certeza! Principalmente *Um lugar chamado Notting Hill*. Eu *amo* esse filme.

— Você já assistiu a *Três mulheres, três amores*? É um dos primeiros filmes dela, de antes de ficar famosa.

— Aham. Minha irmã tinha o DVD. Eu sempre fazia pizza e ela abria uma garrafa de vinho quando a gente assistia.

— Então você gosta de pizza?

— Ah, adoro!

Depois daquela resposta, Luke entendeu que pizza provavelmente era o prato favorito de Sophie, e que ela estava sentindo falta daquilo. Mas a verdade era que Sophie estava com saudades de comer uma comida normal, num restaurante normal.

— E você gosta do mar?

— Quem não gosta?

Luke riu.

— Acho que você merece um agrado depois dessa manhã de compras. A minha avó teve boa intenção ao sugerir aquela loja, mas ela não é uma grande entendedora de moda.

— Bem, ela não tem nenhuma obrigação de entender, não é?

— E, ainda que aquela calça de boca larga tenha ficado linda em você, não era apropriada para uma pessoa da sua idade.

— Estou impressionada que você tenha noção disso, Luke — disse Sophie, olhando para ele e tentando não rir. — Ou você sempre compra roupas para as suas namoradas?

— Você ficaria surpresa com o que eu sei.

— Ah, acho que não. Consigo imaginar — afirmou Sophie, fazendo uma voz fina e suave, com leve sotaque americano. — Luke, querido, pode me ajudar a escolher uma roupa? Ah, meu amor! Acho que esqueci o cartão de crédito.

Ele riu.

— Não é nada disso. Na verdade, costuma ser bem mais sutil. Agora, preste atenção. Vou te levar na pizzaria do *Três mulheres, três amores*.

Sophie pulou de alegria no banco do carona e abraçou Luke.

— Que agrado maravilhoso! Muito obrigada!

Será que ele era legal assim com aquelas namoradas decorativas de quem Matilda não gostava? Ou será que elas não gostavam de sair para comer uma pizza? Sophie se permitiu imaginar como seria namorar Luke. Poderia até ser legal, mas ela logo despertou da fantasia. Ele realmente não era o tipo dela.

Ainda bem que não demoraram muito na loja, Sophie pensou. A pizzaria do filme ficava mais longe do que ela imaginava. Eles entraram na Rodovia Interestadual 95 — que para Sophie parecia mais uma autoestrada —, passaram por um povoado e chegaram a uma lindíssima área rural. Não havia horizontes como na Inglaterra, com aquela paisagem cheia de montanhas de um verde interminável. A costa de Connecticut tinha quilômetros e mais quilômetros de árvores, pinheiros e abetos bem verdes, salpicados ocasionalmente pelas poucas folhas amarelas e vermelhas nos galhos pelados de carvalhos e bordos. E, em meio às árvores, córregos de água brilhavam como se fossem aço polido exposto ao sol.

Depois que passaram pelo rio Connecticut, como Luke o chamou, a paisagem ficou ainda mais linda. Então finalmente chegaram à pizzaria.

O lugar era incrível. Luke foi dirigindo devagar pela orla, e Sophie ficou deslumbrada com as casinhas de ripas, as igrejas com campanários pontudos e uma decoração que lembrava biscoitos de gengibre.

— É lindo demais! Eu amei esse lugar! Nem acredito que estou aqui! Mal posso esperar para contar à minha irmã, ela vai ficar morrendo de inveja.

— Fico feliz em saber. Agora vamos estacionar e comer uma pizza.

Ele demorou um pouco para encontrar uma vaga e, enquanto andavam pela orla depois de estacionar o carro, Sophie não resistiu e segurou o braço dele. Luke pareceu não se importar.

— Eu adoro lugares à beira-mar — disse Sophie. — É claro que adoro o lugar onde moro, mas preferiria estar mais perto do litoral.

— Entendo o que quer dizer. Pelo menos na Inglaterra você nunca está muito longe do mar.

— Mesmo assim não é tão perto quanto eu gostaria.

— É aqui — disse ele. — Essa é a pizzaria do filme.

Sophie bateu palmas.

— Parece que estou em um filme!

A garçonete anotou o pedido quando eles se sentaram, e Sophie se inclinou para falar com Luke.

— Tudo isso é muito americano. Estou amando!

Luke riu.

— Preciso confessar que é revigorante sair com uma mulher tão animada. Só viemos comer uma pizza.

— Mas é isso que torna tudo especial! Eu amo pizza e estou amando estar aqui. Muito obrigada.

A mão de Sophie se moveu involuntariamente para o outro lado da mesa. Mas ela conseguiu pará-la antes que tocasse a de Luke. Sophie não sabia ao certo se ele gostaria disso. Luke estava sendo muito legal, e os dois estavam se divertindo juntos, mas ela não sabia ao certo quanto afeto deveria demonstrar. Não sabia se as namoradas decorativas dele costumavam fazer isso.

— Aqui está — disse a garçonete, trazendo uma pizza grande o suficiente para alimentar duas famílias pequenas. Ela deve ter percebido a reação de Sophie. — Se não conseguirem comer tudo, posso embrulhar para viagem. A pizza é feita no forno a lenha.

— A cara e o cheiro estão incríveis! — exclamou Sophie, olhando para ela.

— Ah, você é inglesa! Que fofa! — disse a garçonete, e saiu.

— Coma sua pizza, fofa — falou Luke, rindo.

Sophie se recusou a cair na provocação dele, pegou um pedaço de pizza e deu uma mordida.

— Está muito boa! — disse, com a boca cheia. — Pena que não vamos conseguir comer tudo.

— Isso é o que a gente pensa quando a pizza chega. Espere para ver, você vai ficar surpresa.

E ela ficou mesmo. Sophie comeu sua parte quase toda antes de dizer que nunca mais comeria nada.

— Não diga isso. Hoje tem o jantar das sobras, embora também tenha um monte de outras coisas. Se você se levantar da mesa e ainda conseguir andar, minha avó e a equipe dela vão se sentir ofendidos. Agora, acho que devemos voltar para casa.

Na manhã seguinte, Sophie vestiu as roupas novas. Sua ideia era não usar as lindas botas novas, para poder devolvê-las e economizar o dinheiro de Luke. Mas elas combinaram tanto com a calça jeans que

Sophie acabou desistindo da ideia. Quando viu que as botas ficaram perfeitas, não conseguiu resistir.

Agora ela estava no hall esperando Luke, embora soubesse que ele ainda ia demorar uns dez minutos. Se ficasse mais tempo no quarto, ia acabar retocando a maquiagem várias vezes, pois estava muito nervosa para o brunch.

Matilda a encontrou sentada no sofá estilo Luís XV, folheando freneticamente o *New York Times* na tentativa de encontrar assuntos para conversar com os convidados. Sophie sabia que ficaria na berlinda durante o brunch e que podiam lhe fazer perguntas difíceis.

— Bom dia, Sophie!

Ela se levantou e foi até a avó de Luke.

— Ah, Matilda! Acho que não te agradeci o suficiente por ter me convidado para passar o Dia de Ação de Graças com a senhora. Foi maravilhoso!

Matilda sorriu e lhe deu um beijo na bochecha.

— Você me agradeceu, sim. Eu gosto de receber convidados para o jantar de Ação de Graças. Isso torna o feriado especial. E fiquei emocionada com o seu discurso, quando disse pelo que se sentia grata.

— É claro que sou grata por ter conhecido a senhora!

Sophie não precisou pensar muito quando lhe pediram que começasse o discurso de tradição de Ação de Graças.

— E você ainda se juntou a nós quando recitamos o salmo!

— Eu me lembrei da época da escola! Salmo 100: "Celebrai com júbilo ao Senhor, todas as terras."

— Será que você tem um minutinho? — perguntou Matilda, soando um tanto misteriosa.

Sophie deu uma olhada no relógio.

— Sim, só vou me encontrar com Luke daqui a uns cinco minutos. Eu só quis sair logo do quarto, antes que mudasse de ideia a respeito da roupa.

Matilda deu uma olhada no visual de Sophie pela primeira vez.

— Essa é a roupa que Heidi escolheu para você?

— Não, foi Luke quem escolheu essa. Heidi havia escolhido uma calça palazzo linda e uma blusa, mas eu não me senti muito confortável com elas. Luke achou que era algo que a mãe dele usaria — disse e depois fez uma pausa. — Mas estou usando o sutiã que ela escolheu.

Matilda parecia satisfeita.

— Bem, fico feliz que Heidi tenha ajudado em alguma coisa.

— Foi muita gentileza da sua parte ligar para ela — disse Sophie, sem querer parecer mal-agradecida. — Ela foi muito simpática.

— Ela é mesmo, mas entendo que talvez o gosto dela seja um pouco antiquado para você. Agora, venha comigo. Quero mostrar uma coisa para você, mas não quero que Luke saiba.

— Mas por quê? Ele tem verdadeira adoração pela senhora!

— Eu sei, mas é um projeto meu e, até ter certeza de que realmente pode dar certo, prefiro manter só entre nós duas — explicou, fazendo uma pausa. — Eu tenho umas ideias meio doidas de vez em quando. O médico diz que não há nada de errado comigo, mas Luke fica preocupado. Além disso, não acho que seja uma boa ideia contar tudo para os homens. Eles querem controlar tudo!

Ela acompanhou Matilda, que a guiou até seu quarto, o que fez Sophie se sentir bastante enxerida. Depois seguiram para um cômodo que poderia ser descrito como um *boudoir*. Havia um conjunto de cadeiras antigas, uma espreguiçadeira forrada com seda, e a escrivaninha mais incrível do mundo, cravejada de madrepérolas, que Sophie tinha certeza de que era cheia de compartimentos secretos. O móvel fazia a escrivaninha de tio Eric parecer uma mesinha simples de escritório.

— Que cômodo lindo! Essas antiguidades são incríveis.

— O quê? Ah, sim, querida. Sou privilegiada, tenho muitas coisas lindas. Mas o que quero te mostrar é isso aqui.

Ela apontou para um quadro numa pequena câmara. Havia uma casa pintada nele e, embora fosse uma pintura bonita, não parecia ter sido feita por nenhum dos grandes mestres; provavelmente era de um artista amador talentoso. Ela chegou mais perto e leu a plaquinha de metal embaixo do quadro. Estava escrito "A Reitoria".

— É muito bonito... — começou Sophie, imaginando por que Matilda não tinha um quadro de um artista famoso naquele cômodo; certamente ela poderia comprar um Renoir ou coisa do tipo.

— É uma casa que visitei quando era criança. Quero encontrá-la.

Sophie começou a desconfiar do motivo pelo qual havia sido convidada para aquele santuário privado de Matilda.

— Onde é?

— Não tenho certeza... E é aí que você entra.

— Como assim?

— Quero que você a encontre para mim. Quero saber se ainda está de pé.

— Bem, e de quem era a casa?

— Não faço ideia — respondeu Matilda, um tanto envergonhada. — Sei que será uma missão difícil, mas eu tenho um nome.

— Assim já fica mais fácil. Podemos procurar na internet. Muita gente procura seus ancestrais na internet.

— O problema é que não sei se o que tenho é o nome de um lugar ou o sobrenome de alguém. Não sei nem com certeza como se escreve.

Sophie pensou um pouco.

— É, isso torna as coisas um pouco mais complicadas.

— Pois é.

— Por que não pergunta ao Luke? — sugeriu Sophie. — Ele certamente conhece alguém que pode ajudar a senhora a encontrá-la. Ele está procurando a minha parente, não é?

— Mas ele está procurando aqui nos Estados Unidos, querida. Ele não conhece ninguém na Inglaterra. Por onde iria começar?

— E por onde eu iria começar? Não tenho nem carro!

— Eu vou explicar com detalhes como chegar ao local. Fomos de trem. Levamos um tempão, disso eu me lembro. Mas hoje a malha ferroviária é bem diferente, não? Não há mais todas aquelas pequenas estações.

— Acabou? Mas a senhora consegue se lembrar do nome da estação?

Matilda balançou a cabeça.

— Eu me lembro de inventar palavras com as letras do nome da estação, mas não me lembro do nome exatamente.

Sophie suspirou.

— Bem, essa pessoa em questão era parente da senhora? Se me der os nomes dos seus pais, posso descobrir quem eram seus avós e onde moravam.

— Não me lembro se nós éramos parentes. Só sei que foi um momento mágico. Sonho com esta casa desde então. Sinto que preciso saber o que aconteceu com ela. Mas tenho pouquíssima informação e não quero perturbar Luke com isso. Mas sei que você me entende.

— Porque eu sou inglesa e um pouco excêntrica?

Embora ninguém tivesse dito isso, Sophie sabia que era essa a impressão que ela causava.

Matilda deu uma risada.

— Mais ou menos isso.

Sophie aceitou a opinião de Matilda e prosseguiu:

— Mas a senhora não poderia contratar um detetive particular? Talvez eu não seja a melhor pessoa para realizar essa tarefa.

— Você é a pessoa ideal porque entende o motivo pelo qual estou procurando a casa. Se eu começar a contratar detetives, a família inteira vai ficar sabendo e vai achar que estou com Alzheimer. Eles já se preocupam comigo normalmente — disse Matilda. De repente ela olhou para Sophie com um ar questionador. — Você tem emprego na Inglaterra?

— No momento, não. Pelo menos não um emprego fixo. Faço vários trabalhos de meio período. Estou economizando para fazer um curso.

— De quê?

— Bem, ainda não consegui decidir. Queria muito aprender alfaiataria, assim eu poderia confeccionar de fato as roupas, e não só adicionar detalhes ou fazer uma mudança ou outra. Quero criar as peças do zero. Também pensei em fazer um curso de tecidos para mobiliário. Eu sei fazer cortinas e adoraria trabalhar com estofamento também. Mas no fim das contas eu devia fazer um curso de administração, para conseguir ganhar dinheiro, independentemente do ramo em que eu vá trabalhar. Preciso ser mais prática.

— Minha nossa, você parece muito determinada.

— Bem, todos na minha família seguiram carreira acadêmica, menos a minha mãe, que é pintora. Eu preciso ser prática — disse, franzindo o cenho. — Um dia, quando for realmente independente, quero me mudar para perto do mar e tocar meu negócio de casa.

— Sério? Não quer se casar e ter filhos? — perguntou Matilda, surpresa.

— Eu quero, mas isso não é tão simples assim. Pode ser que eu nunca conheça ninguém interessante. E, se eu tiver meu próprio negócio, serei dona do meu destino — disse, sorrindo. — Gosto do som dessa frase.

— Eu também gosto! — disse Matilda. — Então vá em frente!

— Eu vou, quando voltar para casa. — Ela deu um suspiro. Conseguir o dinheiro para isso é que não será fácil.

Matilda hesitou por um segundo.

— Quem sabe antes de seguir em busca de seus objetivos você não poderia fazer esse pequeno favor para mim? Embora eu saiba que não seja algo exatamente *pequeno* — falou Matilda, franzindo o cenho. — Talvez possamos falar sobre isso quando você voltar para a Inglaterra e organizar a sua vida. Não quero que perca seu tempo por minha causa.

— Ah, não seria perda de tempo! Se quiser que eu faça algo para a senhora, farei com prazer. Estou me divertindo tanto aqui!

— Que bom! Porque tenho certeza de que você é a pessoa certa para me ajudar. Você é criativa e, ao mesmo tempo, muito prática. E acho que entende o que é ter um sonho.

— Entendo muito!

— Além disso, você é muito gentil. Vamos manter contato. Eu uso e-mail, viu? — comentou Matilda, com orgulho. — Luke me ensinou. Mas não estou no Facebook. Luke acha que eu aceitaria qualquer pessoa como minha amiga.

Sophie riu e deu um abraço e um beijo na bochecha de Matilda.

— Talvez a senhora devesse tentar o Twitter.

Matilda ficou confusa e Sophie sorriu para ela novamente.

— Pergunte ao Luke, ele vai explicar o que é. Ah, aqui está ele.

Luke estava todo engomadinho, Sophie pensou, mas absolutamente lindo. Estava usando uma calça jeans e um suéter de cashmere, e tinha um aroma de perfume caro. Sophie estava muito satisfeita com as próprias roupas de grife e com o perfume que haviam deixado para ela no quarto. Ela desconfiava de que era um perfume para pessoas mais velhas, mas era melhor do que nada, e ninguém havia reparado quando usou antes.

— Olá, vovó! — disse Luke, abraçando Matilda. — Oi, Sophie. Uau! Você não está de se jogar fora.

— Na Inglaterra a gente diz "o último biscoito do pacote" — rebateu Sophie, com a cara séria.

Luke a ignorou solenemente.

— Vovó, será que posso pedir um favor à senhora?

— O que você quiser, querido.

— Será que a senhora poderia emprestar um anel a Sophie? Acho que essa farsa toda funcionaria melhor se ela se passasse por minha noiva. Só namorada não será o suficiente para me deixarem em paz por muito tempo. Se ela aparecer com um anel, de repente ganho até um ano de folga.

— Hmm... — interrompeu-o Sophie, bastante desconfortável.

— As minhas joias são tão antiquadas — respondeu Matilda. — Você precisaria de um solitário, de diamante.

— Mas Sophie é inglesa. Ela poderia gostar de algo antiquado.

— Como assim? — interrompeu-o a jovem mais uma vez, mas avó e neto continuaram debatendo entre si.

— Bem, venha. Vamos dar uma olhada. Só as joias menos valiosas ficam fora do cofre, mas talvez você encontre alguma coisa. Tenho um anel com água-marinha e diamantes. Ninguém vai saber que não é um solitário.

Luke e Matilda seguiram em direção à sala de vestir, e Sophie foi atrás deles.

Matilda abriu um dos armários e pegou uma caixa de joias do tamanho de um pequeno baú. Colocou-a em cima da penteadeira e a abriu.

— Vovó, a senhora não deixa isso trancado? — repreendeu-a Luke.

— E por que eu deixaria? Se entrar um ladrão aqui vai levar tudo mesmo.

— Mas os empregados...

— ... nunca roubariam nada de mim. Enfim, que anel você quer?

— Me desculpem — disse Sophie, com a voz mais firme possível, mesmo deslumbrada ao ver todas aquelas joias lindas fora da vitrine de uma joalheria. — Mas não posso usar um anel... Não fingindo ser um anel de noivado.

— Ah — disse Matilda, segurando o anel com água-marinha cravejado com pequenos diamantes. — Você é supersticiosa?

— É, acho que sou um pouco. Nunca uso anel nesse dedo. De vez em quando enrolo um papel de bala nele para ver como ficaria um anel de noivado, mas nunca coloquei um anel de verdade.

Luke respirou fundo, provavelmente irritado com aquela ideia ridícula, mas foi interrompido pela avó.

— Sim, entendo perfeitamente. Luke, querido, Sophie já vai fingir que é sua namorada. Isso terá que ser suficiente. Ela não precisa se passar por sua noiva.

Luke franziu o cenho.

— O problema é que — disse ele, nitidamente desconfortável —, quando estávamos na loja, em algum momento, Heidi se referiu a

Sophie como minha noiva, e eu não a corrigi. Ela certamente contou isso para alguém. Você sabe como a fofoca corre.

— Ela vai estar no brunch? — perguntou Sophie.

— Não, mas com certeza esteve com pessoas que irão ao brunch, e deve ter contado isso para elas.

— Bem, não tem problema. Podemos estar noivos e só não termos escolhido um anel. — Sophie ficou mais relaxada, embora parte dela estivesse ansiosa para experimentar os anéis que Matilda considerava menos valiosos.

Luke balançou a cabeça. Era quase prazeroso vê-lo tão envergonhado e constrangido. Sophie imaginou que aquilo não acontecia com frequência.

— Eu meio que disse a ela que estávamos indo comprar um anel.

— O que isso quer dizer? — perguntou Matilda.

— Ela perguntou o que íamos fazer depois das compras e o celular dela tocou bem na hora que eu disse: "Vamos à Mystic." Ela desligou toda animada e trêmula e me deu um beijo. Não entendi bem o porquê, aí ela disse: "Não se preocupe, não vou contar nada para Sophie." Só aí entendi o que tinha acontecido.

— E o que aconteceu? — perguntou Matilda. — Ah... Acho que sei o que foi.

— O quê? — questionou Sophie.

Luke estava mordendo o lábio, e o rosto de Matilda expressava mais melancolia do que irritação.

— Ela pode ter confundido o nome da pizzaria com uma loja de joias na cidade chamada Mystical Jewels — explicou Matilda.

— Isso. E eles acabaram de me ligar para saber por que não apareci lá ontem.

— Isso é um absurdo. Eles não têm o direito de fazer isso.

— Não, mas fizeram. E a essa altura Heidi já contou para todo mundo que vamos ao brunch juntos e que estamos noivos.

— E não dá para simplesmente dizer que Heidi se enganou?

Matilda e Luke balançaram a cabeça em negação ao mesmo tempo.

— Não, isso ia criar uma confusão ainda maior.

Ambos olharam para ela. Luke, alto, bonito, acostumado a conseguir tudo o que queria, agora parecia precisar mesmo daquele favor. E Matilda, uma pessoa que Sophie adorava e com quem tinha uma dívida de gratidão pela hospitalidade e amizade, parecia querer a mesma coisa.

— Está bem. Vamos lá — concordou Sophie, depois de pensar por um momento. — Vou usar o anel, mas tem que ser o menor e o mais discreto que estiver aí — falou, apontando para a caixa.

— Ótimo! — exclamou Matilda. — Assim vai parecer que você é sensata e tem bom gosto.

— Eu sou sensata e tenho bom gosto — balbuciou Sophie.

— Tenho um perfeito — disse Matilda, levantando as duas bandejas de cima. — Aqui está. É como se fosse um anel infinito, mas só vai até a metade. Mas é lindo, não é? Parece uma cesta, com as pedras entre os espaços.

Quando Sophie viu o anel, ela o quis imediatamente. Tinha seis rubis bem no meio, em formato de losango. E, nos espaços restantes, havia diamantes minúsculos.

— Acha que vai dar azar se você usar esse anel? — perguntou Luke, talvez percebendo o quanto ela havia gostado do anel pela forma como olhava para a joia.

— Olhe... devo confessar que eu tive três alianças de casamento. O marido foi sempre o mesmo, mas eu enjoava de usar sempre a mesma aliança, então tive modelos diferentes. Mas ainda assim continuamos casados e felizes — explicou Matilda.

Sophie pegou o anel e o colocou no dedo. Parecia que havia nascido para usar aquele anel.

— Ficou perfeito! — disse a simpática senhora, com um suspiro.

— As *it girls* não vão mais querer diamantes enormes — disse Luke, achando aquilo divertido. — Agora vão querer anéis antigos.

— É lindíssimo — opinou Sophie, examinando a própria mão de todos os ângulos possíveis. — Você vai ficar me devendo muito se eu usar isso.

— Eu sei. Agora vamos. Não podemos nos atrasar — disse Luke, se inclinando para dar um beijo na avó. — Contamos tudo para a senhora na volta.

— Vocês serão um casal muito convincente, Sophie, não se preocupe.

## Capítulo 11

Ao entrar no carro de Luke, Sophie ficou pensando se os bancos de couro causariam o mesmo efeito nela que os lençóis de Matilda: eram tão incríveis que ela não queria mais voltar para os seus lençóis sintéticos puídos; ou se sentar novamente nos estofamentos de plástico que faziam você grudar no assento no verão.

Ela olhou pela janela pensando em como seria se tivesse sido mimada assim a vida inteira, com luxos constantes. E riu sozinha.

— Está rindo do quê? — perguntou Luke.

Ela pensou por um instante e falou:

— A minha vida na Inglaterra é bem diferente. Estou aqui imaginando se vou conseguir voltar para ela.

— É claro que vai.

Sophie olhou para Luke de relance, mas não conseguiu descobrir o ele quis dizer com aquilo. Normalmente ela era boa em decifrar linguagem corporal, mas, com Luke, era bem mais difícil. Ela se esforçava para não pensar nisso, mas não queria que ele pensasse que ela era uma aproveitadora.

— Já estamos chegando? — perguntou Sophie.

Luke riu.

— Por quê? Está enjoada ou só impaciente para chegar à festa?

— Nada disso! — respondeu, indignada. — Acho que precisamos ensaiar um pouco.

— Ensaiar?

— Sim, ensaiar o que vamos dizer para explicar como nos conhecemos e tudo o mais.

— Não precisamos dar detalhes. Vamos só dizer que estamos noivos, mas que sua família ainda não sabe, e que não vamos nos casar tão cedo. Talvez só depois que você terminar a faculdade. Você ainda é muito nova.

— Eu sei! As pessoas vão te chamar de papa-anjo.

— Não vão, não.

Ela se deu conta de que Luke estava certo, então se recostou no assento e ficou olhando pela janela. Ficou imaginando se todos os amigos de Luke e Matilda moravam em casas que podiam facilmente ser transformadas em hotéis sem nenhuma grande mudança. De repente Sophie falou:

— Mas eu não estou matriculada na faculdade. Que curso eu faria?

— Tanto faz, qualquer um. Não precisa ser tão específica, ninguém vai perguntar.

— Você não está preocupado que sua mãe descubra? Ela não vai se incomodar em saber que você está noivo de uma mulher de quem ela nunca ouviu falar?

— Não, ela anda muito ocupada com a própria vida.

— E as colunas de fofoca? Vão se esbaldar!

— Isso seria ótimo para mim. Diria ao mundo que não estou disponível.

Sophie não sabia mais como argumentar e ficou um pouco desanimada. Parecia muito estranho que ela, uma pobretona da Inglaterra, conquistasse o coração de Luke, o solteiro mais cobiçado da cidade, quando todas as mulheres caíam aos seus pés. Ela não estava convencida de que o plano daria certo.

— Já falei que você está muito bonita hoje? — perguntou Luke, talvez se sentindo obrigado a animá-la.

— Estou? Pois é. Quando se gasta um bom dinheiro não é tão difícil ficar bonita.

Ele achou graça.

— Ah, é difícil, sim. Pode acreditar! Talvez as mulheres fiquem se perguntando por que escolhi você, e não uma delas... Mas os homens vão entender rapidinho.

Sophie percebeu que tinha dificuldade em aceitar elogios. Talvez devesse tentar agradecer.

— Obrigada, Luke. Você é muito gentil.

Luke estacionou o carro na frente de uma casa que era tão grande quanto a de Matilda. Se Sophie não estivesse de braços dados com ele, usando roupas muito caras, com uma bolsa de mão maravilhosa e aquele anel lindo, teria se sentido muito intimidada por toda aquela riqueza e beleza. Então ela percebeu que estar com Luke lhe concedia um status que dificilmente alcançaria sozinha. A primeira emoção que sentiu foi prazer: estava experimentando o sentimento de ter vencido na vida. A segunda foi vergonha: não devia querer ser o centro das atenções devido à sua companhia. Ainda assim, tinha de desempenhar aquele papel, mesmo que isso a matasse por dentro.

— Luke, querido! — chamou uma mulher muito alta, muito loura, com cabelos quase na altura da cintura, que poderia ter saído diretamente de uma capa da *Vogue*. Ela parecia estar ali esperando. — Que história é essa de você estar noivo? Sua noiva é essa bela moça?

A voz dela soava irritada e surpresa o suficiente para deixar Sophie se sentindo meio culpada; ela havia roubado o melhor partido da cidade e não era nada do que os outros esperavam. Mas a atitude daquela mulher fez Sophie se empertigar. Ela decidiu parar de se sentir uma impostora e realmente se empenhar naquela farsa!

Luke deu um beijo no rosto da mulher.

— Oi, Lulu. Esta é a Sophie.

Lulu se aproximou, e Sophie se deu conta de que estava esperando que ela lhe desse um beijo na bochecha também. Ela fez o melhor possível para não se atrapalhar com todo aquele cabelo louro.

— Olá — disse Sophie.

— Inglesa! É por isso que ninguém a conhece!

Sophie sorriu e assentiu. Não queria parecer muito animada.

— Bem, vamos entrar e tomar um drinque.

Um garçom de uniforme apareceu para lhes servir. Trazia uma bandeja cheia de bloody maries com pedaços de aipo, e algo que parecia uma mimosa. Ela escolheu a mimosa. Não tinha ideia do quão forte era um bloody mary.

— Venha, vou apresentar você para todo mundo — chamou Lulu.

Lulu segurou o braço de Luke como se ele fosse fugir, e Sophie seguiu atrás deles. Ela começou a entender por que ele queria tanto ter uma companhia para aquela festa. Sophie só esperava que não o roubassem dela. Havia inúmeras mulheres de nariz em pé, iguais àquelas da boate em Nova York. Na casa de Matilda, o clima era mais familiar. Todos eram muito ricos e andavam impecavelmente arrumados, mas aqui a coisa parecia mais competitiva. Ela ficou aliviada por Heidi tê-la convencido a levar aquela bolsa perfeita. Sem ela, mesmo com as roupas novas, Sophie provavelmente não conseguiria falar com ninguém sem se sentir desarrumada.

Um grupo de mulheres cercou Luke; elas não estavam ignorando Sophie, é que só prestavam atenção nele.

— Então, há quanto tempo vocês se conhecem?

— Pois é, Luke, você ficou escondendo a Sophie!

— Nossas mães vão planejar nossos casamentos com quem agora?

Luke abriu ligeiramente a boca e então olhou para Sophie, que sorriu para ele com ternura, sentindo pena de verdade.

— Então, conte para nós — repetiu a mulher, que também era loura. — Há quanto tempo vocês se conhecem?

Sophie continuou olhando para Luke, em parte porque queria passar a ideia de noiva apaixonada, mas também porque estava esperando para ouvir o que ele ia dizer. Ela suspeitou que aquela mulher estivesse desconfiada da farsa deles.

— Não tem muito tempo — disse ele.

— Então foi amor à primeira vista? — insistiu a mulher.

Luke não conseguiu enrolar mais.

— Ela se apaixonou pela minha avó, na verdade. Quando conheci Sophie, ela e minha avó estavam sentadas no chão, com as pernas esticadas.

— Ah, isso não parece nada romântico — continuou Lulu, estimulada pela resposta.

— Mas foi. Sophie parecia o Bambi, com aquelas pernas longas e os olhos grandes.

— Eu nunca assisti a *Bambi* — disse Sophie, se perguntando se Luke a estava elogiando com aquela descrição ou se era só parte da farsa deles. — Decidi não assistir quando soube que a mãe dele morria.

Todos riram, achando que ela tinha feito uma piada.

— Dá para entender por que me apaixonei por ela, não é? — brincou Luke.

Levemente irritada, Sophie rebateu:

— Eu imagino que as pessoas estejam se perguntando por que eu me apaixonei por você.

— Não, querida, todas nós sabemos *exatamente* por que você se apaixonou pelo Luke — interrompeu-a outra mulher, claramente falando por todas.

— Quer dizer, porque ele é muito rico e muito bonito? Bem, eu garanto que não foi isso que me atraiu nele. Não mesmo. Na verdade, isso me irritou um pouco — confessou Sophie.

Todas no grupo se sobressaltaram, surpresas. Ela até podia parecer o Bambi, mas não era nada idiota.

— É mesmo?

Sophie concordou com a cabeça. Luke, que a havia abraçado, apertou de leve seu ombro: talvez a incentivando, talvez não.

— Qual foi o motivo, então? — perguntou uma mulher morena.

— Bem, em parte foi porque ele é muito amável com a avó, que é a pessoa mais legal do mundo. E também porque, apesar de ser muito mimado, ele também é muito gentil.

Houve um suspiro de horror por parte das mulheres, mas Luke deu um beijo na bochecha de Sophie.

— Você é fascinante! — disse ele. — Agora vamos, Sophie, quero te apresentar para mais algumas pessoas.

Ele soltou o ombro dela e a tomou pelo braço.

— Agora entende por que eu precisava de proteção? — questionou ele, ao saírem de perto das mulheres e seguirem para outro cômodo. — Me sinto como um pedaço de carne jogado num tanque cheio de tubarões.

— Mas tenho certeza de que você não teria dificuldade em se livrar dessas mulheres.

— Não teria mesmo, mas detesto essa certeza que elas têm de que, um dia, uma delas vai se casar comigo. E, se eu for muito direto, as mães vão reclamar com a minha avó, e vovó vai me repreender.

— Está preocupado que uma delas consiga, no fim das contas?

A expressão no rosto de Luke a fez rir.

— É, talvez eu esteja.

Ela reparou que Luke podia ser muito charmoso enquanto ele a apresentava às pessoas. Todos fizeram comentários sobre o anel, claramente considerando-o uma escolha inusitada. Quanto mais as pessoas olhavam, mais Sophie gostava dele.

— Se eu fosse sua noiva, Luke — começou Lulu, que deu de cara com eles novamente perto do garçom que servia waffles —, ia querer um diamante do tamanho de um ovo de pombo.

— Talvez por isso eu esteja noivo da Sophie. Ela tem um gosto mais discreto — rebateu Luke.

— Então ela não é sua noiva por causa do dinheiro, do jatinho e desse bumbum bonito?

— Bem, espero que não.

Sophie achou que precisava ajudá-lo. Agora ela conseguia entender quão difícil era para Luke saber se as mulheres estavam realmente interessadas nele ou apenas no seu dinheiro. Agora Sophie entendia por que ele havia se comportado daquela maneira com ela quando os dois se conheceram.

— Não que essas coisas sejam desvantagens, principalmente o bumbum bonito... Mas eu me apaixonei mesmo pelo Luke porque ele é meio misterioso. Eu gosto de um ar de mistério.

— E um dos motivos pelos quais me apaixonei por Sophie é porque ela me lembra um pouco a minha avó — disse Luke, embarcando na conversa.

— O quê? — perguntou Sophie, fingindo estar ofendida ao ser comparada com uma mulher de 80 anos.

— É isso mesmo. Vocês duas têm um charme e são meio... imprevisíveis.

Todos riram, como era de se esperar. Sophie riu também, satisfeita por não estar noiva de Luke de verdade e por não precisar se relacionar com aquelas louras com suas roupas que custavam os olhos da cara.

Uma mulher mais velha, alta, com cabelo curto e escuro, muito mais sofisticada do que as *it girls*, colocou a mão em seu ombro. Suas sobrancelhas eram escuras e arqueadas, e sua boca, grande e bem desenhada com batom escarlate.

— Pobre Sophie. Todos nós provavelmente parecemos muito estranhos para você. Eu sou a Ali. Minha mãe era francesa, então temos certa proximidade geográfica. Venha, me fale de você. Mas só depois de comer essas panquecas. A culinária americana pode ser meio esquisita para o paladar europeu, mas eles acertam em alguns pratos.

Sophie fez o que ela mandou, pensando que finalmente havia encontrado um ser humano normal em meio a todas aquelas Barbies. Ela se serviu de panquecas, bacon, um pouco de xarope de bordo e acompanhou Ali. Luke abriu um sorriso encorajador quando Sophie passou por ele.

— A Ali trabalha com a gente. Acho que vocês vão gostar uma da outra. Converse um pouco com ela enquanto troco ideia com algumas pessoas.

— Venha comigo — disse Ali. — Sei de um lugar onde podemos ficar mais confortáveis.

Ali deu o braço a Sophie e a conduziu em meio à multidão. Sophie sabia que os outros estavam olhando para elas e ficou feliz por estar com outra pessoa que não fosse Luke. Ela não era apenas a acompanhante dele.

— Tem uma mesa vazia ali — apontou a mulher. — Podemos comer como seres humanos civilizados.

Sophie começou a comer, torcendo para que seu comportamento fosse mesmo o de um ser humano civilizado — os americanos complicavam bastante as coisas com todos aqueles talheres.

— Então — começou Ali, enquanto Sophie estava de boca cheia —, o que você acha da primeira esposa do Luke?

Sophie mastigou por mais tempo que o necessário. Não era da conta dela o fato de Luke ter sido casado, mas, já que estava fingindo que era noiva dele, provavelmente deveria ter uma opinião sobre a ex. Era importante parecer descontraída.

— Bem, sabe como é — disse, encolhendo os ombros. — Todo mundo comete erros.

— É verdade, a não ser que sejamos muito cuidadosos. E Luke não foi cuidadoso o suficiente na minha opinião.

Ali deixou a refeição de lado, indicando que já estava satisfeita, embora o prato estivesse praticamente intocado.

— Você a conheceu? — perguntou Sophie, satisfeita com a própria astúcia: poderia adquirir informações sem mostrar sua ignorância.

— Não exatamente, eles já não estavam muito bem quando comecei a trabalhar com o Luke, mas a encontrei uma vez, quando foi buscar uns papéis no escritório. Ela é uma mulher muito, muito bonita. Mas muito jovem. Jovem demais para se casar — disse Ali, olhando para Sophie como se estivesse lhe dando um aviso. — Eu acho que Luke não... Quer dizer... Bem, não importa o que eu acho — interrompeu-se, sorrindo para disfarçar o fato de ter começado uma frase que não podia terminar. — Mas foi tudo muito, muito caro, e acho que esse é um erro que ele não vai cometer de novo — disse e fez uma pausa. — Parece que ele gosta de mulheres bem mais jovens.

Por um segundo, Sophie se sentiu alarmada, como se realmente estivesse noiva de Luke. Ali estava sorrindo com ternura, como se estivesse falando de alguma bobagem inofensiva que Luke havia feito e que não deveria fazer mais, mas havia um significado nas palavras dela que Sophie não conseguia ignorar.

— O importante é que ele tenha aprendido a lição — comentou Sophie, tentando parecer tranquila, mas se sentindo na defensiva. Provavelmente teria essa reação se o noivado fosse real.

Ali segurou a mão de Sophie.

— Você é muito engraçada!

— Ali é legal, não é? — perguntou Luke, quando veio a seu encontro pouco tempo depois.

— É, sim.

— Ela é um sopro de ar puro nesse lugar.

Sophie imediatamente interpretou que Luke e Ali já haviam ficado juntos. Se tinha mesmo acontecido, quanto tempo durou? E por que terminaram? Ou será que ela estava imaginando coisas?

— Ela me perguntou o que eu achava de você já ter sido casado.

— E o que você respondeu?

— Não soube muito bem o que dizer, mas me arrependi de não ter pensado numa resposta antes. Se estivéssemos mesmo noivos, eu teria uma opinião sobre isso, não teria?

Ele encolheu os ombros.

— Acho que sim.

— Fiquei com medo de ser desmascarada.

— Acha que Ali desconfiou de alguma coisa?

— Não sei — respondeu Sophie, depois de pensar um pouco. — Não tenho certeza.

— Bem, não se preocupe com isso. Vamos achar os anfitriões e nos despedir. Já cumprimos nosso papel aqui.

Sophie ficou em dúvida se estavam indo embora cedo por causa dela ou por causa de Luke. Talvez ele não tenha gostado muito de tê-la como noiva.

— Ah, aliás... — disse Luke quando já estavam chegando à casa de Matilda. — Pedi a algumas pessoas que procurassem aquela sua parente. Provavelmente teremos uma resposta em breve.

— Muito obrigada! Isso foi muito gentil da sua parte.

Sophie estava confusa. Em um momento achava que Luke estava sendo muito legal. No minuto seguinte, ele já ficava sisudo novamente. Ela não conseguia entender seu comportamento. Talvez fosse porque Sophie não estava acostumada com homens nascidos em berço de ouro, ou qualquer outra expressão que os americanos usassem para se referir a pessoas ricas. Ainda assim, ela percebeu que Matilda não era a única pessoa de quem sentiria falta quando voltasse para a Inglaterra. Apesar do comportamento camaleônico de Luke, o rapaz era uma boa companhia, e ela gostou de passar um tempo com ele. E foi bom ter um homem que a tratasse bem, para variar, mesmo que fosse só por educação. Seu lado mais antiquado gostava daquilo.

Luke precisava voltar para a cidade no dia seguinte ao brunch, assim como a maioria dos convidados de Matilda. Mas, por insistência da simpática senhora, e também porque ela queria, Sophie ficou mais uns dias. Quando voltasse para Nova York, Matilda lhe daria uma carona. E, mais importante, ia mandar seu motorista buscá-la na casa de Milly para levá-la ao aeroporto alguns dias depois.

Aquela mansão parecia bem diferente agora que só restavam Matilda e Sophie. Elas faziam as refeições em um pequeno solário, e não na enorme sala de jantar. Passavam o tempo andando pelo jardim se o tempo estivesse bom, conversando sobre a Inglaterra dos velhos tempos e jogando cartas. Sophie deu uma olhada no armário de Matilda e conseguiu customizar algumas roupas que a simpática senhora adorava, mas que tinha preguiça de reformar.

No fundo, Sophie achava que tinha um lado ruim em ter tanto dinheiro e poder comprar roupas novas sempre; as peças favoritas nunca eram usadas até acabar.

E durante todo esse tempo, Matilda seguiu falando sobre a casa da pintura.

A certa altura, Sophie perguntou:

— A senhora não tem fotos antigas? Se quer que eu encontre a casa, seria de grande ajuda ter uma foto.

— Ah, isso pode ser divertido! Eu adoro ver fotos. Mas, de qualquer forma, vou fazer uma cópia da pintura e mandar para você.

Elas ficaram muito tempo vendo as fotos de família, pois Sophie fez muitas perguntas a Matilda, que explicou quem era cada um e o que faziam. Lá no meio havia, de fato, uma foto da casa, em sépia, bem pequena e desbotada. Era a foto de um casarão, coberto com algum tipo de planta, mas não havia nenhuma dica sobre a localização.

— Tinha esperanças de que houvesse um nome escrito atrás ou algo assim.

— É, eu também tinha — disse Matilda e depois fez uma pausa. — Teria sido mais fácil se eu tivesse ido até lá de novo depois de adulta, mas as pessoas tinham morrido e não havia nenhum motivo para visitas.

— Era perto do mar?

— Sim! Não era longe. Costumávamos fazer piqueniques na praia.

— Sempre quis morar perto do mar! — confessou Sophie, e depois lembrou que já havia dito isso a Matilda.

— Eu dormia no quarto do sótão. Adorava! Eu me lembro de me sentar no nicho com assento junto à janela e ficar olhando a vista por horas.

— Eu faria a mesma coisa — disse Sophie.

— Eu sei. Temos muito em comum.

Sophie sorriu.

— Também sinto isso. Agora, Matilda, precisa deixar que eu te devolva o anel. Já tentei antes e a senhora me impediu, mas agora estou indo embora. Preciso devolvê-lo.

— Não precisa, não. De verdade. Não tenho nem tempo para usar a quantidade de joias que possuo, e ele fica tão lindo nessa sua mão jovem. Falei com o Luke e ele também acha que você deve aceitar se gostou do anel. E se eu quiser que fique com ele.

— Bem, claro que eu gosto dele! É maravilhoso.

— Então quero que fique com ele. Você foi muito gentil em ir àquele brunch com o Luke. Sei que não foi fácil, e você se saiu muito bem.

— Mas Luke já comprou todas aquelas roupas incríveis para mim...

— E eu quero te dar o anel.

A certa altura, Sophie achou que não adiantava mais argumentar, e Matilda acariciou sua mão, satisfeita por ter feito as coisas do seu jeito.

Quando finalmente se despediram, Sophie sentiu que estava se despedindo de uma parente querida, não de alguém que havia conhecido há tão pouco tempo. As duas ficaram emocionadas.

— Mas agora que nos conhecemos, podemos manter contato — disse Sophie.

— Com certeza — respondeu Matilda. — Vou mandar um e-mail com a foto e contando as novidades sobre Luke.

— As novidades do Luke não são da minha conta. Não estamos noivos de verdade.

Matilda suspirou.

— Eu sei.

# Capítulo 12

❧

Amanda era uma boa ouvinte, concluiu Sophie. Ela respondeu prontamente à ligação de Sophie e foi encontrar a amiga, que ainda estava cansada por causa da mudança de fuso horário, mas também muito empolgada e ansiosa para contar tudo o que tinha acontecido na viagem. Milly já tinha ouvido a história, mas Sophie não ia sossegar até que suas duas melhores amigas estivessem atualizadas sobre tudo.

Amanda se sentou a uma mesa com um sofá no bar de vinhos favorito delas e pediu um Pinot Grigio para Sophie, além de uma garrafa de água com gás. Ela entregou a taça de vinho para a amiga.

— Conte tudo, começando pelo jantar de despedida com a Mills.

Depois de tomar um bom gole de vinho, Sophie começou:

— Foi tão triste me despedir dela! Não passamos muito tempo juntas, mas nos divertimos tanto... O namorado dela preparou uma comida deliciosa e depois saímos para tomar uns drinques.

Sophie mexeu na bolsa — ela esperava que Amanda não perguntasse sobre a bolsa nova por ora, ou que pensasse que era uma réplica que ela tinha comprado de um vendedor na rua — e pegou um pacote.

— Isso é para você! É pequeno, eu sei, mas achei que você merecia um presente que não tivesse sido feito por mim, para variar.

— Ah, que legal! Bobbi Brown é minha marca favorita!

— É bem mais barato comprar maquiagem lá. Espero que eu tenha acertado na cor.

Amanda abriu o batom.

— É perfeita! Você tem um olho bom para cores. Agora me conte: você foi à Magnolia Bakery?

— Aham! Ah, Mands, você precisava ver as decorações de Natal! Parece um mundo encantado. E tem pista de patinação no gelo ao ar livre no Central Park e na Times Square.

— Isso tem em Londres também.

— Mas é mais glamoroso em Nova York — insistiu Sophie.

— Me conte sobre a Milly. O namorado dela é legal?

— O Franco é um fofo, mas os dois raramente conseguem se ver por conta do trabalho dele. Ela também trabalha muito. Aliás, parece que todo mundo em Nova York trabalha muito.

— E o que mais?

— Bem, eu conheci uma senhora *incrível*! Ela me convidou para ficar na mansão dela em Connecticut. Era literalmente uma *mansão*. Eu a conheci na segunda noite em Nova York, quando fui à abertura de uma exposição do trabalho da Milly.

Amanda continuou ouvindo atentamente o relato detalhado, embora meio confuso, de Sophie sobre sua viagem aos Estados Unidos. No final, ela revelou se sentir culpada por ter ficado com as roupas que Luke comprou para ela.

— Preciso dizer que eu não teria coragem de devolver essas botas — declarou Amanda, olhando para as pernas de Sophie. — Nem a bolsa.

— Não acha que ficar com elas me torna um pouco aproveitadora? — questionou Sophie, dando mais uma olhada para as botas antes de voltar com as pernas para baixo da mesa.

Amanda pensou enquanto tomava um gole de vinho.

— Não. Por que acha isso?

Sophie deu um suspiro.

— O problema é que, quando nos misturamos com gente muito rica, ficamos cheios de dedos, querendo provar que somos tão bons quanto eles e...

— E você é!

— Eu sei! Eu sei que meu valor não tem nada a ver com quanto dinheiro eu tenho. É que eles foram tão generosos... Matilda me tratou como se eu fosse uma filha, ou neta.

— Ela gostou de você. Se não tivesse gostado, só ia dizer: "Obrigada por evitar que eu caísse de bunda..."

— Ela jamais falaria uma coisa dessas! — Só de pensar na possibilidade de ouvir Matilda usando esse tipo de linguajar Sophie levou a mão à boca, espantada.

— "... enquanto observava esses quadros" — continuou Amanda, sem se importar muito com a reação da amiga. — Ou seja lá o que ela estivesse fazendo.

Sophie se acalmou e deu um suspiro.

— Eu sei, mas ela me deu esse anel — disse, mostrando a mão direita, onde havia um anel que combinava com o esmalte que ela estava usando. — Foi muita gentileza dela.

Amanda fez uma pequena pausa, então disse:

— O que Luke falou sobre você ter ficado com o anel?

— Ah, ele achou legal também! Aparentemente, ele disse que eu me esforcei bastante e que, se Matilda quisesse me dar o anel, eu deveria aceitar o presente.

— E você realmente se esforçou bastante no brunch?

Sophie assentiu.

— No começo foi bem difícil entrar no jogo. Eu me senti uma fraude. Uma mulher chamada Ali, de quem o Luke gosta, eu acho, meio que me advertiu sobre a primeira esposa dele. Ela disse que a ex dele era jovem demais, insinuando que eu também sou — disse, fazendo uma pausa. — Usar o anel me deu credibilidade. Se bem que... Pensando bem, será que o anel a convenceu? Ela provavelmente sabe que esse anel não é tão valioso. Será que ela sabia que a gente estava fingindo?

— Bem, não tenho como saber sem ter estado lá, mas parece que você fez o melhor que pôde, e Luke achou que você merecia uma recompensa — ponderou Amanda, dando uma olhada no anel. — E, de qualquer forma, ele nem deve custar tanto dinheiro assim para os padrões deles.

Sophie decidiu esquecer o assunto. Ou Ali tinha acreditado na farsa ou não. Ela continuou contando sobre Luke e os outros presentes.

— É verdade, mas ele já tinha comprado roupas, bolsa e sapatos, além de me levar à pizzaria Mystic e... Bem, ele foi muito legal. Aliás, precisamos ver esse filme.

— Então você gostou bastante do Luke, pelo visto.

Sophie fez uma careta.

— Você está tão romântica! Só porque está feliz com o David, quer ficar juntando todo mundo agora.

Amanda riu.

— Não! É que você não para de falar dele. Isso é um sinal.

— Eu não percebi que...

— E então... Você gosta dele ou não? Talvez você não esteja tão interessada.

Sophie achou difícil explicar os sentimentos que nem ela mesma entendia direito. Ela se pegou pensando muito em Luke desde que voltou de viagem, mas achou que era pelo simples fato de ele ser muito diferente de todos os homens que ela conhecia. Mas rapidamente descartou a ideia de que os opostos se atraem.

— Bem, eu não o jogaria para fora da cama. Mas, honestamente, Mands, acho mais fácil eu estar interessada no príncipe Harry. Ele pelo menos é um pouco mais normal e mora no meu lado do Atlântico — disse, bebendo um gole de vinho, depois de misturá-lo com um pouco da água com gás. — E Luke é muito maduro para mim, de certa forma.

— Mas ele parece um amor! — rebateu Amanda, que ficou impressionada com a descrição dele feita por Sophie, com seus belos ternos, suas camisas impecáveis e seu perfume delicioso. — E seria uma bela mudança, levando em consideração o tipo de homem com quem você costuma sair.

Sophie tentou não sorrir. Amanda e Milly viviam criticando os namorados hippies dela e reclamando que eles nunca a levavam a lugares sofisticados, que sempre esperavam que ela pagasse a conta — não a metade, a conta inteira — e que não tomavam banho com frequência. O completo oposto de Luke.

— Bem, é verdade — concordou Sophie. — Mas ele nunca se interessaria por mim. Você precisa ver as mulheres com quem ele costuma sair. São todas sósias da Paris Hilton!

— Mas ele não queria que você o protegesse dessas mesmas mulheres? Se ele gostasse delas, não teria pedido a sua ajuda.

— Só porque eu era a única pessoa disponível para a tarefa. Nunca aconteceria nada entre a gente. Eu não faço o tipo dele, não pertenço à mesma classe social, nem estou no mesmo nível financeiro que ele. Essas coisas não acontecem na vida real.

— Então por que levar você a um "brunch" posando de noiva dele?

— Porque ele é o solteiro mais cobiçado dos Estados Unidos! Eu não te contei o que aconteceu no bar onde fui encontrar com ele? Umas mulheres estavam falando dele. Todas querem ficar com ele. Provavelmente não só porque é ele muito rico, mas também porque é hétero e razoavelmente jovem. Ele é assediado por mulheres lindas em todos os lugares aonde vai. Ele é divorciado. Talvez só esteja de saco cheio. Se as pessoas acharem que ele está comprometido, talvez não o perturbem tanto.

— Ele me parece um pouco arrogante. "Nossa, vejam como sou maravilhoso, não dou conta de tantas mulheres incríveis querendo ficar comigo."

— Não, não é nada disso — defendeu-o Sophie. — Ele dá conta, mas não quer ser mal-educado com as netas das amigas da Matilda. E elas consideram essa rejeição falta de educação.

— Tudo bem, é justo. Mas então ele escolheu você porque...?

Sophie deu uma risadinha meio desanimada.

— Porque eu estava na casa da avó dele. Muito prático, não?

Amanda não aceitou essa justificativa.

— Bem, se você fosse... Para dizer com todas as letras, feia e sem graça, ele não teria te levado! Ele te pediu esse favor porque você é linda, inglesa, cheia de classe e diferente das mulheres com quem ele está acostumado.

— Os Estados Unidos são considerados uma sociedade sem classe mesmo.

— Isso não é verdade. Os americanos podem até ser mais focados em dinheiro, mas acho que nenhuma sociedade é desprovida de classe.

Sophie concordou em silêncio.

— Não importa. A questão financeira sempre seria uma barreira. Mas não precisamos nos preocupar com isso porque ele mora em Nova York e eu moro aqui. Vamos beber mais?

Depois de encherem as taças e pedirem uma pizza, Amanda continuou na empreitada de tirar todas as informações possíveis da amiga. Sophie, que já tinha contado tudo que achava que Amanda devia saber, tentava mudar de assunto. Mas era difícil desviar a atenção de Amanda quando ela estava praticamente fazendo um interrogatório.

— Mas então Luke sabe sobre a história do quadro da Matilda?

— Acredito que não. Acho que ela pensa que ele consideraria a busca por uma casa sobre a qual ela sabe tão pouco uma perda de tempo — respondeu Sophie, suspirando. — É uma pena. Eu adoraria ajudar a encontrar a casa, mas não tenho nem um nome. Ela achava que se lembrava do nome do lugar ou do dono da casa, mas, no fim das contas, não sabia nada. Ela é bem velhinha.

— Realmente é pouca informação. Você só tem a cópia da pintura de uma casa que talvez nem esteja mais de pé.

As duas riram.

— É muito pouco, não é?

— Mas Matilda disse que talvez se lembrasse do nome quando não estivesse mais pensando muito nisso, e que me mandaria um e-mail se isso acontecesse. E se ela conseguir se resolver com o e-mail, consegue qualquer coisa. A partir daí terei que pensar em como começar a busca.

— Então vocês estão quites, não é? Você ajuda Matilda a encontrar a casa e Luke ajuda você a encontrar sua prima perdida. Alguma novidade sobre esse assunto?

— Luke está cuidando disso — respondeu Sophie, franzindo o cenho. — Ou talvez Ali esteja. Ele mandou uma mensagem dizendo "Estamos trabalhando nisso". Quer dizer, no meu projeto. E ela trabalha para ele.

Pensativa, Amanda tomou mais um gole de vinho.

— Acho que você ainda vai vê-lo de novo, Soph.

— Eu acho que não, mas não vamos discutir sobre isso. Eu vou é roubar o jornal daquela mesa ali e começar a procurar um emprego. Estou decidida a começar meu curso assim que tiver dinheiro para isso. Ainda bem que estamos perto do Natal, época em que aparecem muitas vagas. — Então Sophie pegou o jornal e o folheou por alguns minutos antes de suspirar. — Nada muito promissor. Muitos trabalhos de cuidadora, que eu até gosto, mas que pagam muito mal. Ah, olhe isso!

Ela passou o jornal para Amanda.

— O quê? O que você viu?

— Esse anúncio aqui. "Alguém se lembra do Sr. Henry Bowles..." — leu Sophie.

— Sim, mas por que você está interessada nisso?

— Eu poderia colocar um anúncio parecido em algum jornal da Cornualha quando Matilda me disser o nome do dono da propriedade. Algo do tipo: "Alguém se lembra de uma pessoa ou de um lugar chamado Sei-lá-o-quê? Se lembrar, por favor, entre em contato." Assim eu já restringiria bastante a busca.

— Bem, você precisa do nome primeiro.

— E de um emprego.

— Talvez haja algum trabalho aqui no bar — disse Amanda, finalmente aceitando que Sophie não tinha mais nada de interessante para contar. — Assim a gente poderia se ver sem precisar esperar o seu dia de folga.

Sophie pensou a respeito.

— Mas eles não estão contratando, não é? Não vi nenhum anúncio nem nada do tipo na lousa lá fora.

— Vá até o balcão e diga que você está procurando um emprego. Eles vão te contratar na hora.

Depois de uma acalorada discussão sobre as pouquíssimas chances de isso acontecer, Sophie acabou fazendo o que Amanda sugeriu. E, para sorte da jovem, eles fizeram exatamente o que a amiga havia previsto e a contrataram na hora.

A família de Sophie estava muito satisfeita com seu retorno. Foi só quando ela viajou que eles se deram conta da quantidade de tarefas que ela assumia em casa. Eles estavam animadíssimos para saber como foi a estada na casa de Matilda. Sophie não lhes mostrou o anel, achou que seria preciso dar muitas explicações. Ela escreveu uma carta para tio Eric contando que, apesar não ter encontrado a prima Rowena, outras pessoas estavam tentando localizá-la, mas que não era para ele ficar tão esperançoso. Foi uma pequena provocação: ele tinha dito a ela que não havia chances de encontrá-la. Sophie achou que o tio-avô fosse gostar da piada.

Amanda ia todos os dias ao bar de vinhos depois do trabalho para bater papo com a amiga. Principalmente depois que Sophie explicou para seus patrões que Amanda pagava por todos os seus cafés. "Estou trazendo clientes para o bar", dizia a jovem.

Como Sophie também trazia outros clientes além de Amanda, e limpava os copos enquanto conversava, o pessoal do bar aceitou o esquema.

— Recebi um e-mail! — contou Sophie em uma das visitas da amiga.

— Uau, que emocionante — disse Amanda, que parecia cansada, sentando-se no banco do bar. — Era um daqueles e-mails que oferece produtos para aumentar partes do corpo que você não tem?

Sophie começou a preparar um cappuccino sem nem perguntar se Amanda o queria. Estava claro que a amiga precisava de cafeína.

— Era da Matilda, de Connecticut. Ela se lembrou do nome!

— Ah, isso é mesmo emocionante!

— Sim, mas, de qualquer maneira, não vai ser fácil encontrar uma casa aleatória. Vou colocar o anúncio. Parece que o melhor jornal para fazer isso se chama *West Briton*. É o principal jornal da Cornualha.

— Como você sabe disso?

— Um cliente me disse. Vou fazer tudo pela internet, se for possível. Ah, e Luke está vindo para Londres. Parece que ele tem um projeto especial ou algo assim. Acho que tem a ver com o trabalho.

— Uau! Você sabia que ele viria?

— Não fazia ideia. De acordo com Matilda, foi tudo de última hora.

— Talvez ele esteja fazendo isso para te encontrar de novo.

Sophie ficou vermelha de vergonha.

— Eu acho que não, mas parece que ele vem um mês antes do necessário, logo depois do Natal, para me ajudar a encontrar a tal casa.

— Então ela contou a história para ele?

Sophie assentiu.

— Acho que sim. Por qual outro motivo ele viria antes do previsto? Embora eu não tenha ideia do que ele vai fazer para vasculhar a Cornualha procurando uma casa que talvez nem exista mais.

— Vai ser divertido para ele. E para você também!

— Eu vou colocar o anúncio no jornal. Se alguém responder, ele pode ir até lá checar. Nem vai precisar de mim.

Amanda logo tratou de mandar para longe aquele pensamento.

— Claro que vai! Ele vai precisar de uma guia nascida na região. Ele é americano, não entende direito o que a gente fala!

Sophie riu e achou que poderia ser divertido explorar a Cornualha junto com Luke. Ela podia mostrar para ele um pedacinho da Inglaterra, como ele fez com ela nos Estados Unidos. Mas logo a sensatez falou mais alto: era pouco provável que ele precisasse da ajuda dela.

— Ai, lá vem o pessoal do happy hour — disse a jovem, franzindo o cenho. — Não ficava tão cheio assim quando a gente vinha para cá, não é? Deve ser porque o Natal está chegando, e nessa época todo mundo sai para beber todos os dias depois do trabalho.

O chefe de Sophie, que tinha ouvido o grupo de homens chegar, comentou: "Claro, deve ser isso mesmo", e saiu rindo.

Sophie começou a preparar outro café para Amanda, ainda que a amiga não tenha pedido nada.

— O Len vive rindo sozinho ultimamente.

— Nem imagino o porquê — comentou Amanda. Ela sabia exatamente o motivo de o bar estar mais cheio que o normal nos últimos tempos, e não tinha nada a ver com a época do ano. — E o que você vai fazer no Natal?

— O de sempre, acho. Vou fazer biscoitos florentinos para todos os homens este ano, mas talvez faça brownies para o tio Eric, já que ele gosta muito. Eu achei um recipiente cilíndrico de papelão no lixo e pensei em decorá-lo para minha mãe; ela nunca acha latas grandes para usar de lixeira e descartar seus papéis. Minha irmã vai ganhar uma bolsinha de mão feita com um tecido estampado que eu trouxe dos Estados Unidos.

— Que gracinha — elogiou Amanda.

— E não se preocupe. Vou fazer uma roupa para você. Precisa de algo específico?

As amigas de Sophie sempre contavam com a habilidade dela para transformar roupas de segunda mão em algo que se parecesse uma peça de grife.

— Qualquer coisa que eu consiga usar por cima de um vestidinho preto seria ótimo. Posso estrear na festa do trabalho.

— Ah, já sei então — disse Sophie. Ela pensou nos dias que passou em Nova York adaptando suas roupas para levar para a casa de Matilda. — Você gosta de franjas?

— Acho que sim — respondeu Amanda. — Se você recomenda. — Ela pegou a bolsa. — Não vou tomar esse café, se você não se importar. Senão não vou conseguir dormir.

Entre se preparar para o Natal, decorar a casa e sentir saudades de todo aquele verde do jardim da casa de Matilda, Sophie colocou o anúncio no jornal — o que lhe custou muito dinheiro. O problema era que, para encontrar uma pessoa ou um lugar, o anúncio precisava ficar no jornal por um bom tempo. Ela não tinha pensado nisso. Estava fazendo turnos dobrados no bar e passava todo o tempo livre cozinhando e costurando para o Natal. E ainda por cima estava acordando muito cedo; por algum motivo, não conseguia mais dormir depois das seis da manhã.

Eram seis e meia quando ela ligou o laptop, acessou o e-mail e viu o nome de Luke em sua caixa de entrada, uma semana antes do Natal. Ele provavelmente havia pedido o e-mail dela a Matilda. Ela gostou de receber notícias de Luke, mas ficou se perguntando o que ele queria.

Oi, Sophie.

Só queria te avisar, caso minha avó ainda não o tenha feito, que estou indo a Londres. Ela me disse que pediu a você que localizasse uma casa na Cornualha. Na minha opinião, parece uma ideia ridícula; seria muito melhor ela ficar com as memórias boas do que descobrir que a casa foi demolida há trinta anos. Será que você poderia dizer isso a ela? Ela não me escuta.

Espero que possamos nos encontrar quando eu estiver em Londres. Aliás, ainda estamos procurando a sua parente.

Cordialmente,<br>Luke Winchester.

*Caro Luke,* ela começou a digitar.

Que bom ter notícias suas. Sim, será divertido encontrar você enquanto estiver em Londres. E muito obrigada por continuar a busca.

Eu já tinha falado com a Matilda que seria muito difícil encontrar uma casa que talvez nem esteja mais de pé tendo tão pouca informação sobre ela. Isso lembra um pouco a minha situação, tentando encontrar uma prima distante. Mas, como você provavelmente sabe, sua avó é uma mulher bastante determinada! Por favor, mande um grande beijo para ela.

Um abraço.<br>Sophie.

Ela não disse nada sobre o anúncio no jornal, já que, até aquele momento, não havia dado resultado. À parte desta pequena omissão, tinha ficado feliz com o e-mail dele; o tom era uma mistura de formal e sério. Sophie respondeu o e-mail desanimada, pois sabia que levaria algumas horas até que Luke pudesse lê-lo, por causa da diferença de fuso horário.

Então ficou animadíssima (embora tenha tentado se controlar) quando viu a resposta dele, ao voltar para casa depois de seu dia de trabalho.

Cara Sophie,

Me desculpe, eu devia ter imaginado que você não iria encorajar minha avó em relação a essa ideia ridícula. Devia ter confiado na sua sensatez. Vou garantir que ela deixe isso para lá.

Para sua surpresa, Sophie ficou decepcionada. E se ela conseguisse alguma resposta ao anúncio? Então continuou lendo o e-mail.

Aliás, conseguimos rastrear sua parente em Nova York. Infelizmente, ela já morreu. No entanto, tivemos acesso ao testamento e descobrimos que ela deixou todos os bens para um primo na Inglaterra, um senhor chamado Eric Kirkpatrick.

— Tio Eric! — gritou Sophie. — O senhor já tinha toda a informação que eu precisava desde o começo, mas provavelmente não sabia — disse, um pouco mais baixo, torcendo para que ninguém em casa a estivesse ouvindo falando sozinha. Ela havia decidido ligar para tio Eric e, se fosse necessário, ir até a sua casa para procurar os documentos. Mas, por ora, iria digitar uma resposta ao e-mail de Luke. Ela passava uma quantidade ridícula de tempo pensando nele. Quando finalmente clicou em "enviar", pegou o celular para ligar para seu tio-avô.

Depois das saudações e gentilezas, Sophie foi direto ao assunto:

— Tio Eric Querido, acabei de saber que a prima Rowena, de Nova York, morreu! E que deixou todos os bens para o senhor! Isso deve ter sido há muito tempo.

Ela ouviu alguns barulhos e murmúrios que pareciam ser de constrangimento.

— Ah, sim, pois é... Eu descobri isso. Pedi a Sra. Coisinha que pegasse as caixas que estavam no sótão. Encontrei um monte de coisas, inclusive uma carta do advogado — revelou, fazendo uma pausa. — Desculpe ter feito você ir para os Estados Unidos à toa. Deve ter sido entediante.

— Não, não foi nada entediante! Eu me diverti muito.

— Hmm... Eu nunca tive muita paciência para esses ianques.

Sophie riu.

— Bem, alguns deles são encantadores.

— Vou ter que acreditar em você. Está pensando em vir me visitar qualquer dia desses?

— Talvez. Acho que pode ser uma boa ideia eu dar uma olhada nesses documentos que o senhor achou.

— E seria bom ver você.

— Sim, seria bom ver o senhor também! Posso levar seus presentes de Natal, assim não precisaria mandá-los pelo correio.

— Presentes?

— É surpresa! Vamos ver.

Infelizmente, todos os funcionários do bar ficaram gripados. Sophie foi a única que conseguiu se salvar. Devido a esse imprevisto, visitar tio Eric antes do Natal tornou-se impossível. Ela enviou os brownies pelo correio e disse que iria visitá-lo assim que pudesse. Também o lembrou de tomar a vacina contra a gripe.

Um dos momentos favoritos de Sophie naquele Natal — que nos últimos anos vinha sendo cada vez mais sem graça — foi ver a felicidade de Amanda ao vestir o bolero de franjas que ela havia feito usando apenas um tecido preto, lantejoulas antigas e o que havia sobrado das franjas que colocou no vestido preto de Milly em Nova York. Milly, aliás, continuava usando o vestido com orgulho.

Outro bom momento foi a satisfação da sua mãe com a lata gigante para descartar papel, que Sophie havia decorado com diversos materiais nas cores favoritas dela. Os homens gostaram dos biscoitos também. A melhor parte, no entanto, foi o fato de ter ganhado um bom dinheiro por fazer tantas horas extras no bar. Ela já havia conseguido juntar o dinheiro que gastara em Nova York — teve uma ajuda com o reembolso da passagem de avião — e estava quase perto do valor necessário para se matricular no curso. Em breve poderia começar a procurar as opções na internet. Estava decidida a escolher um que focasse tanto no lado criativo como no mercadológico da alfaiataria. Embora o ramo de estofados e tecidos para móveis ainda fossem tentadores, ela já sabia confeccionar cortinas, não precisava fazer um curso. E provavelmente roupas dariam mais dinheiro do que capas de sofá.

Ela recebeu um cartão de Natal magnífico de Matilda.

*Minha querida, estou tão animada com a possibilidade de você e Luke encontrarem a casa para mim! Eu já havia lhe dito que a casa pertencia a uns amigos dos meus avós, que morreram antes mesmo de eu os conhecer? É por isso que é tão difícil encontrar esses registros. Não é apenas uma questão de genealogia. Mas estou bastante otimista. Vou contar meus planos para o Luke no Natal.*

*Espero que você passe um Natal incrível com sua família e seus amigos. Adoramos receber você aqui durante o feriado de Ação de Graças. Venha nos visitar quando puder!*

Seria ótimo se conseguisse visitá-la novamente, pensou Sophie, meio emotiva ao se lembrar do Dia de Ação de Graças na Nova Inglaterra. Foi tudo tão lindo. Passear no belo carro de Luke, ao lado dele, tinha sido muito especial. Ela se lembraria daquele momento quando se visse casada com um hippie, tivesse filhos numa tenda e estivesse remendando macacões para as crianças feitos com os jeans surrados do marido.

Depois do Ano-Novo, ela recebeu outro e-mail de Matilda. Foi um alento, porque até aquele momento a vida de Sophie era fazer turnos extras no bar até que todos os outros funcionários estivessem bem para voltar a trabalhar. Mas ver o nome de Matilda em negrito na caixa de entrada de seu e-mail deixou a jovem mais animada.

*Luke me pediu que escrevesse para você. Ele chega a Londres amanhã. O apartamento dele ainda não está pronto, mas sei que ele gostaria de encontrar você. Mandei seu contato para ele, caso ainda não tivesse. Aqui vai o número do celular dele.*

À meia-noite, quando Sophie já estava desligando o computador, depois de mais um turno no bar, ela recebeu um e-mail de Luke.

Tentando controlar os batimentos cardíacos, ela abriu a mensagem.

Sophie, eu não sabia que minha avó estava achando que nós dois procuraríamos a casa para ela. Você disse isso a ela? Bem, imagino que não. Entro em contato quando estiver estabelecido em Londres.

Cordialmente,<br>Luke.

Sophie ficou um pouco desanimada. Ela achava que Luke ia querer encontrá-la assim que chegasse. Agora, parecia que ele queria esperar até que tudo estivesse resolvido, o que podia demorar uma eternidade.

No dia seguinte, o celular de Sophie tocou quando ela estava no trabalho. Ela foi até o estoque para poder atender.

— Sophie?

Luke parecia irritado, estressado ou as duas coisas. Sophie ficou tão feliz em ouvir a voz dele que fez até uma piada.

— E quem mais poderia ser? Você ligou para o meu celular.

— Sophie, estou no Heathrow e minha carteira e meu celular foram roubados no avião. Tive que pedir o celular de uma pessoa emprestado para te ligar.

Ele fez uma pausa e Sophie se lembrou imediatamente do dia em que chegou a Nova York e descobriu que não tinha emprego. Pelo menos ela não havia sido roubada.

— O que você precisa que eu faça? — perguntou, rapidamente mudando para o modo prestativo. — Quer que eu vá te buscar? Você tem reserva em algum hotel?

— Não, o apartamento ainda não está pronto e...

— Então venha ficar com a gente. Você precisa ficar hospedado em Londres?

— Na verdade, não. Eu até tenho um tempo...

Havia algo na voz dele que Sophie não estava conseguindo distinguir. Podia ser satisfação, se ele não estivesse em circunstâncias tão difíceis. Provavelmente sentia-se exausto e isso estava transparecendo em sua voz.

— Consigo estar aí em duas horas. Tem dinheiro suficiente para pelo menos tomar um café? E onde nos encontramos?

Eles combinaram tudo, e então Luke disse:

— Ainda bem que eu tinha o seu contato, Sophie.

Felizmente, o trabalho excepcional da jovem no bar de vinhos fez com que Len a liberasse na hora. E a equipe não estava tão desfalcada quanto no Natal. Ele ainda deu uma carona a Sophie até a estação de trem; lá ela pegaria um trem para Reading e, depois, um ônibus até o Heathrow.

Ao longo de todo o caminho, Sophie tentou conter sua animação com a ideia de encontrar Luke de novo. Ele só tinha ligado para ela porque precisou de ajuda. Mesmo sabendo disso, seu coração estava feliz ao imaginar o encontro.

— Oi, Luke! Achei que ia precisar de um daqueles cartazes com o nome do passageiro. Como você está? — perguntou Sophie, tentando se controlar para não se jogar nos braços dele.

— Sophie! — falou Luke. Ele parecia bastante cansado, mas sorriu ao vê-la e lhe deu um rápido abraço. — Que bom ver você.

Com o coração nas nuvens, Sophie pegou a mala de Luke. Era gigantesca, e de rodinhas. Parecia muito, muito cara. Ele carregava também uma bolsa para o computador.

— Infelizmente não consegui um carro — explicou Sophie. — Vamos ter que pegar um ônibus e depois o trem.

Luke deu um suspiro cansado, mas tentou disfarçar.

— Tudo bem.

— Você pode dormir no trem — ressaltou Sophie, pensando que deveria ter pegado um carro emprestado para buscá-lo e assim poupá-lo de mais estresse. Por outro lado, ela não estava acostumada a dirigir. Além disso, teria sido uma negociação desgastante com seus pais, e provavelmente ela se enrolaria com o trânsito no entorno de um dos maiores aeroportos do mundo. — A viagem de ônibus é rápida.

Para falar a verdade, Luke não reclamou de nada, mas dava para perceber que ele estava mais acostumado a ter um chofer e uma limusine a colocar a mala numa área escura embaixo do ônibus e depois ainda pegar um trem.

Felizmente ele caiu no sono assim que se acomodou, e Sophie pôde fazer uma ligação.

— Mãe? Sou eu, Soph.

— Oi, querida.

— Estou levando um hóspede para casa.

— Está? Você não está no bar?

— Não, estou em um trem saindo do Heathrow. Estou com o neto da senhora que me hospedou em Connecticut.

— Ah, é?

— Será que ele pode ficar com a gente por uns dias? Ele foi roubado.

Houve uma pausa. Não que a mãe de Sophie não fosse receptiva, ela apenas levou um minuto para assimilar o pedido.

— Tudo bem — concordou ela. — Vou fazer um bolo.

Sophie teria se sentido melhor se a mãe tivesse dito: "Vou arrumar o quarto de hóspedes", porque os bolos dela, em geral, não eram muito bons (e foi por isso que a jovem assumiu a tarefa de fazê-los desde os 9 anos). Mas já estava agradecida pelo fato de a mãe concordar em receber um estranho em casa.

Embora a casa da família de Sophie estivesse um tanto malconservada, era espaçosa. Não contava com muitos móveis, porém, entre os que havia lá, alguns eram antiguidades. Tinha certo estilo artístico que poderia ser visualmente incrível. E havia um quarto de hóspede bem ao lado do banheiro — o mais próximo que eles tinham de uma suíte. A preocupação de Sophie era que o quarto estava lotado com as telas de pintura da mãe, e a faxineira que vinha uma vez a cada duas semanas não aparecia fazia um bom tempo. Ainda assim, não adiantava se preocupar. Sophie pagou o táxi da estação até sua casa e conduziu Luke à porta.

# Capítulo 13

A mãe de Sophie estava no hall, esperando para recebê-los. Usava um cardigã com gola V e pelo menos dois cachecóis em volta do pescoço e dos ombros. O cabelo estava enrolado em um coque, preso por alguns grampos, e ela usava diversos cordões de miçangas por cima da blusa. A saia longa que escolhera havia sido feita por Sophie com grandes triângulos coloridos de veludo costurados em ponto pena. Uma meia-calça de lã verde e sapatos de camurça completavam o look. Era um visual "artístico". Ela acreditava que vestir-se de acordo já era meio caminho andado para ser uma artista.

— Olá! — cumprimentou ela, quando Luke entrou na casa na frente de Sophie. Então, depois de dar uma boa olhada nele, perguntou, com a voz tomada de empolgação. — Querida, quem é esse homem maravilhoso?

Sophie ficou vermelha de tanta vergonha. Quase se arrependeu de ter convidado Luke para ficar em sua casa. Olhando agora para a mãe, Sophie percebeu que ela havia bebido uma taça de xerez — para tomar coragem, com certeza. Ela estava parecendo uma versão feminina de Lotário, de *Dom Quixote*. A jovem estava torcendo para que Luke não reparasse o cheiro de álcool nem o comportamento meio desvairado de sua mãe. Sophie deu um beijo na bochecha dela.

— Você está linda com essa saia. Mãe, este é o Luke. Ele é o neto daquela senhora maravilhosa que conheci em Nova York e que me convidou para ficar na casa dela, lembra? Para o Dia de Ação de Graças, em Connecticut.

Uma taça de xerez não a havia feito se esquecer daquela informação.

— Ah, na mansão? Claro que me lembro. Luke, muito prazer em conhecê-lo. — Ela ficou segurando a mão dele. — Você e sua família foram muito gentis com a Sophie.

Tomada de vergonha, Sophie rapidamente disse:

— Luke, esta é minha mãe, Sonia Apperly.

— Muito prazer em conhecê-la, Sra. Apperly — disse Luke, tentando apertar a mão que ainda segurava a sua.

— Ah, por favor, me chame de Sonia — disse ela, olhando diretamente nos olhos de Luke.

— Mãe! — interrompeu-a Sophie, quebrando aquele devaneio, em parte causado pela cor incomum dos olhos de Luke. — Mãe, por que não leva Luke para a sala e pergunta se ele não quer beber alguma coisa? Luke, vou preparar seu quarto.

— Estou dando muito trabalho a vocês, Sonia.

— De jeito nenhum! É um prazer ter você aqui. Os namorados da Sophie costumam ser bem diferentes — disse, segurando Luke pelo braço. — Venha comigo. Você gosta de arte? Sophie disse que conheceu sua avó em uma galeria de arte, não foi? Vou preparar um drinque e aí você pode me dizer o que acha do meu trabalho. É claro que não vamos ter tempo para...

Sophie correu para a cozinha. Certamente, a última coisa que Luke queria era olhar as pinturas não tão boas de Sonia e ouvi-la discursar sobre como podia ter sido uma grande artista se tivesse tido oportunidade, mas ele teria de aguentar um pouquinho. Pelo menos até que Sophie pudesse resgatá-lo. Ela encheu a chaleira de água para o caso de ele querer um café — e não álcool! — e voltou para a sala.

Luke estava parado em frente a um quadro enorme, que retratava a paisagem de uma floresta, cheio de tinta escura e simbolismo. Ele havia se livrado do braço da anfitriã e agora estava de braços cruzados, talvez para que ela não conseguisse capturar sua mão novamente.

— Luke, você provavelmente não vai querer chá... Aceita um café?

Ela estava meio ansiosa com a ideia de fazer café. Os americanos eram conhecidos por serem exigentes com seus cafés, e ela só sabia prepará-lo de uma maneira, usando um jarro e colheres de sopa para as medidas, e não colheres de chá.

— Um café seria ótimo — disse Luke.

Sonia Apperly tocou o braço de Luke.

— Não prefere um drinque? Uma taça de xerez? Temos uísque também, eu acho.

Sophie aguardou. Talvez Luke precisasse de algo mais forte. Ele havia feito um voo longo, teve a carteira roubada, andou de ônibus e trem e agora tinha de aturar sua mãe naquele estado. Até ela queria um drinque.

— Hmm... — hesitou Luke.

— Vamos de drinque — disse Sonia, decidida. — Sophie, querida, pode trazer uma bandeja? Eu vou beber xerez, mas tenho certeza de que Luke prefere uísque.

Luke sorriu.

— Vou ter que aprender a falar assim. Nos Estados Unidos chamamos de uísque escocês.

— As pessoas aqui também falam assim — disse Sophie, e voltou para a cozinha.

Agora a jovem estava pensando em mais um problema. O que sua mãe tinha planejado para o jantar? Será que havia preparado alguma coisa? E seria o suficiente para cinco pessoas? Sophie estaria trabalhando naquela noite, a princípio, então provavelmente não contaram com ela. E ninguém até então sabia que Luke ficaria hospedado com eles. Ela abriu a geladeira, torcendo para que a mãe não tivesse comprado costeletas de cordeiro para três pessoas. Suspirou de alívio ao ver grandes pedaços de peito de frango. Havia também alguns legumes e arroz. Dava para preparar um grande *stir-fry* de frango.

Depois de trazer a bandeja de drinques e servir os dois, torcendo para que ninguém pedisse gelo, porque não tinha, Sophie perguntou à mãe:

— Quer que acenda a lareira? Depois vou arrumar o quarto do Luke. Ele deve estar desesperado por um banho.

— Posso acender a lareira para você, Sonia — disse Luke, dando um sorriso charmoso para a mãe de Sophie. — Eu fui escoteiro, sei fazer fogueiras.

— Que habilidoso! — exclamou a Sra. Apperly, embora nunca tivesse dito que Sophie era habilidosa por saber acender lareiras. — O que é mesmo que você faz da vida?

Enquanto subia as escadas, Sophie torcia para que seu irmão não tivesse feito a barba naquele dia e deixado a pia do banheiro cheia de tufos de cabelo. A mãe estava sendo tão puxa-saco de Luke que Sophie não queria deixá-lo sozinho com ela por mais do que o necessário. E ela ainda precisava fazer o jantar.

Os lençóis que encontrou para forrar a cama eram finos demais e tinham bolinhas indesejáveis, mas pelo menos estavam limpos. Por um momento ela pensou na roupa de cama perfeita de algodão egípcio da casa de Matilda, mas logo focou no que estava à sua frente. Aqueles lençóis teriam de servir. Havia uma toalha de banho limpa, o que era uma boa notícia. Era bem pequena comparada às que tinha usado na casa de Matilda, mas daria para Luke enrolar na cintura. Ele era bem magro.

Ela escondeu as telas e os materiais de pintura da mãe embaixo da cama. O abajur que ficava ao lado da cama estava funcionando, e Sophie achou um travesseiro bom e confortável que podia ficar por cima do outro que estava meio irregular. Organizar os jornais foi mais difícil. Ela deu uma olhada no resultado e foi para o banheiro.

O banheiro foi um pouco mais difícil de arrumar. Ela usou uma toalha grande do irmão, que já estava com um cheiro ruim, para limpar a banheira e a pia, esfregou o vaso sanitário e (gentilmente) pegou uma toalha limpa para colocar no lugar da que tinha usado. Encontrou um sabonete novo que não estava todo rachado e cheio de coisas grudadas nele e desceu novamente para a sala. O que será que sua mãe estava fazendo com Luke?

— Luke, seu quarto está pronto — anunciou Sophie, no batente da porta da sala. — Vou começar a preparar o jantar. Quer ir para o quarto ou prefere esperar aqui?

Luke se levantou.

— Queria convidar todos vocês para jantar num restaurante. Eu cheguei sem avisar e...

— Você não tem dinheiro — disse Sophie, sorrindo, mas de um jeito firme. — Nem cartão de crédito. Não se preocupe com isso — continuou, abrindo outro sorriso. — Venha comigo para ver onde vai dormir.

— Não seja tão mandona, querida — repreendeu-a Sonia. — Os homens não gostam disso.

Querendo morrer por dentro, Sophie levou Luke até o quarto.

Ela não falou nada enquanto Luke subia as escadas atrás dela, arrastando a mala cujas elegantes rodinhas agora não tinham nenhuma serventia. Era melhor nem tentar explicar a personalidade da mãe para Luke, ela pensou, embora estivesse ansiosa para fazê-lo. Pelo menos ela havia sido simpática. O pai normalmente era um pouco carrancudo, e o irmão às vezes era bastante mal-educado.

— Sua mãe é encantadora — disse Luke quando Sophie abriu a porta do quarto de hóspedes e mostrou o banheiro ao lado.

— É, sim. Gostaria de tomar um banho de banheira? Até temos chuveiro, mas ele é meio... lento.

— Quer dizer que o chuveiro é daqueles que precisamos ficar correndo para alcançar os pingos?

Sophie fez que sim com a cabeça.

— A banheira é ótima e temos bastante água quente — disse Sophie, que havia checado isso previamente. — O jantar fica pronto em cerca de uma hora. Você está com muita fome? Posso fazer um sanduíche rápido se quiser.

— Sophie, não se preocupe. Estou bem. Estou acostumado a viajar para outros países, sabia?

Sophie levantou uma das sobrancelhas, fingindo estar ofendida.

— Estamos na Inglaterra, Luke! Mal é outro país!

Dito isso, ela desceu as escadas mais uma vez, desejando que a presença de Luke não a deixasse tão nervosa. Daria tudo certo, desde que o pai e o irmão não a fizessem passar vergonha. Uma coisa era Sophie se adequar ao ambiente da casa de Matilda; mas era pouco provável que o ambiente de sua casa se adequasse a Luke. Só lhe restava torcer para que ele conseguisse lidar com as enormes diferenças. Ela tinha imaginado que o primeiro encontro deles na Inglaterra seria em um bar de Londres, pura sofisticação e elegância. Agora precisava agir à altura do desafio.

Sophie estava mais tranquila quando todos se sentaram para o jantar. Luke estava corado, cheiroso e com cara de uma pessoa bem-sucedida. Ele se sentou na cabeceira da mesa, o pai de Sophie acomodou-se na cabeceira oposta. Sonia estava sentada ao lado do hóspede e havia uma cadeira vaga do outro lado, claramente destinada a Sophie. Michael sentou-se ao lado do pai. Todos olharam com expectativa para a jovem, enquanto ela trazia a refeição recém-preparada. A conversa fluía bem, mas todos estavam com muita fome. Sophie cozinhou o mais rápido que conseguiu, mas o jantar estava um pouco atrasado.

Ela ficou satisfeita ao ver que o pai havia selecionado algumas de suas melhores garrafas de vinho, e todos estavam com as taças cheias. Torcia para que alguém enchesse a sua também — ela precisava muito beber alguma coisa.

— Vou pegar os pratos.

— Posso ajudar? — perguntou Luke, se levantando.

— Não, não — disse a mãe de Sophie, dando tapinhas na mão dele. — Fique aqui. Você deve estar cansado da viagem. Que horas são na sua casa agora?

Sophie pegou os pratos. O irmão nem se mexeu para oferecer ajuda. Afinal de contas, ele tinha passado o dia todo trabalhando.

E Sophie, obviamente, tinha apenas passado o dia andando por aí, sendo Sophie.

Ela serviu porções generosas de seu *stir-fry* de frango. Havia se empenhado no preparo. Tinha decorado o prato com anéis de cebola fritos, além de fritar o frango na gordura do bacon. Havia acrescentado também amêndoas torradas, um punhado de ervilhas para dar cor e cubinhos de pimentão vermelho. Colocou também um pouco de chili. A comida estava com uma cara ótima e parecia bem saborosa. Ela teria ficado muito orgulhosa do prato, se não fosse a lembrança recente do jantar de Ação de Graças, do brunch e até mesmo da pizza no Mystic.

— Parece delicioso! — disse Luke.

— Sente-se logo, Sophie. Não aguento ver você andando para lá e para cá — pediu o pai.

— Alguém quer água? — perguntou ela, esperando que o pai não ficasse muito irritado.

— Pare de se preocupar tanto, querida — disse a mãe. — Estamos todos bem. Coma, Luke — continuou ela, tocando a mão dele.

Sophie sabia que a mãe ia adorar Luke. De fato, ele era o genro que toda mãe pediria a Deus: bonito, rico, com um emprego estável, rico, bem-educado, rico. Mas o fato de ela o aprovar não impedia o constrangimento.

— Então, Luke — começou o pai, depois que todos já haviam provado e aprovado a comida. — O que é mesmo que você faz da vida?

— Sou advogado.

— Bem, é uma melhora considerável em relação aos vagabundos imundos com quem Sophie normalmente se relaciona — opinou o irmão. — Fico feliz em ver que finalmente o gosto dessa menina está melhorando.

— Imagino que ganhe um bom dinheiro, não? — perguntou o pai. — Pelo que eu pude perceber, acho que sim.

— Certamente não posso reclamar — respondeu Luke.

— E o que está fazendo deste lado do Atlântico? Imagino que não tenha vindo até aqui só por causa da Sophie, não é? — continuou o pai.

Sophie fez uma careta. Era possível que aquela situação ficasse pior?

— Não, tenho que supervisionar um projeto especial em Londres. A princípio, eu não viria, mas... — Ele sorriu para Sophie. — Foi bom ter um motivo pessoal.

Sophie ainda estava tentando entender se havia algo por trás daquela frase, quando o pai falou:

— Bem, fico feliz por Sophie nos apresentar alguém com um emprego decente. Nenhum de nós ganha um centavo! — disse ele, como se aquilo fosse uma virtude. — Não se faz dinheiro no mundo acadêmico — continuou, dando uma olhada para a esposa. — Nem no mundo da arte. Ter um advogado na família seria muito útil.

Aquilo bastou para Sophie.

— Pai! Luke e eu não estamos namorando nem nada. Ele está hospedado aqui porque foi roubado no voo, não porque ele quis.

— Mas é claro que é um prazer estar aqui — disse Luke na mesma hora, dando um olhar tranquilizador para Sophie. Só que ela não estava nada tranquila. Sua família tinha ido longe demais.

Luke continuou falando:

— Aliás, encontrei um livro no quarto de hóspedes escrito por Sloan Wilson. Algum de vocês é fã?

— Ah, sim — respondeu o pai, para alívio de Sophie. — Gosto muito do Sloan Wilson. É difícil encontrar um jovem que tenha ouvido falar dele. Ele foi um best-seller na época.

Sophie relaxou. Embora seu pai estivesse contando a Luke coisas que ele provavelmente já sabia, pelo menos havia parado com os comentários vergonhosos. Ele encheu a taça de Luke (esquecendo-se de fazer o mesmo com a dela) e tratava-o como um amigo.

A mãe de Sophie continuava bajulando o hóspede, mas Luke não parecia se importar. Michael parecia feliz por estar bebendo um vinho de boa qualidade, para variar. Enquanto pegava a garrafa para se servir por conta própria, Sophie percebeu que preferia estar em qualquer outro lugar do mundo que não fosse a sua casa. De vez em quando alguém falava em dinheiro. Para Sophie, parecia que sua família era completamente obcecada por grana. Matilda, Luke e a família deles foram extremamente gentis com ela. Já sua família, por mais bem-educada e acolhedora que fosse, parecia interessada demais na provável fortuna de Luke. Sophie teria de arrumar um jeito de tirá-lo de perto deles.

Ela acordou mais cedo que o normal na manhã seguinte. Não sabia se Luke ia querer dormir até tarde ou não, mas queria estar pronta para o caso de ele estar de pé cedo. Arrumou a cozinha e fez massa de panquecas escocesas. Eram um pouco diferentes das americanas, mas qualquer coisa seria melhor do que torrada velha ou granola dura que Hermione, a mulher de seu irmão Stephen, havia deixado lá para as crianças comerem. Alguns pontinhos nas torradas pareciam baratas esmagadas. Luke, um nova-iorquino, ia achar aquilo nojento.

Luke a encontrou de joelhos, esfregando o chão da cozinha, de costas para ele. Aquele não era o melhor ângulo de Sophie, e ela se deu conta disso ao se levantar.

— Oi! Achei que você fosse dormir até mais tarde. Ainda deve estar com jet lag.

— Estou cansado, mas também com fome. Aproveitei o computador para mandar uns e-mails para minha operadora de cartões de crédito e resolver algumas coisas. Escrevi para Ali. Você se lembra dela? Do brunch?

Sophie hesitou por um segundo.

— Ah, sim. Ela foi muito simpática.

Sophie lavou as mãos na pia da cozinha. Seu plano era levar o balde com água suja para o banheiro às escondidas quando ele não estivesse olhando. De qualquer forma, aquilo era um tanto ridículo.

— Ela vai resolver a questão dos cartões para mim. Ela vem para cá em breve para me ajudar com o projeto.

— Boa ideia! — disse Sophie, no fundo desejando que o fantasma de Ali não atrapalhasse seu tempo com Luke. Ele já tinha falado dela algumas vezes. — Essas coisas são bem mais divertidas quando há duas pessoas envolvidas — completou, tentando disfarçar.

Luke pareceu não entender muito o comentário sobre diversão, mas concordou com a cabeça.

— Então, quer provar minhas panquecas no café da manhã? Não temos xarope de bordo, mas fica bom com mel. Temos bacon e ovos. Você está com muita fome?

— O que mais preciso agora é de um café bem forte.

Sophie escondeu o suspiro com um sorriso.

— Não temos o hábito de tomar café aqui em casa, mas vou fazer o máximo para preparar um que fique bom. Sente aí, vou só me livrar dessa água suja.

Quando voltou, ele não estava sentado, e sim olhando pela janela da cozinha.

— A vista é incrível. Quando chegamos ontem à noite não deu para ver como a paisagem é bonita.

— É bonita mesmo, não? Temos muita sorte. As pessoas vêm para cá passar férias e feriados, mas nós moramos aqui — disse e sorriu. — Somos pé-quente.

— O quê?

— Quis dizer que somos sortudos. Agora sente-se.

Luke pegou um jornal esquecido na cozinha e sentou-se à mesa enorme, velha e manchada. O cômodo era razoavelmente grande e agradável, com sinais de que era muito utilizado pela família. Sophie tinha lá suas dúvidas se Luke já havia pisado alguma vez na cozinha da casa da avó. Ou até mesmo na da casa da mãe, ou na da própria casa. Ainda assim, ele parecia estar se saindo bem, então ela continuou batendo a massa.

A mãe de Sophie apareceu na cozinha usando um roupão.

— Ah, Luke! Já acordou? Sophie está preparando seu café da manhã?

— Sim, obrigado — respondeu Luke, educado. — Ela está fazendo o possível para me deixar à vontade.

Sophie colocou um prato de panquecas na mesa e depois pegou manteiga, mel e qualquer outra coisa que pudesse combinar.

Luke se serviu e provou um pedaço.

— As panquecas estão deliciosas, Sophie.

— Nós chamamos de panquecas escocesas aqui na Inglaterra — explicou Sonia, servindo-se também. — Sophie é uma ótima cozinheira. Ensinei a ela tudo o que sei.

Sophie colocou um saquinho de chá numa caneca.

— Mãe, você quer chá? Tem café também.

— Ah, café, por favor, querida — disse a mãe, para ser do contra.

Ela não se levantou para se servir, então Sophie entendeu o recado e lhe serviu uma caneca. Não tinha problema, ela já estava em pé mesmo.

— Então, o que você vai fazer hoje? — perguntou Sonia. — Tem que resolver coisas para sacar dinheiro ou algo assim?

— Será difícil fazer isso num sábado, não? — perguntou Sophie, tentando evitar que Luke fosse arrastado para uma conversa sobre dinheiro.

— É, vou precisar fazer umas ligações — disse Luke. — Mas depois seria bom conhecer um pouco dessa sua parte da Inglaterra, Sophie.

— Por que vocês não vão dar uma caminhada? — sugeriu Sonia. — Não precisam ir muito longe. De repente podem ir até o povoado.

— Gostaria de caminhar, Luke? — perguntou Sophie

— Com certeza — respondeu ele, sorrindo. — Posso parecer um homem urbano, mas gosto de fazer trilhas.

Sophie deu uma risada.

— Não sou muito de trilhas, mas fico feliz por você gostar de se exercitar.

Depois do café da manhã, Luke ajudou Sophie a colocar a louça suja na lava-louça, e ela percebeu que ele talvez fosse melhor nas tarefas domésticas do que havia imaginado. A verdade é que ela tinha entrado em pânico, e só agora se dera conta disso. Sophie só tinha convivido com Luke no ambiente exclusivo da alta sociedade da Nova Inglaterra, mas isso não significava que ele não saberia se comportar como uma pessoa normal.

Ele subiu para calçar sapatos apropriados para a caminhada.

Sophie olhou confusa para os sapatos que ele havia escolhido. Eram de couro, claramente costurados à mão, muito bonitos e lustrosos. Como será que eles ficariam após uma caminhada pela colina? De qualquer forma, sempre dá para limpar depois. Ela pegou um velho casaco do irmão para Luke vestir por cima do suéter de cashmere.

Luke estava em forma, isso ela tinha de admitir. Ele acompanhou o ritmo dela na subida íngreme sem ficar ofegante nem parar para "ver a vista". Mesmo morando ali e estando acostumada com a subida, Sophie sempre ficava ofegante quando subia até o topo e realmente parava para admirar a vista.

— Veja! A vista daqui de cima é linda. Olhe, dá para ver o rio correndo lá longe — apontou Sophie.

— É incrível! Não sei nem dizer o que eu esperava, mas isso aqui é espetacular.

Sophie ficou parada ao lado dele, animadíssima com o fato de Luke estar gostando tanto do lugar que era sua casa.

— Realmente temos trilhas lindas por aqui. Posso pegar o carro emprestado e levar você para fazer uma delas, se tiver tempo.

Luke olhou para ela.

— Eu tenho um tempinho antes do apartamento ficar pronto. Se minha carteira não tivesse sido roubada, eu teria ficado num hotel — disse ele, franzindo o cenho. — Quer dizer, acho que ainda assim poderia ter ficado num hotel, mas é meio angustiante não ter dinheiro nem cartão de crédito. Fiquei muito agradecido quando você me convidou para ficar na sua casa.

Sophie olhou para ele.

— Eu sei que a minha casa não é bem o tipo de lugar com o qual você está acostumado.

— Mas é encantadora — disse ele, fazendo uma pausa em seguida. — Você está muito ocupada no momento?

— Como assim?

— Está trabalhando?

— Ah. Sim. Trabalho num bar de vinhos. Por que a pergunta?

— É que eu vim um pouco mais cedo para a Inglaterra para procurar a casa da minha avó, embora ache que não exista muita chance de encontrá-la, mas também para ver se você precisava de ajuda para procurar seus parentes.

— É muita gentileza sua! Eu prometi ao tio Eric que ia visitá-lo em breve. Quando contei que ele tinha herdado os direitos da prima Rowena, ele me disse que havia encontrado uma caixa com alguns documentos no sótão. Quero ir até lá para dar uma olhada neles.

— Mas você pode tirar alguns dias de folga do trabalho?

Sophie pensou por um momento. Ela costumava ser muito responsável, mas não queria desperdiçar a chance de passar uns dias com Luke. Ela só se deu conta do quanto queria aquilo naquele exato momento.

— Sim, com certeza consigo combinar isso com o meu chefe.

Ela até pediria demissão, se fosse necessário.

Eles continuaram caminhando por mais um tempo e depois voltaram para casa. Sophie estava pensando no que preparar para o almoço. Devia ter dado uma olhada no freezer para checar se ainda tinha pernil. Mais uma vez, ela desejou ter uma mãe com senso de responsabilidade. Sonia podia ser muito acolhedora, mas não se preocupava com coisas práticas. Talvez por isso Sophie fosse tão prática, por uma questão de necessidade.

Ela estava pensando se talvez fosse melhor passar no mercado quando Luke parou e se virou para ela.

— Eu não quero mesmo ficar incomodando seus pais.

— Eu incomodei os seus. Bem, incomodei a sua avó, na verdade. É mais do que justo você ficar lá em casa agora.

Ele balançou a cabeça.

— Não é a mesma coisa. Minha avó tinha seus motivos quando convidou você passar uns dias com ela. E você me ajudou também. Minha situação agora é diferente.

— Não tem problema nenhum. Sério. Mas podemos ir até a casa do tio Eric amanhã. Sinto muito em dizer, mas será mais uma viagem de trem. Mas a paisagem é maravilhosa. É uma ótima forma de conhecer o interior.

Ele sorriu e, mais uma vez, ela pôde ver como seus dentes eram brancos e alinhados. Seus ex-namorados bem que poderiam ter tido umas aulinhas com ele sobre como usar fio dental.

— Então vamos fazer isso.

Explicar para a família que aquele partidão — aparentemente a única coisa boa que Sophie conquistara na vida — seria tirado da convivência deles e levado para a casa de Tio Eric Malvado não foi muito fácil. Sophie foi obrigada a confessar que eles iam até lá para analisar documentos que tinham a ver com possíveis direitos de perfuração de petróleo. A notícia foi recebida com zombaria.

— Isso é típico da Sophie! — disse o pai dela, que parecia saber algo sobre aquele assunto. — Essa menina vive no mundo da fantasia. Meu pai deixou metade da parte dele para mim e metade para os meus filhos, mas eu nunca fiz nada a respeito. Se tivéssemos algum dinheiro a receber, a essa altura certamente já saberíamos. Não faz sentido!

É claro que tio Eric já tinha dito isso a Sophie, mas ela não estava mais nem aí. Tudo o que queria era tirar Luke de perto de seus pais e levá-lo para a casa do tio, que pelo menos gostava dela e não a achava uma idiota.

— Não entendo por que precisa arrastar Luke até lá para conhecer aquele homem detestável — argumentou Sonia, que era a mais irritada. — Ele vai odiar. A casa dele nem é limpa!

Como sua casa não era exatamente o modelo de higiene perfeita, Sophie achou o comentário bastante irônico.

— Tio Eric, que, aliás, não tem nada de malvado, conta com uma moça que mora com ele e cuida da limpeza. E eu arrumei uma boa parte da casa quando fiquei lá.

A casa dele podia ser limpa, mas ainda assim era uma bela candidata para estudo sobre acumuladores.

— Mas ele é tão mal-humorado! — continuou a mãe da jovem. — Está sempre reclamando! E é muito mão de vaca! Ele não vai te ajudar a encontrar esses direitos de perfuração ou sei lá o quê porque ele não precisa do dinheiro!

Havia um quê de verdade naquilo, mas Sophie não ia deixar que eles a desmotivassem.

— Ele gosta muito de mim, e tenho certeza de que vai gostar do Luke. Ele não vai se importar se dermos uma olhada nos documentos.

— Acho que você deveria deixar o Luke decidir. Você está dando ordens a ele desde que o rapaz botou os pés na Inglaterra.

Luke pareceu não ter notado o olhar suplicante de Sophie e disse:

— Sonia, preciso confessar que a ideia de visitar o tio da Sophie foi minha. Como advogado, sou fascinado por documentos antigos e adoro esse trabalho de detetive.

— Os trens vão estar lotados no domingo — ponderou o pai da jovem.

— Vai estar tranquilo — disse Sophie. — Vou arrumar minhas coisas. Luke, se quiser colocar as roupas que você vai levar junto com as minhas, acho que é melhor. Assim não precisamos levar muita bagagem.

— Sabe que horas é o trem? — perguntou o pai dela.

— Vou dar uma olhada na internet. Luke, vá fazer a mala então — disse Sophie.

— Você não para de mandar nele. Não é assim que se mantém um namorado.

Sophie deu um suspiro e entrou no escritório para pesquisar sobre os horários dos trens, deixando para Luke a tarefa de explicar que os dois não estavam namorando. Ela nem quis saber o que ele falou.

Eles ficaram na plataforma olhando um para o outro. Não havia mais ninguém lá porque eles tinham perdido o trem. Sophie não tinha como saber se havia sido culpa dela, mas se sentia culpada de qualquer forma. Para piorar, o funcionário da bilheteria dissera que talvez o serviço de trens fosse interrompido depois da estação de Birmingham e, se isso acontecesse mesmo, haveria um ônibus para levá-los até o destino final.

— Podemos voltar para casa se você achar que não é uma boa ideia continuar — disse Sophie, ao relatar o possível problema para Luke.

— A ideia foi minha. Se eu estivesse com minha carteira de motorista podíamos ter alugado um carro.

Sophie até tinha carteira de motorista, mas não se sentia muito confiante para usá-la. Ela nunca teve dinheiro para comprar um carro, e os pais relutavam em emprestar o deles.

— Vamos dar uma chance para o trem, então?

Luke assentiu.

— A Inglaterra é um lugar muito interessante para se explorar.

— Temos paisagens lindas — completou Sophie, caso aquilo fosse uma crítica.

— Com certeza.

— Você trouxe alguma coisa para ler? — perguntou ela.

— Não, eu saí com pressa.

— Eu também. Vamos ver se conseguimos comprar um jornal.

Não conseguiram.

# Capítulo 14

A primeira parte da viagem correu razoavelmente bem. O trem estava praticamente vazio. Eles se sentaram lado a lado, observando as montanhas pela janela e coelhos no meio da relva. À medida que a paisagem ia ficando mais urbana, avistaram canais: alguns quase secos, outros tristemente poluídos com direito a carrinhos de supermercado e pedaços de isopor boiando na superfície. Ficaram observando os quintais das casas, tentando adivinhar quais famílias aproveitavam o espaço para lazer e quais o usavam para guardar tralhas inúteis.

Ainda havia luzes de Natal em todos os lugares. Sophie comentou com Luke que algumas casas tinham umas decorações exageradas, com seus Papais Noéis no telhado e bonecos de neve, que cantavam musiquinhas ao lado dos trenós. Luke contou que, em muitos lugares dos Estados Unidos, aquilo seria considerado bem discreto e que não daria nem para chamar de decoração. Sophie riu.

— Eu adoro luzes de Natal, mas prefiro aquelas branquinhas, e só na decoração das árvores. E não faço questão que pisquem.

Luke sorriu para ela.

— Minha avó adora. Ela tem um monte dessas luzinhas de Natal, mas são todas brancas — disse, franzindo o cenho. — Se bem que acho que ela ainda tem umas luzes em formato de pimenta.

— Eu e ela temos mesmo muita coisa em comum. Tenho um conjunto de luzes em formato de pimenta no meu quarto.

Os dois se olharam. Sophie achou que Luke ia dizer alguma coisa, mas eles chegaram à escura estação de Birmingham exatamente naquele segundo e o momento passou.

Quando finalmente encontraram a plataforma de onde sairia o trem — no subterrâneo, com pouquíssima luminosidade — que os levaria até o destino final, o lugar estava lotado. A multidão era predominantemente de jovens, que cantavam em coro.

— Por que há tanta gente esperando esse trem? — perguntou Sophie a uma mulher que, diferentemente do restante das pessoas, não estava bebendo uma lata de cerveja.

— Parece que teve um jogo importante. Nem todo mundo conseguiu voltar na noite passada. Acho que havia um trem programado em um horário especial, mas ele não passou, então todos terão que se espremer nesse.

— Torcedores de futebol — disse Sophie a Luke. — Vocês têm isso nos Estados Unidos ou é só futebol americano?

— Ah, temos, sim, mas lá os torcedores normalmente não causam tumulto nos trens — disse, e pensou um pouco. — Pelo menos eu acho que não. Bem, não costumo andar de trem.

Mais jovens chegaram e foram se amontoando na plataforma. Sophie estava cada vez mais perto de Luke, tentando protegê-lo da multidão. Ele estava usando um sobretudo com uma camisa cor-de-rosa por baixo. A calça cáqui de algodão havia sido feita sob medida, e os sapatos haviam sido recém-lustrados. Talvez não fosse óbvio para os transeuntes que seu casaco era de cashmere, mas qualquer um que o tocasse sentiria a maciez. Ninguém o confundiria com um torcedor de futebol voltando de um jogo, até porque ele estava usando o cachecol de maneira errada.

— Você trouxe sapatos de treino? — perguntou Sophie, imaginando se era possível fazer alguma coisa para que ele não se destacasse tanto na multidão.

— O quê? — perguntou ele, sem entender. — Treino de quê?

Sophie riu.

— Desculpe. É que a gente costuma falar assim. Eu estou falando de tênis de caminhada.

— Ah, sim. Mas não trouxe, não. Achei que seu tio pudesse não gostar de receber um estranho usando sapatos inadequados — disse, meio tímido. — Tenho um tio que faria um alvoroço por causa disso. E eu trouxe pouca coisa.

Outras pessoas se amontoaram na plataforma. Sophie estava tão perto de Luke que só faltava abraçá-lo.

— Na verdade, tio Eric não ia nem reparar. Não que ele seja gagá, mas é excêntrico.

— Sua mãe me disse que ele é muito rico.

— Disse? Eu acho que ela está enganada. De qualquer forma, o que ela tem a ver com isso? No fim das contas ele terá que gastar tudo em despesas médicas quando não puder mais ficar em casa.

— Ela também disse que ele vai "bater as botas" a qualquer momento.

Mesmo envergonhada, Sophie não conseguiu evitar uma risada.

— Ela quis dizer que acha que ele vai morrer logo. Eu acho que ele ainda vive mais alguns anos. Ele é bastante saudável, e acho que nem é tão velho assim. Na verdade, ninguém sabe exatamente a idade dele.

— Imaginei que era isso, mas a terminologia foi confusa para mim.

A essa altura, com cada vez mais gente chegando à plataforma, os dois já estavam imprensados um no outro, e Sophie segurava o braço de Luke. Era uma sensação boa. Ela olhou para ele, que parecia mais alto assim tão perto dela.

O trem já estava alguns minutos atrasado quando, enfim, ouviu-se um anúncio sobre a mudança de plataforma. Confiante de que estava fazendo a coisa certa, Sophie orientou Luke:

— Você pega a mala. Segure a minha mão e não solte. Não se afaste de mim.

Seguida por Luke, ela foi abrindo caminho pela multidão e conseguiu avançar antes que tomassem as escadas. Ela suava muito e estava torcendo para não começar a cheirar mal. Olhou para cima, viu o número da plataforma e arrastou Luke por mais um lance de escadas.

— Temos que confiar que o trem não vai sair sem a gente — disse ela, enquanto desciam os degraus.

— E sem todas aquelas pessoas que estavam esperando — completou Luke, levemente ofegante.

— Para falar a verdade, seria bem melhor se o trem deixasse aquela gente toda para trás, mas acho que não seria justo.

Eles foram alguns dos primeiros a chegar à plataforma, mas o trem já estava bem cheio. Sophie não deixou que Luke entrasse logo e gritou para que a seguisse até os últimos vagões onde, com sorte, estaria menos cheio e haveria chance de conseguirem um assento.

Mas ela havia se enganado. Ao entrar no trem, percebeu que havia muitos estudantes. A julgar pela quantidade de sujeira nas mochilas que estavam no bagageiro, deviam estar voltando de alguma viagem pelo campo, talvez estudando as propriedades da lama, e trazendo algumas amostras nas próprias roupas.

Ela estava prestes a sair do vagão para resgatar Luke quando o trem começou a se mover. "Por favor, por favor, que ele esteja dentro do trem", ela rezou em silêncio. Então o viu no outro extremo do vagão, cercado por torcedores que gritavam, chamando um ao outro, tentando encontrar os amigos.

Ela só conseguiu enxergá-lo porque Luke era alto. Ela era alta também, mas havia centenas de homens entre os dois. Ela decidiu que não ia deixá-lo lá sozinho. Podia acontecer alguma coisa. Alguém podia zombar de seus sapatos brilhantes ou de seu sobretudo, e até mesmo atacá-lo.

Ser rápida e esguia ajudou. Ela conseguiu atravessar o vagão, sorrindo e pedindo desculpas, até que finalmente chegou ao outro lado. Mas Luke tinha desaparecido.

Ela estava pensando em como poderia localizá-lo — talvez pedir ao condutor que anunciasse seu nome —, quando o encontrou. Ele estava no espaço entre dois vagões, agachado junto a um grupo de estudantes, conversando.

— Fiquei preocupada com você — disse ela, e imediatamente se irritou por ter soado tão repreensiva.

— Não precisa ficar preocupada. Estou aqui. Não tem lugar vazio do outro lado, não é? — perguntou ele.

— Talvez haja lugar na outra ponta do trem, mas duvido muito. E não vou até lá para checar.

— Eu posso ir! — disse ele, se levantando.

— Não, não vale a pena. Até que aqui está confortável, não acha? — perguntou, olhando para o lado. Três jovens estudantes olharam para ela e a cumprimentaram com a cabeça.

— Quer uma bebida? — ofereceu um deles, tirando uma lata de cerveja do bolso. — Só tenho mais uma, mas vocês podem dividir.

Antes mesmo que Sophie tivesse tempo de se preocupar com o que Luke poderia responder, ele se pronunciou.

— Obrigado, estou com muita sede — disse, pegando a lata e abrindo-a. — Aqui, Sophie, beba primeiro.

— É muito gentil da sua parte — respondeu ela, soando muito inglesa de classe média até para os próprios padrões. Então ela soltou um arroto. Entregou a lata para Luke sem olhar para ele, fez uma careta pesarosa para os estudantes, e todos riram.

Luke e os estudantes estavam conversando sobre as diferenças entre os sistemas educacionais dos Estados Unidos e da Inglaterra quando Sophie se deu conta de que precisava ir ao banheiro. Meia lata de cerveja já era o suficiente para lhe dar vontade, e ela deu graças aos céus por não precisar passar por todos aqueles torcedores de novo. Eles haviam começado a cantar e pareciam muito bêbados. Ela se espremeu para entrar no cubículo onde ficava o banheiro, convencida de que tudo aquilo fora um grande erro. É claro que não teria sido fácil se eles tivessem de passar mais tempo na casa dela, mas aquela viagem estava sendo um verdadeiro inferno também. Luke ficaria com uma péssima impressão da Inglaterra e não voltaria nunca mais. Sophie ficou muito triste com essa perspectiva.

\*

Enfim, eles chegaram à casa de tio Eric. Ele mesmo os recebeu.

— É você, Sophie? Sua família expulsou você de casa? E trouxe um homem. Está fugindo para se casar?

Sophie sentiu uma onda de amor pelo tio e lhe deu um beijo na bochecha. Naquele momento, ela soube que, se Luke não entendesse o senso de humor de seu tio-avô, ela imediatamente perderia o interesse nele.

— Não, Tio Eric Querido, não fugimos para casar, e minha família não me expulsou de casa. Estamos apenas dando uma escapadinha. E eu liguei para avisar que estávamos a caminho.

— Ligou mesmo. Bem, entrem, não fiquem aí na porta deixando o calor do aquecedor escapar. Você não vai me apresentar ao rapaz? Ou não sabe o nome dele? Vai ver ele é um mendigo que você resgatou no meio da rua. Sei bem como você é.

Luke deu uma risada.

— Meu nome é Luke Winchester, senhor. E conheci Sophie em Nova York, não no meio da rua.

— Pois é — completou Sophie. — Eu conheci a avó do Luke primeiro, e depois ele.

Tio Eric franziu o cenho.

— Sophie, me perdoe por mencionar isso, mas ele é, você sabe... — começou, indicando Luke com a cabeça. — Americano? — perguntou, quase sussurrando.

— Sim, ele é, mas não tem problema nenhum mencionar isso. Ninguém vai acusar o senhor de ser politicamente incorreto.

— Humpf! Eu nunca gostei muito dos ianques — declarou tio Eric. — Mas, se você é amigo da jovem Sophie, vou acolhê-lo na minha casa.

— Fico muito honrado — respondeu Luke, e Sophie relaxou. Luke entendia, sim, o humor do tio dela.

— Tio Eric, o senhor se incomoda se ficarmos aqui por uns dias? Como falei pelo telefone, queremos dar uma boa olhada nessa caixa de documentos que o senhor encontrou. Pode deixar que não vamos dar nenhum trabalho à Sra. Coisinha. Quer dizer, à Sra. Brown.

— Ela não se importa de ser chamada de Sra. Coisinha — disse tio Eric. — Ela sabe que sou velho e que não me lembro do nome de todo mundo.

— Sim, mas no caso eu não sou velha — rebateu Sophie.

Tio Eric abriu os braços.

— É claro que vocês podem ficar. Tenho muitos quartos. Vivo escutando que essa casa é muito grande para um homem solitário.

Sophie sorriu para ele.

— E será que tem alguma coisa para comer? Estamos viajando há quatro horas, estamos famintos.

Se tio Eric tivesse se lembrado de avisar à Sra. Brown que eles estavam a caminho, talvez ela tivesse preparado alguma coisa.

— Minha nossa! Então vocês precisam comer! — É claro que ele não lembrou ou, se lembrou, ela não entendeu o recado e não deixou nada pronto para o jantar. — Vá até a cozinha e dê uma olhada no que tem por lá. Sempre temos torradas e aquela coisa marrom...

— Marmite — completou Sophie.

— ... Se não tiver nada para comer.

Sophie mordeu o lábio.

— Acho que Luke já teve uma overdose de hábitos ingleses por hoje, não precisamos fazê-lo comer extrato de levedura. Devo esquentar a água para o chá?

— Ou você prefere uma bebida? — perguntou tio Eric a Luke.

— Tio! — disse Sophie, olhando para o relógio. — São quatro e meia da tarde! Se bem que parece mais tarde, principalmente depois da viagem infernal que fizemos.

Tio Eric olhou para Luke com uma expressão de interrogação.

— Acho que nos Estados Unidos seriam onze e meia, então é uma ótima hora para uma bebida pré-almoço — respondeu Luke, imitando o personagem Bertie Wooster, de *Jeeves & Wooster*.

— Bom menino — disse tio Eric. — Sophie, vá preparar algo para o jantar e depois junte-se a nós no escritório. A lareira está acesa — disse, e então dirigiu-se a Luke. — Então, parece que você conhece um pouco dos personagens ingleses.

— Sou fã de P.G. Wodehouse — explicou Luke. — E minha avó é britânica.

Sophie sabia que o tio-avô também era fã de P.G. Wodehouse, então seguiu feliz para a cozinha, sabendo que os dois teriam muito sobre o que conversar enquanto ela preparava um lanche. Luke era bom em se comunicar com pessoas que havia acabado de conhecer. Quando estavam na casa dela, ele se mostrou fã do autor americano do qual o pai e o irmão gostavam, e também conhecia *Jeeves & Wooster*. Ou ele era muito educado ou muito culto — provavelmente as duas coisas.

A geladeira estava tristemente vazia, mas Sophie sabia que havia um mercadinho por perto que ficava aberto até as cinco, mesmo aos domingos. Mas sua carteira estava tristemente vazia também. Ela foi até o escritório, onde Luke e tio Eric estavam com os copos cheios até a metade com o que parecia ser uísque puro.

— Tio Eric Querido, o senhor tem algum dinheiro? — perguntou Sophie.

— Deus do céu! Achei que você era o único membro da família que não estava atrás do meu dinheiro. Mudou de personalidade desde a última vez que nos vimos?

— O problema é que — começou Sophie, se sentindo envergonhada apesar de não demonstrar — estou sem dinheiro e preciso ir até o mercado antes que feche. Não temos nada para comer.

Tio Eric se levantou um pouco da cadeira para pegar a carteira no bolso de trás da calça.

— Pegue quanto quiser. Na minha época custaria meia coroa. Hoje em dia deve custar umas 10 libras.

— Dez libras são o suficiente. Trago o troco — disse Sophie.

— Eu me sinto responsável por isso — interveio Luke. — Minha carteira foi roubada no avião e tenho vivido às custas da Sophie desde então. Eu poderia ter tentado...

— Não se preocupe com isso — interrompeu-o tio Eric. — Ela trabalha absolutamente todas as horas do dia. Deve estar rica.

Ele deu uma olhada para Luke que deixou clara a ironia em suas palavras.

Sophie comprou mais pão, queijo, leite, ovos e bacon. E achou macaroni, que era o favorito de tio Eric. Sophie não tinha ideia do que ele teria se alimentado se ela não tivesse aparecido. Provavelmente torrada e "aquela coisa marrom".

Quando voltou, Sophie se deu conta de que deveria ter comprado tomate também, mas agora era tarde demais. Então preparou torradas, passou manteiga nelas e depois acrescentou Marmite em algumas e geleia nas restantes. Levou tudo para o escritório.

— Não sei se vai harmonizar com uísque, mas pelo menos vai evitar que morram de fome enquanto cozinho. Ou que fiquem bêbados com esse uísque puro.

— Não está com fome também? — perguntou Luke. — Você estava na mesma viagem infernal que eu.

— Ah, eu como uma torrada enquanto estiver cozinhando. Luke, vou preparar *mac and cheese*. É basicamente...

— Isso nós temos nos Estados Unidos. Não precisa me explicar o que é.

— *Mac and cheese!* — exclamou tio Eric. — Meu prato favorito! Você é uma boa menina, Sophie, não importa o que digam sobre você.

Sophie pôs o *mac and cheese* na mesa, na frente dos dois, que olhavam para a comida como dois leões observam a presa recém-capturada.

— Minha nossa, Sophie. Assim você nos deixa orgulhosos. Ela será uma bela esposa para alguém um dia — disse tio Eric para Luke. —

É melhor você se apressar antes que ela seja fisgada por algum outro malandro guloso.

— Eu e Luke não estamos namorando — explicou Sophie, com calma. — Nos unimos por forças das circunstâncias e por alguns projetos em comum.

— Projetos em comum? Tipo o quê? Carpintaria?

Sophie balançou a cabeça, aflita, como era de se imaginar.

— Não, tio. Luke está me ajudando a localizar os beneficiários dos direitos de perfuração. O senhor se lembra? Encontrei uns documentos na sua escrivaninha. E viemos dar uma olhada na caixa que o senhor encontrou. Não era esse o combinado?

— Ah, sim. Você só se interessou por essa história sem sentido porque tem muito tempo livre — disse o tio-avô, terminando de comer seu prato de macarrão.

— Quer mais? — perguntou Sophie, pegando a colher. Ela adorava ver tio Eric com aquele apetite saudável.

— Hmm... Um pouquinho, mas sirva Luke primeiro. O caminho para o coração do homem é pelo estômago.

Sophie deu um suspiro de irritação e serviu mais comida para os dois.

— O senhor é o beneficiário da mulher que Sophie estava tentando encontrar em Nova York — explicou Luke, olhando para ela.

Tio Eric franziu o cenho.

— Sim, eu soube disso, mas Sophie já tinha corrido para o outro lado do Atlântico, então não consegui falar com ela. De qualquer forma, não acredito que seja muita coisa, senão já estariam me cobrando impostos.

— Bem, não sabemos. Mas, se não se importar, gostaria de verificar se o senhor recebeu os certificados das ações, ou qualquer coisa que prove que ela deixou os direitos de perfuração para o senhor — disse Luke. — Eu tenho formação em direito.

— Para mim não faz diferença. A jovem Sophie já deu uma olhada na papelada. Acho que ela não tem formação em nada, tem?

— Não. Terei um dia — disse Sophie, que completou em silêncio "mas não em direito". Ela pegou a colher e começou a raspar as sobras de queijo queimado da travessa. "Um dia vou ser uma estilista, ter meu próprio negócio e morar numa casa à beira-mar." — Alguém quer essas raspinhas? — Foi o que ela disse em voz alta.

Na manhã seguinte, depois de fazer as pazes com a Sra. Brown — que ficou um pouco surpresa, mas não necessariamente decepcionada, ao ver que o café da manhã já tinha sido servido e a louça, lavada —, Sophie mostrou a Luke a escrivaninha de tio Eric, que ela mesma tinha arrumado pouco antes de ir para Nova York. E lá estava a caixa de papelão que havia sido encontrada no sótão.

Sophie não conseguiu deixar de pensar no quanto havia acontecido desde que ela organizara tão cuidadosamente aquela escrivaninha e encontrara os documentos meses atrás. Nesse meio-tempo, ela viajou para os Estados Unidos, conheceu Matilda e Luke, teve um gostinho da vida da alta sociedade, comeu pizza na Mystic e quase adicionou "se apaixonou" à lista. Afinal, o que ela sentia pelo Luke era só uma quedinha, não era?

— Vou deixar os documentos por sua conta. Quero ajudar a Sra. Brown a dar um jeito em algumas cortinas. Tio Eric não quer comprar cortinas novas, diz que um investimento como esse não vale a pena na idade dele.

— Ele é muito engraçado — disse Luke.

— Ele gostou de você também.

Na verdade, o que tio dela disse foi:

— Um camarada distinto, esse Luke. Vou ficar do seu lado, caso sua família encrenque por ele ser... você sabe... americano.

— Não tem problema, tio. Eles também gostaram dele. É uma pena que sejamos só amigos. E, ao que parece, vamos continuar assim.

Tio Eric então resmungou, mostrando sua reprovação, e mudou de assunto.

Voltando a prestar atenção na conversa com Luke, Sophie disse:

— Grite, se precisar de alguma coisa. Estarei na sala. Queria ter trazido minha máquina de costura.

— Ah, teria sido bem divertido carregar uma máquina de costura naquele trem lotado. — Luke sorriu. — Estou me sentindo muito desconectado sem conseguir checar meus e-mails.

Sophie foi rápida em tranquilizá-lo.

— Não se preocupe. Com certeza conseguiremos achar um café com internet. Tem um aqui nessa rua mesmo com uma placa na frente indicando "Wi-Fi".

— Mas a gente não tem que levar o próprio computador?

— A gente pega um emprestado. Agora vá fazer seu trabalho de detetive. Vou tentar salvar essas cortinas.

— Acho que encontrei todos os documentos importantes — disse Luke, depois de algumas horas de trabalho e uma xícara de café solúvel.

— E o que eles dizem? — perguntou Sophie, que estava com tio Eric no escritório, tomando chocolate quente.

— Bem, Eric herdou os direitos de Rowena Pendle, esse é o nome dela de casada, em Nova York. Parece que ela havia comprado os direitos de todas as outras partes interessadas, exceto os do Eric, os da família da Sophie e os de um certo Sr. Mattingly. Então temos registros de todos, exceto os dele. Ah, também não temos o endereço dele.

Tio Eric fez uma careta, pensativo.

— Mattingly. Acho que ele morreu. Mas não sabia que ele também tinha direitos de perfuração. Estou surpreso, já que mal éramos parentes.

Sophie suspirou.

— Então agora precisamos descobrir para quem ele deixou as ações. Seria bem mais fácil se tivéssemos um computador.

— Não precisamos de um computador! — disse tio Eric. — Provavelmente ele deixou para a viúva, que se casou de novo.

— Maravilha! E o senhor sabe com quem ela se casou?

— Não tenho a menor ideia. Mas a maldita mulher me manda cartões de Natal todo ano, junto com uma carta. Por que eles acham que quero saber sobre as aulas de violino dos netos deles?

— Tio Eric Querido, se o senhor se lembra das aulas de violino, certamente pode se lembrar do nome do marido dela. Precisamos entrar em contato com ela.

— Por quê?

— Precisamos entrar em contato com todos os beneficiários para decidir como potencializar as ações — explicou Luke. — Ninguém vai dar atenção a um indivíduo que tenha meia dúzia de ações. Mas, se todos se unirem, e a essa altura "todos" são o senhor e a viúva do Mattingly, podemos fechar negócio com alguma empresa de petróleo.

— E isso seria bom?

— Sim! — respondeu Sophie, sem conseguir disfarçar a irritação. Tio Eric certamente havia esquecido de que ele mesmo lhe contara toda aquela história quando ela descobriu os documentos. — Todos podemos ganhar muito dinheiro.

Ela havia tocado no ponto fraco.

— Dinheiro é a única coisa com a qual sua família se importa — declarou Eric.

— Humpf! E, no entanto, aqui estou eu de joelhos, consertando as cortinas que o senhor não quer trocar por ser pão-duro demais!

— Mas você é diferente deles, querida Sophie. Você pode até ser meio mandona, mas não tem maldade nenhuma. E se você quer realmente entrar em contato com aquela mulher, podemos procurar o cartão de Natal.

— É mesmo? — Sophie imediatamente se arrependeu de ter chamado o tio-avô de pão-duro. — Como?

— A Sra. Coisinha guarda todos eles no mesmo lugar. Ela diz que é para "reciclar". Na minha opinião, esses cartões já cumpriram seu ciclo.

— Ótimo! E onde eles estão? Alguma dica sobre o que estamos procurando?

— Violinos podem ser uma boa dica — sugeriu Luke, que parecia estar se divertindo calado. — Mas imagino que a carta tenha sido guardada separadamente do cartão, não?

— E então, onde estão? Ah, não se preocupe, vou perguntar à Sra. Brown — falou a jovem, saindo em disparada para a cozinha, torcendo para que a governanta não tivesse ido embora mais cedo, já que Sophie serviria o almoço de tio Eric. Alguns minutos depois, ela voltou com um envelope marrom, cheio de papéis. — Não é muita coisa. Podemos dar uma olhada em tudo.

Sophie espalhou os cartões de Natal em cima da mesa.

— Além de violinos, pelo que mais devemos procurar? Eles costumam colocar o endereço no cartão?

— Acho que sim. Acho que moram na Cornualha.

— Cornualha? Fantástico! — exclamou Sophie. — Talvez a gente tenha que ir até lá, de qualquer forma.

— Por quê? — perguntou tio Eric.

— Para resolver uma coisa para a minha avó — respondeu Luke. — Uma busca impossível.

— Pode ser mais divertido se forem duas buscas impossíveis — disse Sophie.

— Será duplamente impossível e duplamente frustrante — completou Luke, que já não parecia estar se divertindo tanto.

Sophie continuou lendo os cartões.

— Aqui tem um da Cornualha. O senhor tem outros amigos lá?

— Não — respondeu tio Eric. — Só essa parente distante. Eles se mudaram para lá por causa do tempo mais ameno. Achavam que iam viver mais por causa disso. Bem, parece que não foi o caso do Mattingly! Mas olhe para mim! Moro há anos nessa casa congelante e estou forte como um touro.

— Então deve ser essa — disse Sophie, segurando o cartão. — Essa mulher é a última pessoa que precisamos procurar? Acho que sim!

— A não ser que o marido dela tenha passado as ações para alguém. Um neto, talvez — explicou Luke.

— Bem, se os netos ainda estiverem em idade de ter aulas de violino, talvez possamos convencê-los a fazer o que queremos — observou Sophie, animada.

— O que você quer que ela faça? — perguntou tio Eric.

— Se todos assinassem uma procuração para que Sophie pudesse negociar por eles, ajudaria bastante — respondeu Luke.

— Espere aí — disse Sophie. — Eu não quero negociar por ninguém, não. Eu ia apenas juntar todo mundo para tentar descobrir onde estavam todas as ações.

— Qualquer empresa de petróleo interessada precisaria negociar com um responsável pelos direitos — explicou Luke, pacientemente.

— E essa pessoa deveria ser Sophie — ressaltou tio Eric. — Ela tem essa cara de mocinha frágil, mas tem uma cabeça boa grudada no pescoço. Posso assinar essa procuração agora. E ela também cozinha bem, viu? — completou, olhando para Luke.

— Não sei, não — disse Sophie. — Para começar, minha família nunca vai concordar com isso. Eles acham que sou uma criança idiota. Inofensiva, mas inútil. A não ser para fazer as tarefas domésticas — completou, dando um sorriso para fingir que não se importava.

— Eu dou um jeito de convencê-los — disse Luke, decidido.

— Bem, então, se for essa mulher mesmo, temos o nome, o endereço e um número de telefone no cartão. Acho melhor ligarmos para ela.

— Não olhe para mim — disse tio Eric. — Não ligo para ninguém. É uma das minhas regras. Nunca ligar para as pessoas, se for possível evitar.

— Ah, tio! Se eu ligar, vou demorar meia hora para explicar quem eu sou. Eles mandam cartões de Natal todo ano, certamente gostam muito do senhor.

— Devem estar atrás é do meu dinheiro.

— Acho que o senhor nem tem esse dinheiro todo... Mas vai ter se conseguirmos resolver isso, não acha?

— Ele terá, sim — afirmou Luke. — Precisamos encontrar uma pessoa interessada em comprar as ações, claro, mas vamos achar.

— Ah, está bem. Eu ligo. Mas vou fazer isso por você, Sophie, porque é uma boa menina.

Tio Eric queria esperar dar seis horas, quando as ligações ficavam mais baratas, mas eles o convenceram de que, naquele momento, não valia a pena economizar. Sophie teria oferecido o celular, mas já estava quase sem crédito. Luke precisava ter um telefone para que as pessoas entrassem em contato com ele, e o número dela era o único disponível.

— Alô? — gritou tio Eric. — É a viúva do meu primo Mattingly?

Sophie ficou vermelha de vergonha. Seria melhor se tivesse escrito o nome da mulher em um papel para facilitar a vida do tio-avô. Ela sabia que ele era ruim com nomes.

— Aqui é o Eric. Escute, tenho uma sobrinha-neta chamada Sophie que quer ir visitar a senhora para falar sobre uns direitos de perfuração. A senhora estaria de acordo?

Houve uma longa pausa durante a qual a "viúva do Mattingly" tentou entender quem estava ligando. Logo depois, ela perguntou, da forma mais educada possível, do que o primo de seu falecido marido estava falando.

— Não tenho paciência para explicar — respondeu tio Eric. — Mas a jovem Sophie vai fazer uma visita à senhora. Ela levará um rapaz. É um ianque, mas até que é decente. Adeus!

— Bem, certamente seremos bem recebidos depois dessa — comentou Sophie, com ironia. — É melhor eu anotar o contato dela.

# Capítulo 15

— Preciso muito dar uma olhada nos meus e-mails — disse Luke, na manhã seguinte. — Tenho que ver se Ali conseguiu resolver a questão dos meus cartões de crédito e do meu celular. Talvez eu tenha que voltar para Londres imediatamente se não conseguir sacar dinheiro logo. Não gosto de ficar explorando você.

Sophie sorriu para ele.

— Eu não me incomodo, de verdade! Mas também preciso de internet. Quero ver se alguém respondeu ao anúncio que pus no jornal.

— Tenho pelo menos uma semana antes dos meus compromissos em Londres. Isso se eu não precisar ir correndo até lá para resolver a questão dos cartões. Mas, por mais que eu ame a minha avó, não dá para ir até a Cornualha assim, às cegas. Preciso de alguma evidência de que aquela casa ainda existe.

Sophie teria ido para a Cornualha às cegas sem pensar duas vezes, mas respondeu:

— Está bem, precisamos arranjar um computador. Sei onde fica a biblioteca, vamos tentar alguma coisa lá. Só não sei o horário de funcionamento.

Infelizmente, terça, na parte da manhã, a biblioteca não funcionava. Só abriria à tarde, mas Luke e Sophie não queriam ficar muito mais tempo na casa de tio Eric, portanto, não iriam esperar.

— Deve ter alguma lan house por perto ou algo assim — disse Luke, quando viu que a biblioteca estava fechada.

— Ou então um café com Wi-Fi — falou Sophie, achando que seria mais provável encontrar um café perto de onde tio Eric morava. — Tem um lugar bem simpático aqui perto. Talvez alguém lá possa nos ajudar. Eu e tio Eric fizemos um lanche lá no dia em que fomos fazer compras.

No tal estabelecimento, havia um cartaz na janela anunciando que agora eles tinham Wi-Fi, e que era só pedir a senha no balcão.

— Mas não adianta muito sem um computador.

— Não seja tão pessimista — disse Sophie, abrindo a porta e entrando, seguida por ele.

O lugar estava uma bagunça. Quase todas as mesas estavam cheias de louça suja. O homem atrás do balcão parecia bastante atarefado. Sophie percebeu que não era o melhor momento para lhe pedir um grande favor, então sorriu para ele.

— Dois bules de chá, por favor — pediu Sophie, e ouviu Luke resmungando atrás dela, provavelmente porque preferia café. Ela o ignorou. — O senhor parece bem ocupado.

— Sim. Chegou um monte de turistas em um micro-onibus lotado, todos querendo café e bolo. E estou com pouquíssimos funcionários. Vou limpar uma mesa para vocês, só um minuto.

— Não se preocupe com isso. Luke, acho que devíamos comer alguma coisa — observou Sophie, torcendo para que ele tivesse percebido o tom incisivo em sua voz e não respondesse "Não estou com fome".

— Acho que vou querer um muffin de chocolate — falou ele.

Sophie fez uma careta.

— Não gosto de muffin. É um bolo sem graça. Vou querer um bolo de limão, por favor. Seus funcionários estão doentes?

— Vírus da gripe. Maldito surto.

— Realmente todo mundo está ficando gripado — comentou Sophie, então foi direto ao ponto. — Se o senhor puder nos emprestar um computador, posso trabalhar aqui por duas horas, sem cobrar nada. Posso limpar as mesas e lavar a louça — continuou, olhando para um prato com um único biscoito. — E posso fazer uma nova fornada de biscoitos também. — Sophie imediatamente se perguntou se a sociedade estaria pronta para voltar para o esquema de escambo.

O homem franziu o cenho.

— Como assim?

Ele colocou os bules de chá em uma bandeja e encheu uma jarra de leite enquanto tentava entender o que Sophie estava propondo.

— Nós precisamos muito checar nossos e-mails. Estamos hospedados na casa do meu tio, e ele não tem computador. A biblioteca está fechada, então achei que, se o senhor tivesse um laptop, eu poderia usá-lo. E estou oferecendo meu trabalho em troca, é claro. Tenho experiência em bares e restaurantes, e sou uma ótima cozinheira.

Com as mãos nas costas, ela cruzou os dedos. Ela *era* uma boa cozinheira, mas não gostava de se gabar. No entanto, a necessidade foi maior que a modéstia.

— Entendi. Bem, não sei.

— Vamos fazer assim, me dê uma bandeja. Vou preparar uma mesa para a gente — disse Sophie, juntando a louça suja de várias mesas na bandeja, mostrando que tinha experiência. — O senhor tem um computador? — Ela achou que, se a resposta fosse sim, poderia superar qualquer outro obstáculo.

— Fica no escritório lá em cima — respondeu o homem, reticente.

— Nós só queremos checar os e-mails, eu juro. Se for um laptop, o senhor pode trazê-lo aqui para baixo, se isso o fizer se sentir mais seguro. O senhor vai se surpreender ao ver a quantidade de coisa que consigo fazer em duas horas — falou Sophie, colocando a bandeja cheia de louça em cima do balcão.

Ele hesitou, mas rapidamente cedeu.

— Está bem, estou mesmo desesperado. Vou trazer o laptop aqui para baixo. Pode terminar de limpar essas mesas. Tenho um avental que você pode usar, está atrás da porta da cozinha.

Assim que ele terminou de falar, um grupo de mulheres cheias de sacolas de compras entrou.

— Se eu não tomar uma xícara de chá agora, vou morrer!

Felizmente, por ter trabalhado em vários cafés e bares de vinhos, Sophie não teve dificuldade em se virar ali, e realmente fazia tudo muito rápido. Não havia tempo a perder. Luke ficou impressionado com o quão rápido ela limpou as mesas, colocou todas as xícaras na lava-louça e despejou farinha dentro da tigela da batedeira gigante enquanto esperava a louça ser lavada. Ele ficou ainda mais deslumbrado ao perceber que o ciclo de lavagem durava poucos minutos, e que logo Sophie já tinha esvaziado a lava-louça e estava empilhando pratos e pires.

Sophie estava nervosa, mas felizmente o homem, que se chamava Jack, desceu com o laptop antes que ela fizesse alguma besteira. Ela não queria acabar com a boa impressão que Luke tinha dela, nem fazer com que fossem expulsos antes mesmo que tivessem a chance de acessar a internet.

Sophie tentava sempre fazer um trabalho exemplar, mesmo naquele caso, quando não estava ganhando nada por aquilo — e ela estava precisando muito de dinheiro. A jovem havia dito a Luke que não se importava que ele estivesse vivendo às suas custas naqueles dias. É claro que Luke ficaria agradecido por qualquer coisa que Sophie pudesse oferecer, mas ele provavelmente não fazia ideia de que ela tinha realmente muito pouco dinheiro. Ficaria chocado se soubesse.

Enquanto Jack ligava o laptop, Sophie ensinou Luke a secar os talheres e servir café e chá. Assim, quando ele tivesse terminado de checar os e-mails e fosse a vez dela, Sophie não se sentiria culpada em deixá-lo totalmente perdido no turbilhão que era um café cheio.

Luke escreveu para Ali e para algumas pessoas do escritório. Enquanto esperava, Sophie pincelou com leite os bolinhos de queijo que havia feito e depois salpicou queijo ralado em cima deles. Ela tinha acabado de colocá-los no forno quando Luke avisou que era a vez dela de usar o computador.

— Está bem. Me avise se eu demorar mais de dez minutos, porque preciso checar os bolinhos. Bem, mas você provavelmente não quer...
— Não, não quero ficar responsável por eles. São bolinhos de quê?
Ela riu.
— Você vai ver.
Ela deu uma olhada rápida nos e-mails. Dois deles traziam a palavra "Cornualha" no assunto. O coração de Sophie deu um pulo. Finalmente uma resposta!
Ela foi atrás de Jack.
— O senhor tem impressora? Preciso imprimir uns e-mails. Acha possível?
Jack estava maravilhado com a quantidade de tarefas que Sophie executou em tão pouco tempo.
— Parece até que você tomou um energético! — comentou ele.
Sophie riu.
— Luke diz que parece que sou ligada no 220. Mas há muito trabalho a fazer, e o senhor está nos ajudando muito. Quero que a troca valha a pena.
— Bem, você está fazendo tudo certo.
— Luke, vá ajudar Jack com a impressora enquanto termino aqui.
Sophie deu uma olhada nos biscoitos, que ainda precisavam ficar mais alguns minutos no forno, olhou para o relógio e foi servir alguns clientes. Depois foi até lá em cima para ver se Luke e Jack estavam imprimindo os e-mails. Ela desceu bem na hora de tirar os biscoitos do forno, feliz por seu relogiinho interno de cozinheira ainda funcionar tão bem.

— Sophie, tem certeza de que você não quer vir trabalhar para mim? — perguntou Jack, quando a jovem e o americano estavam indo embora. — Eu pago o dobro do que você ganha.

— Se eu morasse por aqui, adoraria trabalhar para você. Mas, infelizmente, não moro. Estamos hospedados na casa do meu tio Eric.

— E não vai mesmo me deixar pagar pelas horas que você trabalhou?

Sophie podia ter aceitado as 10 libras que ele estava lhe oferecendo, mas a proposta da troca havia partido dela, e ela não ia voltar atrás.

— Não, foram duas horas de trabalho em troca do computador. E da impressora. Está tudo certo, obrigada.

— Você é mesmo uma figura, Sophie Apperly! — exclamou Luke, quando os dois saíram do café. — Incrível.

Um tanto envergonhada com o elogio, ela tentou disfarçar o fato de ter ficado corada.

— Isso é o que eu faço no meu dia a dia, é meu trabalho. Quando não trabalho como babá, faço turnos em bares e cafés como garçonete. Faço isso desde a época da escola. Só não trabalhava em bares, claro.

— Não se menospreze. Você é uma mulher incrível, mesmo que parte da sua família não te dê o devido valor.

Sophie deu de ombros, ainda vermelha de vergonha.

— Bem, você sabe como é... Família — Sophie tentou mudar de assunto. — Mas e os e-mails, hein? Temos duas pistas da casa da Matilda!

— Sim, isso é bom — comentou ele, um pouco menos entusiasmado que ela.

— Não está feliz?

— Não é isso. É que está difícil resolver o problema dos meus cartões. Aparentemente não consigo transferir dinheiro para a sua conta, embora eu não entenda o porquê, com toda essa tecnologia.

— Você não precisa transferir dinheiro para a minha conta.

— Preciso, sim. Não estou acostumado a ser sustentado por...

— Uma mulher?

Ele sorriu meio encabulado.

— Mais ou menos isso.

— Isso vai te fazer bem — disse Sophie, decidida, mas a verdade era que ela estava um pouco ansiosa. Não sabia quanto tempo mais seu dinheiro iria durar. Se passassem por um caixa eletrônico, ela daria uma olhada em seu extrato.

— Bem, então vamos para a Cornualha? — perguntou Luke.
— Você topa?
— Claro!
— Bem, vamos procurar informações sobre os trens. E precisamos arranjar umas roupas novas para você. Não vou circular pela Cornualha com você usando um sobretudo de cashmere. Vai parecer um turista.
— Sophie, você não tem dinheiro para comprar roupas para mim! — argumentou Luke, preocupado.
— Terei, se formos às lojas nas quais costumo comprar. Eu cuido disso. Sei onde ficam todos os brechós da cidade.
— Bazares, você quer dizer?
— Isso mesmo!
— Eu nunca...

Ela segurou o braço dele antes que pudesse terminar a frase.
— Eu sei, Luke Querido. A estação de trem fica daquele lado.

— Não acredito que seja tão caro! — disse Sophie para o funcionário, pelo vidro. — Dá para comprar um carro de segunda mão com esse dinheiro!

O homem deu de ombros.
— Então compre um carro.

Por alguns instantes, Sophie considerou a ideia: encontrar um carro, sacar dinheiro, pagar o seguro e ir dirigindo para a Cornualha.

— Ou então vocês podem tentar pegar um ônibus de viagem. Acho que tem menos baldeações, inclusive — sugeriu o atendente.
— Ônibus de viagem! Ótima ideia! — disse Sophie. — Você se incomodaria de nos dizer como chegar ao terminal de ônibus?

Luke, sendo Luke, anotou as orientações. Seria uma longa caminhada.

★

O ônibus era muito mais barato e, como Sophie lembrou, eles só precisariam fazer uma troca de veículo. Ela sabia que Luke não ia gostar nada de fazer uma viagem de ônibus de sete horas. Nem ela gostaria, mas estava acostumada com viagens longas e desconfortáveis. Já Luke vivia viajando de primeira classe — isso se não estivesse usando o jatinho particular que ele aparentemente tinha —, em trens com serviço de bordo, e estava acostumado com motoristas particulares. Seria um choque, porém uma ótima forma de ele descobrir como o restante da população vivia.

— Vamos — disse ela, depois de comprar as passagens. — Vamos arranjar algo menos urbano para você usar. Mesmo que este sobretudo seja lindo — acrescentou, passando a mão discretamente na peça, torcendo para que um dia pudesse lidar com tecidos tão maravilhosos em seu trabalho.

Luke estava pronto. Usava calça jeans, uma jaqueta de couro meio surrada e um par de tênis que, por sorte, era novinho (Sophie sabia que não conseguiria convencê-lo a usar tênis de segunda mão). Para a jovem, ele estava mais adequado para uma viagem pelo campo.

— Imagine que é a mesma situação de quando você precisou comprar roupas para que eu fosse ao brunch — respondeu ela, rebatendo as reclamações dele. — É só uma questão de se adequar ao ambiente.

A verdade era que talvez os dois tivessem de pedir carona na estrada para chegar à Cornualha. Ela não fazia isso havia muitos anos, mas, se fosse preciso, ela agora pediria. Porque fazer isso com Luke vestido de banqueiro nova-iorquino teria sido bem vergonhoso.

Quando eles voltaram para a casa de tio Eric, ela desmoronou na cadeira ao lado de Luke e aceitou o enorme copo de uísque que o tio-avô colocou em sua mão. Havia sido um longo dia.

— Muito bem — disse tio Eric. — Por que não comemos *fish and chips*?

Sophie olhou para Luke e deu uma risada.

— Eu não como peixe com batatas fritas há anos. Nos velhos tempos eu comia no jornal mesmo, como manda o figurino. Acho que a tinta do jornal dava um sabor diferente — insistiu tio Eric.

— Agora a gente come em potinhos de isopor, com garfos de madeira — explicou Sophie.

— Preciso confessar que eu adoraria provar *fish and chips* — disse Luke.

— Tio Eric — chamou Sophie.

— Diga.

— O senhor poderia pagar pela comida? Prometo que quando resolvermos essa história dos direitos de perfuração, vou pagar tudo o que devo.

— É melhor pagar mesmo, sua cara de pau — brincou tio Eric, enquanto pegava a carteira e tirava uma nota de 20 libras para dar a Sophie. — É melhor comprar também um purê de ervilhas para Luke, já que vai sair. E talvez uns ovos em conserva. Um rapaz desse porte — continuou, olhando para Sophie — precisa se manter forte.

— O senhor é um sacana — disse Sophie, dando um beijo no tio. — Mas acho que Luke já sofreu o bastante.

Na volta para casa, enquanto andavam pelas ruas frias por conta do inverno, carregando pacotes que cheiravam a vinagre, Sophie teve vontade de dar o braço a Luke e fingir que eles eram o casal que todos, aparentemente, achavam que eram. Ela podia sonhar, não podia? Luke tinha ido com ela "para ter a experiência completa do *fish and chips*", como ele mesmo argumentara e, para isso, vestira as próprias roupas novamente. O sobretudo e os sapatos lustrosos não combinavam com o lugar, mas mesmo assim ele ainda estava muito atraente.

— Eu gosto de comer *fish and chips* direto da embalagem de papel enquanto vou andando, mas é falta de educação comer assim na rua — disse Sophie, meio triste.

— Pensei que você não ligasse para essas coisas. Acho que você tem um espírito livre.

— Eu sei. Eu sou realmente um espírito livre e, se tio Eric não estivesse esperando a comida em casa, ia sugerir que a gente abrisse o pacote e se sentasse em algum lugar para comer. É mais gostoso quando a comida está tão fresca que queima os dedos e a boca — disse, fazendo uma pausa. — Minha mãe ficaria estarrecida.

— Parece que você foi trocada na maternidade.

Ela riu.

— Quem sabe? Mas sou muito parecida fisicamente com ela.

— Sua mãe é uma mulher muito bonita — elogiou Luke.

— Bem, obrigada! Vou considerar que isso significa que, quando eu tiver a idade dela, serei bonita também.

— Você já é bonita.

Sophie ficou vermelha de vergonha.

— Você é bem gato também.

Luke riu, e ela se deu conta de que as mulheres que viviam atrás dele provavelmente não falavam aquele tipo de coisa, embora certamente pensassem.

— Acha que Matilda comeria *fish and chips* na rua? — perguntou Sophie, para mudar de assunto.

— Não sei. Nunca sei o que minha avó é capaz de fazer. Veja essa história da casa. Por que ela nunca falou disso antes?

Sophie pensou que ele fosse dizer que a ideia da avó tinha sido influência dela, então se apressou em responder.

— Não sei, mas espero que a gente consiga encontrar a casa para ela. Imagine como ela ficaria feliz?

Luke balançou a cabeça de leve, sorrindo.

— Essas batatas estão encharcadas de gordura — reclamou ele, enquanto Sophie as redistribuía pelos pratos que tinha acabado de tirar do forno.

— É para ser assim mesmo — disse Sophie. — Ou melhor, é assim que elas são. Quanto mais encharcadas de gordura, maior é o prazer que elas causam, porque você percebe que as batatas absorveram tudo.

— Eu costumava fritá-las em banha nos velhos tempos — contou tio Eric.

Sophie ficou surpresa.

— Tio Eric, não tinha ideia de que o senhor sabia tanto sobre *fish and chips*.

— Você ficaria surpresa com as coisas que eu sei, senhorita.

— Parece que o senhor sabe mesmo sobre uma enorme variedade de coisas — disse Luke, lançando um olhar duvidoso para o prato.

— Vou fazer uma coisa deliciosa para você.

Sophie passou manteiga na borda do pão, cortou uma fatia, passou manteiga em outro pedaço. Depois colocou algumas batatas fritas entre as duas fatias do pão macio e o entregou a Luke.

— Coma isso e me diga se não é uma delícia.

— O que é isso? — perguntou Luke, olhando para a iguaria como se ela fosse atacá-lo.

— A gente chama esse sanduíche de *chip butty*. Você pode botar ketchup nele se quiser. Previne até câncer — disse Sophie. — Quer um também, tio Eric?

— Como está seu sanduíche, Luke? — perguntou tio Eric.

— Surpreendentemente bom.

— Viu? Não falei?!

Sophie e Luke chegaram a Truro no dia seguinte, no início da noite. Eles mal haviam dormido no ônibus e estavam exaustos.

— Mas pelo menos consegui ver muito da paisagem do interior — disse Luke, sendo cavalheiro.

— E pelo menos o banheiro do ônibus era fofo, o que ajudou — completou Sophie.

— Eu não descreveria como fofo, mas de fato ajudou.

— Quando cansarmos de bancar a Poliana, teremos que procurar uma pousada. E dois quartos — acrescentou ela, melancólica.

— Um quarto só seria mais barato.

— Com certeza. Mas e se nos derem um quarto com cama de casal, como ficaremos?

Luke riu.

— Acho que você sabe como ficaremos. Juntos na mesma cama.

— Luke, acho que preciso te avisar que não vou para a cama com ninguém no primeiro encontro — disse Sophie, rebatendo o tom de provocação dele.

— Obrigado por avisar, Sophie, mas acho que preciso destacar que este já deve ser, sei lá, nosso quinto encontro.

Sophie olhou para ele decidida.

— Não foram encontros, e nós não vamos dividir um quarto.

Luke deu de ombros.

— É você quem manda!

Sophie achou que ser a pessoa quem manda não era tão bom quanto parecia.

Encontrar uma pousada aberta em janeiro foi bem difícil, mas eles conseguiram, e havia dois quartos disponíveis.

— Então vocês são só amigos? — perguntou o homem que mostrou o quarto a eles, curioso com a chegada de hóspedes em pleno inverno.

— Eu sou gay — disse Luke, sem rodeios. — Preferimos não dividir o quarto.

Sophie controlou uma risada. O sono estava deixando Luke mais espontâneo, e ela adorou aquilo!

O homem assentiu.

— Providenciaremos dois quartos, sem problemas. A que horas gostariam de tomar o café da manhã?

— Às oito — respondeu Sophie. — Está bom para você, Luke?

— Está ótimo, se pudermos dormir cedo. Preciso descansar, senão meus músculos vão atrofiar.

— E como conseguimos algo para comer?

— Aqui na esquina tem um restaurante pequeno mas muito bom — respondeu o homem.

Sophie estava suando frio. Ela não tinha certeza de que podiam pagar por um "restaurante pequeno mas muito bom".

Felizmente, Luke pareceu perceber isso.

— Estou muito cansado para comer — disse ele para o homem. — Estou com jet lag por conta da viagem.

— Ah, sim. Entendo — falou o homem.

— Eu também estou exausta — acrescentou Sophie, lembrando que havia sanduíches na bolsa, graças ao tio Eric.

— Será que dá para ter jet lag viajando de ônibus? — perguntou Sophie, quando os dois estavam no quarto dela comendo os sanduíches e bebendo chá.

— Com certeza — respondeu Luke, se esticando em uma das camas de solteiro. — Eu certamente estou sentindo isso.

Sophie riu.

— Bem, se prepare porque ainda precisamos comer esses sanduíches.

Tio Eric havia insistindo para que ela preparasse sanduíches, já que eles iam fazer "uma longa viagem". Ele explicou que, durante a guerra, nunca se sabia quando haveria a oportunidade de comer de novo. Sophie achou que seria mais fácil preparar os "sandubas", como ele os chamava, do que argumentar que a Inglaterra não estava em guerra ou dizer que no momento não havia racionamento de comida. Bem, pelo menos ela economizaria, não tendo de sair para comer.

— Os sanduíches de Marmite foram os que resistiram melhor à viagem — disse Sophie, desembrulhando o pacote de papel-alumínio. — Ainda bem que você gostou.

Luke pegou o sanduíche que ela lhe entregou.

— Mas imagino que essas horas todas dentro da bolsa não tenham melhorado o gosto.

Sophie concordou com ele ao dar uma mordida em um sanduíche de queijo com salada já meio passado.

— Eu sei, mas é melhor do que nada.

— Com certeza é melhor do que nada — concordou Luke. — E o chá?

Feliz por Luke ter desenvolvido o gosto por chá durante aqueles dias na Inglaterra, ela se levantou da cama e foi prepará-lo.

— Então esse foi o café da manhã completo da Cornualha? — perguntou Luke, depois que eles pagaram as diárias e saíram da pousada na manhã seguinte.

— Isso. Mas é quase a mesma coisa que um café da manhã completo inglês.

— Mas a Cornualha é na Inglaterra, certo? — perguntou Luke, confuso.

— Depende da pessoa para quem você faz essa pergunta. A Cornualha tem sua própria língua — esclareceu Sophie, e logo em seguida seu celular tocou. — Alô? Luke, é para você.

Luke atendeu à ligação e ficou conversando com alguém por um tempo. Quando ficou sozinha, Sophie pegou a carteira para ver quanto dinheiro tinha. Depois, olhou o extrato que havia tirado no caixa eletrônico. Ela só tinha mais 50 libras na conta. Ainda tinha suas economias, mas não seria tão fácil assim ter acesso a elas. A situação era preocupante.

Luke voltou correndo para falar com ela, animado.

— Ei! Temos dinheiro!

— Temos?

— Sim! Ali conseguiu transferir dinheiro para o banco daqui.

— Qual banco?

Ele disse o nome.

— Posso sacar, assim não ficarei mais tão dependente de você.

— Perfeito!

Na verdade, Sophie não sabia se se sentia aliviada ou não. Apesar de estar preocupada com sua situação financeira, ela estava gostando de ver Luke dependendo dela financeiramente.

— Podemos alugar um carro — continuou ele, todo animado. — Chega de transporte público!

— Você está com sua carteira de motorista? — perguntou Sophie.

— Hmm... Não. Mas você está.

— Hmm...

Sophie havia levado sua habilitação, mas não quis confessar que não tinha muita experiência como motorista.

— Não tem problema. Eu alugo o carro e você dirige — sugeriu ela.

Luke balançou a cabeça negativamente.

— Sou advogado, preciso obedecer à lei. Mas devo confessar que não sou um carona muito bom.

— Ah, que maravilha — disse Sophie, baixinho.

Bem, de qualquer forma, haveria alguma forma melhor de praticar a direção do que conduzir um milionário pelas estradas da Cornualha?

Já passava muito da hora do almoço de Sophie quando eles enfim conseguiram alugar um carro, um pequeno Renault Clio. Ela se sentou ao volante; Luke acomodou as longas pernas no banco do carona e pegou os mapas que encontrara no carro.

— Talvez a gente precise comprar um mapa mais detalhado para encontrar o local especificado no e-mail — sugeriu Sophie. — O lugar é minúsculo.

A jovem havia recebido duas pistas por e-mail, e ambas ficavam praticamente na mesma região. Eles decidiram que o mais fácil era começar pelo local mais perto de Truro.

Luke dobrou o mapa com perfeição e o guardou. Sophie olhou para ele. Alguém que conseguia fazer aquilo não era humano, com certeza. Desde o início, ela suspeitara que ele era de outro planeta.

— Está bem, vamos procurar uma loja que venda mapas.

Talvez ele não gostasse de ficar no banco do carona, mas certamente o fato de ter um carro e muito dinheiro fazia Luke achar que estava sempre no comando.

— E por acaso você sabe onde fica essa loja? — perguntou Sophie.

— Não. Tente o centro da cidade. Acho que deve ser para lá — disse Luke, apontando.

Sophie olhou ao redor, tentando se familiarizar com o carro e então deu a partida, tranquila.

— Nem lembrava mais que existia câmbio manual — disse Luke.

— Por que não alugamos um carro automático?

— Seria mais caro — respondeu Sophie, que durante a vida inteira teve de escolher a opção mais barata. — Quanto dinheiro você tem?

— Quinhentas libras — respondeu Luke. — O carro custou sessenta por três dias. Certamente vamos conseguir resolver tudo nesse intervalo de tempo. A Inglaterra é um país pequeno.

— Sim, mas as distâncias são longas — argumentou Sophie, ciente de que talvez aquilo não fizesse muito sentido. — O trânsito pode ser um pouco lento nas estradas do interior.

Luke ainda não conhecia de fato a Cornualha, ela pensou. Nem ela conhecia a região muito bem, mas já havia passado férias lá. Conhecia as estradinhas estreitas ladeadas por muros altos e sebes, e sabia quão confusas podiam ser.

— De qualquer forma, eu só tenho três dias para dedicar a esse projeto — disse Luke. — Meus cartões, o apartamento e tudo o mais estarão esperando por mim em Londres depois disso. Vou ter que voltar.

— Bem, então separe bastante dinheiro para pagar a passagem de trem da volta — sugeriu Sophie, um pouco magoada por Luke estar tão ansioso para se livrar dela agora que era independente financeiramente. Além disso, ao que tudo indicava, ele considerava o tempo deles juntos apenas um "projeto". E Sophie achando que os dois estavam se divertindo...

— Sério? Isso tudo?

— Provavelmente. Mas não se preocupe, o ônibus de viagem é mais barato.

— Nunca mais vou andar de ônibus na vida — disse ele, decidido.

— E, Sophie, não é que eu esteja querendo voltar correndo para Londres, mas assim que encontrarmos seus parentes e eu puder garantir à minha avó que a casa não existe mais, preciso voltar à vida real.

— Eu sei disso — respondeu ela, se enfiando no engarrafamento e procurando uma vaga para estacionar.

Quanto antes eles comprassem o mapa, descobrissem o caminho até lugar aonde pretendiam ir e saíssem da cidade, mais feliz ela ficaria. Sophie não queria passar o pouco tempo que ainda tinham juntos tentando se achar naquelas ruas estreitas de mão única.

## Capítulo 16

❦

— Não me venha com essa palhaçada de que mulheres não sabem ler mapas — disse Sophie, irritada. — Eu sou ótima nisso, só não sou muito boa com direita e esquerda. O problema foi que entrei na "outra esquerda".

— Que é, no caso, a direita.

— Eu sei!

Eles estavam perdidos. Luke tentava manter a calma, mas já estava com os dentes trincados. O mapa, agora não mais dobrado tão perfeitamente, estava no colo dele.

— Bem, se você é tão boa na leitura de mapas, talvez eu devesse tentar dirigir com esse câmbio manual.

— Não será preciso. Só me diga para onde preciso ir agora.

Sophie estava se esforçando para que Luke se sentisse melhor. Ela sabia que ele odiava não estar no controle do veículo. Ela estava sendo uma boa motorista, então ele não tinha motivo para se sentir inseguro. Mas claramente ele só se sentia à vontade se estivesse atrás do volante.

Luke olhou para o mapa, mas não disse nada. Em determinado momento, Sophie pegou o mapa da mão dele, tomando muito cuidado para não parecer agressiva.

— Acho que podemos seguir por essa estrada, então precisamos entrar aqui. Está vendo?

— Estou!

Mas era óbvio que ele estava tendo dificuldade com o mapa.

— Será que você não está precisando de óculos para leitura? — sugeriu Sophie. — Você é um pouco mais velho que eu.

— Chega. Pare o carro. Eu vou dirigir.

Sophie sabia que a paciência de Luke havia se esgotado, então diminuiu a velocidade pensando em estacionar — assim eles estariam mais seguros. Assim que ela avistou um recuo na estrada, parou.

— Luke, você está sem sua carteira de motorista.

— Eu sei. Ali já solicitou a segunda via. Em poucos dias terei minha carteira de volta.

Sophie estava impressionada com a rapidez com que o problema foi resolvido.

— E acho que seu nome não está no seguro...

— Posso correr esse risco também.

— Você é advogado. Tem obrigação de respeitar a lei.

— A Ali pode contratar um advogado capaz de me tirar da cadeia em questão de segundos.

Sophie deu um suspiro. Ali de novo. A solução para todos os problemas dele. Tudo o que Sophie queria era que ela fosse a solução.

— Ali não poderá fazer nada em relação ao câmbio manual — rebateu Sophie, de mau humor.

Sophie havia imaginado que aquela viagem seria uma bela aventura dos dois juntos, mas a todo-poderosa Ali tinha arrumado um jeito de ficar entre eles.

— Eu mesmo posso resolver a questão do câmbio manual. Agora dê uma olhada no mapa e me diga qual é o caminho que temos que seguir!

Era irritante o fato de Luke, agora muito mais feliz porque estava no volante, ter se adaptado tão rápido a dirigir na pista da esquerda. Além de ter levado cinco segundos para se sentir confortável naquele carro. E, como Sophie realmente era muito boa com mapas, eles logo estavam a caminho de Falmouth. Ela não se confundiria com direita e esquerda tendo tempo para pensar. O anel de Matilda, que agora estava em sua mão direita, ajudava. Ela se lembrou do dia em que a simpática senhora lhe dera a joia, pouco antes de saírem para o brunch, onde ela conheceu Ali. Sophie havia salvado o dia de Luke. Agora, aquele papel era da charmosa, eficiente e sofisticada Ali. De repente, Sophie pensou em algo perturbador, mas que teria de ser investigado em um momento mais apropriado. Eles basicamente dirigiram em silêncio, Sophie só falava quando tinha de indicar a direção.

— Vamos encontrar nosso contato em um pub — disse Sophie de repente.

— Por que isso não me surpreende? Só, por favor, não espere que eu vá beber cerveja inglesa. Tenho certeza de que é muito tradicional, mas eu não gosto.

— Longe de mim pedir que você beba qualquer coisa — respondeu Sophie, se sentindo ofendida, embora ela mesma não gostasse da tradicional cerveja amarga. — Você pode beber o que quiser num pub, inclusive café. Na verdade, como você está dirigindo, é melhor ficar mesmo nas bebidas não alcoólicas. Vire à esquerda no próximo cruzamento — disse ela, fazendo um gesto firme com a mão para provar que era à esquerda mesmo.

— Então... ainda estamos muito longe do lugar? — perguntou Luke, após estar dirigindo pelas estradas sinuosas da Cornualha por cerca meia hora. — Vimos a placa há um tempão, e estou ficando com fome.

— Eu também. Acho que não estamos muito longe. Mais alguns quilômetros e estaremos na cidade — disse. — É perto do rio. — Sophie fez uma pausa. De repente ela se deu conta de que um pensamento perturbador não saía de sua cabeça. — Luke?

— O quê?

— A Ali ainda acha que estamos noivos?

Ele demorou alguns segundos para entender o que ela estava perguntando.

— Ah, não. Expliquei tudo para ela. Não seria justo enganá-la.

Por que não?, era o que Sophie queria perguntar. Por que não seria justo?

— Era só para afastar os clones da Barbie — explicou.

— Você podia ter usado um bastão então — falou Sophie. — Teria funcionado. Fingir que estávamos noivos custou uma fortuna a você e um lindo anel a Matilda.

— Valeu a pena. Isso eu posso garantir. Viro aqui?

— Sim — respondeu Sophie. — Nossa, não é lindo?! — exclamou, esquecendo por um momento toda aquela discussão ao se dar conta da vista. — E até parece que já é primavera aqui.

— Quando vim para cá já estava nevando bastante nos Estados Unidos — contou Luke.

— Eu adoro neve! Mas neve de verdade, não aquela coisa sem graça que vira lama assim que cai no chão.

— Talvez você não gostasse se tivesse que conviver com ela — ponderou Luke.

— Tenho certeza de que eu ia gostar, sim. Mas não vamos discutir. Nossa, a estrada ficou muito íngreme do nada.

Aos poucos eles foram descendo a estrada até avistar o rio lá embaixo. Parecia que o caminho ia dar direto dentro do rio. Mas, felizmente, quando parecia que estavam prestes a mergulhar com o carro no rio, a estrada ficou mais larga e eles viram um pub enorme.

— Ah, que ótimo! Certamente vai ter comida lá — observou Sophie.

— E agora nós temos dinheiro para comer! — disse Luke, igualmente entusiasmado. — Não estou acostumado a ficar contando moedas.

— Contar moedas forma caráter — rebateu Sophie. — É por isso que meu caráter é do tamanho da Muralha da China.

Luke lançou um olhar a Sophie que a deixou intrigada. Ele estava achando aquilo engraçado ou poderia ser outra coisa? Será que ele sentia algum tipo de atração por ela? Só de imaginar essa possibilidade, seu rosto já ficou vermelho.

Eles combinaram de encontrar Jacca Tregorran, o contato de Sophie, às duas da tarde, então tinham uma hora para almoçar. O pub era bem agradável, cheio de pequenos espaços com vigas de madeira escura, com uma decoração interessante, cadeiras e mesas confortáveis e algumas lareiras acesas. Eles escolheram uma mesa bem ao lado de uma das lareiras e começaram a olhar o cardápio.

— Podíamos pedir um peixe. É ótimo aqui nessa região.

— E o cardápio também tem batatas fritas — disse Luke. — Será que vão estar encharcadas de óleo?

— Espero que não. As batatas só são preparadas daquela forma nos lugares que vendem apenas *fish and chips*. Mas nem sempre ficam assim — argumentou Sophie.

Ela queria que Luke tivesse uma boa experiência gastronômica durante a viagem e que não achasse a culinária da Cornualha ruim. Ela sabia que havia pratos incríveis na região.

E a Cornualha, representada por esse pub específico, não a decepcionou. A sopa chegou muito rápido, estava com um cheiro delicioso e veio acompanhada de um pão crocante que parecia recém-saído do forno. Os bolinhos de siri estavam fresquinhos e bem gostosos, e as batatas fritas eram incríveis: crocantes e douradas por fora e macias por dentro. Combinavam perfeitamente com a maionese da casa.

Eles dividiram uma garrafa de água, já que ambos talvez precisassem dirigir.

— Que comida incrível — elogiou Luke. — Tudo é assim tão gostoso na Cornualha?

— Espero que sim — respondeu Sophie, confiante. — Coma mais uma batatinha.

Luke continuou comendo com vontade.

— Tirando os pratos que você preparara, esta é a melhor refeição que comi desde que cheguei à Inglaterra — revelou ele.

Sophie corou e desviou o olhar, bastante satisfeita. Ele não precisava ter falado sobre as refeições que ela preparou, então realmente deve ter gostado.

— Obrigada — disse ela. E, para lhe agradecer, completou: — Posso dirigir agora, se quiser. Você pode ficar admirando a paisagem. É tão linda! Não é à toa que Matilda sente falta da Cornualha.

— Agora até entendo por que ela quer tanto encontrar essa casa. Acho que, à medida que você vai envelhecendo, quer reunir as memórias e guardá-las com você, para não esquecer onde estão.

— Luke! — exclamou Sophie. — Isso foi bem poético.

— Eu tenho um lado espiritual, sabia?

— E você só o mantém escondido por baixo desses ternos sofisticados e dessas camisas bem passadas na maior parte do tempo.

— Você não tem ideia do que está escondido debaixo dos meus ternos e camisas, senhorita — falou ele, sério.

Sophie sorriu, raspando o último restinho de maionese com uma batata.

— Vamos comer sobremesa?

— Acho que sim. Não sabemos quando vamos conseguir comer de novo, não é?

Sophie riu.

— Acho que temos uma ideia de quando vamos comer de novo, sim. O local é que é um mistério. Assim como o local onde vamos dormir. Eu até que gosto desse estilo de vida meio nômade. Você gosta?

— Hmm... Acho divertido. Minha vida normalmente é bem regrada. Mas, depois que conheci você, tudo mudou.

Ele disse isso e ficou olhando para ela, mas Sophie não conseguia ler muito bem sua expressão. Ele estava meio que franzindo o cenho. Será que estava irritado com ela?

— Não ponha a culpa em mim! Estamos fazendo isso tudo por causa da Matilda! — disse Sophie, mas depois se lembrou da "viúva do Mattingly". — Bem, quase tudo.

— Está bem, vou reformular a frase. O encontro entre você e a minha avó mudou a minha vida.

— Para melhor? — perguntou Sophie de um jeito que fazia parecer que ela não ligava para a resposta. Mas na verdade ela queria desesperadamente que ele dissesse sim. Havia exposto Luke a uma série de experiências estranhas desde que ele chegara à Inglaterra. Não queria que tivesse odiado tudo.

— Bem, você abriu meus olhos para um tipo de vida totalmente diferente, e isso é sempre bom — observou ele, e fez uma pausa. — Sophie...

Bem naquela hora, um homem enorme, com um bigode curvado nas pontas e um jeito expansivo, entrou no bar.

— A-há! Você deve ser Sophie Apperly! — exclamou ele. — Eu sou Jacca Tregorran.

A mão de Sophie desapareceu por um momento e reapareceu toda amassada depois do cumprimento.

Jacca Tregorran era uma figura. Sophie achou que ela e Luke provavelmente estavam diante de um personagem que ele criara. A estrutura larga, voz alta e personalidade expansiva faziam com que ele fosse conhecido entre os moradores locais e admirado pelos turistas como um autêntico homem da Cornualha, criado especialmente para seu entretenimento.

— Olá! — disse Sophie, recuando um pouco devido à força daquela personalidade. — Este é Luke Winchester. É a avó dele quem está procurando a casa.

A mão de Luke foi igualmente esmagada pela do homem.

— O que vocês estão bebendo? Água? Assim não dá.

— Estou dirigindo — explicou Sophie, na mesma hora. — E preciso ir ao banheiro.

Quando ela voltou, Luke e Jacca já haviam esticado as pernas na frente da lareira e estavam segurando canecas com um líquido de cor de âmbar.

— Luke! — disse ela, surpresa. — Achei que você não fosse beber. Não que eu tenha algo a ver com isso — acrescentou logo, antes que Jacca a acusasse de ser uma chata.

— Isso é cidra — explicou Luke. — Não é alcoólico. — Ele tomou um gole enorme e engasgou.

— Não é bem o que você estava esperando? — perguntou Jacca, se divertindo.

— Não — respondeu Luke. — Nos Estados Unidos, cidra parece um suco de maçã.

— Bem, aqui o tipo mais tradicional tem gosto de vinagre, eu acho — falou Sophie. — Eu só gosto daquela que tem gás.

— Ah, não! Esqueça aquela porcaria gasosa! A tradicional é melhor. Uma boa cidra da Cornualha.

Jacca Tregorran continuou falando sobre cidra por um tempo, insinuando que o que Sophie dissera era uma heresia, que uma boa cidra não fazia mal, e que era mentira o boato que dizia que a bebida era feita com ratos mortos — mas, se por acaso fosse, não havia mal nenhum.

— Bem, e a casa? — perguntou Sophie, torcendo para que Luke não estivesse entendendo muito bem o forte sotaque de Jacca. E parecia que não estava mesmo, porque ele tomou mais um gole da cidra e, ao que tudo indicava, estava gostando.

— Bem, então, sobre a casa — começou Jacca e fez uma pausa, tomando mais um gole, já que não queria ficar para trás em relação a Luke. — Acho que ela não existe mais, mas havia uma casa bem grande aqui perto. Pensei nela imediatamente quando vi seu anúncio, e foi por isso que entrei em contato.

Sophie pegou na mochila a cópia da pintura, toda amassada.

— Parecia com essa casa?

Jacca pegou o papel.

— Não, querida, não parecia em nada com ela.

Luke e Sophie se entreolharam. Luke bebeu mais um gole da cidra.

— Então a casa em que você estava pensando não existe mais? — perguntou Sophie.

— Isso mesmo, meu bem.

— Mas ela não se parecia com esta casa. Então talvez esta casa da pintura ainda *esteja* lá?

Jacca coçou a cabeça.

— Não sei. Agora fiquei confuso.

— Eu também! — disse Sophie. — Mas espero que num bom sentido!

— Mas será que podemos tomar mais uma caneca de cidra? — perguntou Jacca. Ele parecia achar que o fato de sua pista estar errada não era motivo para que não continuassem socializando.

Luke se levantou.

— Agora é por minha conta — disse. — Sophie, quer mais água?

Ela fez que não com a cabeça.

— Não, já estou inundada.

— Você não queria sobremesa? — perguntou Luke. — Íamos pedir.

Sophie balançou a cabeça mais uma vez. Agora que havia começado a digerir a comida, percebeu que já estava satisfeita. E também não queria perder tempo.

— Depois dessa cidra, acho que devemos ir. Precisamos achar a casa e está ficando tarde.

— Ah, querida, as chances de vocês encontrarem essa casa são tão pequenas — disse Jacca, balançando a cabeça como se estivesse dando uma péssima notícia à jovem. — Você não tem mais detalhes sobre ela, não é?

— Não, não tenho — concordou Sophie. — Foi por isso que coloquei o anúncio no jornal. É difícil, mas vou fazer o melhor que conseguir. Temos mais uma pista para investigar.

Luke chegou com uma caneca cheia e outra pela metade. Entregou a cheia para Jacca.

— Espero que essa quantidade não esteja além do seu limite, Jacca — observou Sophie, um pouco irritada por ele ter insistido que ela e Luke tinham poucas chances de encontrar a casa.

Ele deu uma piscada para a jovem e inclinou a cabeça para o lado.

— Somos um pouco mais resistentes à bebida aqui nessa área, minha querida.

Ela apertou os lábios, meio que esperando que fosse aparecer um papagaio no ombro dele, cantando "Yo Ho, Yo Ho!".

— Esse negócio não tem muito álcool, Sophie — garantiu Luke, que parecia completamente sóbrio.

— Acho que vai direto para as pernas — argumentou ela, mesmo sabendo que estava travando uma batalha perdida. — Foi o que ouvi dizer.

— Ah, não acredite em tudo o que você ouve, minha querida. — disse Jacca — Mais duas canecas aqui, garçom, por favor!

Sophie suspirou e olhou para suas unhas. Era divertido ver Luke assim tão descontraído, mas era também preocupante. Eles ainda precisavam achar um lugar para ficar, e estava escurecendo. Seria ainda mais difícil dirigir naquelas estradas.

Meia hora depois, Luke seguiu para o carro meio cambaleante e tentou se sentar no banco do motorista. Não porque achasse que ia dirigir, ele garantiu a Sophie, e sim porque esqueceu que estava na Inglaterra por um momento.

Depois que Luke já estava sentado e havia colocado o cinto de segurança, Sophie pegou o mapa e tentou compará-lo com o mapa desenhado por Jacca no guardanapo, que indicava como chegar à cidade onde estava sua próxima pista. Não era muito longe. Nenhum dos dois mapas parecia fazer muito sentido, mas pelo menos ela sabia como voltar à estrada principal. Luke caiu no sono e roncava suavemente. Ela olhou para ele, fascinada pela vulnerabilidade dele. Ficou imaginando — e desejando — como seria acordar e vê-lo ao seu lado na cama. Seria adorável, pensou, e então balançou a cabeça para afastar aquele pensamento.

Ela deu a partida, torcendo para que não precisasse acordá-lo para ler o mapa.

Quando a estrada começou a dar lugar a um trecho de grama, Sophie se deu conta de que devia ter acordado Luke. Estava numa pista tão estreita que não dava para fazer a volta, então só lhe restava seguir em frente até chegar a uma área onde pudesse manobrar. Ela começou muito bem, estava indo na direção certa e vendo as placas com os nomes dos lugares esperados.

Mas, de repente, as placas com o nome da cidade para onde estavam indo desapareceram, como se o lugar tivesse sido removido do planeta. Ela diminuiu a velocidade, checando se havia alguma entrada de fazenda onde pudesse fazer o retorno. Não queria correr o risco de atolar o carro num buraco.

Ela passou por um vau e tentou se lembrar se Matilda havia mencionado isso quando falou sobre a casa. A estrada então fez uma curva acentuada para a direta e lá estava ela, num pequeno vale: a casa de Matilda. Não ficava na cidade, e sim bem afastada dela.

Sophie ficou aliviada ao ver que poderia fazer o retorno ali mesmo, sem precisar percorrer vários quilômetros no caminho oposto. Então dirigiu até a casa, estacionou e saiu do carro, fechando a porta com cuidado para não acordar Luke.

A casa era linda, mesmo no anoitecer. Era enorme. Tinha dois segmentos formando um U, fazendo com que as janelas de cada lado tivessem vista para o outro cômodo. Havia portas-janelas dos dois lados, e painéis de vidro em formato de losango davam um charme a mais à propriedade. Era visível que ninguém morava ali fazia muito tempo. Uma espécie de planta trepadeira cobria as paredes e inúmeras janelas. O telhado estava um caos, faltavam alguns dos vidrinhos em formato de losango, e uma das chaminés parecia levemente inclinada. Mas, apesar da aparência de negligência e abandono, Sophie imediatamente entendeu por que Matilda amava tanto aquela casa, pois ela havia sentido o mesmo.

Sophie tentou pensar em alguma forma de entrar na casa que não envolvesse violação e invasão. Conseguiu. Era difícil chegar à parte de trás. Havia anexos por todo o terreno, algumas paredes tinham caído e árvores antigas foram crescendo onde encontraram espaço. Ela acabou achando um galpão para guardar carvão, ou algo do tipo, que tinha portas dos dois lados. Entrou, passando com dificuldade por teias de aranha e muita poeira, até chegar à outra porta e sair para o cair da noite.

A parte de trás da casa era tão bonita quanto a da frente. Havia um estábulo, algo que parecia ter sido um chiqueiro e, depois de passar pelo portão, um jardim murado, com diversas estufas — muitas com seus painéis de vidro quebrados.

Um pouquinho assustada, Sophie voltou para a frente da casa. Ela se sentia mais segura ali, como se a atmosfera mais feliz da casa pudesse afastar possíveis fantasmas. Ou talvez a presença de Luke a deixasse mais tranquila. Ele podia até estar dormindo, mas pelo menos estava ali, caso ela precisasse gritar por alguém.

Uma das janelas parecia parcialmente aberta. Lá dentro havia montes de folhas secas, provavelmente carregadas para lá por anos e anos de ventos da Cornualha. Ela abriu um pouco mais a janela e pulou para dentro na casa.

Estava prestes a explorar mais o lugar quando se deu conta de que seria melhor se estivesse com uma lanterna e, precisava admitir, com Luke também. O chaveiro de Sophie tinha uma pequena lanterna. Quem sabe Luke pudesse acordar se ela fosse até o carro buscá-lo? Aí os dois poderiam explorar a parte interna da casa juntos.

Luke não estava no carro quando Sophie voltou. Ela ficou um pouco apavorada com o fato, mas depois achou que ele provavelmente tinha ido fazer xixi e já devia estar voltando. Ele não tinha trancado o carro, então ela conseguiu pegar a bolsa e a lanterna.

Sophie ficou na frente da casa esperando Luke. Quando ela o viu vindo da parte de trás, pulou de susto.

— Assustei você? — perguntou ele, já quase pedindo desculpa.

— Na verdade, não. Sabia que era você. É essa a casa, não é?

— Não tenho dúvida de que seja. E você a encontrou sozinha — disse Luke, impressionado. Então continuou: — Eu devia ter acreditado quando você disse que aquela cidra era alcoólica.

Ela sorriu para ele.

— Sim, devia!

— Sabe, é que nos Estados Unidos...

— Eu sei, a cidra parece suco de maçã. A da Cornualha é bem diferente.

— Não vou cometer esse erro de novo. Mas até que gostei na hora. Ela fez uma careta.

— Espero que você não tenha uma ressaca amanhã.

— Se eu tiver, será merecida. E como você achou a casa? — Os cantos dos olhos dele tinham pequenas ruguinhas que ela não havia notado antes. Talvez fosse porque nunca o tinha visto tão relaxado.

Sophie queria responder: "Sabe como é, eu não preciso saber a diferença entre direita e esquerda para chegar aonde quero." Mas não fez isso.

— Na verdade, eu estava totalmente perdida e achei a casa por acaso.

Ele riu e chegou mais perto dela, colocando a mão em seu braço.

— Vamos ver se conseguimos entrar?

— Conseguimos, sim! E agora eu tenho uma lanterna.

Não foi fácil, mas eles puderam dar uma olhada em grande parte do primeiro andar. Não subiram as escadas. Sophie estava com medo dos fantasmas, e Luke ressaltou que o assoalho talvez não estivesse seguro o bastante e que podia ser perigoso.

— Por que será que está vazia há tanto tempo? É uma casa tão linda, num lugar tão lindo. Eu amei!

Ele estava se divertindo com a empolgação de Sophie.

— Imagino que tenha sido deixada para vários membros de uma família e que eles não conseguiram chegar a um acordo sobre o que fazer com ela — opinou Luke. — Acontece bastante.

— Hmm... Devem ter se arrependido por terem perdido a alta do preço dos imóveis. Daria para fazer algo lindo aqui.

— Não fale sobre isso com a minha avó.

— Como assim?

— Isso é exatamente o tipo de coisa que ela falaria. E seria uma loucura.

— Não entendo por quê — disse Sophie. A ideia de outra pessoa ter a chance de comprar aquela casa era péssima. — Se estiver à venda, por que ela não deveria comprá-la?

Luke balançou a cabeça.

— Talvez porque ela more na região da Nova Inglaterra, nos Estados Unidos? Ela poderia fazer uma visita, olhar a casa, isso tudo bem. Mas comprar? — disse Luke, fazendo um barulho de reprovação com a boca.

— Ela poderia comprar só para ter o imóvel mesmo — disse Sophie, convencida agora de que Matilda *precisava* comprar a casa.

Luke deu de ombros.

— Poderia. Mas imagina se ela a comprasse. Com certeza ia querer fazer algo de bom com a casa. Algo como um centro para crianças carentes passarem as férias. Embora talvez essa casa seja pequena para isso. Mas não acho que ela ia querer que ficasse vazia.

Sophie ficou pensativa.

— Essa ideia é bem específica. Ela já falou sobre isso com você?

— Não, mas ela já doou muito dinheiro para uma instituição parecida nos Estados Unidos. É algo de que ela gosta muito.

— Essa casa seria perfeita para isso! — disse Sophie, percebendo que ela também já estava obcecada pelo imóvel. — Mas precisamos vê-la durante o dia.

— Sim, vamos procurar um lugar aqui por perto para passar a noite, aí voltamos de manhã. Mas não vou poder ficar aqui por muito tempo, preciso voltar para Londres logo.

Aquele lembrete de que a aventura dos dois estava prestes a acabar deixou Sophie triste. Havia algo mágico e também melancólico em estarem juntos ali, com a noite caindo, na frente da casa onde Matilda foi tão feliz na infância. Ela não queria ir embora, mas estava conformada de que os dois não podiam ficar. Precisavam voltar para o mundo real.

— Está bem. Você já está se sentindo melhor?

— Acho que sim, mas não quero dirigir.

— Tudo bem, eu dirijo. Quando estava vindo para cá, fiquei feliz ao perceber que dava para fazer a volta. Achei que teria que voltar de ré o caminho todo, até a estrada principal — disse, olhando séria para ele. — Meu irmão acha que mulheres não sabem dirigir de ré.

— Eu nunca diria algo assim — comentou Luke, juntando as mãos num gesto de paz.

Sophie riu.

— Eu nem sou muito boa com marcha a ré na verdade, mas minhas manobras três tempos são ótimas!

— Suas o quê?

— Ah, você vai ver.

# Capítulo 17

Estava completamente escuro quando eles saíram da casa. Sophie se acomodou no assento do motorista, dando uma olhada no painel para se familiarizar com o carro novamente, e percebeu que se sentia segura com Luke ao seu lado. Se estivesse sozinha, estaria com medo de se perder, de o carro enguiçar ou de atolar em alguma vala. Com ele ali, sabia que teria alguém para ajudá-la. Fez o caminho de volta passando pelo vau e pela pista longa e íngreme que dava para a estrada principal, então virou à esquerda. O caminho até a cidade tinha outra descida que terminava bem perto da água e, assim que estavam lá embaixo, a lua surgiu de trás de uma nuvem.

— Que incrível! — comentou Sophie ao ver a lua dançando no reflexo na água. — Parece um daqueles kits de desenho que a gente tinha quando criança. Você teve? Vinha com um negocinho para raspar e dava para criar paisagens com a lua.

Luke não respondeu, e eles ficaram no carro observando a luz da lua refletida nos pequenos iates atracados ao longo do porto.

— Isso é o mar ou um rio? — perguntou Luke.

— É o mar — respondeu Sophie depois que despertou do seu devaneio e teve tempo de pensar na resposta. — Pode procurar um lugar para estacionar? Ah, ali. Será que tem que pagar? É baixa temporada.

— Eu tenho dinheiro! Posso pagar!

— Não deixe o dinheiro subir à cabeça, riquinho. Você ainda vai ter que gastar dinheiro com muita coisa. Mas não deve ser muito caro — completou ela.

Depois de estacionar o carro, Sophie disse:

— Está bem, vamos ver se algum desses chalés é uma pousada.

Eles estavam tentando decidir por qual das duas ruazinhas iam começar a busca quando viram uma mulher passeando com o cachorro. Sophie foi até ela para pedir informação.

— Ah, sim — disse a mulher. — A Moira faz serviço de pousada. Ela mora naquele chalé com telhado de palha. É uma mulher bem simpática e cozinha muito bem. Acho que ela abre na baixa temporada.

— Quando você voltar para os Estados Unidos, vai poder dizer para as pessoas que dormiu num chalé com telhado de palha — disse Sophie e, ao se ouvir dizendo isso em voz alta, percebeu que era bobagem e riu. — Tenho certeza de que seus amigos vão ficar impressionados.

Luke riu.

— Bem, meus meios-irmãos e minhas irmãs na Califórnia vão ficar impressionados mesmo. E a minha avó também.

— Isso é o mais importante. Certo, chegamos.

Os dois seguiram o pequeno caminho até a porta enquanto Sophie se deliciava com o ar exótico do chalé. Não havia campainha, apenas uma aldrava em formato de âncora. Sophie bateu com força.

Eles esperaram em silêncio. Então, Sophie disse:

— Meio que dá para sentir quando não tem ninguém, não é?

— Bem, ninguém atendeu a porta. Acho que é uma pista — respondeu Luke.

— Não foi isso que eu quis dizer! Mas que chato! Que triste. Queria tanto ficar aqui.

— Bem, por que não colocamos um bilhete por baixo da porta com o número do seu celular e vamos dar uma caminhada? Assim, se a tal Moira voltar a tempo e a pousada estiver funcionando, ela liga pra gente. Se não, provavelmente vamos ter que procurar um hotel em outra cidade.

— Você quer mesmo é ficar num hotel, não é? Chuveiro decente, lençóis de algodão egípcio, toalhas grandes...

Luke olhou para ela com os olhos semicerrados, mas Sophie não conseguiu decifrar a expressão.

— Eu quero o que você quiser, Sophie.

Como essa frase a confundiu completamente, Sophie não respondeu, apenas abriu a bolsa para procurar papel e caneta. Sem dúvida Luke não queria o mesmo que ela, não é? Na verdade, ele nem sabia o que ela queria... E ela não ia contar.

— É tão lindo aqui! Tão tranquilo! — disse Sophie pela terceira vez. Eles estavam observando os iates subindo e descendo com as ondas em seus ancoradouros, as adriças tilintando nos mastros de metal. — Olhe aquelas luzes na encosta. Imagine toda aquela gente se aconchegando para dormir. Eu adoraria morar mais perto do mar. O lugar onde eu moro é lindo, você viu, mas, de alguma forma, aqui é mais especial.

— É mesmo — concordou Luke. — Mas estou ficando com frio. Vamos dar uma caminhada. Tem uma igreja para lá.

— Boa ideia. Eu adoro jardins de igrejas, mas ao mesmo tempo os acho muito tristes porque costumam ter cemitérios. Principalmente aqueles bem antigos, onde tem crianças enterradas — disse e fez uma pausa. — Já estou te avisando, caso eu chore.

Para alívio de Sophie, Luke não pareceu surpreso com a confissão. Talvez já estivesse se acostumando com ela.

— Prefere não ir até lá? Eu ia odiar fazer você chorar — confessou ele.

— Ah, não. Quero ir, sim. Explorar o cemitério significa que podemos adiar mais um pouco a decisão de desistir de ficar aqui.

Luke envolveu os ombros de Sophie com um braço e a puxou para perto.

— Você é engraçada, Sophie.

— Vou considerar isso um elogio — disse ela, meio em dúvida.

Eles abriram o portão e entraram. Sophie estava com sua lanterna e a acendeu para iluminar o caminho estreito entre as lápides.

— Até que é bem grande para uma cidadezinha tão pequena, não acha?

— Parece que vai até o alto do morro — concordou Luke, andando atrás dela. — Mas, se é uma cidadezinha antiga, muita gente já deve ter vivido aqui ao longo dos anos.

— Parece bem cheio — comentou Sophie, iluminando algumas das lápides com a lanterna para ler as inscrições. — Veja como são antigas. E tristes. Olhe, aqui deixaram espaço para outras pessoas da família, mas é provável que tenham sido enterradas em outro lugar.

— Esse aqui é triste: "Em memória de Alan, que morreu fazendo o que mais amava no mundo: velejar."

— Nem imagino como eu ia me sentir se o meu marido amasse mais velejar que a mim — observou Sophie.

Luke pareceu achar o comentário engraçado.

— Tenho certeza de que ninguém amaria mais velejar do que amaria você, Sophie. Principalmente se fosse o seu marido. Mas velejar era a atividade favorita dele.

Luke estava flertando com ela ou provocando-a? Ou os dois? Esse pensamento fez o coração de Sophie bater mais forte. Eles viveram alguns momentos íntimos e bem loucos juntos desde que Luke chegou à Inglaterra, e ela pôde conhecê-lo melhor. Mas Sophie ainda não conseguia decifrá-lo como costumava fazer com outros homens. Essa incerteza só fazia aumentar o que sentia por ele. Já havia se conformado de que estava atraída por Luke, mas será que ele sentia o mesmo por ela?

O caminho era muito estreito para eles andarem lado a lado. Conforme se aproximavam do alto da colina, as lápides começavam a exibir datas um pouco mais recentes.

Sophie tinha acabado de concluir que cemitérios de igrejas não eram tão tristes assim e que, na verdade, tinham um clima até bastante romântico, quando viu o túmulo de uma mãe junto com toda a família. Todos haviam morrido com poucas semanas de diferença, durante alguma epidemia assustadora. Luke tocou o braço dela, e

Sophie se segurou no casaco dele. O braço de Luke imediatamente a envolveu.

— Você está bem?

— Fiquei um pouco emotiva — respondeu Sophie, e ficou ali, meio sufocada pelo couro envelhecido da jaqueta de Luke, até recobrar o controle. Ela sabia que havia tido essa reação em parte porque estava muito sensível por conta da luz do luar, da companhia de Luke e do fato de terem encontrado a casa. Ela só precisava voltar para o mundo real. — Já estou melhor agora — disse, depois de pigarrear.

— Bem, venha. Olhe só. Quero te mostrar uma coisa.

Era uma lápide bem simples, praticamente toda coberta de hera e líquen, e Sophie não entendeu por que Luke chamou sua atenção para ela.

— Olhe! Os nomes! — indicou ele.

— Não sei o que significam.

— Tenho quase certeza de que Pencavel é o sobrenome da família da minha avó. Você consegue ler a data?

Sophie apontou a lanterninha para a lápide.

— Bem, o marido nasceu em 1860 e morreu em 1930, e a esposa nasceu em 1865 e também morreu em 1930. Talvez tenha morrido de tristeza.

Luke fez alguns cálculos.

— Talvez sejam os avós dela, meus tataravós. Eles viveram aqui. Olhe, aqui tem o nome da fazenda onde eles provavelmente moraram.

— Então eles deviam conhecer os donos da casa. Será que eles também estão aqui? Luke, é como fazer uma viagem ao passado! Ao seu passado!

Ela parou e respirou fundo, tentando não chorar com o turbilhão de emoções. Era bobagem chorar por pessoas que nunca conheceu, que morreram há muito tempo e que, pelas datas, viveram vidas longas e felizes. Mas não conseguia deixar de pensar nos ossos delas ali embaixo. Afastou a lanterna dos nomes principais da lápide e viu o nome de uma criança. Torceu para que Luke estivesse atento o suficiente à lapide para não ver sua reação.

Ele não estava.

— Sophie, querida — disse ele, e a abraçou com um suspiro. — Não precisa ficar triste! — sussurrou. E então lhe deu um beijo.

Por um segundo, os lábios de Luke tocaram os de Sophie apenas para consolá-la, mas logo aquilo se transformou em um beijo de verdade. Eles se agarraram um ao outro, as bocas pressionadas uma na outra, depois entreabertas, para que as línguas se explorassem.

Quando por fim se soltaram, estavam ofegantes.

— Sophie... — começou Luke, quando um barulho estranho, porém familiar, os interrompeu. — O seu celular.

— Ah, sim — disse ela, e atendeu a ligação pouco antes que caísse na caixa postal. Era Moira.

— É a Sophie? Acabei de chegar e vi o seu bilhete. Tenho um lindo quarto e posso servir um jantar também se quiserem. Não tem nenhum outro lugar aberto servindo refeição por aqui.

— Seria ótimo! Já estamos indo — falou Sophie. Depois de desligar, disse a Luke: — Ela tem um quarto.

— Que bom.

— E ela pode servir um jantar.

— Parece perfeito — acrescentou ele, e a beijou novamente, por um longo tempo.

Eles voltaram em silêncio, e nenhum dos dois mencionou o fato de que aparentemente só havia um quarto. Para Sophie, isso não era problema nenhum, e, a julgar pelo comportamento recente de Luke, ele também ficaria feliz com a situação.

O quarto era uma graça: paredes brancas, móveis simples e uma cama enorme coberta com uma colcha de retalhos.

— Que colcha linda! — comentou Sophie assim que a viu.

— Sim, foi deixada para mim por uma senhora que morreu antes de terminá-la — explicou Moira, enquanto verificava se os abajures ao lado da cama estavam funcionando.

— Que triste — disse Sophie.

— Na verdade, nem é. Ela estava sempre costurando uma colcha. Era inevitável que morresse antes de terminar uma delas. Nessa estão retalhos dos meus vestidos da escola e também dos da minha irmã. Bem, o banheiro de vocês é aqui em frente, no corredor. Vou buscar toalhas.

— Eu adoraria tomar um banho — disse Sophie, pensando que queria estar bem limpinha e arrumada para Luke.

— Eu também — arrematou Luke. — Pode ir primeiro.

— Quando terminarem, desçam e vou lhes servir uma taça de vinho e algo para comer — sugeriu Moira. — Temos bastante água quente.

Ela saiu do quarto e abriu um armário, de onde tirou duas toalhas grandes e quentinhas e entregou uma delas a Sophie.

— Pode usar qualquer produto. Estão lá para os hóspedes.

— Ótimo! — exclamou ela, animada com as expectativas para a noite. Depois do banho e da refeição, Luke e ela teriam aquela cama enorme para eles. A vida não poderia ficar melhor.

— Antes de ir para o banheiro, pode me emprestar o seu celular? Preciso checar as minhas mensagens — pediu Luke.

— Claro, pode usar — respondeu Sophie, e praticamente fugiu para o banheiro.

Havia uma bela lareira na sala de estar do chalé, em parte usada também como sala de jantar. Havia velas na cornija da lareira e em cima da mesa, tudo isso embalado por uma música clássica que vinha de algum lugar. Luke estava sentado em frente ao fogo lendo jornal quando Sophie desceu.

— É a minha vez agora?

Sophie assentiu, perguntando-se se ele tinha notado que ela estava de maquiagem e com a única saia que havia trazido na mala.

A expectativa era quase a melhor parte, concluiu, agora que achava que passaria a noite nos braços de Luke. Dessa vez os sinais estavam claros até para ela.

Sem conseguir ficar quieta lendo jornal, Sophie foi até a cozinha e encontrou Moira cortando repolho. Assim como o restante do chalé, a cozinha combinava muito com o seu gosto. Os móveis provavelmente não eram antiguidades, mas eram antigos, simples e funcionais.

— Posso ajudar com alguma coisa?

Moira, uma mulher atraente de seus 40 e poucos anos, sorriu.

— Se quiser, sim. Não é muito profissional deixar os hóspedes ajudarem nas tarefas, mas eu não sou muito profissional mesmo. Eu só acolho alguns hóspedes quando aparecem assim, do nada. Na verdade, sou acupunturista.

— Que interessante! — exclamou Sophie, começando a cortar repolho também. — Você tem muitos clientes aqui na região?

— Ah, sim, estou sempre ocupada. Comecei com a pousada quando o meu marido me abandonou. O dinheiro paga as despesas do chalé, pelo menos. Agora, eu tenho um ensopado pronto e pensei em preparar purê de batata e repolho. Talvez uma couve-flor. O que você acha?

— Delícia! O cheiro está ótimo.

Moira fez que sim com a cabeça.

— Eu não cozinho mal, modéstia à parte. E de sobremesa? Tenho banana, rum e manteiga de nata. Acho que consigo fazer algo gostoso com esses ingredientes.

— Claro que consegue — concordou Sophie, rindo.

— Vamos abrir o vinho. O seu namorado já deve estar descendo.

Já haviam se referido a Luke assim, ou com termos parecidos, algumas vezes desde que ele chegara à Inglaterra, mas, agora, Sophie não ficou ofendida. Esta noite, pelo menos, ele era seu namorado. Ficou sem ar só de pensar nisso. Ela torceu para que Moira não percebesse que eles não eram um casal de verdade. Não queria que nenhum constrangimento estragasse aquele momento maravilhoso.

Luke apareceu, lindo e renovado, com o cabelo molhado. Moira lhe entregou uma garrafa e o saca-rolhas.

— Vá, dê um jeito de abrir isso aí.

— Pousadas têm hábito de oferecer vinho para os hóspedes? — perguntou ele.

Moira riu.

— Não, mas estamos na baixa temporada e não tem nenhum outro lugar onde vocês poderiam comer. E o que seria de uma boa refeição sem uma garrafa de vinho? — Ela olhou para Luke. — Vou colocar tudo na sua conta, não se preocupe. Agora, encham as suas taças e vão se sentar perto da lareira. A comida não vai demorar.

Sophie e Luke se sentaram frente a frente, ao lado da lareira, cada um segurando sua taça de vinho. Não falaram nada nem sentiram necessidade de falar. Eles apenas relaxaram e encararam as chamas bruxuleando suavemente. Sophie estava pensando no dia que passaram juntos e ficou ansiosa pela noite que teriam. Pelo sorrisinho no canto da boca de Luke, ele devia estar pensando a mesma coisa. Sophie tomou mais um gole de vinho.

Moira arrumou a mesa, acendeu a vela e, quando ficou satisfeita com a decoração, chamou os dois.

— Não tenho nenhuma entrada para servir a vocês, mas temos bastante comida caso queiram repetir.

Os dois pratos com ensopado fumegavam à luz da vela. Ao lado estavam os acompanhamentos, incluindo couve-flor gratinada.

— Meu prato favorito! — disse Sophie.

— Couve-flor gratinada típica da Cornualha. Não tem nada melhor — completou Moira. — Bom apetite!

Sophie e Luke estavam famintos e atacaram a comida. Em certo momento, ele fez um comentário.

— A Moira cozinha tão bem, estou surpreso que ela não seja casada.

Entendendo a provocação, Sophie respondeu:

— Luke! Esse é o tipo de coisa que tio Eric falaria!

— Tio Eric é um camarada formidável.

— "Camarada formidável"! Luke, se você voltar falando assim, não vão deixar você entrar nos Estados Unidos.

— Talvez eu fique um tempo sem conseguir entrar mesmo, mas por mim tudo bem.

Sophie suspirou, torcendo para que ele não percebesse. A ideia de ele ficar na Inglaterra por mais tempo, mesmo que fosse em Londres, era maravilhosa.

A sobremesa estava tão maravilhosa quanto Moira tinha prometido. As bananas flambadas na manteiga com açúcar mascavo e rum, com muita manteiga de nata por cima, foram servidas em pequenas tigelas. Ela ainda colocou uma tigela extra de manteiga na mesa, caso quisessem mais.

— O que é isso? — perguntou Luke, examinando o creme.

— Manteiga de nata — respondeu Moira. — É uma especialidade da Cornualha, mas acho que fazem em Devon também. Você separa o creme do leite depois de vários dias e o escalda gentilmente. Depois, deixa descansar por um tempo e raspa o topo, deixando o creme mais espesso, parecendo manteiga.

— Parece um ataque cardíaco numa tigela — comentou Luke, olhando para Sophie enquanto ela enfiava a colher no pote e colocava uma boa quantidade no prato.

— Se você fizer bastante exercício, não tem problema — sugeriu Moira.

Sophie deu uma risadinha e bebeu um gole de vinho para disfarçar. Ela não conseguia evitar pensar no "exercício" que ela e Luke fariam mais tarde.

— Vou deixar vocês à vontade — disse Moira, feliz por seus hóspedes estarem satisfeitos.

Eles nem terminaram as bananas flambadas. Seus olhares se cruzaram quando ainda estavam na metade da sobremesa, e Luke pegou Sophie pela mão e a conduziu até o quarto.

A cama já estava pronta para que se deitassem, e a linda colcha, dobrada em cima de uma cadeira. A pequena lareira que Sophie presumira ser decorativa agora estava acesa. Havia pequenas velas espalhadas pelo quarto, criando um clima bastante romântico.

— Acho que Moira pensa que estamos em lua de mel — comentou Luke.

— É, pode ser — concordou Sophie.

— O quarto está lindo — disse Luke. — Mas quero tanto você que não me importaria de fazer amor num celeiro.

Sophie sentiu um arrepio de desejo e felicidade.

— Na cama é bem mais confor... — começou a dizer, mas não conseguiu terminar, porque Luke a pegou nos braços, a beijou e começou a tirar suas roupas desajeitadamente.

Ele tirou o casaco, a meia-calça, a blusa e a saia dela, enquanto Sophie sofria para desabotoar a camisa social e tirar a camiseta que estava por baixo. Quando chegou à calça, Luke assumiu a tarefa.

— Sempre achei você muito mauricinho com essa camisa abotoada até em cima — disse Sophie, ofegante.

— Bem, não está abotoada agora — rebateu ele, tirando a calça jeans e tomando Sophie nos braços. Os dois se jogaram na cama, ofegantes, nus e às gargalhadas.

Eles dormiram abraçados, braços e pernas emaranhados. Parecia que um não conseguia soltar o outro, o contato inebriante de pele com pele, sensual.

Sophie acordou primeiro. Seu braço estava dormente, e ela o tirou de baixo de Luke com todo o cuidado possível, embora parte dela quisesse que ele acordasse para fazerem amor outra vez. Não que ela tivesse do que reclamar, pensou, e sorriu tentando lembrar quantas vezes eles transaram.

Ela ficou deitada, ouvindo a respiração dele, saboreando as memórias da noite anterior e curtindo a felicidade que era acordar ao lado do homem que amava. Agora conseguia admitir isso para si mesma. Ela o amava, não era apenas uma quedinha. Sophie não conseguiu voltar a dormir e se deu conta de que Luke, que roncava suavemente, estava dormindo pesado. Então decidiu se levantar e abrir um pouco a janela para conseguir ver o relógio. Eram sete e meia. Um horário bem razoável para acordar.

Ela conseguiu tomar banho e se vestir sem acordar Luke, então desceu para o primeiro andar. Não havia sinal de Moira, mas ela tinha deixado um bilhete em cima da mesa:

*Se acordarem e eu ainda não tiver voltado, sirvam-se de chá ou do que quiserem. Vou servir o café quando voltar, preciso dar uma olhada nas galinhas do vizinho!*

Sophie decidiu não tomar chá. Ela queria sair, aproveitar aquela felicidade.

A orla estava tão convidativa quanto na noite anterior, mas agora havia pássaros sobrevoando a beira do mar, os bicos mergulhando na espuma das ondas. Na noite anterior, aquele lugar parecia mágico e sereno com a luz da lua; já nesta manhã era um alvoroço de pássaros, insetos e peixes. Os iates subiam e desciam com mais intensidade, e o barulho das adriças batendo nos mastros estava mais enérgico, metódico. Sophie achou tão incrível quanto na noite anterior, mas de um jeito diferente.

Mas foi o jardim da igreja que realmente a atraiu. Era quase como se quisesse contar aos avós de Matilda tudo o que havia acontecido e o quanto estava feliz. Sophie deu risada ao pensar que eles ficariam horrorizados ao saber que dois jovens não casados tinham passado a noite juntos.

Sophie já não era mais virgem quando fez amor com Luke tão apaixonadamente, mas ele foi apenas o segundo homem de sua vida. Para Sophie, sexo só acontecia se ela estivesse verdadeiramente apaixonada e, mesmo sabendo por experiência própria que o sentimento pode não durar para sempre, tinha certeza de que era isso que sentia por Luke. E, ainda que ele não sentisse o mesmo, ou que não durasse para sempre, ela tinha mergulhado naquela experiência sendo fiel a seus princípios.

Encontrou a lápide e ficou ali olhando, sentindo-se inundada de emoção, com aquele brilho de satisfação que vem com uma boa noite de sexo. Depois do café da manhã, eles podiam voltar a casa, explorá-la à luz do dia e tirar fotos com o celular — no dia anterior estava escuro demais para fazer isso. Sophie não era o tipo de pessoa que fotografa tudo, mas com certeza Matilda ia gostar de ver as fotos. Ainda que estivesse decrépita, a casa ainda estava lá. Tantos casarões tinham sido demolidos ao longo dos anos que Matilda ficaria empolgada ao saber que esse havia sobrevivido.

Sophie explorou o restante do jardim por um tempo, lendo todas as inscrições nas lápides que ainda estavam legíveis, até que seu estômago roncou e ela decidiu voltar. Precisava de comida, não importava se Luke estivesse acordado ou não!

Havia um carro estacionado em frente ao chalé; Sophie o viu de longe. Devia ser de Moira, pensou. Talvez ela estivesse acostumada a estacionar em outro lugar, mas quem sabe precisara descarregar alguma coisa do carro para o chalé. Mas havia algo estranho. Não era o tipo de carro que Moira teria.

Enquanto se aproximava, a porta se abriu e Luke saiu do chalé de braços dados com uma mulher que não era Moira. Para Sophie, os dois pareciam um casal recém-casado, debaixo de uma chuva de confete, a caminho da lua de mel.

Ela se apressou para chegar até lá e desfazer aquela imagem que parecia um sonho, só que era bem real e totalmente sem sentido. Reconhecia a mulher agora, era Ali. E estava olhando para Luke com verdadeira adoração.

De repente Sophie se sentiu meio tonta. Como aquela mulher tinha aparecido magicamente ali? Já não bastava estar resolvendo as questões práticas da vida de Luke à distância? E quem Ali pensava que era para olhar para ele daquela maneira? Bem, talvez ela de fato o adorasse, mas Luke era seu!

Ele estava falando ao celular e usava um terno que parecia meio amarrotado. Luke não tinha um terno na mala, então Ali deve ter trazido para ele. A gravata estava torta. Mas por que ele estava de gravata? O que tinha acontecido com o mundo? Como é que tudo tinha dado tão errado tão rápido?

— Oi — disse Sophie, quando chegou perto o suficiente para que eles a ouvissem. — O que está acontecendo?

Ambos se viraram para ela, de costas para Moira, que estava na entrada com eles.

— Ah, oi, Sophie — disse Ali, rapidamente. — Vim buscar o Luke para irmos para Londres. Temos uma emergência.

Ela falou isso como se estivesse resgatando Luke de uma zona de guerra, de uma prisão ou de um internato — não do paraíso onde estavam.

— Ah! — exclamou Sophie, assustada. — Alguém morreu?

— Não, não. Nada tão drástico assim — continuou Ali. — Mas é uma questão que só o Luke pode resolver. Nem mesmo eu posso — disse, e lançou mais um olhar amoroso para ele. — Até tentei, mas não vamos conseguir solucionar o problema sem a presença dele.

Luke continuava ao telefone.

— Podemos dar uma carona a você até a estação de trem, se quiser. Não vamos abandonar você aqui no meio do nada.

Ali parecia achar impossível ser feliz num lugar tão distante de uma grande metrópole.

Luke desligou o celular e o colocou no bolso.

— Temos uma crise no escritório — explicou. — Preciso voltar imediatamente.

Ali ainda estava pendurada em seu braço.

— E eu consegui achar você! Foi muito inteligente da minha parte, não foi? Estou muito orgulhosa de mim. Eu sabia que vocês estavam na Cornualha, mas foi só quando Luke me ligou ontem à noite que descobri o lugar exato. Essas estradinhas são um pesadelo!

— Que tipo de crise? — quis saber Sophie. — Achei que o escritório da Inglaterra não estivesse pronto ainda.

O olhar que Ali lançou a Sophie indicava que ela não entenderia, mesmo que tivesse tempo de explicar.

— Estão precisando muito do Luke lá, querida, e vou levá-lo para o aeroporto para pegarmos um voo. Tem certeza de que não quer uma carona? — perguntou Ali, como se estivesse certa de que a resposta seria não.

— Não, obrigada — respondeu Sophie. — Tenho compromissos aqui, além de um carro alugado.

— Deixe isso para lá, Sophie — pediu Luke. — Podemos arranjar alguém para devolver o carro — disse, olhando para Moira. — E podemos voltar depois para visitar os seus parentes.

— Por que você iria visitar os parentes da Sophie? — perguntou Ali, como se isso fosse a coisa mais estranha do mundo.

— É, não tem por que Luke visitar os meus parentes — disse Sophie com cuidado, convencida de que a temporada idílica dos dois estava arruinada e se esforçando para agir e falar normalmente.

Luke se virou para Ali.

— Preciso falar com a Sophie em particular.

— Querido, não temos tempo para longas despedidas — argumentou Ali, segurando-o pela manga. — Isso é urgente, de verdade!

— Está tudo bem — disse Sophie. — Luke não precisa falar comigo em particular. Podemos nos despedir agora mesmo.

Luke ficou sem saber o que fazer.

— É de fato uma emergência, Sophie.

— Ela sabe disso — completou Ali. — Eu expliquei.

Sophie estava prestes a dizer que, na verdade, ela não havia explicado nada, mas achou que não valia a pena.

— Preciso deixar algum dinheiro com você — disse Luke. Ele enfiou a mão no bolso interno do paletó e tirou um punhado de notas. Ele as estendeu para Sophie, que deu um passo para trás, como se aquilo fosse um animal perigoso.

— Não preciso de dinheiro!

— Precisa, sim, Sophie. Você sabe que precisa — retrucou ele, ainda segurando o dinheiro.

— Não, não preciso mesmo.

Sophie sentiu que aceitar o dinheiro de Luke naquele momento confirmaria que ela era vulgar — uma mulher com quem ele havia ficado satisfeito em passar a noite, transar e depois ir embora na manhã seguinte. É claro que, sendo um homem honesto, ele devia pagá-la. Sophie não poderia se sentir mais humilhada. Deu mais alguns passos para trás, na tentativa de evitar que ele colocasse o dinheiro em sua mão.

Luke aceitou a derrota e entregou o dinheiro a Moira, que aceitou sem pestanejar.

Ali foi até a parte de trás do carro, onde colocou a mala — a mala de Sophie. Será que as roupas de Sophie tinham sido deixadas em cima da cama? Ali olhou para o relógio.

— Vamos, Luke.

Por um instante, Luke e Sophie se entreolharam, mas ela desviou o olhar. Não queria aquelas desculpas silenciosas, só queria que ele fosse embora logo, antes que ela começasse a chorar ou algo assim.

— Sophie...

— Vá embora logo! Você vai perder o voo.

Então ela se virou e entrou a passos firmes no chalé.

# Capítulo 18

— Eles já foram — avisou Moira.

Sophie ainda estava no hall sem saber o que fazer.

— Vamos para a cozinha — sugeriu Moira, pegando o braço da jovem, que não teve opção a não ser ir junto. — Vou fazer um chá para você. E você ainda não tomou o café da manhã. Vai se sentir melhor depois que comer alguma coisa.

— Eu nem sei o que acabou de acontecer — disse Sophie.

— Foi tudo muito rápido. Aquela mulher entrou aqui perguntando pelo Luke, carregando no braço uma daquelas capas de proteção para terno. Eu disse que ele estava lá em cima e perguntei se ela queria esperar, mas ela simplesmente subiu as escadas e foi direto para o quarto. Luke estava no banho. Logo depois os dois desceram e ele estava de terno.

Sophie puxou uma cadeira e se sentou. Os joelhos tremiam, e ela achou que estava em choque.

— E depois?

— Luke veio até aqui, colocou o seu celular em cima da mesa e disse: "Entregue isso aqui para Sophie." E a mulher completou: "Acho que ela recebeu uma mensagem."

Sophie pegou o celular. Não havia nenhuma mensagem nova, mas ela deu uma olhada nas recebidas e notou um número conhecido.

— Ah, não — disse, e abriu a mensagem.

Encontrei a Mandy. Ainda sinto sua falta, Soph. Volte para mim.

— O que houve? — perguntou Moira.

— É de um ex-namorado. Às vezes ele me manda mensagens quando está bêbado — respondeu Sophie. — Não sei se prefiro que Luke tenha lido a mensagem, já que estávamos compartilhando o celular e ele meio que tinha o direito, ou Ali — ponderou, então fez uma careta. — O nome daquela mulher é Ali.

— Bem, um deles leu — observou Moira. — E o café da manhã?

— Não, obrigada.

Sophie sentia um nó na garganta e um aperto no peito. Achava que não ia conseguir comer nada.

— Você precisa comer — disse Moira. — Se toda mulher que passou por um término deixasse de comer, não haveria mais mulheres no mundo.

— Ele terminou comigo, não foi? É que me sinto tão confusa. Num minuto Luke e eu estávamos... — começou a dizer, e ficou corada. — No minuto seguinte, ele foi embora. É difícil entender.

— Tenho certeza de que você vai entender tudo em breve. Mas, de fato, foi um pouco estranho e dramático — comentou Moira e pegou uma caneca. — Você quer açúcar? Não? Dizem que é bom quando se está em choque, mas acho que é superstição. Vou preparar um sanduíche de bacon para você. Já fritei o bacon, então precisamos comer de qualquer forma. Pão, muita manteiga. Isso melhora tudo — concluiu, mas fez uma pausa. — Bem, quase tudo.

— Não quero comer.

— Por favor, nem que seja só para me agradar. Se você não comer, não posso comer também. E estou faminta.

Sophie ficou olhando enquanto Moira pegava um grande de pão de forma, partia uma fatia, passava manteiga nela e repetia o processo.

— Aí está — disse, colocando o prato na frente de Sophie. — Agora vou preparar o meu.

Moira continuou descrevendo o que estava fazendo ali na cozinha, até que finalmente se sentou à mesa, de frente para Sophie, com seu sanduíche de bacon.

— Quer conversar sobre o que aconteceu?

Sophie fez que não com a cabeça.

— Eu sabia que Luke ia precisar voltar logo para Londres. E tudo bem. Só não estava esperando que ele...

— Fosse embora carregado por outra pessoa?

Apesar de tudo, um leve sorriso surgiu no canto da boca de Sophie.

— Foi quase isso, não foi? Só faltou Ali ter aparecido aqui vestindo uniforme de aviador feito de couro descendo por uma corda para resgatá-lo.

— Ela praticamente fez isso — apontou Moira.

Sophie se divertiu um pouco com essa imagem e deu uma mordida no sanduíche, tentando mostrar disposição para comer. Mas não conseguia nem sentir o gosto. Mastigava e mastigava, mas aquilo ficava na sua boca. Parecia impossível de engolir. Com muito esforço, conseguiu engolir aquele primeiro pedaço e bebeu um gole do chá.

— Vocês pareciam um casal tão bonito — disse Moira, comendo seu sanduíche com mais entusiasmo.

— Nós éramos... Quer dizer, talvez não. Não somos exatamente um casal. Na verdade, ele me beijou ontem pela primeira vez.

— Ah, é? Vocês pareciam ter uma conexão tão forte. Imaginei que fosse algo mais antigo — disse e franziu o cenho. — Bem, talvez não. Como vocês se conheceram?

— É complicado.

— Falar faz bem — afirmou Moira. — Coma mais um pedaço e beba mais um gole de chá, e então me conte tudo. Vai ajudar. Não sei como, mas vai.

— Está bem. Nós nos conhecemos em Nova York. Na verdade, primeiro eu conheci a avó dele.

Sophie achou que realmente fez bem falar. De alguma forma, falar a ajudou a organizar os pensamentos e, embora tudo ainda fosse muito doloroso, ela percebeu que não havia feito nada que justificasse aquela partida tão abrupta. Também lhe deu esperanças de que as coisas não estivessem totalmente acabadas, talvez tivessem apenas sido interrompidas.

Quando Sophie começou a contar a parte da história em que encontraram a lápide dos avós de Matilda, sua voz falhou. Moira pegou um lenço em uma caixa e o ofereceu à jovem.

— Só queria ter tido tempo de me despedir direito.

— Isso teria melhorado a situação. Mas ele deu dinheiro a você! — disse Moira, lembrando-se subitamente desse momento. Ela colocou a mão no bolso do avental, onde tinha guardado as notas. — E muito! São notas de cinquenta!

— Notas de cinquenta libras? Eu quase nunca vi uma dessas — falou Sophie, distraindo-se por um instante.

— Bem, tem muitas — observou Moira, colocando o dinheiro em cima da mesa. — Oito, para ser mais exata.

— Não posso aceitar — declarou Sophie.

— Por que não? Você não disse que pagou tudo enquanto ele estava sem dinheiro depois de ter sido roubado?

— Sim, mas fiz isso porque... Bem, eu tinha que ajudá-lo, não é? Estava retribuindo tudo o que ele e Matilda tinham feito por mim em Nova York. Ah, meu Deus.

— O que foi?

— O meu anel. Será que preciso devolvê-lo?

— Não! Não é um anel de noivado — respondeu Moira, que já tinha escutado a história do anel. — E pode ser que ele ligue para você logo, para explicar o que está acontecendo.

Sophie ficou com a impressão de que essa talvez fosse uma visão otimista demais diante do sentimento de posse que Ali parecia ter sobre Luke. Ela tirou o anel e ficou rodando a joia entre os dedos.

— Pode ser que ele não ligue.

— Tenho certeza de que vai ligar! — disse Moira que, mesmo sendo extremamente otimista, não soava muito convincente. — E você precisa aceitar o dinheiro.

— Não! Eu me sinto como uma prostituta, como se ele estivesse me pagando pela noite de sexo. Como se estivesse me comprando.

A sensação de se comparar a Holly Golightly, que ela havia esquecido momentaneamente, voltou com tudo.

— Você precisa do dinheiro. Tem despesas a pagar. Além do mais, eu não posso ficar com ele, não é?

Sophie deu de ombros, ainda se recusando a tocar na pilha de notas em cima da mesa.

Moira comeu o último pedaço do sanduíche e limpou o farelo de pão das mãos.

— O que vocês iam fazer hoje? — perguntou Moira depois de terminar de mastigar. — Se ele não tivesse sido carregado daqui por aquela ave de rapina?

Sophie esboçou um sorriso.

— Íamos voltar até a casa para tirar fotos. Depois íamos visitar aqueles meus parentes distantes e tentar convencê-los a assinar uma procuração para que eu tenha controle sobre os direitos de perfuração e possa fazer algo com eles.

Ela havia contado sobre sua missão para Moira no meio do relato de como conhecera Luke.

— Então você deve manter os seus planos — afirmou Moira e fez uma pausa. — Se quiser companhia, eu adoraria ver a casa, e sou uma ótima fotógrafa. Podemos usar a minha câmera e depois eu ajudo você a mandar as fotos por e-mail para Matilda. Ou você tem uma câmera digital?

— Não, só tenho o meu celular — disse Sophie. — E, ainda que eu saiba que dá para fazer isso, nunca consegui transferir as minhas fotos para um computador.

— Bem, então use a minha câmera.

Sophie hesitou.

— Não sei se quero entrar em contato com Matilda agora que não sei... Quer dizer...

— Agora que você não sabe em que pé estão as coisas com o Luke? Você nem precisa falar dele. Matilda foi o motivo de você ter vindo para cá no fim das contas, não foi?

— Acho que sim — respondeu Sophie, e de repente sentiu uma angústia que a pegou de surpresa. Então olhou para Moira. — Ele não devia ter me deixado aqui desse jeito sem me explicar o que estava acontecendo.

— Você precisa confiar que ele vai entrar em contato em breve. Mantenha os caminhos abertos para a comunicação.

— Você leu isso em algum lugar, não foi? — perguntou Sophie, quase rindo.

— Sim, é verdade. Tentei muito salvar o meu casamento antes de desistir dele. Bem, agora vá, se arrume rápido enquanto eu ajeito as coisas aqui e depois vamos sair.

Ao entrar no quarto, Sophie viu que Moira tinha arrumado a cama e a forrado com a colcha. Assim Sophie poderia se vestir sem precisar ficar olhando para a cama na qual ela e Luke se reviraram durante a noite. Isso ajudou.

— Nossa, que casa linda — elogiou Moira. — Não sei como não sabia da existência dela. Mas, pensando bem, não moro aqui há tanto tempo assim, e ela fica bem escondida.

Elas estavam paradas diante da antiga construção. À luz do dia ela parecia bastante deteriorada, mas, ao mesmo tempo, um pouco menos assustadora.

— Ela parece ainda mais bonita agora que consigo vê-la direito, embora fosse bem romântica ao entardecer — observou Sophie, melancólica.

Determinada a manter a mente de Sophie ocupada, Moira se focou na tarefa que tinham pela frente e pegou a câmera.

— Vamos lá — disse, apressada. — Vou tirar um montão de fotos e depois nós podemos selecionar e enviar as melhores para Matilda.

Sophie suspirou, aliviada por Matilda não saber que ela e Luke tinham ido para a cama. Ela só queria que ele ligasse e dissipasse aquela sensação de ter sido abandonada.

Elas passaram uma manhã feliz tirando muitas fotos, depois Moira a levou até um pub divertido. Enquanto estavam no bar observando a placa com o cardápio e tentando decidir o que comer, Moira tirou da bolsa uma nota de 50 libras.

— O almoço é por conta do Luke!

Depois que a nota de cinquenta se transformou em sopa, salada e pão com casca crocante para as duas, Sophie se sentiu um pouco melhor com a ideia de gastar o dinheiro.

— E, de qualquer forma, você não precisa gastar o dinheiro todo — sugeriu Moira. — Pode devolver a ele o que sobrar.

Sophie ficou em silêncio por alguns segundos.

— Ele não ligou. Acho que não vai ligar.

Moira hesitou, e Sophie sentiu que ela concordava.

— Você não tem certeza disso.

— É, não tenho. Mas sinto que...

— Inúmeras razões que podem tê-lo impedido de ligar. Falta de sinal, por exemplo.

Sophie imediatamente pegou o celular na bolsa para ver se a região onde estava tinha cobertura. Tinha.

— Bem, talvez o número dele esteja fora da área de cobertura — observou Moira.

— É verdade.

— Luke deve entrar em contato para falar sobre a sua questão dos direitos de perfuração. Ele estava ajudando você com isso, não estava?

— Sim, mas ele já ajudou bastante. E estava fazendo isso em troca da ajuda para achar a casa da Matilda. Agora estamos quites, na verdade. Não tem razão nenhuma para ele entrar em contato comigo. Quer dizer, nenhum motivo prático para isso.

Isso soou tão frio e pragmático diante de tudo que eles haviam passado que Sophie sentiu um nó na garganta, como se fosse chorar. Tomou uma colherada de sopa rápido demais. Estava muito quente, então bebeu água. No fim, ela se sentiu um pouco melhor, ao menos aparentemente.

— Então você não acha que tudo está perdido? — perguntou Sophie a Moira quando passaram para a salada e dividiram uma porção de batatas fritas.

— O quê? Com Luke? Acho que não. Eu entendo que foi tudo muito estranho, mas tenho certeza de que existe uma série de possíveis explicações para ele não ter beijado você apaixonadamente ao se despedir. Além de estar atrasado para pegar o voo, quero dizer.

— Tá bem. Vamos pensar em algumas — sugeriu Sophie.

As duas ficaram se olhando por alguns segundos antes de voltar a comer.

— Tá bem — disse Moira. — Ele pode ter achado que você saiu de manhã cedo por ter se arrependido de dormir com ele. Talvez ele achasse que você ia deixá-lo.

Sophie considerou essa ideia.

— É uma boa explicação, mas não é perfeita. Não tinha como ele achar que eu ia deixá-lo depois de ter sido tão... digamos... amorosa apenas algumas horas antes.

— Você não sabe. Homens são estranhos. Talvez ele estivesse sofrendo da síndrome da cama vazia.

— Normalmente são as mulheres que costumam sofrer disso.

— Não sei por que os homens não podem sofrer disso também?!

Sophie suspirou.

— Mas *por que* você acha que ele foi embora daquele jeito?

Moira balançou a cabeça.

— Eu ainda não sei, mas realmente acho que vai ter uma explicação para isso. E acho que você devia visitar os seus parentes e fazer tudo que planejou, sem ele mesmo. Assim, se no fim das contas Luke for um embuste, você não vai ter desperdiçado o seu tempo, o seu amor nem o seu dinheiro com ele.

Sophie concordou.

— Tudo bem. E seria incrível se eu conseguisse resolver tudo sem a ajuda dele. Quem precisa desses mauricinhos ricos?

— Estou considerando isso uma pergunta retórica, mas, já que o mauricinho está pagando, vamos pedir uma sobremesa? — sugeriu Moira.

Mais tarde, elas voltaram ao chalé de Moira, e ela levou Sophie até a sala. Havia um laptop em cima da mesa.

— Vamos ver o que conseguimos — disse Moira.

— Vamos mandar as fotos em que a casa esteja num ângulo bom — sugeriu Sophie. — Vou contar para ela que o lugar está deteriorado, mas que achei legal ela ver o melhor da casa.

— Tudo bem. O que acha dessa? — perguntou Moira.

— Boa. E essa outra dos fundos também está legal. Dá para ver que tem algumas telhas faltando, mas acho que Matilda não vai olhar assim tão de perto.

— Essa aqui também é bonita.

Quando terminaram de escolher as melhores fotos, Moira as anexou ao e-mail e Sophie escreveu uma mensagem.

Querida Matilda, encontramos a casa! Infelizmente não tem ninguém morando lá e ela está em más condições pelo que se pode ver.

Sophie preferiu dizer "que se pode ver", em vez de dizer "eu" ou "nós".

Estou mandando algumas fotos. Luke teve que voltar para Londres de repente com Ali. Parece que aconteceu alguma emergência no trabalho.

Vou encontrar meus parentes e depois voltarei para casa. Espero que a senhora esteja bem e que não esteja com muitas saudades de Luke.

> Com amor,
> Sophie

Sophie clicou em "Enviar", mas logo lembrou que não deviam ser nem dez da manhã para Matilda. Depois, subiu até o quarto, deitou na cama e tentou não chorar. Ela queria muito ir embora do chalé de Moira imediatamente, mas voltar para casa sem completar sua missão seria muito patético. E aquela cama dificultava muito que ela voltasse à vida normal.

Ela desceu e encontrou Moira colocando a chaleira para esquentar naquele exato instante.

— Tudo bem se eu ficar mais uma noite? Amanhã vou visitar os meus parentes e depois vou embora.

— Vai voltar para casa dirigindo?

Sophie balançou a cabeça.

— Não, nós alugamos o carro aqui. Vou devolver e pegar o trem.

Moira ficou olhando para ela como se quisesse dizer alguma coisa, mas não conseguia decidir o quê. No fim, falou:

— Por que não dá uma olhada nos seus e-mails depois do chá? Talvez tenha uma resposta da Matilda.

— Sim, é verdade, vou olhar.

Havia, *sim*, um e-mail de Matilda. Ela estava animada com as fotos, mas não tão animada com a notícia de que Luke tinha ido para Londres.

> Embora Luke tenha ajudado você a encontrar a casa, como pedi, e com tudo o que está acontecendo em Londres, imagino que ele não tenha tido tempo de investigar mais a fundo.

Sophie respondeu ao e-mail concordando e acrescentando que *a Cornualha era muito agradável, mesmo nessa época do ano.*
Mais tarde, enquanto Moira estava preparando o jantar, Sophie viu que tinha outro e-mail.
*Querida...* Sophie sabia quando Matilda estava sendo autoritária, mesmo por e-mail.

Entrei em contato com Luke e, como imaginava, ele não teve tempo de descobrir quem é o atual proprietário da casa. Como você já está por aí, resolvendo suas questões particulares, será que poderia ficar mais um pouco com a simpática dona da pousada e fazer uma investigação? Gostaria de saber se a casa está à venda.

Sophie logo contou a Moira do e-mail.
— Bem, eu iria adorar se você ficasse mais uns dias aqui — disse Moira.
— Eu também. Não quero ir para casa agora. Todos vão me perguntar sobre Luke e vai ser horrível. E posso pagar a hospedagem, o mauricinho me deixou recursos!
— Espero de verdade que vocês fiquem juntos. Seria uma pena deixar escapar um partidão desses. É difícil encontrar alguém que tenha essa combinação de beleza e dinheiro. Falo por experiência própria.
— Ah, você devia ir para Nova York ou, pelo menos, para a caríssima Connecticut — sugeriu Sophie. — Tem muita gente rica e bonita lá!
— Tenho certeza de que você se adaptou muito bem lá! — disse Moira, rindo.
— Até parece — respondeu Sophie.
— Na verdade, eu não estava brincando. Agora vamos procurar algo divertido para assistir enquanto esperamos o jantar ficar pronto. Temos mais ou menos uma hora.

— E como eu vou descobrir alguma coisa sobre a casa? — perguntou Sophie mais tarde, quando estavam jantando. — Não sou detetive particular.

— Sabe, esse é um trabalho que eu sempre quis ter. Vou ver o que consigo descobrir enquanto você visita seus parentes — disse Moira.

Sophie havia ligado para eles e combinado de encontrá-los no dia seguinte.

— É sério que você sempre quis ser detetive particular? — indagou a jovem.

— É, não sei bem o motivo. Acho que eu gosto dessa coisa de montar o quebra-cabeça das histórias. E *você*, o que quer fazer da vida, além do roteiro genérico de casar e ter filhos?

— Quero ter o meu próprio negócio de renovação de roupas antigas. Um design meio chique esfarrapado, se é que isso faz algum sentido. Adoro fazer e consertar coisas.

— E o que te impede de começar?

— Dinheiro. Preciso de capital, e também quero ter uma formação de verdade. Fazer as coisas de forma amadora até que tem funcionado, mas provavelmente toma muito mais do meu tempo que o necessário. Não dá para ganhar muito dinheiro se você não otimizar o tempo.

— Você parece bem talentosa — disse Moira, que soava realmente impressionada. — Quer dizer, você é muito nova e já decidiu o que quer fazer da vida.

— Sempre gostei de consertar e fazer coisas. Aliás, se tiver algo no seu armário que não está sendo bem aproveitado, posso dar uma olhada e provar o meu talento.

Então as duas passaram uma noite divertida costurando, vendo TV e, no caso de Moira, vasculhando o armário em busca de coisas para Sophie customizar.

Na manhã seguinte, Sophie saiu para visitar os parentes. Estava se sentindo bem melhor que no dia anterior: ainda estava de coração partido, mas pelo menos se sentia mais produtiva, o que era um grande avanço.

Com a ajuda de Moira, do computador e dos mapas, Sophie já havia planejado o trajeto com detalhes e seguiu dirigindo colina acima, se afastando do mar, em direção à estrada principal.

Apesar de estar sentindo muita falta de Luke, percebeu que gostava de dirigir sozinha. Não havia ninguém para reclamar se ela errasse uma marcha; ninguém perceberia se ela tivesse de contornar uma rotatória mais de uma vez até encontrar a saída certa.

Quando já conseguia avistar a cidadezinha onde os parentes moravam, Sophie percebeu que chegaria muito antes do horário combinado, pois tinha achado que se perderia mais vezes no caminho. Ela encontrou um lugar para estacionar e foi dar uma volta. De repente começou a se sentir ansiosa em se impor a pessoas que não conhecia e fazer aquele pedido enigmático. Sabia que se sentiria bem mais confiante com Luke ao seu lado, pensou. Mas ele não estava lá, e ela teria de se virar sozinha. Na verdade, seria melhor se nunca mais pensasse nele. Sophie não conseguiria superá-lo se Luke estivesse em sua mente o tempo todo. O problema é que, quando se está apaixonado por alguém, essa pessoa domina seus pensamentos, e não há muito o que fazer. É uma das consequências de estar apaixonado.

Pelo menos o tempo havia passado e Sophie foi andando até a casa. Era no alto de uma ladeira, e ela começou a ficar preocupada em chegar ao local suada e ofegante. Na verdade, foi ficando tão nervosa que teria preferido ir a uma consulta ao dentista. Ao menos dentistas são gentis, mesmo que estejam prestes a fazer o paciente passar por momentos agonizantes.

A casa não era tão maravilhosa. Era um bangalô com uma trapeira, e o jardim era muito íngreme, coberto em sua maior parte de pedras — e com gnomos.

Não que Sophie fosse metida a entendedora de jardinagem; ela conseguia apreciar os gnomos. Mas vê-los espalhados ali, no meio de uma paisagem tão árida, era um pouco assustador. Gnomos deviam fazer as pessoas rirem, e não as deixar nervosas. Eles deviam viver em meio a grama e flores, pensou Sophie. Talvez fosse pedir demais querer flores no inverno de janeiro, mas ao menos alguma evidência da existência delas já seria melhor.

Sophie tocou a campainha e viu uma movimentação por trás do vidro fosco da porta. Uma mulher abriu a porta e Sophie lhe deu seu melhor sorriso.

— Oi! Eu sou a Sophie. A senhora deve ser Mavis, certo? Sra. Littlejohn?

— Isso mesmo. É melhor entrar.

A Sra. Littlejohn não sorriu, apenas abriu espaço para Sophie entrar. Assim que passou pela porta, Sophie sentiu um cheiro horrível, que quase lhe deu ânsia de vômito.

— São miúdos de peru — explicou a Sra. Littlejohn, que claramente não era o tipo de pessoa que gostava de ser chamada pelo primeiro nome por uma estranha, ainda que fosse parente sua. — Não podemos desperdiçar comida nestes tempos difíceis.

Os tempos sempre foram difíceis para Sophie, então ela assentiu e seguiu a anfitriã até a sala, tentando não respirar pelo nariz.

O que poderia ser uma vista incrível estava escondida por várias camadas de cortina bordada e cheia de babados. Nos cinco centímetros que ficavam entre o peitoril da janela e a última camada havia uma enorme coleção de bonecas chinesas com roupas de época. Provavelmente eram daquelas numeradas e compradas por uma fortuna em alguma propaganda de revista.

A cortina em si tinha uma estampa de rosas centifólias, e o tecido era o mesmo do conjunto de sofá e poltronas. O tapete também era estampado com rosas, mas num tom ligeiramente diferente. Havia ainda um aparador cheio de outros enfeites e uma pequena estante na quina da parede. Olhando mais de perto, Sophie percebeu que uma figura mitológica da Cornualha, Joan the Wad, aparecia em diversos aspectos da decoração.

— Eu acabei de passar um café — disse a Sra. Littlejohn. — Vou trazer.

Sophie preferia chá, mas achou melhor aceitar o café em vez de contrariar os planos tão cuidadosos daquela mulher.

— Sente-se, querida — sugeriu a Sra. Littlejohn.

Sophie se acomodou na beirada do sofá, tomando cuidado para não tirar as almofadas do lugar.

Ela não estava com um bom pressentimento. A Sra. Littlejohn era amigável de uma maneira muito formal, mas aquele bangalô e a conduta dela não indicavam que era uma pessoa de espírito livre e disposta a correr riscos.

Um carrinho com xícaras, pires, pratos, um bule de café, uma jarra de leite, biscoitos, açúcar e guardanapos foi trazido até a sala. Servir o café levou um tempinho.

Sophie pensou em não aceitar o biscoito, mas acabou cedendo e pegou um de coco. O pico de glicose talvez fosse bem-vindo.

A Sra. Littlejohn não disse mais nada depois de servir o café, então coube a Sophie explicar sua missão.

— O meu tio-avô explicou por que eu queria vir até aqui? — começou Sophie, devagar, já sabendo que tio Eric não tinha falado nada de útil.

— Na verdade, não, querida.

Sophie abriu um sorriso amarelo.

— Vou tentar explicar então. É um pouco complicado.

— Então talvez seja melhor esperar o meu marido chegar, se for uma questão financeira. Ele só foi até a assembleia legislativa para reclamar da reciclagem.

— Certo. Mas, bem, não é exatamente uma questão financeira. Pelo menos por enquanto. A senhora se lembra de ter herdado do seu falecido marido alguns direitos de perfuração?

— Eu herdei tudo dele. Não lembro os detalhes.

— Imaginei que não. Será que a senhora teria uma cópia do testamento dele? Que esteja à mão?

Sophie conseguia ver com clareza que a Sra. Littlejohn achava aquilo uma invasão de privacidade.

— Prefiro esperar o meu marido chegar.

— Mas a senhora não precisa dele para isso. É uma proposta boa para a senhora, na verdade. Não precisa...

— Prefiro esperar. Não sou dessas mulheres que fazem as coisas pelas costas do marido.

— Ah, imagine, não estou sugerindo isso! Inclusive a senhora não precisa fazer nada.

— Então vamos tomar o nosso café e esperar pelo meu marido?

Sophie assentiu e tomou um gole do café. Estava forte demais e muito amargo.

— Desculpe perguntar, mas... — começou a jovem, embalada pelo café.

Naquele exato instante, elas ouviram uma chave virando na fechadura, e a Sra. Littlejohn se levantou, aliviada.

— É o meu marido. Ele vai resolver tudo.

O Sr. Littlejohn abriu a porta e viu a papelada que Sophie tinha trazido.

— Não assine nada!

# Capítulo 19

⚜

O olhar acusatório do Sr. Littlejohn fez Sophie dar um pulo no sofá, derrubando a almofada atrás dela. Sophie percebeu que jamais poderia incluir "vendedora de porta em porta" entre as possibilidades de carreira. Só de ver a expressão dele já se sentiu imediatamente culpada.

— Não deixe essa moça convencer você de nada! — continuou. Ele nitidamente acreditava que a esposa estava em perigo.

— Não se preocupe, querido, não vou assinar nada! — falou a Sra. Littlejohn, agora mais calma, sentindo-se segura na presença do marido.

— De verdade — protestou Sophie. — Não estou pedindo que faça nada!

A Sra. Littlejohn estufou o peito.

— E eu não vou fazer nada. Não sei bem por que você está aqui, só sei que é parente do primo Eric, mas não vou assinar nada para você.

— Mas é uma coisa boa para a senhora! — disse Sophie. — Tem outros membros da família com esses mesmos direitos, mas não vamos conseguir fazer nada com isso se não nos unirmos.

Na cabeça de Sophie aquilo pareceu um chamado vibrante para que todos se unissem, mas fazer isso naquela sala repleta de tralhas acabou soando meio ridículo.

— O que ela está tentando convencer você a fazer? — perguntou o marido, olhando para Sophie como se ela tivesse arrombado a porta para entrar.

— Gente, eu realmente não estou tentando... Vejam, é o seguinte...

— Tome um café, querido — disse a Sra. Littlejohn tentando se levantar, mas sendo praticamente engolida pelo sofá.

— Eu pego! — ofereceu Sophie, se levantando. — Uma vez garçonete, sempre garçonete!

Enquanto servia uma xícara para ele — felizmente a esposa havia trazido quantidade suficiente de louça —, Sophie se deu conta de que tinha agido de forma inapropriada, para não dizer estranha. Essas pessoas nunca confiariam nela se ela continuasse insistindo. Conformada, ela entregou os biscoitos ao Sr. Littlejohn.

O Sr. Littlejohn se acalmou e se sentou numa cadeira. A Sra. Littlejohn parecia contrariada.

— Desculpe — murmurou Sophie. — Só queria ajudar.

Um pouco mais calmo, o Sr. Littlejohn tomou um gole do café e, aparentemente, relaxou. Sophie começou a imaginar qual teria sido a profissão dele antes de se aposentar, mas logo percebeu que estava se afastando do assunto a tratar e se forçou a manter o foco.

— Não estou aqui para convencê-los a nada que não se sintam à vontade para fazer. Mas, se concordarem que eu seja sua procuradora nessa questão dos direitos de perfuração, isso pode ser bom para vocês.

— Como assim? — questionou o Sr. Littlejohn. — Por que íamos querer mexer nisso?

— Porque talvez esses direitos rendam algum dinheiro. Muito dinheiro, na verdade. — Sophie sorriu, mas logo achou que parecia estar tentando convencê-los a entrar num esquema de pirâmide.

— Não imagino como isso seria possível — argumentou a Sra. Littlejohn.

— Bem — Sophie respirou fundo —, os direitos de perfuração que nós herdamos podem ser valiosos, mas apenas se os negociarmos todos juntos.

— E por que reuni-los faz diferença?

A Sra. Littlejohn juntou as mãos e os lábios, como se fosse uma inspetora perguntando às alunas por que elas achavam que encurtar a bainha da saia seria uma boa ideia.

Sophie respirou fundo mais uma vez e sorriu, pensando que gostaria de não sorrir tanto. Talvez isso a fizesse parecer louca e desonesta aos olhos daquelas pessoas.

— Nenhum de nós tem direitos suficientes a ponto de chamar a atenção de uma empresa de petróleo. Mas, se negociarmos todos juntos, *aí sim* temos uma quantidade grande o bastante.

— E por que ninguém pensou nisso antes? O meu falecido marido herdou esses direitos há muito tempo, quando era criança.

— Porque os direitos correspondem a uma área do Texas de onde é difícil extrair petróleo. Ou pelo menos *era*, naquela época. Os equipamentos de perfuração melhoraram muito, hoje são mais sofisticados. E o petróleo é bem mais escasso hoje em dia.

Sophie queria que Luke estivesse ali e xingou Ali mentalmente por tê-lo levado embora. Ela devia ter se informado um pouquinho mais sobre a indústria do petróleo antes daquele encontro.

— O preço do petróleo diminuiu nos últimos tempos — argumentou o Sr. Littlejohn. — Não concordo com os seus argumentos.

— É claro que o preço é flutuante — disse Sophie, eloquente. Provavelmente ela nunca havia usado essa palavra numa conversa. — Mas os combustíveis fósseis estão cada vez mais escassos.

— Acabaram de descobrir petróleo na Sibéria. Não acho que esteja nada escasso — opinou o Sr. Littlejohn. — Isso é conspiração desses "defensores do meio ambiente" — disse, fazendo aspas no ar com os dedos. Ele bebeu o restante do café de uma vez e colocou a xícara numa pequena mesa, fazendo-a balançar.

— E quanto isso nos custaria? — perguntou a Sra. Littlejohn. — Não temos dinheiro sobrando para gastar nesses negócios arriscados.

— Não custaria nada! — respondeu Sophie, mas logo percebeu que provavelmente custaria, *sim*. Talvez custasse muito. Precisariam contratar um advogado americano ou alguém para negociar por eles.

— Não existe almoço grátis — declarou o Sr. Littlejohn, dando uma batidinha na têmpora como quem diz que entende das coisas.

— Eu sei, mas no momento essas ações estão sendo desperdiçadas, paradas aqui. E elas podem nos render muito dinheiro!

— Acho que não queremos ter esse trabalho — disse a Sra. Littlejohn.

— Mas não vai ter trabalho *nenhum* — rebateu Sophie. Talvez essa mulher estivesse achando que teria de ir pessoalmente aos poços de petróleo, usando um capacete de proteção e munida de uma picareta. — O cheque vai chegar pelo correio, só isso.

O Sr. e a Sra. Littlejohn balançaram a cabeça ao mesmo tempo e Sophie desistiu. Ela não disse nada, apenas se mexeu um pouco no sofá e derrubou mais uma almofada. Talvez, se não estivesse tão arrasada por causa de Luke, insistisse mais um pouco. Mas não tinha mais energia.

— A questão é a seguinte, mocinha — continuou o Sr. Littlejohn. Ele sentiu que havia ganhado aquela batalha e agora também ia ganhar a guerra. — Nunca vimos você na vida, não sabemos nada...

— Estou com a minha carteira de motorista aqui se quiserem checar — murmurou Sophie, embora não esperasse ser ouvida. O Sr. Littlejohn estava fazendo um discurso e nada ia pará-lo.

— Você vem até a nossa casa falando desses direitos de perfuração, querendo tomar as ações da minha mulher...

— Eu não quero tomá-las! Só queria...

— E fazer o que quiser com elas. Bem, isso não vai acontecer.

Sophie só queria sair correndo dali, então colocou a xícara e o pires na superfície mais próxima e se levantou.

— Eu entendo. Não tem problema. É uma pena para os outros membros da família. Alguns precisam muito desse dinheiro. Mas, se é assim que pensam...

— Você não passa de uma menininha mirrada — disse a Sra. Littlejohn, agora magnânima diante da vitória. — Por que deveríamos confiar em você?

— Vocês confiariam em mim se eu fosse homem? — perguntou Sophie, abotoando o casaco que nem chegou a tirar.

— Se fosse um homem mais velho, sim — respondeu a Sra. Littlejohn acompanhando Sophie até a porta, claramente ansiosa para vê-la fora de sua casa.

— Me desculpem pelo incômodo. Adeus — disse Sophie, abrindo a porta e sentindo o ar fresco.

Enquanto dirigia até o chalé de Moira, Sophie constatou que voltaria para casa como um fracasso total. A viagem para a Cornualha não servira de nada — pelo menos não para sua família. Ela chegou a um beco sem saída com essa história dos direitos de perfuração, estava desempregada, teria de explicar o que aconteceu com Luke e por que nunca mais o veria. Tudo havia sido um completo desastre. Seu único conforto no momento era que Moira a entenderia.

— Você não parece feliz — disse Moira ao abrir a porta para Sophie.

— Não estou. Falhei na minha missão.

— Bem, entre. Vou esquentar água.

— Um chá cairia bem. Eles me serviram o pior tipo de café: forte, mas sem nenhum sabor. Caramba, e aquela casa?! Nunca mais na vida quero ver um sofá com babados ou tecidos combinando com as cortinas, os móveis e os tapetes. E eles nem combinavam direito!

Moira riu.

— E, por falar em casa, tenho novidades.

— Sobre a casa? É sério? Que rápido!

— A questão não é o que você sabe, mas quem você conhece. E eu conheço algumas pessoas que podem ser muito úteis.

— Bem, então me conte! Preciso de uma boa notícia para ocupar a minha cabeça.

— Venha se sentar. Você já almoçou? Vou preparar um sanduíche. Eu teria feito uma sopa, mas passei o dia fora.

— Você alimenta todo mundo assim como faz comigo? — perguntou Sophie, sentando-se à mesa. Ela se sentia em casa com Moira.

— Basicamente, sim. Fico muito satisfeita quando faço as pessoas se sentirem bem. É o que a acupuntura faz. Você gosta de mostarda?

— Não, obrigada.

— Nem eu! Não entendo como pessoas gostam! Também não gosto de wasabi. E de presunto, você gosta?

— Sim, por favor.

Poucos minutos depois, ela serviu a Sophie um sanduíche de presunto, salada e com apenas um toque de maionese.

— Certo, agora me conte sobre a casa — pediu Sophie depois de dar algumas mordidas, e Moira se sentir satisfeita por ela estar se alimentando.

— Bem, a propriedade pertence a uma senhora que vive numa casa de repouso. Parece que os parentes dela, que são distantes, não sabem o que fazer com o imóvel.

— Ah, é?

Sophie deu mais uma mordida. A comida realmente ajudou. Pelo menos ela conseguiu ficar sem pensar em Luke por, bem, alguns segundos. Só que estava acontecendo exatamente o que Luke disse que aconteceria, então lá estava Sophie pensando em Luke mais uma vez. Ela deu um suspiro e mais uma mordida.

— Pois é. A casa precisa de uma boa reforma, então eles não conseguem decidir se devem fazer a reforma e vender, ou apenas vender. Ou dividir em imóveis menores.

— Você descobriu muita coisa mesmo! Se estiver cansada da acupuntura, pode virar detetive.

Moira ignorou o comentário.

— O melhor a fazer é comprar a casa logo. Se esperar até a dona morrer, vai demorar uma eternidade com a burocracia do testamento e do inventário. E o estado da casa só vai piorar.

— Eu não vou comprar!

— Você não disse que Matilda talvez quisesse comprar?

Sophie assentiu.

— Bem, se ela quiser, vai ter que se apressar. Se a dona da casa morrer por agora, pode levar anos até a propriedade estar no mercado — reforçou Moira.

— O problema é que não sei se Matilda quer *mesmo* comprar a casa.

— Bem, acho que você deveria mandar um e-mail para ela contando o que descobriu — opinou Moira. — Afinal, ela pediu a você que descobrisse se a casa estava à venda. Você já descobriu isso. Se explicar tudo a ela, a questão não vai estar mais nas suas mãos.

— É... — De repente, Sophie percebeu que talvez quisesse manter a questão em suas mãos. — Talvez ela peça a Luke que cuide disso.

— Talvez.

— E aí eu não teria que fazer mais nada.

— É verdade.

— E isso seria bom. Já tenho preocupações demais com essa história dos direitos de perfuração — argumentou, mas pensando que talvez estivesse sendo desonesta consigo mesma. Sophie balançou a cabeça para se livrar dos pensamentos negativos. — Embora eu não tenha ideia de como vou convencer aqueles parentes insuportáveis. Eu contei que o bangalô estava cheirando a miúdos de peru? E que havia gnomos no jardim, mas nenhuma grama?

— Não! Isso é horrível — comentou Moira, que entendia como isso era sério.

— Foi o que pensei! — concordou Sophie, e as duas riram. —Vamos começar uma ONG. "Abrigo para Gnomos", ou algo assim.

Moira meneou a cabeça.

— Não, nós temos vida, Sophie.

— Bem, você tem — retrucou ela. A dela não tinha muita coisa que valesse a pena no momento.

Moira não aceitou isso.

— Você também! É jovem, bonita e talentosa!

— E estou com o coração partido.

— Está mesmo?

Sophie fez que sim com a cabeça.

— Não existe nenhuma explicação plausível no mundo para que Luke não tenha dado nenhuma notícia até agora, se quisesse realmente fazer isso. Ele não vai me ligar. Voltou para a vida dele e percebeu que não há lugar para mim nela. Eu nunca me encaixaria no mundo dele — disse e fez uma pausa. — Ele deve achar que está me fazendo um favor.

Moira não falou nada, e Sophie ficou agradecida por ela não ter xingado Luke de nomes horríveis, ou amaldiçoado todos os homens. Em vez disso, ela segurou sua mão, que estava apoiada no colo.

— Isso vai passar — disse ela depois de um tempo. — Ou você vai descobrir por que Luke ainda não entrou em contato, ou então vai se apaixonar por um belo homem na Cornualha — sugeriu, obviamente acreditando mais na segunda opção. Ela apertou as mãos de Sophie. — Você está passando por um verdadeiro inferno, mas logo vai superar isso. Todo mundo supera. São raras as pessoas que continuam para sempre apaixonadas por quem as tratou mal.

— Parece que vai ser para sempre — falou Sophie. Ela nunca havia passado por uma situação sequer parecida. — Provavelmente vai.

Moira balançou a cabeça.

— Pode até durar um bom tempo, mas passa. Em algum momento você nem vai lembrar o que via de interessante naquela pessoa.

— Está falando por experiência própria.

Moira assentiu.

— Aconteceu algo parecido com meu ex-marido. Eu vivia os meus dias inteiros para ele. Quando ele foi embora, achei que nunca mais seria feliz de novo. Agora não consigo nem me lembrar por que eu gostava dele, de verdade. Ele era um homem carrancudo e não tinha o menor senso de humor.

— Luke tem senso de humor, mas não o deixa transparecer com frequência.

— É por isso que você deveria... — disse Moira, mas parou e pigarreou. — Fique por aqui e vamos encontrar um belo homem que faça você rir sempre.

— Gosto desse plano — respondeu Sophie. — Mas eu não me apaixono com facilidade. Algumas pessoas parecem se apaixonar o tempo inteiro, mas eu não. É uma pena.

Elas ficaram em silêncio por um tempo, até que Moira falou.

— Bem, vamos ver o que Matilda tem a dizer.

— Eu queria saber quais são os planos dela. Se Matilda queria apenas ver a casa, já mandei fotos — disse Sophie, então refletiu por um instante. — Acho que seria ótimo se eu conseguisse tirar muitas outras fotos, editá-las e enviar para ela. Assim ela poderia imprimir e colocar em uma moldura.

— Que ideia maravilhosa!

— E, se for muito caro, podemos pedir a Luke — observou Sophie e fez uma pausa. — Você pode entrar em contato com ele e sugerir isso.

Moira deu um suspiro.

— Vamos contar a Matilda o que descobrimos.

Sophie olhou no relógio.

— Ainda são nove da manhã em Connecticut.

— Pessoas mais velhas acordam cedo.

Sophie mandou um e-mail para Matilda contando a história da dona da casa e de seus parentes indecisos. Tomou o cuidado de não mencionar Luke na mensagem. Depois, Moira ligou para um amigo empreiteiro e combinou de encontrá-lo no chalé.

— Acho que seria bom dar uma ideia a Matilda do quanto ela gastaria se estiver pensando em comprar a casa — observou Moira.

— Mas o seu amigo vai vir mesmo se for apenas para olhar? Não podemos oferecer um trabalho a ele ainda.

Moira deu um sorrisinho.

— Ele vem se eu pedir.

Sophie entendeu.

— Ah, isso é ótimo. Vai ser legal ter algo de bom para fazer naquela linda casa. Também é uma forma de ocupar a mente com algo além de... — começou, tentando encontrar um epíteto para Luke, sem sucesso — ... um homem e um projeto que parecem ter chegado a um beco sem saída.

— Fico feliz em ver que você já está pensando positivo — reagiu Moira. — E o seu projeto não chegou a um beco sem saída, está mais para um beco muito apertado. Mas você vai encontrar um jeito de convencer os seus parentes comedores de miúdos de peru.

Sophie deu de ombros, tentando parecer que tinha sido convencida por Moira.

Moira e Sophie estavam no jardim murado da casa, debatendo se ali devia ter uma piscina ou uma horta. Sophie não conseguia decidir. De repente, notou que a expressão de Moira mudou. Quando se virou para ver o que era, viu Luke.

Seu coração reagiu imediatamente, e ela ficou feliz, sem ar. Ao mesmo tempo, sua cabeça dizia: "Não! Não fique feliz em vê-lo! Ele não é seu!" Ela tentou deixar a boca menos seca caso precisasse falar. Se estivesse com sorte, Moira diria alguma coisa antes. E ela falou.

— Ah, oi! De onde você surgiu?

— Eu vim assim que pude. — Ele usava terno e sapatos lustrosos. Sua voz estava firme, como se estivesse tentando manter o controle.

O desespero tomou conta de Sophie, e ela começou a vacilar um pouco. Quando Luke a deixou e não a procurou depois, uma pequena parte dela ainda manteve a esperança de que haveria uma explicação para aquilo. Qualquer coisa boba, que ela não tivesse pensado, e que tudo estaria bem entre os dois no fim das contas. Ao ouvir o tom de voz de Luke, essa esperança morreu, como a última faísca de uma fogueira.

Ele se voltou para Sophie. Era como uma estátua de gelo falando com ela.

— O que você andou dizendo para a minha avó? Está dando ideias para ela comprar essa casa? Comprar de verdade? Não acreditei quando ouvi!

Sophie buscou palavras para dizer, qualquer palavra, mas seu cérebro havia se desconectado. Ela só conseguia sentir.

Moira olhou rapidamente para ela.

— Acho que Sophie não fez nada...

— Quem é aquele homem? — exigiu saber Luke.

— É um empreiteiro, amigo meu — respondeu Moira. — Ele só está aqui para... — Ela parou quando Ali surgiu, parecendo irritada.

— Parece que as coisas avançaram por aqui — comentou Ali. — Já contrataram até um empreiteiro que está avaliando a casa inteira. Ah, oi, Sophie — disse, soando nada simpática dessa vez.

— É melhor eu ir até lá ver o que está acontecendo — falou Luke e saiu batendo pé em direção a casa, procurando o empreiteiro.

— Estamos um pouco decepcionados com você. Bem, eu estou. Não posso falar pelo Luke, claro.

— Por quê? — indagou Moira, percebendo que Sophie não ia conseguir perguntar ela mesma.

— Porque ela parecia uma boa menina! Mati... A avó do Luke gostava tanto dela. E ela ajudou Luke a resolver um problema lá nos Estados Unidos.

— Ajudei? — perguntou Sophie. Por um instante, Sophie não conseguiu se lembrar do que Ali estava falando.

— Claro que ajudou! — afirmou Ali, agora mais simpática graças àquela lembrança. — Você fingiu que era noiva do Luke, não foi? Eu mesma teria feito isso, mas poderia causar problemas no trabalho por causa da política de relacionamentos da empresa. Mas não era real, você sabia disso — completou, e franziu o cenho. — Então é triste ver que você não é a pessoa que pensamos que era.

— Não estou entendendo o que você quer dizer.

Sophie sentia como se estivesse muito longe do jardim murado daquela casa. Ou então como se estivesse falando de trás de uma tela, observando, e não estivesse ali, presente. Estava surpresa que conseguissem ouvir sua voz.

— Ah, Sophie — disse Ali, agora cheia de confiança. — Sabemos que você gosta muito da avó do Luke, mas será que é sensato encorajar os delírios de uma senhora de idade?

— Matilda não está delirando.

— Ela é uma senhora de idade — observou. Sophie sabia que Ali não estaria falando de Matilda desse jeito se Luke estivesse presente. — O que ela poderia querer comprando uma casa tão longe de onde mora e que obviamente precisa de um enorme investimento?

— Não cabe a mim responder isso — disse Sophie, irritada com o fato de Ali estar falando mal de Matilda.

— Mas, quando você soube que ela estava pensando em comprar a casa, em vez de dizer a verdade, que o lugar está caindo aos pedaços, acabou chamando um empreiteiro! E se ele extorquir Mat... A Sra. Winchester?

— Nós nem sabemos se Matilda está mesmo pensando em comprar a casa, e meu amigo só está aqui para dar uma olhada. Para dar uma estimativa de quanto custaria a reforma — disse Moira, defendendo a amiga. — Ele está fazendo um favor para mim!

Ali olhou para Moira e reconheceu que ela era uma oponente à altura.

— Bem, tenho certeza de que sua intenção foi boa, mas talvez você não entenda totalmente a situação. Sophie não tinha o direito de incentivar esse tipo de coisa.

— Sophie não incentivou nada. Foi ideia minha chamar o empreiteiro — rebateu Moira, agora com as mãos nos quadris.

— Ainda bem que chegamos a tempo de acabar com isso antes que fosse tarde demais. — Ali não ficou nem um pouco intimidada pela leve agressividade de Moira.

— O que eu não entendo é: o que você tem a ver com isso, Ali? — perguntou Sophie. — Se Matilda quer comprar essa casa, por qualquer motivo que seja, por que você se importa?

Por um segundo Ali vacilou, mas logo fez um gesto com as mãos e começou a falar em tom debochado.

— Obviamente eu me importo com o que Luke se importa. Eu e ele...

— Não sabia que havia um "eu e ele" entre vocês — disse Sophie, em voz baixa.

— Não sabia? Bem, Luke não tinha obrigação de contar nada para você — disse, e voltou a se sentir confiante. — Você tem namorado, Sophie, e a minha história com Luke é muito antiga.

— Eu tenho um namorado?

Ali assentiu.

— Eu... Nós vimos a mensagem no seu celular. Não foi invasão de privacidade, já que você e Luke estavam compartilhando o aparelho — disse, e teve a decência de parecer envergonhada, pelo menos.

— Você olhou meu celular? Abriu uma mensagem de texto destinada a mim?

Sophie estava indignada, mas agora estava entendendo. A última mensagem que recebeu tinha sido enviada por Doug, seu ex-namorado, enquanto estava bêbado. Se não andasse obcecada verificando o celular o tempo todo, esperando uma mensagem de Luke, ela já teria até esquecido isso.

— Como eu disse, você e Luke *estavam* compartilhando o celular.

— Não sabia que isso significava que eu estava compartilhando o celular com você também!

Ali suspirou e balançou a cabeça, como se estivesse cansada de discutir com uma adolescente dramática.

— Ah, não seja infantil, Sophie. Não foi nada de mais.

Sophie estava tentando decidir se o fato de Ali e Luke terem visto aquela mensagem fez alguma diferença quando Luke voltou.

— Diga, Sophie, o que foi exatamente que você andou falando para a minha avó?

Por um segundo, ela imaginou Luke num tribunal, exigindo respostas de uma testemunha hostil. Ela não gostava nada daquele tom.

— Eu disse para ela que a casa pertencia a uma senhora que estava quase morrendo.

— Essa parte eu sei — disse ele. — E o que você contou a ela sobre a casa?

— Nós mandamos fotos — respondeu Sophie. — Claro que mandamos as melhores, nas quais a casa estava com boa aparência. Mas fiz isso porque não queria que Matilda ficasse triste ao ver que a casa que ela amava está tão deteriorada — continuou, ficando feliz em usar uma palavra difícil; assim se sentia menos como uma criança sofrendo bullying na escola. — Não estávamos querendo fingir que a casa está pronta para morar ou algo assim.

— Bem, ela entendeu que uma demão de tinta e algumas telhas novas já resolveriam o problema — disse Luke. — E também deu a entender que autorizou você a negociar em nome dela.

Sophie franziu o cenho.

— Mas, mesmo que eu tivesse esse dinheiro, em notas não marcadas, não consigo comprar uma casa na Inglaterra em poucas horas. Não sei como funciona nos Estados Unidos. Como vocês acham que eu conseguiria negociar em nome dela?

— Você poderia agilizar as coisas até um ponto em que não fosse possível voltar atrás — argumentou Luke. — Essa casa é um projeto grande. Você devia ter deixado claro para ela que isso não passava de um sonho.

— E por que não deveria passar de um sonho? O que você tem contra a ideia de Matilda comprar essa casa? — perguntou Sophie, na esperança de ele se lembrar da conversa que tiveram ao ver a casa pela primeira vez.

— Ah, pelo amor de Deus — interrompeu-a Ali. — Seria loucura comprar uma casa na Inglaterra! O que ela ia fazer com a propriedade depois? A Sra. Winchester vive a milhares de quilômetros de distância. Ia acabar sendo um fardo para ela.

— Isso é decisão dela, não é? — argumentou Sophie. — Ela sabe da distância.

— Ali está certa — decretou Luke. — É só um sonho, não tem nada de prático. Você não devia tê-la encorajado.

— Eu não encorajei! É sério! Eu amo Matilda e jamais faria algo para prejudicá-la. Agora, se vocês me dão licença, tenho mais o que fazer.

— O quê? — quis saber Luke.

— Coisas minhas! — Sophie precisava sair dali. Daqui a pouco ela pensaria numa desculpa melhor.

— Sophie, espere!

Ela sabia que devia continuar andando, mas parou.

— Como foi a conversa com aqueles seus parentes? Dos direitos de perfuração?

Sophie balançou a cabeça e mordeu o lábio.

— Eles não quiseram participar — respondeu Moira. — Recusaram na hora.

— Então vou visitá-los com você — afirmou Luke. — Talvez eu possa ajudar.

Ele falava como um homem de negócios. Soava tão formal que doía.

— Está falando dos direitos de perfuração sobre os quais você discutiu naquela reunião por vídeo ontem? — perguntou Ali. — Pois é, é importante resolver isso — disse, olhando para Sophie. O tom de voz dela parecia insinuar que Sophie fosse a culpada por aquilo não ter sido resolvido há anos. — Vamos todos juntos.

A não ser que pudesse jogar o carro do alto de um precipício, Sophie não ia concordar com isso de jeito nenhum. Ela não ia se enfiar num pequeno carro alugado com Luke e Ali.

— Eu teria que ligar para eles antes — argumentou Sophie. — Aparecer lá de surpresa só vai deixá-los mais irritados. Eles têm uma vida muito regrada.

— Faça isso — pediu Luke. — Não gostei da forma como você lidou com a questão da casa, mas tenho o dever de resolver essa história dos direitos de perfuração.

Sophie lançou um olhar suplicante para Moira, como se dissesse: "Por favor, use sua varinha mágica para acabar com isso!"

Moira tentou atender ao pedido.

— Luke, tem certeza de que tem tempo para isso? Você provavelmente tem outras coisas para fazer.

— Não tem problema. Só vamos embora amanhã.

— Mas vocês já arranjaram um lugar para ficar? Na baixa temporada nem sempre é fácil...

— Ah, nós encontramos um hotelzinho fofo perto de Newquay — respondeu Ali. — Reservei pela internet.

Sophie mordeu o lábio com força; ela precisava compensar seu ciúme com algo mais forte. Não queria nem saber se haviam reservado um quarto só. Mas teria sido maravilhoso ouvir que seriam dois.

— Ah, então tudo bem — aceitou Moira, falhando na tentativa de salvar Sophie. — E vão comer por lá mesmo?

— Claro — respondeu Ali. — Já reservamos uma mesa no restaurante.

Sophie se rendeu, não havia como escapar.

— Vou ligar para eles.

No fim das contas, se Luke conseguisse convencê-los, Sophie conseguiria voltar para casa com pelo menos uma notícia boa. Na verdade, seria muito boa.

— Vamos no nosso carro — ordenou Ali. — Assim você pode nos mostrar o caminho de volta para onde está hospedada — completou, e então se dirigiu a Moira, de forma igualmente mandona. — Você pode levar o carro de Sophie de volta. — Ela fez um gesto vago, apontando para o carro alugado.

Moira deu uma olhada de Ali para Sophie e assentiu. Não conseguia pensar em um motivo para dizer não.

— Vou só avisar ao meu amigo que estamos indo embora — disse, e desapareceu ao dar a volta na frente da casa.

Ali ficou olhando enquanto Moira se afastava do grupo.

— Essa é a proprietária do local onde você está hospedada, não é? Ela parece legal, embora um pouco excêntrica. Mas ela é inglesa, certo? Isso explica muito.

— Acho que ela se descreveria como nativa da Cornualha — corrigiu-a Sophie, sem saber se Moira era de fato nativa ou se só havia se tornado cidadã local por morar lá. Ela só queria contradizer Ali sempre que tivesse uma oportunidade. E quem ela pensava que era para chamar Moira de "excêntrica"? Moira parecia bastante normal para Sophie.

Sophie se espremeu no banco de trás do carro alugado por Luke e Ali, já que não conseguiu pensar numa desculpa razoável para não ir com eles. Por que Luke tinha alugado um modelo tão básico? Ele certamente podia pagar por um carro de quatro portas. Embora, em sua defesa — e, infelizmente, ela sempre achava um jeito de defender Luke —, ele não deve ter imaginado que teriam outros passageiros.

Todos chegaram praticamente ao mesmo tempo no chalé de Moira.

— Vocês dois almoçaram? — perguntou Moira, enquanto Sophie ainda tentava sair do carro, usando toda a sua flexibilidade. — Talvez Sophie possa...

Sophie imaginou que Moira estivesse se sentindo culpada por não ter conseguido salvá-la daqueles dos dois, e agora fazia mais uma tentativa.

— Estamos bem — respondeu Ali. — Não quero dar trabalho.

— Nós comemos quando chegamos, obrigado — completou Luke.

— Moira é uma excelente cozinheira — disse ele a Ali.

— Tenho certeza de que sim — afirmou Ali, com um sorriso construído à perfeição. — Agora, Sophie, querida, vá ligar para seus parentes para resolvermos tudo logo.

Enquanto procurava o número e apertava "Ligar", ela pensou se devia avisar a Luke e Ali sobre o cheiro de miúdos de peru.

# Capítulo 20

Sophie preferia não ficar bisbilhotando enquanto Ali conversava com os Littlejohns. Era óbvio que ia acabar escutando alguma crítica a si mesma, e sua autoestima já estava muito baixa; não precisava que a jogassem ainda mais fundo no poço.

— Posso precisar que você traduza caso não entenda o sotaque deles — argumentou Ali, carregando Sophie pelo braço.

Ali nem deu a Sophie a chance de explicar que seus parentes falavam com um sotaque inglês padrão, e não daquele jeito típico da Cornualha, com os erres enrolados, que Sophie tinha aprendido a amar.

— Alô? É o Sr. Littlejohn? Boa tarde. O senhor não me conhece, mas falo em nome da Winchester, Ambrose e Associados. Estamos negociando os direitos de perfuração sobre os quais Sophie Apperly falou com o senhor mais cedo.

Sophie conseguia imaginar, e quase ouvir, os resmungos e as reclamações do outro lado da linha.

— Sr. Littlejohn, entendo a posição do senhor e da sua esposa, mas creio que o assunto não lhes foi explicado de maneira apropriada. É uma questão de alta complexidade e, se os senhores não tiveram acesso a todos os detalhes, não me espanta que não quisessem assinar o documento.

Ali continuou com esse discurso por um tempo, fazendo parecer que Sophie fora até lá apenas para falar um monte de coisas difíceis e sem sentido enquanto averiguava a prataria da família e verificava se havia algo que pudesse roubar. Sophie olhou para Luke, pensativa. Será que Ali estava dizendo que a empresa estava responsável por tudo apenas para convencer os Littlejohns ou eles de fato assumiram esse compromisso?

Luke estava com as mãos nos bolsos e olhava para baixo, como se quisesse manter distância do que estava acontecendo. Ele parecia ter voltado a ser aquele advogado sisudo de Nova York que Sophie conheceu, olhando para ela com ar de superioridade — com aqueles olhos de cor estranha. Era como se todos aqueles momentos maravilhosos nunca tivessem acontecido.

Sophie foi para a cozinha conversar com Moira.

— Não sei se vou aguentar.

Como era de esperar, Moira foi categórica.

— Vai, sim. Não vai ser fácil ir até lá com eles, e talvez nem dê certo. Mas, se der, vai valer muito a pena. Pense no dinheiro!

— Nunca dei tanta importância assim a dinheiro. Vivi até hoje com quase nada. E, de qualquer forma, talvez isso não renda dinheiro *nenhum*.

— Bem, mas, se render, o dinheiro vai tornar você independente. Você poderá fazer o seu curso, começar o seu negócio, realizar os seus sonhos.

Sophie suspirou.

— Acho que isso não é verdade.

— Talvez não os seus sonhos românticos, é claro, mas o seu sonho de vida, aquele que é apenas seu e que não envolve mais ninguém. A sua felicidade não pode depender de outra pessoa, Sophie. Não faça isso. Não é justo com ninguém.

— Então você também acha que Ali e Luke estão juntos?

Moira hesitou.

— Não sei. Mas admito que parecem estar. A linguagem corporal dos dois é de um casal, e um casal que já está junto há um tempo. — Ela fez uma pausa. — Mas não acho que pareçam um casal feliz.

— Sim, foi isso que achei também, mas fiquei pensando se era bobagem minha e se estava tirando conclusões precipitadas por causa do que sinto por ele.

Moira mordeu o lábio e balançou a cabeça.

— Agora vá e arrase!

Sophie, é claro, sorriu meio hesitante.

— Sério, não é uma performance teatral!

— Ah, claro que é — respondeu Moira. — Quebre a perna!

— Talvez Sophie devesse ir no banco da frente — disse Luke, enquanto os três entravam no carro. — Ela pode ler o mapa.

— Está sugerindo que não sou boa nisso? — perguntou Ali, rindo e empurrando o braço de Luke de um jeito brincalhão. — Vocês, homens! Sempre cheios de suposições sobre nós, mulheres.

— É só porque Sophie já esteve lá — argumentou Luke.

Sophie não discutiu nem disse nada, apenas se sentou no banco de trás do carro. Moira ter confirmado o que ela sentira desde o começo foi um baque. Sophie tinha esperanças de que seus sentimentos por Luke estivessem confundindo sua interpretação da linguagem corporal dos dois. Além disso, não queria explicar a Luke que o fato de ter ido ao bangalô dos seus parentes uma vez não garantia que encontraria o lugar de novo. Seria difícil de qualquer maneira.

Ali os conduziu até a casa dos Littlejohns sem grandes dificuldades. Apesar de às vezes fingir ser frágil, ela era supereficiente, como Sophie havia suspeitado desde o início. Perfeita para Luke. É claro que ele ia preferir ficar com Ali. Ela era muito inteligente, linda, experiente e sabia julgar pessoas e situações muito bem. Os dois pertenciam à mesma classe social — ou, pelo menos, estavam bem mais próximos que Sophie e suas roupas de brechó.

A única vantagem de Sophie era que ela o amava. Mas, mesmo que Luke soubesse disso, provavelmente nada mudaria. Ele provavelmente não via o amor como algo a ser considerado; deve-se escolher uma mulher que seja adequada e boa mãe para os filhos. Amor romântico era bobagem. Ela não conseguia acreditar que ele realmente amasse Ali.

— Essa é a casa. Ou, melhor, o bangalô — disse Sophie.

— Mas tem uma janela no segundo andar — contestou Ali.

— Isso é uma trapeira. E, na Inglaterra, aquele é o primeiro andar — explicou Sophie. — Tecnicamente é um bangalô. Vamos?

Eles subiram os degraus até a porta em silêncio. Enquanto esperavam alguém recebê-los, Sophie olhou em volta, na esperança de memorizar aquela vista e pensar nela enquanto estivesse lá dentro. Também respirou bem fundo para se encher de ar puro. Não avisou a Ali e Luke que fizessem o mesmo.

A não ser pelo incômodo no nariz assim que entraram, Luke se saiu muito bem, assim como Ali. Foi uma perfeita atuação em dupla: o charme, as palavras longas e o discurso condescendente foram tão eficientes que logo os Littlejohns estavam nas mãos deles, como dois cachorrinhos. Ali e Luke não aceitaram café. Para Sophie, nem foi oferecido.

— Então, vocês estão com os documentos aí? — perguntou o Sr. Littlejohn.

Documentos?, pensou Sophie. Que documentos? Ela não sabia nada sobre isso. Mas não ia perguntar nada na frente dos Littlejohns — os três tinham que parecer em sintonia. Ela se lembrou do que Moira dissera a respeito da performance teatral e continuou a desempenhar seu papel, assistindo a tudo sem falar nada — seria uma carreira curta, claro.

O Sr. Littlejohn parecia dividido entre ouvir o casal perfeito por mais tempo e querer que fossem embora logo. Sophie entendia. Era como se eles fossem anjos, aparecendo para pessoas inocentes com anúncios importantíssimos capazes de mudar a vida deles para sempre. Eram boas notícias, é claro, mas ainda assim bastante assustadoras.

— Antes de assinarmos qualquer coisa — disse Luke —, acho que eu deveria dizer que os senhores vão deixar seus negócios em ótimas mãos ao escolher Sophie para representá-los.

Sophie ficou tão vermelha que pensou estar doente. O que Luke ia dizer sobre ela?

— Sophie é uma jovem muito talentosa. A iniciativa de fazer algo útil com esses direitos de perfuração é toda dela. Sem ela, tudo ainda estaria perdido em caixas de documentos antigos, sem beneficiar ninguém. Mas agora vários dos seus parentes, distantes, eu sei, mas ainda assim da família, vão poder desfrutar desses lucros.

Sophie precisou de toda a sua energia para manter a expressão neutra. O Sr. e a Sra. Littlejohn, que a haviam desprezado antes, agora olhavam para ela com admiração. Era como se Luke a tivesse transformado numa dama da aristocracia inglesa ou algo do tipo. Sophie percebeu que Ali parecia incomodada com alguma coisa, talvez com o cheiro.

— Então, estão prontos para assinar a declaração juramentada que tenho aqui para que Sophie possa representar os senhores? Acho que não devem assinar se não tiverem certeza, mas quero destacar que sua parte pode chegar a alguns milhares de libras. Talvez dezenas de milhares de libras. Pode levar um tempo até que isso se concretize, claro. Há muito ainda a ser feito para conseguir o dinheiro.

Se antes o rosto de Sophie havia ficado vermelho, agora estava pálido. Milhares de libras? Do que Luke estava falando?

— Acho que você deveria assinar, querida — sugeriu o Sr. Littlejohn, que já havia pegado a caneta, mas depois lembrou que sua esposa era a dona das ações, não ele.

— E você é advogado? — perguntou ela a Luke, ainda hesitante.

— Sou, sim.

Ele abriu um sorriso para a Sra. Littlejohn, e o coração de Sophie bateu mais forte. Luke era muito gentil com pessoas mais velhas. Ele era um rapaz bacana, só não a amava.

A Sra. Littlejohn olhou para Luke e pegou a caneta.

— Você não deve saber nada sobre isso, mas, quando estávamos em Londres, antes de vir para cá, Luke conseguiu fechar um acordo bastante lucrativo com uma grande empresa de petróleo — contou Ali.

— Por que não me ligou para contar isso? — perguntou Sophie, indignada, sentada no banco de trás apertado, com os joelhos quase no queixo. Ela se sentiu aliviada por poder perguntar por que ele não ligou sem que isso tivesse a ver com o relacionamento deles.

— Não tenho o seu número, Sophie — disse Luke, gentil. — Comprei um celular novo, mas não tenho mais o meu chip.

Sophie pensou um pouco.

— Espere aí! Você tinha o meu número quando me ligou do aeroporto.

— Isso é minha culpa, querida — respondeu Ali. — Eu mandei as roupas do Luke para a lavanderia e o papel com o seu número deve ter ficado em um dos bolsos. Eram roupas bem estranhas; Luke me disse que eram de brechó.

Sophie suspirou. Esse mistério estava resolvido. Ali ficara tão horrorizada com as roupas de brechó que as havia mandado para a lavanderia. Provavelmente sua vontade era de jogar pesticida nelas.

— Podia ter ligado para Moira, ela me passaria o recado.

— Também não tinha o número dela. Nem lembrava o sobrenome dela ou o endereço para procurar na internet.

— E Matil...

— Acho que você está sendo muito ingrata — interrompeu-a Ali. — Luke trabalhou muito no seu caso, e vários de nós no escritório também. Tudo para deixar você rica — observou ela e fez uma pausa. — Claro que isso é relativo, mas você deve ganhar um bom dinheiro. Vai fazer muita diferença para uma jovem como você.

Sophie odiava que Ali soubesse tanto de sua vida. Será que Luke também tinha contado que precisou comprar roupas novas para que ela fosse ao brunch?

— Claro que estou agradecida, mas tenho certeza de que Luke não fez isso a troco de nada. Sei que advogados americanos são bem caros. Estou esperando a conta.

— Não vai ter conta nenhuma — declarou Luke, com os dentes cerrados. Sophie percebeu pelo som de sua voz.

— É claro que só vou poder pagar quando o dinheiro for efetivamente liberado — disse Sophie. Era meio vergonhoso, mas não descabido, pagar só depois que recebesse todo o dinheiro que ela estava esperando.

— Já falei, não vai ter conta nenhuma — repetiu Luke.

— Querido, não há motivo para Sophie não pagar! Ela pode juntar o dinheiro de todas as outras partes. Todos nós trabalhamos muito nesse projeto!

Ali sem dúvida não tinha nada de "altruísta", pensou Sophie.

— Eu vou pagar, Ali, não se preocupe. Não quero ficar em dívida com ninguém.

— Que bom — respondeu Ali, que não parecia nada animada.

— Mas, Luke — continuou Sophie —, ainda quero saber por que não me contou sobre esse acordo. Se eu não tivesse dito que os Littlejohns tinham se recusado a assinar, você não ia me falar nada?

— Claro que íamos contar para você — disse Ali, respondendo por Luke. — Mas só quando o negócio tivesse sido fechado. Não fazia sentindo dar esperanças a você e correr o risco de não dar em nada.

— Então o negócio ainda não está fechado? Tudo bem dar esperança aos Littlejohns, mas não a mim?

— Sophie, querida, você não está entendendo... — começou Ali.

— De fato não estou. Talvez alguém possa me explicar. Luke?

— Deixe que cuido disso, querido — disse Ali, determinada a não deixar Luke falar. — Está dando tudo certo. Não vai haver nenhum problema. Luke cobrou todos os favores possíveis e entrou em contato com todo mundo que conhecia no mercado de petróleo para conseguir fechar esse acordo. Sei que ele não contaria essa parte para você, por isso eu estou contando — revelou, lançando um olhar desafiador para Luke.

— Negócio fechado ou não, você devia ter me mantido informada. Matilda tem o meu número, se era assim tão impossível de me encontrar.

— A minha avó não estava em casa quando liguei e não tinha o seu número com ela no momento. Pelo menos foi o que ela disse — respondeu Luke, rispidamente.

Sophie não aceitou essa desculpa.

— Ah, sei. Mas ainda não entendi como foi que vocês conseguiram me encontrar tão rápido quando a questão era a casa de Matilda, mas, quando tinha a ver com os meus negócios, deram a desculpa: "Ai, meu Deus! Como vamos entrar em contato com ela?" E, de qualquer maneira, não precisavam ter vindo até aqui pessoalmente, podiam ter mandado uma mensagem.

— Como? — perguntou Ali, irritada por Sophie estar certa.

— Não sei. Devia haver alguma maneira.

— Tentamos resolver tudo de Londres — explicou Ali. — Mas começou a ficar impossível, então Luke disse que pegaria um carro e viria para cá antes que você fosse embora. E obviamente eu vim junto.

— Sim, é bem óbvio que você está aqui agora! — rebateu Sophie. Ela sabia que estava sendo infantil, mas não conseguia evitar. — Vire à esquerda agora — disse pouco depois, quando Luke ficou em dúvida diante de um cruzamento.

Assim que saiu do carro, Sophie foi em direção à praia. Ela precisava de privacidade para lidar com seus sentimentos, sem ninguém por perto para tentar racionalizar as coisas ou para consolá-la. Suas emoções estavam tão confusas que era como se houvesse uma tempestade em seu estômago querendo desesperadamente sair. Ela havia arrumado uma tremenda confusão: se apaixonar por Luke foi uma burrice sem tamanho! Nem uma adolescente ridícula teria feito algo tão idiota.

Felizmente não havia ninguém passeando com cachorro, e a praia de cascalho estava vazia. Sophie precisava de uma boa sessão de choro para se livrar daquele nó na garganta causado pela tensão, pelo coração partido e pela raiva que foram se acumulando ao longo do dia. Mas as lágrimas não caíam. Em vez disso, o nó só aumentava, apertando cada vez mais sua garganta. Ela odiava Luke, odiava Ali, odiava todo mundo. Odiava até a si mesma. Era tão boba, tão ingênua, uma completa idiota. Não era à toa que Luke não queria nada com ela.

Sophie foi até o cemitério no jardim da igreja esperando encontrar alguma paz, ou talvez o gatilho que a fizesse abrir o berreiro. Mesmo quando estava feliz, cemitérios a faziam chorar, e aquele tinha um significado especial para ela. Mas nada aconteceu. Ela foi andando até o chalé de Moira com raiva, sentindo-se confusa e de coração partido.

De longe, viu Ali e Luke parados ao lado do carro. Aquela sensação horrível de déjà-vu a fez se esconder atrás de um arbusto de hortênsias. Será que havia um jeito de entrar no chalé de Moira pelos fundos?, pensou. Provavelmente, sim, mas talvez envolvesse pular uma cerca ou algo do tipo.

Quando notou que os dois estavam voltando para dentro do chalé, perguntou-se por que tinha se escondido, afinal. Era provável que eles conseguissem vê-la de onde estavam.

— Não posso ir embora sem me despedir de novo — dizia Luke.
— Eu já me sinto mal sobre o que aconteceu da última vez.
— Lukey, é melhor assim. Ela não vai se importar. Você mesmo viu, ela tem namorado! Você foi só um casinho para ela, do mesmo jeito que ela foi para você. Já concordamos em deixar isso para trás.

Sophie não conseguiu ver Ali colocando a mão no braço de Luke por estar atrás do arbusto, mas sabia que ela havia feito isso.

— Jovens dessa idade não passam mais de cinco minutos apaixonadas, você sabe disso — continuou Ali. — O que os olhos não veem, o coração não sente. Ainda mais se não houver uma despedida longa e sentimental.

Sophie não esperou para ouvir a resposta de "Lukey" e decidiu participar da conversa.

— Oi! Estão indo embora?

— Sophie! — disse Luke, virando-se para ela. Ele estava pálido e parecia ansioso.

— Você está bem, Luke? — perguntou ela, estranhamente controlada.

— Claro. Fiquei preocupado com você.

— Por quê? Não precisa! Eu vou ficar rica! Vou ter dinheiro para fazer o que quiser! — exclamou. Nem ela se convenceu muito com essa atuação, então abriu um sorriso forçado.

— Isso — concordou Ali. — E tudo graças a você, Luke. Tenho certeza de que Sophie está muito agradecida.

— Ah, sim — assentiu Sophie. — Muito agradecida, com certeza.

— Então não há motivo para continuarmos aqui. Vamos manter contato — disse Ali, e fez menção de dar um beijo em Sophie, mas ela desviou.

— Como vão manter contato comigo? — perguntou Sophie, com aquele ar ríspido do qual se orgulhava.

— Me passe o número do seu celular — ordenou Ali.

A mão com unhas perfeitas de Ali sacou da bolsa um cartão de visitas como se fosse mágica. Em seguida, conjurou uma caneta dourada, e Sophie escreveu seu número no verso do cartão.

— Aqui está.

Ali entregou a Sophie um cartão.

— Agora você tem os meus contatos. Vamos embora, Luke.

Luke não se mexeu.

— Sophie, tem certeza de que você está bem?

— É claro! Vou ficar bem. Vou ter dinheiro suficiente para fazer o meu curso e montar um negócio. Como eu não ficaria bem? Agora vão embora. Despedidas longas e sentimentais são uma chatice, não são? — disse, então olhou para Ali, que ficou levemente corada.

— Com certeza. Já nos despedimos de Moira — disse ela, tranquila.

— Tchau, Sophie! Vamos manter contato!

— Quer saber de uma coisa? — começou a dizer Sophie a Moira quando entrou na cozinha. — Nem quero mais chorar! Já estou cansada desse cara. Ele é um covarde patético. Não sei por que gostei dele por mais de um segundo. Há muitos outros homens por aí, e melhores que ele!

— Muito bem! — respondeu Moira, aliviada, e bateu com a chaleira na chapa elétrica num gesto de vitória. — E o que vai fazer agora?

— Bem — começou Sophie, depois de pensar um pouco —, assim que esse dinheiro cair, vou fazer o meu curso. Talvez seja o suficiente para começar um negócio. É meio complicado não saber exatamente quanto vamos ganhar. A minha parte é muito pequena, talvez sejam só uns centavos. Mas pelo menos é bom ter essa expectativa.

— Você é jovem demais para começar um negócio sozinha — comentou Moira, entregando uma caneca de chá para Sophie.

— Estou cansada de ser jovem demais! Quero dizer, não estou cansada de ser jovem, mas por que todo mundo acha que, por ter 20 e poucos anos, sou uma idiota? Ou que sou incapaz de sentir alguma coisa por mais de cinco minutos?

Moira sorriu e balançou a cabeça diante da indignação de Sophie.

— Entendo como você se sente, Sophie. Mas, acredite, ser jovem é uma bela vantagem. E a sua pele é muito melhor que a de Ali.

Sophie mordeu o lábio. Ela estava toda orgulhosa de sua atuação fingindo que não se importava, mas não enganou Moira nem por um segundo.

— Eu sei. Tenho uma grande vantagem — disse, e franziu o cenho. — E quanto tempo você acha que leva para superar um cara, normalmente?

Moira balançou a cabeça.

— É difícil dizer. Mas você precisa tentar. Não fique pensando nele o tempo inteiro.

— Tudo bem, não vou! — declarou Sophie, embora não tenha conseguido seguir o conselho naquele momento.

Sophie passou mais alguns dias com Moira, visitando a casa e tirando outras fotos. Mas desta vez não as enviou para Matilda; tinha a sensação de que Luke havia brigado feio com a avó por causa da casa, e ela não queria piorar a situação.

Então devolveu o carro alugado e pegou o trem de volta para casa.

— Bem — começou ela, com a família toda sentada à mesa no jantar —, querem saber como me saí?

— Claro, querida. Como você se saiu? — perguntou a mãe, que ao menos parecia ter sentido falta dela.

— Muito bem! Nós encontramos o último membro da família que tinha as ações e...

— Quem seria "nós"? — perguntou Michael, que gostava de detalhes.

— Eu e Luke — respondeu Sophie, que preferiu não falar nada sobre Ali. Seria muito doloroso explicar tudo.

— E onde está Luke, querida? — perguntou a mãe, servindo purê de batata para Sophie num gesto de afeto.

— Em Londres. Ele precisava trabalhar. Só tinha alguns dias de folga.

— Eu gostei do Luke. Por incrível que pareça, você arrumou um namorado com cérebro — observou o pai.

— E com dinheiro no banco — acrescentou Michael.

Sophie suspirou em silêncio e deu uma garfada no purê de batata.

— Luke não é meu namorado, nunca foi, e gostaria que me deixassem terminar a história em vez de insistirem em falar dele.

— Desculpa aí! — disse o irmão, debochado. — Tocamos na ferida, não é?

— Não! É porque tenho boas notícias que não têm nada a ver com o Luke!

O pai e o irmão largaram os talheres num gesto exagerado para mostrar que estavam prestando atenção.

— Conseguimos que a Sra. Littlejohn, viúva do primo do tio Eric, assinasse uma procuração me dando o direito de negociar por ela. Luke está fechando um acordo para alugarmos os direitos de perfuração, e assim todos nós vamos ganhar algum dinheiro. Não sei quanto tempo vai levar, mas acho que não demora — disse Sophie, adicionando esse toque de otimismo para compensar o arrependimento de falar tudo isso para a família antes de o acordo estar, de fato, fechado. — Isso é bom, não é?

A mãe assentiu e sorriu, mas o pai e o irmão olharam para ela com expressão de horror.

— Perdão, eu ouvi direito? — perguntou o pai. — Você disse que ela assinou alguma coisa dando a *você* direitos de negociar por ela? Por quê? Você é a pessoa mais jovem da família e tem pouquíssimas ações. Por que você vai representar todo mundo?

— Pois é! Deveria ser eu, o mais velho — disse Michael.

O pai olhou para ele.

— Deveria ser eu, na verdade. Sou da geração anterior. Não deveria ser nenhum de vocês.

Sophie pensou um pouco. Será que deveria dizer que, se não fosse por ela, nada daquilo estaria acontecendo? Ou que tio Eric era de uma geração anterior à do seu pai e, portanto, se esse fosse o critério, ele é quem deveria representar todo mundo?

— Bem — começou Sophie, depois de ouvir a indignação dos dois por mais uns segundos —, sou eu. E ponto final — declarou. Ela ainda não tinha assinado nada, mas seu nome estava nos documentos que Luke preparou. — Sinto muito se não gostaram. Tenho certeza de que Luke teria colocado o nome de outra pessoa no acordo, mas, como fui eu quem iniciou toda a busca, ele deve ter imaginado que meu nome era o mais adequado. Significa que todos vocês precisam assinar uma procuração me dando o poder de representá-los na negociação. Tio Eric já assinou. Isso não vai ser um problema, não é? — concluiu, desafiadora.

Michael estava em choque. O pai se limitou a piscar. Ele nunca viu Sophie tão decidida.

— Isso é errado. Não estou nem um pouco feliz — disse o pai, depois de um tempo.

— Pois é — concordou o irmão, depois de recuperar a voz, endossando a opinião do pai. — Como uma menina como você pode ser a responsável? Isso é loucura.

— Não é loucura, está tudo bem — declarou Sophie com firmeza. — Vai ser tudo muito transparente. Vou pedir ajuda se precisar — acrescentou, e subitamente ficou ansiosa ao achar que podia precisar de ajuda.

— Bem — disse o pai —, se é o seu nome que está no acordo com a empresa de petróleo, vamos ter que aceitar. Mas isso está muito errado.

— Nada de "Muito bem, Sophie, por talvez ter nos deixado ricos"? — perguntou ela, em voz baixa. — Não? Imaginei.

Sophie já estava de volta havia tempo o bastante para ter contado a história toda a Amanda e enviado uma série de e-mails atualizando Milly. As duas amigas lhe deram todo o apoio, e Sophie começou a se sentir, se não melhor, no mínimo acostumada com aquela tristeza. Até que um dia recebeu uma ligação de tio Eric.

— Pode vir me visitar, querida? — perguntou ele.

Como ele não era um homem de grandes demonstrações de afeto, Sophie ficou preocupada.

— O senhor está bem? A Sra. Brown está precisando de uma folga?

— Imagino que esteja. Ela sempre quer uma folga para visitar os netos.

— Achei que os netos dela moravam na Austrália! — exclamou Sophie, pensando que a Sra. Brown devia ganhar um bom salário para conseguir visitar os netos toda hora.

— Não são esses netos! São os que moram em Rugby! Você está muito desinformada!

Sophie riu. O jeito mordaz de tio Eric era reconfortante.

— Achei que talvez você quisesse me ver! — disse ele, parecendo querer repreendê-la.

— É claro que quero ver o senhor! — respondeu Sophie na hora.

— Vou até aí amanhã.

# Capítulo 21

Sophie entrou no trem para visitar tio Eric fazendo o possível para não pensar em sua viagem com Luke. Mas apenas o fato de tentar não pensar nele fazia com que ela não o tirasse da cabeça, a cada solavanco do trem, durante toda a viagem. Mas ao chegar à casa do tio com a mochila nas costas, ela já estava melhor. Ele ficaria do seu lado, independentemente do que tivesse acontecido.

Foi ele quem abriu a porta para ela.

— Bem, não fique parada aí fora, entre logo.

— É um prazer ver o senhor também, Tio Eric Querido — disse ela e deu um beijo na bochecha dele.

— Você está deixando todo o ar quente sair.

Mais tarde, depois de se instalar no que já considerava ser seu quarto, Sophie foi preparar o jantar, e tio Eric se juntou a ela na cozinha. Ela fez com que ele se sentasse à mesa; tio Eric não costumava ficar na cozinha, mas era melhor que deixá-lo perambulando pela casa sem saber o que estava acontecendo.

— Bem, então você conseguiu que a viúva do Mattingly fizesse a coisa certa no fim das contas.

— Sim. Mas precisei da ajuda do Luke e da — ela engoliu em seco — namorada dele para convencê-la. Eu contei ao senhor na carta.

— Contou, sim — disse ele e fez uma pausa. — É uma pena essa história do ianque. Eu gostava dele. Parecia uma pessoa decente.

— Ele é decente, só não é meu namorado.

— Achei que você tivesse fisgado um bom partido.

Sophie abaixou a colher de pau e se virou para o tio-avô, sem saber se ria ou se chorava.

— O senhor parece um personagem saído dos romances da Georgette Heyer! Confesso que gostaria que nós tivéssemos ficado juntos, só que não sou adequada para o Luke. Provavelmente a gente não teria dado certo.

— Humpf — fez tio Eric. Depois de expressar sua opinião sobre Luke, ele voltou ao assunto principal. — Imagino que vai demorar um pouco até que saia o dinheiro dessa coisa do petróleo, não?

— Ah, sim. Essas coisas levam tempo — respondeu ela, deixando a colher na pia e colocando o *mac and cheese* no forno. — Até *mac and cheese* leva tempo, apesar de ser só meia hora. Quer uma xícara de chá enquanto esperamos?

— Não, preciso de algo mais forte. Vamos até o escritório — disse ele, saindo com alívio daquele cômodo esquisito que era a cozinha. — Acho que devíamos beber um vinho do Porto — sugeriu ele. — Senão essa garrafa nunca será consumida, e não gosto de desperdício.

— Vinho do Porto? Não é o que eu beberia normalmente, mas, se o senhor gosta, vou pegar uma taça.

— Deveria ser xerez antes do jantar, é claro, mas não tenho em casa. E quero que você beba comigo. Preciso conversar com você sobre uma coisa.

— Ai, meu Deus. O senhor não está doente, está? — perguntou Sophie. Ela manteve um tom de descontração na voz, mas sentiu uma onda de pânico dominá-la. Tio Eric era bem velhinho e, embora ela o conhecesse fazia pouco tempo, pensar que ele poderia morrer em breve era horrível.

— Não mais doente do que sempre estive, obrigado. Agora seja uma boa menina e pegue o vinho do Porto.

Sophie pegou as taças e a garrafa no armário indicado por ele. Ela estava preocupada, mas encheu as taças e esperou.

— Você tem certeza a respeito do ianque? — perguntou tio Eric depois de beber um gole.

— Ah, sim! Ele tem uma namorada bem melhor que eu.

— É mesmo? Você cozinha muito bem, Sophie, e é muito boa nas tarefas da casa.

Sophie não conseguiu evitar uma risada ao pensar em Ali arrumando qualquer coisa em casa.

— Sim, ela é perfeita para o Luke. Eles trabalham no mesmo escritório. Ela é inteligente, atraente, e os dois têm praticamente a mesma idade. Parece que foram feitos um para o outro.

Sophie tentou soar tranquila ao dizer aquilo, como se estivesse feliz por Luke ter encontrado uma namorada tão maravilhosa. De certa forma, ela estava, pois queria o melhor para ele.

Eric bebeu mais um gole do vinho e ficou pensativo.

— Acho que você pode estar errada. Mesmo sendo ianque, eu o achei um cara decente. Mas acho que pode estar indeciso. Não está nem lá nem cá.

— Mais ou menos — disse Sophie, fingindo estar se divertindo. — Ele não está cá, mas provavelmente está lá.

A verdade era que Sophie não sabia muito sobre Luke. Ele não tinha explicado quanto tempo aquele projeto do trabalho iria durar exatamente. Talvez ainda estivesse em Londres. Sophie ficou arrasada ao pensar nele em Londres com Ali. Podia ver os dois morando num apartamento sofisticado em Canary Wharf, cercados de arranha-céus elegantes, trabalhando juntos, levando uma vida sofisticada e glamorosa da qual Sophie nunca poderia fazer parte, mesmo que ele um dia a tivesse amado.

Talvez ele a tivesse amado quando os dois estavam na Cornualha. Sabe quando você ama um lugar onde passou as férias, mas, apesar de gostar muito do local, não tem vontade de se mudar para lá? Talvez o sentimento dele por mim seja algo assim, Sophie pensou. Ela tinha sido apenas um caso de poucos dias em uma viagem à Cornualha. Ali, por outro lado, era a mulher com quem ele iria se casar e com quem passaria o resto da vida.

— Bem, não se preocupe mais com isso — sugeriu tio Eric. — O que eu queria contar é que quero lhe dar um dinheiro. Se for vasculhar minha escrivaninha, o que sei que você gosta de fazer, vai encontrar um cheque. Não precisa ficar emotiva por isso. O dinheiro é meu e eu faço o que quiser com ele!

Ele parecia tão zangado que Sophie foi até a escrivaninha, achou o cheque e o trouxe para ele.

— Eu não quero! — declarou ele. — Isso é para você. Sei que você quer fazer um curso ou algo do tipo. Embora, na minha opinião, investir em educação seja um desperdício para mulheres. Mas se você for esperar até o dinheiro do petróleo sair para fazer esse curso, já vai estar muito velha para aprender qualquer coisa.

Sophie não conseguiu segurar o riso.

— Tio Eric! O senhor não devia dizer essas coisas! E não posso aceitar. Isso não está certo.

— Por que não está certo? Se eu quiser lhe dar o meu dinheiro, eu vou dar!

— Mas eu vou ganhar muito dinheiro com os direitos de perfuração. Todos nós vamos. Inclusive o senhor!

— Mas você comentou que ainda vai demorar um tempo para recebermos esse dinheiro. Por isso estou lhe dando agora. Minha ideia é deixar tudo para você quando eu morrer, mas, mesmo que eu caia duro amanhã mesmo, você só bota a mão na minha fortuna daqui a alguns anos.

— Tio Eric!

— Preciso deixar o dinheiro para alguém — continuou ele. — Não gosto tanto de animais a ponto de deixar tudo para uma instituição qualquer ou fazer como esses velhos solitários que costumam deixar o dinheiro para algum projeto de caridade. Melhor que fique com você!

— Mas...

— Pare de discutir, menina. Aceite o cheque e me dê a alegria de fazer algo com o meu dinheiro enquanto estou vivo, algo que seja bom.

Sentindo-se reprimida, Sophie deu uma olhada no cheque. O valor era de 20 mil libras.

— Tio Eric! — gritou ela. — O senhor não pode me dar tudo isso!

— Por que não? É meu. Posso fazer o que eu bem entender com meu próprio dinheiro. Mas fique sabendo que, se eu cair morto nos próximos sete anos, e é bem provável que isso aconteça, você talvez tenha que pagar impostos sobre esse dinheiro. Mas ainda assim é seu.

— Mas é muito dinheiro! — disse Sophie, olhando para os números e pensando quanto tempo levaria para ganhar aquela quantia.

— Não é tanto assim. Não dá para comprar uma casa, por exemplo. Embora talvez dê para dar entrada em uma.

— Não quero comprar uma casa com esse dinheiro.

— E, além do curso, o que mais quer fazer com ele?

Sophie pensou.

— Eu poderia gastar uma parte em uma viagem para Nova York e levar Amanda, assim nós duas visitaríamos Milly. Já contei ao senhor sobre minhas amigas da escola?

Tio Eric assentiu, não muito animado, deixando claro que não achava as amigas de Sophie assim tão interessantes.

— Também daria para pagar o curso. E eu ainda teria dinheiro suficiente para me sustentar enquanto estivesse estudando. É perfeito! — falou, animada. Porém sua bolha de entusiasmo logo estourou. — Mas não acho certo aceitar o seu dinheiro. O senhor pode precisar dele.

— Não seja desmancha-prazeres. Sou um homem velho, já não tenho mais tantos prazeres na vida assim. E você ainda quer me privar dos poucos que me restam? Não vou precisar desse dinheiro. Já separei o valor para a casa de repouso, quando for a hora. Esse dinheiro não me fará falta.

Sophie o abraçou.

— Então eu agradeço muito, muito ao senhor, Tio Eric Querido. Muito obrigada mesmo. Isso significa que vou poder seguir com a minha vida sem precisar ficar trabalhando em bares ou fazendo dívidas. Que incrível. Obrigada!

Ele deu uma leve batidinha no braço de Sophie, indicando que o abraço já havia durado tempo suficiente.

— Isso quer dizer que você pode ficar aqui alguns dias?

Ela riu.

— Sim, com certeza! O curso que quero fazer só começa em setembro.

Sophie já tinha feito umas pesquisas e encontrara o curso perfeito. Parecia ter sido criado especialmente para ela.

— Que bom. Você cozinha melhor do que a Sra. Coisinha.

Quando se deitou naquela noite, Sophie pensou em usar parte do dinheiro para pagar ao Luke pela negociação dos direitos de perfuração. Mas quanto ela deveria lhe dar? Não podia dispor de uma quantia muito grande, mas também não queria lhe dar pouco. Qual seria o valor aproximado desse trabalho?

Como ela não tinha a menor ideia de como poderia descobrir aquilo, decidiu engolir o orgulho e entrar em contato com Ali. Tinha um cartão com o endereço de e-mail dela.

No dia seguinte, depois de depositar o cheque e organizar a vida para ficar mais uns dias com tio Eric, Sophie foi até o café onde sabia que poderia usar o computador — mesmo que em troca, talvez, precisasse limpar algumas mesas, fazer um bolo ou até trabalhar um turno inteiro.

Jack, o dono do café, ficou feliz em vê-la e concordou em lhe emprestar o computador em troca de algumas horas de trabalho.

— Preciso checar com tio Eric, mas tenho certeza de que ele não precisará de mim o dia todo.

— Eu vou lhe pagar, é claro — disse Jack.

Sophie hesitou.

— Se você trabalha, você deve ser pago para isso. Não vai ser muito, mas você merece — insistiu Jack.

Como ela não sabia quanto do dinheiro que tio Eric havia lhe dado iria para a Winchester, Ambrose e Associados, aceitou a oferta com prazer.

Depois do primeiro turno de trabalho, no qual preparou bolinhos salgados, pizzas e algumas quiches, Sophie foi até o escritório de Jack para usar o computador.

— Você está sendo muito gentil.

— Sem problemas. Agora preciso descer.

Sophie acessou seu e-mail, pegou o cartão de Ali e começou a digitar a mensagem.

Cara Ali,

Dadas as novas circunstâncias, poderei pagar pelos serviços prestados por Luke e sua empresa a respeito dos direitos de perfuração. Você poderia, por gentileza, me enviar uma fatura? Providenciarei para que seja paga em seguida.

Soube que estava convivendo muito com tio Eric quando escreveu "em seguida", e não "imediatamente", mas ficou feliz com isso. Ela não tinha ideia de quanto tempo levaria para que o cheque que o tio lhe dera fosse compensado. E se a fatura fosse de 20 mil libras, ou o equivalente em dólares? Seria moralmente aceitável guardar uma parte para o curso? Afinal, era para isso que tio Eric lhe dera o dinheiro.

No dia seguinte, quando Sophie chegou ao café, havia uma resposta.

Cara Sophie,

Obrigada pela mensagem. A empresa cobra 400 dólares por hora. Estou procurando os registros de quantas horas foram gastas neste projeto. Envio isso para você assim que tiver o número exato. Mas imagino que seja algo em torno de dez horas, talvez um pouco mais.

Sophie pensou no valor e ficou tentada a preencher um cheque imediatamente e nunca mais precisar pensar no assunto. Ou talvez fosse melhor esperar pelo valor exato?

Mas no fim ela acabou fazendo um cheque e o enviou com uma carta.

Cara Ali,

É com satisfação que envio a vocês um cheque com o equivalente a 4 mil dólares. Por favor, me avise se ainda devo alguma coisa a vocês.

Era incrivelmente satisfatório pagar suas dívidas, pensou Sophie, embora se sentisse um pouco culpada. Luke tinha insistido em não ser remunerado. Ainda assim, talvez ele nem ficasse sabendo. Provavelmente não devia saber detalhes do que acontecia no departamento financeiro da empresa.

Sophie ficou com tio Eric por mais uma semana até que decidiu, depois de relutar bastante, voltar para casa. Precisava arranjar um emprego de verdade e economizar dinheiro. Ela agora até que tinha um belo pé-de-meia, e não queria gastá-lo à toa. Além disso, se estivesse trabalhando, pensaria menos em Luke, algo que estava se provando bem difícil.

Ao voltar para sua cidade, ela retomou o antigo trabalho no bar de vinhos. Encontrava Amanda com bastante frequência e até marcava alguns encontros na tentativa de conhecer outra pessoa, pois a amiga não parava de dizer que sofrer por causa de homem não era nada divertido.

Também não era nada divertido se arrumar e sair para encontrar homens que eram completamente diferentes daquele que dominava seus pensamentos e seu coração, mas Sophie não falava nada. Ela se esforçava bastante para fingir que estava curtindo.

Ali nunca mais deu notícias. Ou aquele era o valor exato, ou então ela esqueceu o assunto.

Fevereiro finalmente havia terminado e já era quase meados de março quando Sophie recebeu um e-mail de Matilda lhe pedindo um favor. Sophie e Matilda trocavam e-mails com frequência e, até agora, Matilda não havia mencionado Luke. Sophie achava aquilo um pouco estranho, já que a senhora sempre falava sobre outros integrantes da família. Tudo o que Sophie temia ao abrir as mensagens era encontrar notícias sobre o casamento de Luke e Ali. Ela não sabia se os dois ainda estavam na Inglaterra nem queria saber — só não queria que eles se casassem. Matilda havia comprado a casa, mas será que ela teve a aprovação de Luke?, Sophie se perguntou. Ou será que não? Matilda sempre a mantinha informada. E Moira também; ela tinha mantido contato com sua amiga e salvadora na Cornualha.

O e-mail de Matilda foi direto ao ponto:

Querida, será que você poderia ir até a Cornualha para dar uma olhada na casa? Queria garantir que os empreiteiros estão fazendo um bom trabalho.

Sophie respondeu dizendo que Moira poderia fazer isso se Matilda achasse necessário. Mas, como o empreiteiro era amigo de Moira, ele provavelmente era confiável.

No dia seguinte, Matilda foi mais insistente.

Paletas de cores, querida. Você há de concordar que não é possível confiar em um empreiteiro para escolher isso! Por favor, vá até lá por mim. Pagarei todas as suas despesas com prazer. Só preciso que vá! Você consegue tirar uma folga do trabalho, não consegue?

Sophie teve ainda mais prazer em dizer a Matilda que ela não precisaria pagar suas despesas.

Meu querido tio-avô me deu um cheque generoso. Sou uma mulher rica! E é claro que posso tirar uma folga no trabalho e ir até lá dar uma olhada nas paletas de cores, se a senhora quiser.

Sophie ligou para Moira e combinou de ficar em seu chalé, comprou uma passagem de trem em promoção e foi para a Cornualha no dia primeiro de abril. Apesar de ainda se sentir muito triste ao pensar em Luke, estava animada para ver a tal casa de novo. E ela adorava a Cornualha, sentia-se bem lá. Tentou se apegar ao fato de que em breve passaria bastante tempo no local: tinha feito inscrição em um curso maravilhoso em Falmouth e fora aceita.

Ela alugou um carro em Truro e foi dirigindo até o chalé de Moira. Ao passar pelas estradas por onde havia viajado com Luke, chegou à conclusão de que poderia conviver com a melancolia. O sofrimento por causa de um coração partido era mais difícil de superar, mas ela ia conseguir. Sophie não via Luke fazia quase três meses.

Ao sair da cidade, ela se sentiu um pouco mais animada. A primavera chegara e as estradas que a haviam encantado em janeiro estavam ainda mais lindas agora, salpicadas de prímulas, caledônias, violetas e margaridas. A vida sem Luke podia ser meio sem graça, mas ela ainda conseguia apreciar as belezas da natureza.

Moira abriu a porta com seu habitual sorriso acolhedor.

— Sophie, querida, que ótimo! Há dias que só chove e hoje você trouxe a luz do sol. Entre.

Apesar das boas-vindas entusiasmadas, Sophie percebeu que Moira estava estranha. Havia algo errado.

— O que houve? — perguntou a jovem ao dar um beijo na amiga. — Tem algo estranho. Você está bem?

— Estou ótima! É só que...

— O quê? Algum problema? Não posso ficar hospedada aqui? Você podia ter falado antes.

— Vamos para a cozinha. Você vai precisar de uma taça de vinho, acredite.

Sophie foi atrás de Moira e se sentiu abraçada pelo aconchego e acolhimento daquele lugar. Mesmo que, da última vez em que ela estivera ali, fazia mais de dois meses, tivesse pensado que nunca mais voltaria a sorrir.

Moira serviu uma taça de vinho.

— Preparo um chá em um minuto se você preferir. Sente-se.

Sophie puxou uma cadeira e se sentou.

— Não me diga que a casa da Matilda pegou fogo.

— Não, claro que não! Não seja dramática!

— Ah, mas a culpa é sua! Parece que você vai anunciar o fim do mundo. Está me servindo vinho e são só cinco da tarde — disse, olhando no relógio.

— Ah, mas essa hora já pode — rebateu Moira, servindo uma taça para si também e bebendo um gole. — O negócio é que... Luke está vindo para cá.

— Luke? — Sophie estava em choque. Havia gastado tanto tempo e energia tentando esquecê-lo. No queria que ele fosse o primeiro assunto de conversa ao entrar no chalé de Moira. — Achei que ele já tivesse voltado para Nova York a essa altura.

— Não sei onde ele está agora, só sei que chega amanhã. Eu o coloquei no quarto de solteiro.

Sophie sentiu o estômago embrulhar, como se tivesse cheia de borboletas na barriga. Ficou feliz por estar sentada, porque de repente parecia que ela não tinha mais nenhum osso no corpo.

— Ai, meu Deus. Não tenho certeza se... Não sei... — tentou falar, mas desistiu e mordeu o lábio.

— Sei que deve ser muito difícil para você. Não sabia o que fazer quando ele entrou em contato. Pensei em ligar para você e avisar, mas eu queria muito vê-la — disse Moira, fazendo uma pausa. — Acabei concordando em hospedá-lo aqui porque não há mais nenhum lugar para ele ficar. Minha amiga que também tem uma de pousada está viajando.

— Mas só o Luke?

Moira assentiu.

— Ele não falou nada sobre Ali.

Isso já era um alívio.

— Mas por quê? Por que ele está vindo para cá?

— Pelo mesmo motivo que você. Foi isso que ele me disse quando ligou, que Matilda pediu a ele que viesse checar se os empreiteiros estão fazendo um bom trabalho. Algo que, aliás, não é necessário.

Sophie apoiou os cotovelos na mesa e deixou a cabeça cair nas mãos.

— Não estou entendendo nada. Será que a Matilda está querendo que a gente se encontre? Ela nunca fala do Luke nos e-mails, nunca me deu nenhum sinal de que gostaria que ficássemos juntos. Pensando bem, ela deu alguns sinais quando eu estava nos Estados Unidos, sim. Mas não falou mais nada desde que Luke veio para a Inglaterra. Por que ela iria querer que nós nos encontrássemos aqui? Não faz sentido ter duas pessoas supervisionando a obra, caso precisasse de supervisão. E, na última vez que vi Luke, ele se mostrou contra tudo isso. Matilda queria que eu visse a paleta de cores.

— Paleta de cores?

— Sim, ela falou que os empreiteiros não vão saber lidar com isso, o que até faz sentido.

— Eu sei, mas Matilda me pediu que contratasse um decorador! E eles cuidam da paleta de cores!

— Então por que ela quis que eu viesse para cá, afinal?

Moira pensou por um tempo e então balançou a cabeça, sem ter encontrado uma explicação plausível.

— Será que Luke sabe que você está aqui?

A jovem deu de ombros.

— Talvez ele fique tão assustado que volte correndo para Londres quando me vir. O que, aliás, seria a melhor coisa.

Moira abriu a boca para questionar essa declaração, mas acabou desistindo.

— Tem certeza de que ele não está trazendo a Ali?

— Ele não falou nada sobre ela, mas, se vierem os dois, terão que procurar um hotel. A cama de solteiro tem só 90 centímetros de largura.

Uma cama de 90 centímetros teria sido larga o suficiente para eles dois naquela noite incrível. Assim que esse pensamento passou pela mente de Sophie, ela tentou afastá-lo.

— Não sei se consigo fazer isso, Moira. Já tentei de tudo para tirar esse homem da minha cabeça. Não sei se vou aguentar vê-lo novamente.

Moira olhou para ela, compreensiva.

— O problema é que você não tem escolha. E isso pode ser bom. Talvez você pense: "Que babaca!" Quem sabe ele nem esteja mais tão bonito, embora eu ache os olhos dele incríveis.

Sophie respirou fundo.

— Está bem. Como você disse daquela vez, é só uma atuação. Posso fazer isso. Eu era boa nas aulas de teatro na escola. Só preciso fingir que estou bem. E eu estou mesmo! Mas, afinal de contas, você achou um decorador?

Moira assentiu.

— É amigo seu?

Ela fez que sim com a cabeça de novo.

— Amiga de um amigo. É uma decoradora. Ela quer fazer um painel de humor.

Sophie fez uma cara de irritação.

— Eu posso ajudar com o mau humor, sem problemas — resmungou.

Moira deu uma risada, como era de esperar.

— Não seja boba. Ela é uma fofa e tem ideias incríveis. O problema é que ela ainda não sabe qual é a finalidade da casa.

— Como assim? A finalidade de uma casa é ter pessoas morando nela.

— Eu sei. Mas Becky, a decoradora, disse que não sabe se alguém vai morar lá ou se será uma casa de veraneio. Matilda não explicou a ela.

— Os empreiteiros não sabem? Eles devem ter tido alguma orientação.

— Eles estão apenas fazendo o teto, trocando o que está desgastado. Bem, basicamente estão evitando que a casa venha abaixo. É a Becky quem precisa dizer a eles se alguma parede vai ser derrubada ou não, se vão construir um solário, instalar uma jacuzzi... Essas coisas.

Sophie torceu o nariz.

— Não gosto dessa ideia. Mas também não sei o que Matilda quer fazer com a casa, então não vejo como posso ajudar. Luke deve saber, é claro. Na verdade, ela deve ter falado tudo para ele — disse e suspirou. — Mas por que ela me envolveu nisso?

— Talvez por causa do seu bom gosto e da sua sensatez?

Sophie entendeu a provocação.

— Eu entendo por que Matilda comprou a casa. Ela tem dinheiro e não queria deixar o lugar caindo aos pedaços. Mas e agora? Ela já é uma senhora. Não vai ficar vindo toda hora de Connecticut para passar um fim de semana na Cornualha.

— Bem, como você disse, talvez Luke saiba o que fazer. Quer mais vinho?

— Na verdade, eu mataria por uma xícara de chá. E preciso te contar sobre o meu curso. Achei um por aqui mesmo! E o tio Eric me deu um dinheiro. Não é muito legal da parte dele? Minha família está furiosa, é claro. Acham que dar dinheiro para mim é um desperdício. Mas logo todos nós vamos ganhar muito dinheiro, então não sei por que estão fazendo esse escândalo todo.

## Capítulo 22

Na manhã seguinte, Sophie foi até a casa bem cedo. Chovera muito durante a noite, e o dia estava com um ar renovado e especialmente lindo. Ela queria ver a casa antes que todos chegassem, para que pudesse ter o lugar só para si. Queria imaginar Matilda lá, ainda criança, para tentar entender o que ela pretendia fazer com a casa agora que era dona da propriedade. Sophie também queria sonhar.

Ela achou que reagiria bem quando visse Luke de novo, mas não tinha dormido muito bem. Todas as vezes que acordou durante a noite, ficava tentando entender o que estava sentindo, ensaiava as primeiras palavras que falaria para ele e como deveria agir em sua presença. Quando finalmente se levantou, de manhã, achou que estava preparada.

Havia uma névoa cobrindo as montanhas: sinal de que haveria um dia bonito pela frente. Os pássaros cantavam e as cercas vivas estavam cobertas de flores. A luz do sol incidia nas teias de aranhas, que brilhavam como se fossem um tecido mágico costurado por fadas. Sophie costumava acreditar em fadas quando era pequena — em certos dias, ainda acreditava. Quando o sol batia em pequenas gotas de água e formava um prisma, era como se ela estivesse vendo uma fada, o que era um bom presságio. Sophie não acreditava em maus presságios, apenas nos bons. Se não estivesse tentando superar Luke — algo em que não estava tendo muito sucesso —, aquele seria um momento em que se sentiria muito otimista.

Ali, vendo a natureza seguir seu curso tão rapidamente, Sophie não sabia se aquilo tornava tudo ainda mais triste, dado o contraste com seu estado melancólico, ou se sentia certo conforto ao ver a vida seguir em frente, de modo incansável e otimista.

Ela ficou feliz ao chegar a casa e ter a chance de vê-la sem todo o barulho e a confusão na qual estaria mergulhada em poucos minutos.

A casa já era linda em seu estado bruto, triste e abandonada, em pleno inverno. Agora estava começando a parecer mais bem-cuidada. A propriedade ficava no alto de uma pequena colina, imponente, como se estivesse supervisionando a cidade. Não era a primeira vez que Sophie imaginava quão linda devia ser a vista lá de dentro. Talvez desse até para ver o mar da parte mais alta da casa.

A maior parte do telhado já havia sido substituída, assim como os beirais e muitos dos batentes das janelas e das portas. A planta que se esgueirava por sobre a casa ainda estava lá. Sophie não conseguia dizer qual era, mas ficou feliz que a tivessem deixado ali. A casa ficaria muito desprotegida sem aquela planta.

Sophie começou a examinar os detalhes da casa. Ao olhar por uma das janelas, reparou que os empreiteiros haviam colocado um piso novo nos cômodos do térreo. O jardim tinha sido limpo, mas não havia nenhum traço de paisagismo; parecia uma obra não acabada, dada a presença do misturador de cimento e do gerador, porém havia uma aura promissora ali, uma esperança de que o lugar voltasse a ser bonito.

Luke chegaria por volta do meio-dia, então, até lá, Sophie podia curtir a casa sem a tensão da presença dele. Ela deu uma volta pela propriedade, investigando e especulando, até que não conseguiu segurar mais a fome e voltou ao chalé de Moira para tomar o café da manhã.

— Quer ovos com bacon? — perguntou Moira. — Você não comeu quase nada ontem à noite, e todo esse ar fresco que tomou e o exercício que fez agora pedem um café da manhã reforçado.

Sophie recusou a oferta.

— Acho que não consigo comer muito agora.

— Está bem, sente aí que vou esquentar um croissant. Tenho alguns congelados.

Sophie puxou uma cadeira.

— Acha mesmo que eu preciso estar aqui?

— Como assim? Você já está aqui!

— Sim, mas posso voltar para casa. Acho que não vou ser muito útil e...

— Acha que não vai conseguir encarar Luke? — perguntou Moira, colocando o croissant quentinho na frente dela.

— Não é isso! Mas acho que com uma decoradora, um empreiteiro e Luke, eu fico sobrando — respondeu, pegando a geleia. — Está bem. A verdade é que não vou conseguir encarar Luke.

— Não quer que ele ache que você está muito abalada, quer?

— Não.

— Então... — continuou Moira. — Se você estiver aqui e aparentar estar bem, ele não vai nem imaginar que te magoou. Além disso, você não quer decepcionar a Matilda, não é? O que ela ia pensar se soubesse que você veio até aqui e depois foi embora correndo?

Sophie deu de ombros.

— Ela não devia ficar tentando fazer com que eu e Luke nos encontremos.

— Tem certeza de que é isso que ela está fazendo?

— Não sei. Talvez ela tenha algum motivo para isso. Quem sabe quer nos ver juntos porque também é inglesa. Só que a Ali é perfeita para ele. Eles têm a mesma idade, compartilham a mesma cultura, são americanos. Luke e eu não temos nada em comum. Só de pensar em tudo que o obriguei a fazer: comer *fish and chips*, provar Marmite, andar de trem num domingo...

E Luke se saiu muito bem, ela lembrou. Não resmungou nem fez comentários depreciativos. Ele entrou na onda e experimentou a vida humilde sem reclamar.

— Ele parecia mesmo um bom homem. Bonito, rico, o pacote completo, isso tudo sem ser esnobe — disse Moira.

— Pois é — concordou Sophie, lambendo os dedos e catando as migalhas do croissant. — Bem, se eu tenho mesmo que ficar...

— Você tem que ficar — confirmou Moira.

— Acho que vou me arrumar. Se vou encontrar Luke, quero estar com o melhor visual possível. Ou o melhor que eu conseguir fazer, na verdade.

Depois do café da manhã, Sophie subiu para o segundo andar, escovou os dentes e arrumou o cabelo, mas não passou maquiagem. Ela não se maquiava com frequência e não queria que Luke pensasse que tinha se arrumado especialmente para ele. No fim das contas, passou apenas rímel e um pouquinho de gloss nos lábios. Mas depois tirou o gloss. Estava com um lápis de olho nas mãos quando o ouviu chegar.

Sophie se sentiu um pouco enjoada — uma mistura de ansiedade, animação, hesitação e, infelizmente, desejo. Ela ainda desejava aquele homem que havia lhe causado tamanha dor. Botou as mãos na barriga, como se quisesse acalmar as borboletas que pareciam estar ali, respirou fundo algumas vezes e abriu a porta do quarto. Desceu rapidamente para o primeiro andar antes que tivesse a chance de desistir.

Luke estava na cozinha com Moira. O choque que sentiu ao vê-lo foi quase físico, ainda que tivesse se preparado para aquela situação. Ele estava tão lindo, e Sophie gostava tanto dele que quase chorou.

Ele se virou quando a jovem entrou na cozinha, mas não sorriu.

— Luke! — disse ela.

— Sophie — falou ele, simplesmente. Ele parecia desolado. Seus olhos penetraram nos dela, como se estivessem tentando enxergar sua alma.

Sem saber o que dizer, Sophie acabou perguntando a última coisa que queria saber.

— Ali não veio com você?

Ele franziu o cenho de leve.

— Ali? Não... Não, ela voltou para os Estados Unidos.

— Ah...

Aquilo era importante. Não que fosse exatamente uma boa notícia, mas também não era uma má.

— Eu volto para lá em breve.

— Ah.

Agora era definitivamente uma má notícia. Chegou a sentir as lágrimas se formarem nos olhos. Sophie achava que não conseguiria aguentar mais nada. Não estava pronta para sofrer mais.

— Pois é, minha avó queria que eu e você, obviamente, resolvêssemos a questão da casa antes que eu fosse embora.

— Entendi. Não sei por que nós dois precisamos vir.

Ele deu de ombros.

— Acho que talvez seja bom ter um olhar feminino.

Moira quebrou o silêncio.

— Quer um café ou alguma outra coisa? Estou fazendo sopa e salada para o almoço mais tarde, mas se quiser algo agora posso...

— Não, obrigado — interrompeu-a Luke. — Tomei um café enquanto esperava o carro alugado ser liberado — respondeu ele e olhou para Sophie. — Vamos até a casa?

Sophie abriu a boca, prestes a responder que não, mas Moira a interrompeu.

— Sim, vão sim. Becky disse que estaria lá a partir de meio-dia e meia. Depois ela vem almoçar com a gente.

— Vamos, Sophie — disse Luke, que deu a volta na mesa da cozinha para chegar até ela. — E, aliás, como você está?

— Eu estou ótima — respondeu ela, com animação, mas ainda lutando contra as lágrimas. — E você?

— Estou bem. Então vamos.

Luke a conduziu até o carro, no estacionamento. Sophie não discutiu nem insistiu para que fossem cada um em um carro. Não queria dar a entender que estava sofrendo. Estava disposta a esconder seus sentimentos independentemente do que acontecesse.

— Fiquei surpresa que Matilda quisesse minha ajuda para escolher as cores e esse tipo de coisa — disse ela, depois que saíram. — Ainda mais depois de ter contratado uma decoradora, que é amiga de um amigo da Moira.

— Acho que Moira deve conhecer uma pessoa de cada profissão que existe no mundo — observou Luke.

— Sim, ela é esse tipo de pessoa. Gosto muito dela — acrescentou, caso Luke estivesse achando que ela estava criticando.

— Ela é uma grande mulher — concordou Luke.

— Falando em grandes mulheres, a sua avó... — começou Sophie, e parou ao se dar conta de que estava prestes a criticar uma pessoa muito querida por Luke.

— O que tem ela?

— Acho que ela está tramando alguma coisa.

— Como assim?

Sophie olhou pela janela. Se Luke não estava suspeitando que a avó queria juntar os dois, não era ela iria comentar. E ela poderia estar errada, de qualquer forma.

— Ah, não sei. Você não se importa de ela ter comprado a casa?

Ele negou com a cabeça.

— A princípio achei que realmente era uma bobagem sem sentido, mas ela estava muito decidida.

— Mas por que ela envolveu a gente nisso?

Sophie queria dizer "me envolver", mas não quis tornar a coisa muito pessoal.

Luke deu de ombros.

— Ela quer que a gente diga à decoradora e aos empreiteiros, se for necessário, o que achamos que deve ser feito na casa.

— Mas não sabemos o que ela pretende fazer, não é? Ela disse alguma coisa a você?

— Não. Ela só comentou que devíamos dar uma olhada e avaliar qual seria o melhor uso para ela.

— Ela podia dividir a casa em pequenos apartamentos de veraneio — sugeriu Sophie, embora odiasse a ideia. — Essa seria a saída mais rentável, acho.

— Acho que minha avó não está interessada em ganhar dinheiro com a casa.

— Ah... Bem, e o que você acha que ela quer fazer? É uma pena que ela mesma não possa vir ver a casa. Qual é o sentido de comprá-la se não pode vir dar uma olhada? Isso é loucura.

— Bem, pelo menos concordamos em alguma coisa.

Quando eles chegaram ao local, viram alguns trabalhadores. A máquina girava, ligada ao gerador. Sophie ficou feliz por ter visto a casa antes, em silêncio, naquela linda manhã.

— Parece que eles estão fazendo um ótimo trabalho! — elogiou Luke, falando alto por cima do barulho das máquinas.

— Eles trocaram o telhado, algumas estruturas de madeira e o piso — gritou Sophie para Luke. — Vamos entrar.

Os dois cumprimentaram os empreiteiros, se apresentaram e entraram na casa, onde estava mais silencioso. A luz do sol entrava generosamente pelas grandes janelas. Luke e Sophie andaram pela casa em silêncio, observando o espaço.

A cozinha era antiga, com janelas altas, através das quais não se podia ver nada. Tinha também um fogão enorme e um armário embutido.

— Ainda não sei se gosto ou não dessa cozinha — ponderou Sophie. — Adoro as características de época, mas não é um ambiente muito aconchegante, não acha?

— E precisa ser aconchegante? — perguntou Luke, enquanto olhava o painel da campainha em cima da porta.

— Mas é claro! Cozinhas precisam ser aconchegantes. Veja a da Moira!

— Mas só se for uma casa para uma família morar — observou Luke.

— É verdade.

A ideia de ver aquela casa sendo convertida em apartamentos de veraneio era deprimente. Seria legal se a propriedade fosse tomada por crianças correndo para lá e para cá, fazendo barulho e esbarrando nas cadeiras.

— Será que eles conseguiriam baixar um pouco os peitoris das janelas e talvez instalar um solário? Assim Matilda teria uma cozinha gigante, completa, com direito a lareira e sofá. Eu sempre quis uma cozinha assim.

— É mesmo?

Aquela tristeza que Sophie sentiu ao ver Luke depois de tanto tempo parecia ainda mais aparente. Ela queria muito fazê-lo sorrir, deixá-lo feliz, então quase foi até ele para abraçá-lo. Pelo fato de a conversa estar fluindo tão bem entre os dois, ainda havia certa formalidade no ar. Ele estava sendo muito educado.

Felizmente, ela teve um mínimo de senso de autopreservação e decidiu jogar conversa fora.

— Sim! Imagine se aconchegar no sofá diante da lareira enquanto outra pessoa cozinha e vocês estão conversando. E seria mais lindo ainda se tivesse um solário. Podia ter uma porta dupla enorme na cozinha, que ficaria arejada no verão. Seria uma boa instalar painéis de energia solar também.

— Suas ideias parecem bem específicas — comentou Luke. — Achei que você não soubesse do que a casa precisava.

— Ah, eu sei o que eu gostaria de fazer se a casa fosse minha, mas ela não é. É da Matilda.

Toda aquela felicidade de fantasiar com a casa foi se desfazendo, então Sophie deixou de lado aqueles pensamentos, que incluíam inúmeras crianças fofas e descalças correndo pelo jardim e entrando na casa para lhe mostrar alguma coisa enquanto ela preparava uma sopa. Então voltou a ser a jovem que nunca faria parte da família de Matilda.

— Vamos dar uma olhada lá em cima? — chamou Luke.

Havia cinco quartos grandes no andar de cima. O banheiro social contava com uma banheira gigantesca em estilo vitoriano, com pés em formato de garras. O lavabo tinha um vaso sanitário com assento de madeira e uma daquelas descargas com cordinha.

— E aqui? Gosta do toque de época ou mudaria alguma coisa? — perguntou Luke.

— Não sei. Acho interessante, mas, assim como a cozinha, não é lá muito aconchegante. Mas é claro que daria para colocar várias crianças nessa banheira.

— Você quer ter muitos filhos, Sophie?

Algo na forma com que Luke pronunciou seu nome fez Sophie sentir vontade de chorar. Pela primeira vez havia gentileza e ternura em seu tom de voz. Mas talvez fosse apenas fruto da imaginação dela.

— Quero — respondeu a jovem, decidida. — Vamos ver o sótão. Quero ver o quarto onde Matilda dormia quando era criança. E quero saber se dá para ver o mar de lá.

Eles encontraram o que devia ser o quarto em questão. Estava intocado. Havia uma cama de metal estreita, um tapete de retalhos no chão e um baú para lençóis. Sophie foi direto até a janela.

— Olhe, o mar!

Luke parou atrás dela. Ela podia ouvir a respiração dele e sentir seu perfume. Era convidativo se imaginar recostando-se nele.

— Ah, é. Lá está o mar — disse ele.

Os dois ficaram contemplando a vista por alguns minutos, porém aquilo era doloroso demais para Sophie. Se não era para os dois ficarem juntos, ela não queria ficar perto dele. Ele nem ao menos parecia ser o mesmo Luke. Estava tão sisudo, tão reservado, como se não tivesse sentimentos. Bem, se ainda sentia algo por ela, certamente não tinha a intenção de demonstrar.

— Vamos ver o que tem no outro quarto do sótão. Acho que os empreiteiros ainda nem chegaram a vir até aqui.

— Ah, tem uma cama de casal e um colchão — observou Sophie.

— Mas não tem nenhuma antiguidade incrível.

Ela foi até a janela para ver se a vista daquele quarto era diferente da do outro. Naquele momento, um carro parou na frente da casa.

— Acho que a decoradora chegou.

— Vou recebê-la — disse Luke.

Sophie ficou ali olhando enquanto Becky estacionava o carro e Luke a cumprimentava. Depois, desceu até o primeiro andar para dar uma olhada no quarto principal. Já estava indo se juntar a eles quando viu um carro preto enorme passar pelo portão.

Ficou olhando, paralisada, enquanto Luke e Becky se viravam para ver o carro. O veículo estacionou e então uma mulher que estava sentada no banco de trás saltou. Ela ficou esperando até que uma senhora saísse do carro também.

— Matilda! — gritou Sophie e correu até a escada. Mas então hesitou. Era melhor deixar Luke cumprimentar Matilda primeiro e deixar que ele apresentasse a avó a Becky.

Sophie ficou olhando enquanto Luke corria até a avó. Ele lhe deu um abraço apertado e chegou a levantá-la do chão, até gentilmente colocá-la em terra firme.

Sophie não conseguia ouvir o que eles diziam, mas viu que estavam rindo. Depois ficaram em silêncio, e então Matilda olhou para a casa que buscava fazia tanto tempo.

Após alguns minutos, Sophie não aguentou mais o suspense. Ela precisava saber o que Matilda tinha achado da casa. Sophie deu uma última olhada pela janela e então, de repente, percebeu que aquela planta trepadeira estava se abrindo em flores. Era uma glicínia.

# Capítulo 23

— Sophie! Querida! Que ótimo ver você! Você está... bem!

Sophie abraçou Matilda quase tão forte quanto Luke.

— Matilda! Por que não disse que viria?

— Bem, a verdade é que nem eu sabia que viria. Mas, quando me dei conta de que você estaria aqui com o Luke supervisionando a obra da minha casa, pensei: "Por que não estou lá também?" Então decidi vir com April. Achei que deveríamos estar todos juntos neste momento.

Sophie quis perguntar "Que momento?", já que não parecia haver nada especial a ser celebrado, mas desistiu. Matilda já era bem velhinha e tinha acabado de cruzar o Atlântico. Em vez disso, falou:

— Sei que a senhora deve ter viajado de primeira classe e vindo para cá com um motorista, mas ainda assim é uma viagem cansativa! O trânsito em Londres estava muito ruim?

Matilda fez que não com a cabeça, a expressão levemente consternada.

— Não, querida, acabamos de vir do aeroporto. Levamos apenas uns quarenta minutos.

— A vovó veio de Newquay — explicou Luke. — De jatinho particular.

— Ah, sim.

Sophie achava que já tinha se habituado ao mundo dos ricos, mas um jatinho particular cruzando o Atlântico parecia algo muito fantasioso, que só existia em filmes.

— E April cuidou de mim — disse Matilda. — April, venha conhecer Sophie.

April era uma mulher simpática, de meia-idade, que parecia um tanto surpresa por estar na Cornualha cercada de estranhos.

— Se me dão licença — falou ela, depois de cumprimentar todos educadamente —, vou voltar para o carro e descansar um pouco. Não durmo direito em aviões.

— E como a senhora encontrou a casa? — perguntou Sophie, se lembrando de que havia sido difícil para ela e Luke chegarem ao local.

— Nosso motorista colocou o CEP no GPS e nos trouxe diretamente para cá.

É claro que foi isso! Era tedioso de tão fácil.

— É até engraçado, e de certa forma errado, que essa casa tenha um código postal — observou Sophie, falando consigo mesma.

— É verdade — concordou Luke, para surpresa dela. — Parece um conceito muito moderno para um lugar como este.

Os olhos dos dois se encontraram por um momento, e Sophie se perguntou se aquela casa significava tanto para Luke quanto significava para ela. Mas era pouco provável — principalmente para esse novo Luke. Sophie poderia até ter caído nessa, se Ali não o tivesse arrastado de volta para o mundo real. Mas tudo havia mudado. Ela sabia exatamente qual era o lugar dele.

— Agora me deixem ver a casa — pediu Matilda. — Becky e Sophie, me acompanhem — disse ela, dando o braço a Sophie e se perdendo em meio a recordações. — Não sei ao certo quantos anos eu tinha quando estive aqui pela primeira vez, só sei que me buscaram na estação de trem numa charrete puxada por cavalos. Disso eu me lembro. E de que achei o cavalo enorme! Bem, provavelmente era bem grande mesmo, porque eu, que tinha um pouco mais de meio metro, mal chegava à altura dos joelhos dele. Levamos um tempão da estação até aqui e, quando passamos pelo vau, a minha avó, acho que foi a minha avó, ou uma das duas senhoras, disse "Agora falta pouco". Eu dormi naquele quartinho... Ah! Eu trouxe minha câmera! Prometi ao pessoal lá de casa que tiraria fotos.

Matilda foi de quarto em quarto revivendo lembranças e tirando fotos. Becky e Luke foram com ela até seu quartinho no sótão, mas Sophie ficou esperando. As escadas eram bastante estreitas e o espaço, muito pequeno para todo mundo. Imaginando que Matilda se cansaria com o passeio pela casa, Sophie juntou as cadeiras que os trabalhadores usavam para descansar nos intervalos e as arrumou na sala, onde estava claro. O vento estava começando a ficar mais forte, e Sophie não queria que Matilda sentisse frio. Seria bom se tivesse alguma coisa para ela beber também.

Matilda parecia cheia de energia quando chegou, junto com os outros, ao cômodo onde Sophie arrumara as cadeiras.

— Meu quartinho continua igual! A cama, o baú para guardar lençóis e o tapete de retalhos. Mesmo depois de todos esses anos! Bem, talvez não seja o mesmo tapete, mas é bem parecido.

— Que incrível! — observou Sophie. — Não quer descansar um pouco agora?

Embora parecesse ter aguentado muito bem a viagem, Matilda concordou e se sentou. Todos os outros também se sentaram em seguida.

— Então, Becky, querida, o que está pensando em fazer? — perguntou ela, depois que todos se acomodaram.

— O problema, Sra. Winchester, é que só posso ajudar quando souber o que a senhora deseja fazer com a casa. Vai ser uma casa para uma família? A senhora vai alugá-la? Vai dividi-la em apartamentos de veraneio?

— Vamos pensar nela como uma casa para uma família passar as férias — respondeu Matilda, olhando de relance para Sophie e Luke. Talvez ela estivesse querendo uma opinião, mas ninguém disse nada.

— Está bem — concordou Becky. — Vamos pensar na casa como um todo. Qual é o cômodo mais importante?

— A cozinha — respondeu Sophie, esquecendo por um momento que aquilo não era da sua conta. — Não gosto dela como está agora.

— É bem tradicional. Se mudarmos a cozinha, podemos perder algumas características específicas de época — explicou Becky. — Felizmente a casa não é tombada, então vocês poderão fazer o que quiserem. Mas precisamos levar em conta a integridade do imóvel.

— Não dá para ver nada pelas janelas — ponderou Sophie. — Me lembra aquelas escolas antigas, onde as janelas são altas para que entre luz no ambiente, só que não dá para ver nada do que tem lá fora. Provavelmente estas são assim pelo mesmo motivo, para que os empregados fizessem o trabalho sem se distrair.

— Nossa! — disse Becky, surpresa com a veemência de Sophie.

A própria Sophie também ficou surpresa.

— Mas se derrubarmos uma das paredes e instalarmos um grande solário no lugar dela, podemos ter uma lareira, luz do sol e muito espaço — sugeriu Sophie.

— Seria uma parede externa — disse Becky, anotando tudo. — Podemos usar aço ou algo assim para dar suporte. Mas ficaria caro — observou.

— Não vamos nos preocupar com os custos neste momento — disse Matilda.

— E precisamos de mais banheiros — ressaltou Luke.

Becky concordou com a cabeça.

— Felizmente os quartos são bem grandes, então podemos transformar todos em suítes sem perder muito espaço. Dei uma boa olhada quando estive aqui no outro dia — acrescentou a decoradora, explicando a Matilda que já estava familiarizada com o imóvel.

— A senhora vai querer uma sala de jantar separada, já que a cozinha vai ficar muito grande? — perguntou Sophie. — Se não quiser, o que vai fazer com aquele cômodo? É enorme.

— Seria uma boa ideia ter uma sala para a família — respondeu Matilda. — Um lugar onde os mais jovens pudessem curtir.

— Curtir, vó? — perguntou Luke, sorrindo.

— Você entendeu o que eu quis dizer, querido — rebateu Matilda.

— E o que vocês estão pensando em relação ao orçamento? — perguntou Becky. Luke e Matilda olharam para ela, confusos. — Até quanto estão dispostos a gastar? É bom saber os valores antes de começar a instalar acabamentos dourados em todos os banheiros.

— Ela está se referindo às torneiras — explicou Sophie a Luke.

— Não se preocupe com os gastos — respondeu Matilda. — Só queremos qualidade.

— Está bem — concordou Becky, anotando tudo freneticamente.

Matilda se levantou.

— Sophie, querida, pode me acompanhar até lá em cima de novo? Quero ir ao sótão tirar uma foto do meu quartinho. Acabei me esquecendo de fazer isso.

— É claro!

Sophie foi atrás de Matilda, preparada para segurá-la, caso ela caísse daquelas escadas em espiral, mas a simpática senhora subiu com passos firmes e foi até a janela.

— A vista não é maravilhosa? — perguntou Sophie. — Deve ter sido um quarto perfeito para uma menininha.

Matilda tirou algumas fotos, depois as duas foram para o outro quarto do sótão.

— Este é maior — observou Matilda. — Podíamos derrubar a parede e fazer uma grande suíte aqui.

— Se é o que a senhora quer, devia comentar isso com a Becky. Ficaria incrível.

— Você acha?

Sophie franziu o cenho.

— Bem, se a casa fosse minha e eu tivesse filhos, acho que não ia querer ficar tão longe deles.

— Você quer ter filhos, Sophie?

Era a segunda vez no dia que lhe faziam aquela pergunta.

— Sim, sempre quis. Quando encontrar a pessoa certa, claro. Sempre quis ter uma família grande — respondeu e fez uma pausa. — Bem, mas não há garantia de que terei uma família um dia.

Ela suspirou, imaginando se conseguiria se apaixonar novamente ou se Luke povoaria seus sonhos para sempre, mesmo que a vida real fosse com outra pessoa bem diferente dele.

Matilda tocou o braço dela com ternura.

— Hoje em dia há técnicas maravilhosas para quem tem problemas de fertilidade.

Apesar do ar melancólico, Sophie deu uma risada. Sua preocupação não era exatamente com a fertilidade, mas com quem seria o futuro pai de seus filhos.

— Já viu o que queria? A senhora deve estar cansada.

— Um pouco — confessou Matilda. — Mas não conte a Luke. Ele ainda está um pouco irritado comigo por ter comprado esta casa, mas tenho meus motivos e acho que vai ser muito divertido organizar tudo.

— E imagino que, tendo um jatinho, a senhora poderá vir para cá quando quiser.

— Sim, querida — respondeu Matilda, descendo as escadas.

Becky estava com uma prancheta nas mãos e tinha feito alguns desenhos.

— Sra. Winchester, só preciso saber um pouco mais sobre seus gostos, que cores e tipos de tecidos prefere — disse ela, quando Matilda e Sophie voltaram. — Esse projeto é um presente! Vou fazer um painel de humor.

Matilda sorriu.

— Bem, querida, acho que Sophie pode ajudar você com isso. Minhas ideias talvez sejam um pouco antiquadas.

Sophie riu.

— Eu não acho! A senhora sugeriu transformar o sótão numa suíte master. Essa ideia é bem moderna.

— Hmm... Mas você não gostou da ideia, então não faremos isso.

— Não leve em conta o que eu acho, a casa é sua! Eu só estava falando que eu gostaria de ter...

Sophie parou ao se dar conta de que Luke estava olhando para ela. Não queria compartilhar com ele seu sonho de ter filhos.

— Bem, Sra. Winchester... — começou Becky. Ela provavelmente estava tendo dificuldades em saber o que a cliente de fato queria. — Do que a senhora gosta? Seus gostos são mais contemporâneos, como Sophie sugeriu? Ou a senhora prefere seguir uma linha que mantenha as características da casa?

— Eu sugiro manter as características da casa — falou Luke. Todos olharam para ele.

Matilda inclinou a cabeça, em dúvida.

— Acho que me parece o certo. O que acha, Sophie? — disse Matilda.

— Eu não sei! Não gosto muito daquelas casas que vemos nos programas de TV, onde tudo parece perfeito, casando com a decoração da época, mas nada confortável. Acho que precisamos encontrar um equilíbrio entre o tradicional e o moderno.

— Seus instintos estão corretíssimos — elogiou Becky, fazendo mais anotações. — Agora vou dar uma olhada na parte externa da casa.

— Luke e Sophie, vocês não querem ir com a Becky? Vou ficar aqui descansando um pouco.

Sophie sentiu frio ao saírem da casa, e Becky pegou um casaco para ela no carro. O tempo estava mudando, agora havia nuvens escuras no céu. Ainda era abril, e faltava um tempinho para o verão.

Enquanto os três seguiam para o jardim murado e Luke e Becky discutiam as vantagens de ter uma piscina — coberta e aquecida com painéis solares — ou uma horta, Sophie pensava se realmente devia ficar ali. Agora que Matilda havia chegado, ela não era mais necessária. E ela não sabia se conviver com Luke sem tê-lo para si estava sendo prazeroso ou doloroso. De qualquer forma, era ótimo estar com ele e ouvir sua voz. Ao vê-lo com Matilda, tão carinhoso e protetor, Sophie se lembrou de quando ele fora assim com ela também. Mas então Ali apareceu, empurrando a realidade goela abaixo deles. Ou de Sophie, pelo menos. Luke provavelmente já sabia que aquele romance era algo temporário e que não sobreviveria à vida real.

Ela passeou pelo jardim murado e pela parte de trás da casa, que estava intocada fazia muitos anos, até que se juntou novamente a Becky, Luke e Matilda.

— Sophie, querida — começou a simpática senhora, que parecia revigorada após o descanso. — Que cores gostaria de colocar na sua cozinha?

— Nesta cozinha, a senhora quer dizer? Bem, claro que isso é uma decisão para a dona da casa, mas eu gosto de cores quentes, de amarelo e vermelho. Talvez um marrom claro, ou um salmão. O que acha, Becky?

— Se a senhora tiver belas cortinas, pode escolher a cor a partir delas — respondeu Becky. — E poderia escolher outro tom para combinar com o sofá. A não ser que encontre algo antigo que gostaria de manter, para criar um visual meio chique esfarrapado.

— Chique esfarrapado? — repetiu Matilda e olhou para Luke. Ambos se viraram para Sophie, que estava rindo.

— Talvez vocês não estejam familiarizados com esse conceito — explicou Sophie. — Acho que é algo britânico.

— Estamos, sim — disse Luke. — Usamos isso nos Estados Unidos também.

— E de que tipo de tecido você gosta? — perguntou Matilda, continuando a conversa, sem dar muita atenção à menção àquele tal estilo.

— Isso eu realmente não sei — respondeu Sophie. — Nunca escolhi tecidos para nada. Sempre trabalhei com o que tinha disponível. Acho que ter muitas opções para escolher é complicado.

— Becky, querida, por que não reúne umas amostras para que Sophie possa escolher a partir delas? — sugeriu Matilda.

— Não entendo! Por que a senhora está levando as minhas escolhas em consideração? — questionou Sophie. — Matilda, a casa deve ser decorada de acordo com o gosto *da senhora*. Não consegue se lembrar de nenhum tecido que havia aqui quando era pequena?

— Acho que não. Eu era muito pequena, só lembro que havia uns pássaros — respondeu Matilda.

— Ah, William Morris! — disse Becky. — As estampas dele combinariam muito com a casa. Vou procurar algumas amostras.

Matilda bocejou, e Luke imediatamente apareceu ao seu lado.

— A senhora está cansada, vovó. Vou levá-la para o hotel. Onde está hospedada?

— Não fizemos reserva. Nossa ideia era procurar algo quando chegássemos — respondeu Matilda.

— O hotel decente mais próximo fica em Truro — observou Becky. — Não há nada mais perto.

— Onde você está hospedado, querido? — perguntou Matilda a Luke.

— Estamos num chalé...

— De uma mulher adorável chamada Moira — interrompeu-o Sophie, acreditando ter encontrado uma maneira de ir embora sem parecer que estava fugindo. — A senhora pode ficar com o meu quarto. É bem exótico e confortável — sugeriu ela, quase acrescentando um "não é mesmo, Luke?", mas parou de falar a tempo.

Luke não estava tão preocupado em ser discreto.

— Sim, é um ótimo quarto, embora bem menor do que a senhora está acostumada.

— É um quarto de casal! — rebateu Sophie um tanto indignada, mas depois lembrou que a suíte de Matilda em Connecticut provavelmente era maior do que o chalé de Moira inteiro.

— E há outro quarto para April — disse Luke.

A percepção de que Luke também estivesse procurando uma desculpa para fugir pareceu uma afronta, mesmo que Sophie soubesse que as coisas seriam bem mais fáceis sem ele ali. Ainda assim, Sophie não queria ser abandonada de novo: dessa vez, ela queria ser a pessoa que ia embora.

— Com certeza Moira deve conhecer outra pousada onde vocês dois possam ficar — sugeriu Becky.

— Precisamos de dois quartos — disse Sophie, caso Becky não tivesse entendido.

— Vocês podem alugar quantos quartos quiserem — respondeu Becky, sem entender por que Sophie havia feito questão de deixar aquilo claro.

— Bem, vamos voltar para o chalé da Moira. Podemos resolver a questão da hospedagem lá — propôs Luke.

— Acha que devemos ligar antes? — perguntou Sophie a Becky.

— Receber alguém como Matilda é como receber alguém da realeza.

— Não conheço a Moira tão bem, mas tenho certeza de que ela dá conta.

Sophie correu para chegar à pousada primeiro, mesmo que isso significasse dirigir mais rápido que o normal e estacionar o carro na porta do chalé de Moira, e não no estacionamento, bloqueando uma parte da rua.

— Moira! Matilda, a avó do Luke, acabou de chegar dos Estados Unidos com uma acompanhante. Elas vão precisar de quartos. Tem algum lugar onde Luke e eu possamos ficar? Ou é melhor eu ir para casa?

— Calma, você está muito agitada! Preciso arranjar quartos para quantas pessoas?

— Quatro. Mas não se preocupe, sei que você não tem. Vou estacionar o carro, eles vão chegar em breve.

Chovia forte, mas ela andou sem pressa na volta para o chalé. Queria dar tempo para que Luke fizesse as apresentações e desse todas as explicações. Queria também uma oportunidade para preparar seu discurso de despedida, usando a falta de quartos como desculpa para voltar para casa.

Ela tirou o casaco molhado e foi conduzida até a cozinha, onde todos tomavam chá e comiam bolo. Ela começou a explicar por que precisava ir embora imediatamente quando Matilda falou:

— Está tudo bem, querida. Uma amiga da Moira tem quartos sobrando. Você e Luke podem ficar lá. Ainda preciso de você por aqui.

— Eu preciso voltar para Londres — disse Luke. — Tenho uma reunião.

— Você disse que só teria reunião à tarde — observou Matilda. — E pode usar o jatinho. Preciso de você aqui para ajudar Becky a tomar algumas decisões.

Sophie bebeu um gole de chá, pensando que Matilda podia ser bem mandona quando queria. Foi um erro subestimá-la, achando que ela era apenas uma velhinha fofa. Matilda realmente era uma velhinha fofa, mas também muito decidida, além de não ter nenhum problema em convencer as pessoas a fazerem o que ela queria.

— Não precisamos decidir nada agora. Vou fazer um painel de humor com base no que vocês já me contaram. Assim podem me dizer se tem algo de que não gostam — disse Becky, olhando para a mesa cheia de canecas, pratos e bolo, sem saber direito quem era seu cliente e para quem devia olhar.

— Você poderia mandar as fotos para Matilda? — perguntou Sophie. — Assim ela conseguiria mostrar a casa e suas ideias para a família.

— Claro que posso — respondeu Becky. — Assim que juntar algumas ideias, farei isso.

— Fotos! — exclamou Matilda. — Acabei de me dar conta de que não estou com a minha câmera. April, querida, está com você?

— Eu estava cochilando no carro. A senhora não a entregou ao Sr. Winchester?

Luke fez que não com a cabeça.

— A senhora estava com ela quando foi ao seu antigo quarto — lembrou-a Sophie. — Tirou muitas fotos. Provavelmente a deixou lá — disse, levantando-se. — Eu devia ter checado se não estávamos deixando nada para trás. Posso ir até lá e procurar.

— Mas está chovendo! — rebateu Matilda.

— Eu sei! Mas não sou de açúcar! — disse Sophie, feliz por ter uma desculpa para sair daquela cozinha lotada. Havia muita confusão e mal-entendido ali, além de Luke, é claro.

— Olhe, é sério, você não devia ir lá a não ser que seja necessário. Com esse vento todo... — recomendou Moira.

— Vou voltar antes que sintam minha falta! — falou Sophie, ajeitando a cadeira em seu lugar à mesa.

— Bem, obviamente você não devia ir até lá sozinha — disse Luke.

— Não tem nada de óbvio nisso. Só esquentem a água para quando eu voltar.

A chuva gelada e o vento de fato estavam fortes, e seu casaco ainda estava úmido, mas Sophie não se arrependeu de ter se oferecido para ir até a casa buscar a câmera de Matilda. Ela até gostou de ouvir os protestos de Luke para que não fosse sozinha. Ainda que fossem discretos, provavam que ela podia se dar bem com ele. E mesmo que ela tivesse precisado da ajuda dele com a questão dos direitos de perfuração, agora podia se virar sozinha com suas questões emocionais.

De repente havia água para todos os lados. Sophie se deu conta de que os pequenos córregos nas colinas haviam virado fortes correntezas, e o excesso de água invadia a estrada. Passou a dirigir com cuidado e sentiu que tudo estava sob controle. Sentia-se mais confiante agora estando na direção e tinha certeza de que conseguiria ir até a casa e voltar sem grandes problemas com seu carro alugado novinho. Ficou imaginando o que Moira serviria para todo aquele pessoal no jantar e se sentiu culpada por tê-la deixado sozinha para fazer tudo. Mas voltaria a tempo para ajudar a descascar batatas, se fosse necessário. Moira sabia que podia contar com ela.

O pequeno vau agora estava bem cheio, e Sophie parou o carro a fim de tentar avaliar sua profundidade. Se houvesse uma maneira de fazer o retorno, ela teria voltado para o chalé de Moira naquele momento.

Mas não tinha como, então seguiu em frente, e com cuidado. Aquela parecia ser a melhor decisão.

O carro atolou no meio do vau, e Sophie se deu conta de que ia afundar. Foi completamente tomada pelo medo. Teria de saltar do carro e ir andando. Então abriu a porta com dificuldade, e a água começou a inundar o veículo. Conseguiu segurar sua bolsa antes que ficasse encharcada também, mas o celular caiu na água.

Por um segundo, ficou olhando o celular desaparecer, mas logo entendeu que não tinha tempo a perder. Precisava sair do carro e daquela enchente antes que as coisas piorassem.

Felizmente, ela tinha o carro para se apoiar. Continuou em frente, sabendo que não seria possível voltar. A casa de Matilda não estava muito longe. Ela poderia arrombar a porta e ficar abrigada lá.

Quando saiu do carro, quase não dava pé, mas Sophie conseguiu se agarrar a um galho e sair do vau. Quando já estava de volta à estrada, ficou um tempo parada ali, tremendo e ofegante. Era alívio. Ela conseguira se livrar da correnteza. Não tinha se afogado. O caminho até a casa levou uns vinte minutos, mas não era nada comparado ao que acontecera antes.

Sophie foi até a porta dos fundos, na esperança de que ninguém a tivesse trancado. Para seu alívio, não estava trancada, e ela conseguiu entrar. Assim que finalmente viu-se em um lugar seco, abriu a bolsa para procurar a lanterna, torcendo para que não tivesse molhado. Milagrosamente estava seca. Ao ligar a lanterna, a primeira coisa que viu foi uma pilha de lascas de lenha, então se deu conta de que estava em um pequeno depósito, onde os empreiteiros tinham guardado alguns entulhos da obra para que o espaço não ficasse tão desarrumado. E ainda bem que eles tiveram essa ideia. Se arranjasse alguma coisa para acender o fogo, podia até fazer uma fogueira, caso levasse um tempo até ser resgatada.

Conscientemente Sophie sabia que estava segura ali, mas o choque de quase ter sido levada pela correnteza e de estar sozinha, no escuro, numa casa vazia, estava começando a deixá-la bem assustada. Ela não gostava de ficar no escuro.

Precisava ser prática.

A pilha da lanterna não duraria muito, então Sophie a desligou e tentou acostumar seus olhos à escuridão. Enquanto isso, reuniu lascas de lenha, restos de jornal, pacotes de cigarro e outros materiais inflamáveis e foi para a sala de jantar. Havia uma lareira ali menor do que a da sala de estar, então acenderia mais rápido. Ela torceu para que sua ideia funcionasse.

Precisou continuar usando a lanterna por mais tempo do que gostaria, e a ideia de ficar sozinha naquela casa vazia, no frio e no escuro, a deixou apavorada. Sophie já estava congelando, mesmo andando de um lado para o outro pelo cômodo. Não conseguiria ficar se movimentando a noite inteira para espantar o frio.

Sentindo uma mistura de desespero e esperança, foi para a parte dos fundos da casa, na direção da cozinha e da despensa. A casa era grande, com certeza ela encontraria algo para acender um fogo; um pedacinho de vela ou um lampião ainda com um pouquinho de óleo, talvez alguma substância química.

Os dois primeiros cômodos estavam vazios, o que a fez ficar mais ansiosa. Ela não conseguia acreditar que numa casa tão grande quanto aquela não houvesse nada que pudesse ajudá-la.

No último cômodo havia uma prateleira. Parecia um lugar onde a antiga família guardava algumas tralhas que já não tinham mais utilidade: jarras cheias de pregos enferrujados, vários rolos de barbante, ráfia para enrolar plantas e caixas de papelão velhas. Sophie sabia que haveria aranhas ali. Não havia nenhuma chance de ela chegar perto daquela prateleira sem despertar alguns monstrinhos.

Aquele pensamento a desanimou totalmente. Havia escapado de uma enchente, andara em meio a uma chuva torrencial e estava tão molhada que até sua roupa íntima parecia encharcada, e sentia tanto frio que tremia convulsivamente. Ali naquela prateleira talvez houvesse fósforos, uma vela, óleo, ou qualquer item capaz de impedi-la de congelar. E, no entanto, a jovem estava paralisada de medo porque não conseguia suportar a possibilidade de uma daquelas criaturas de oito patas lhe subir pelas mãos.

— Está bem — disse em voz alta, e imediatamente se arrependeu de ter aberto a boca; sua voz soava muito assustadora no escuro. — Vai levar só um minuto, vou derrubar tudo o que tem nessa prateleira e ver o que acontece.

Então Sophie se deu conta de que talvez quebrasse algo que poderia ajudá-la a providenciar calor e luz, ou até coisa melhor. Não tinha jeito, ela teria de encarar as aranhas. Para isso, precisava alcançar a prateleira e ir tocando nos itens para tentar discernir o que poderia ser útil ou não. Ela faria isso. Precisava ser forte.

Sophie se agachou com as costas coladas na parede, as roupas ensopadas fazendo barulho enquanto ela se mexia. Fechou os olhos. Estava tremendo muito. No final vai dar tudo certo, disse a si mesma. Logo isso vai ser uma história engraçada para contar aos amigos. Sophie se imaginou contando sua experiência tenebrosa com as aranhas nesse quartinho e todo mundo rindo enquanto ela relatava seu drama. Ia ficar tudo bem, ela sabia. Tinha certeza, na verdade. Mas quando?

Ela não tinha a menor ideia de quanto tempo havia passado ali, agachada no chão, tentando decidir se voltava para a casa principal ou se procurava fósforos — mesmo que a chance de encontrá-los fosse bem pequena — quando ouviu um barulho. E deu um grito.

# Capítulo 24

Inconscientemente Sophie sabia que não era um ladrão, um invasor nem um fantasma. Sabia que devia ser a polícia, ou os bombeiros ou alguém enviado para resgatá-la. Mas não conseguiu evitar as ondas violentas de adrenalina que fizeram seu corpo entrar em pânico. O eco de seu grito na escuridão a deixou ainda mais aterrorizada.

O que se seguiu foi uma confusão de xingamentos e exclamações, depois alguém tropeçando e caindo no chão. Os xingamentos foram ficando mais altos e Sophie identificou um sotaque americano.

— Luke?

— Puta merda, Sophie! O que você está fazendo aqui? Achei que tivesse se afogado!

— Desculpe por decepcionar você.

Ele deu um urro, xingou mais alguns palavrões, e então Sophie sentiu as mãos dele em seus ombros. Ele apertou tão forte que ela sentiu a pele formigar.

— Achei que você estivesse morta e você faz piada! Qual é o seu problema?

— Desculpe! Fiquei muito assustada! O que está fazendo aqui? E por que achou que eu estava morta?

— Porque você saiu no meio de uma enchente e não atendeu mais o celular! Pessoas se afogam em enchentes, sabia?

— Mas eu não me afoguei. Estou bem! — rebateu ela, se sentindo um pouco envergonhada. — Mas por que você estava me procurando aqui e não na casa principal?

— Eu procurei você lá e não te achei! — respondeu Luke, ainda gritando. — O que você está fazendo aqui nesse quartinho horrível?

— Achei que poderia encontrar algo útil aqui. Estava procurando fósforos ou alguma coisa com a qual pudesse acender um fogo — respondeu Sophie, percebendo que estava gaguejando. Seria mais fácil se não estivesse tremendo.

As mãos dele em seus ombros relaxaram um pouco.

— Eu imaginei que talvez estivesse aqui por isso. Se eu não te achasse pensaria que você poderia ter sido arrastada pela água.

— Mas eu não fui!

— Você não atendeu o celular!

— Ah, esse, sim, *foi* arrastado pela água. Ele caiu quando abri a porta.

— Você podia ter caído! Tem noção do perigo que estava correndo? Assim que você saiu, Moira disse que os córregos ficam obstruídos quando chove muito, e, quando o bloqueio cede, a correnteza é tão forte que tudo alaga em questão de minutos!

— É?

Sophie não sabia o que responder porque estava com muita vergonha, se sentindo uma idiota.

— E você arriscou a vida por causa de uma porra de uma câmera!

A sensação de vergonha começou a diminuir; Sophie não conseguia pensar direito com toda aquela gritaria, e Luke ainda apertava seus ombros, balançando seu corpo a cada frase.

— Eu não sabia da enchente. Moira não me disse nada.

— Ela disse, sim! — falou ele, gritando de novo. — Você que não escutou! Você é muito cabeça-dura!

— Desculpe. Eu não sabia...

— Você podia ter se afogado! Eu podia ter me afogado!

— Mas você não precisava vir até aqui! Podia ter chamado os bombeiros, a polícia, ou qualquer pessoa!

Houve uma pausa. Ele soltou os ombros dela.

— A noite está sendo muito agitada. Eles devem estar recebendo centenas de ligações. Talvez só conseguissem te resgatar de manhã.

Luke foi ficando mais calmo, então foi a vez de Sophie se mostrar com raiva.

— Eu teria ficado bem! Não tinha necessidade de arriscar sua vida para vir me buscar! Eu não pedi isso!

— Moira está procurando uma pessoa que tem um veículo grande, um trator ou algo assim, para vir ajudar.

— Acho que não quero fazer ninguém correr risco nessa chuva.

— Ah, não seja ridícula!

— Não estou sendo ridícula! Pode ligar para Moira e cancelar o resgate.

— Não posso!

— Por quê?

Ele deu um suspiro de irritação.

— Porque deixei meu celular carregando no carro.

— E onde está o seu carro?

— Num terreno alto. Eu andei bastante até aqui.

— Ah.

— Eu vi o seu carro e ele acabou sendo útil para me ajudar a atravessar o vau, que agora já virou um rio.

Sophie desabou de volta em seu cantinho, tremendo. Ela se sentia péssima. Estava encharcada, morrendo de frio, e, para completar, Luke a desprezava. Ela desprezava a si mesma, na verdade. Os dois podiam ter morrido.

— Então — começou Luke, um pouco depois. — Você encontrou algo útil?

Ele estava mais calmo, mas não muito amigável.

— Ainda não. É difícil encontrar qualquer coisa nessa escuridão.

Sophie não comentou que seus esforços haviam sido interrompidos pelo medo de se deparar com aranhas.

— Vamos voltar para a casa principal — sugeriu Luke. Ele se abaixou e a puxou pelo cotovelo, levantando-a. — Você está congelando!

Ela não conseguiu falar, seus dentes batiam violentamente. Sophie sabia que era o frio, e o choque também.

— Venha até aqui.

Luke abraçou Sophie pelos ombros e a segurou, conduzindo-a de volta à parte principal da casa. Instantes depois, ela estava um pouco mais calma e se desvencilhou dele. Colocou uns fios de cabelo molhados atrás da orelha pensando que nunca mais ficaria aquecida de novo. Mesmo escuro lá fora, um feixe de luz passava pelas janelas. Ela percebeu que Luke estava procurando alguma coisa numa mala.

Ele tirou algo de dentro dela.

— Aqui está a lanterna — disse ele. De alguma forma, o cômodo ficou mais escuro depois que a ligaram. — Segure.

Luke entregou a lanterna para Sophie, e ela iluminou a mala enquanto ele procurava mais alguma coisa.

— Aqui está. — Ele tirou uma bolsa de dentro da mala e a entregou a Sophie — Aqui dentro tem um casaco. Além de comida, algumas velas e fósforos.

— Que incrível — falou ela, pegando o casaco e vestindo-o sobre as roupas molhadas. — Não tem uma toalha não, né?

— Não!

Ele ainda parecia bastante irritado, mas talvez só estivesse com frio.

— Tudo bem — disse Sophie, tentando parecer otimista. — Podemos acender a lareira e fazer um piquenique. Vamos nos aquecer.

— Como vamos acender a lareira?

— Tem lascas de madeira e algumas outras coisas no antigo depósito. Talvez a gente encontre troncos nas casas externas. Você trouxe os fósforos. Será que Moira colocou um acendedor de lareira na mala de emergência?

— Não, ela estava com pressa. Achamos que você tivesse se afogado ou que estaria tão molhada e gelada que morreria de hipotermia.

Tínhamos esperança de que você tivesse chegado até a casa, mas não tínhamos certeza.

Sophie engoliu em seco, pensando no perigo que havia corrido.

— Desculpe.

Ela estava com muito frio, mas, ao mesmo tempo, também queria fazer algo para que Luke parasse de desprezá-la. Ela precisava agir.

— Vou acender a lareira. Preciso fazer alguma coisa para que a gente se aqueça.

— Acho que você não tem muitas opções. Mas vai precisar disso — disse ele, jogando a caixa de fósforos para ela. A caixa caiu no chão.

— Obrigada. Será que você pode procurar uns pedaços de tronco?

Luke pegou a lanterna e saiu irritado do cômodo. Sophie encontrou sua pequena lanterna-chaveiro e foi até o depósito, onde estava todo aquele entulho. Por que Luke ainda estava tão furioso? Ela até entendia que o alívio ao encontrá-la viva tivesse se transformado em raiva. Era normal. Mas não fazia sentido o fato de ele continuar com raiva. Era ela quem tinha sido prejudicada — ela quem devia estar com raiva dele!

Felizmente havia um balde ali e vários tocos e lascas de madeira. Sophie encheu o balde com alguns materiais inflamáveis. Talvez, se ela conseguisse acender a lareira e Luke se aquecesse, o humor dele melhorasse.

Sophie sabia que ninguém ficava assim tão irritado com outra pessoa se fosse indiferente a ela. Será que era o caso de Luke? Ela esmagou esse restinho de esperança assim que o notou; Luke não queria Sophie, ele já tinha Ali.

Ela começou a montar a base do fogo. Fez algumas bolinhas com um exemplar do jornal *Sunday Sport* e as colocou na grade da lareira. As lascas de madeira ficaram no topo. Depois alguns tocos e, por fim, toras maiores.

Começou a subir muita fumaça, e de repente aquele fogo pareceu uma má ideia. Talvez fosse apenas porque a chaminé ainda estava fria. Mas Sophie sabia que era provável que a chaminé estivesse precisando de uma limpeza. Isso não seria nada bom. Se Luke já estava querendo esganá-la antes, o que ele faria agora que a sala tinha ficado inabitável? Eles podiam até ir para outro cômodo, mas Sophie queria o conforto de uma lareira. Não era nada agradável a ideia de ficar sentada num cômodo frio ao lado de um homem hostil.

Sophie abriu a janela para deixar a fumaça sair. Com sorte, Luke só voltaria quando o pior já tivesse passado, e ela poderia botar a culpa da fumaça na chaminé fria. A casa havia pertencido a uma senhora; certamente ela acendia lareiras nos velhos tempos, não é?

A fumaça começou a se dissipar, e Sophie fechou a janela, trocando o ar frio pelo quentinho. Ela puxou duas das cadeiras deixadas pelos empreiteiros para perto do fogo e foi dar uma olhada na mala.

Havia várias embalagens plásticas. Uma tinha bolo de frutas, outra tinha queijo. Havia ainda bolinhos de aveia e uma garrafa de conhaque pela metade. Sophie encontrou também copos de metal, uma garrafa de água e algumas velas. Ela as acendeu e grudou-as com a própria cera na cornija da lareira, torcendo para que a madeira ainda fosse ser lixada ou pintada e ela não tivesse feito nenhum estrago permanente.

Por que Luke estava demorando? Ele tinha uma lanterna. O que teria acontecido? Ela não podia acreditar que, justo agora, ele era mais uma de suas preocupações. Ela se sentou o mais perto possível do fogo, quase colocando as mãos dentro da lareira, mas não se sentia nada aquecida. Continuava com muito frio.

Decidiu reorganizar as roupas molhadas que estava vestindo. Tirou o casaco de Moira, que tinha jogado por cima das roupa, depois o próprio casaco, e então colocou o de Moira novamente. A calça jeans estava grudada ao corpo, então Sophie pensou um pouco e decidiu tirar primeiro as botas — que estavam completamente arruinadas — e depois a calça. Àquela altura, ela só servia para manter suas pernas molhadas e frias.

Pendurou as roupas mais molhadas numa cadeira e a colocou ao lado da ladeira. Se ficassem pertinho das chamas, talvez secassem um pouco.

Ela tinha acabado de se vestir de forma mais ou menos decente quando ouviu Luke voltar.

— Por que demorou tanto? — perguntou ela, agitada. — Fiquei preocupada!

Não foi uma boa ideia dizer aquilo.

— Achei alguns troncos — respondeu ele, jogando uma cesta enorme no chão. — Mas precisavam ser cortados. Por sorte, também encontrei um machado.

Sua respiração ofegante mostrava que ele tinha feito esforço.

— Ah, e você sabe fazer isso? — perguntou Sophie, para aliviar a tensão de estar pouco vestida.

— Claro que sei! Não sei que tipo de idiota você acha que sou, mas consigo cortar troncos de madeira!

— Só pensei que...

Luke jogou dois grandes tocos na lareira, e, assim que fez isso, algumas faíscas subiram pela chaminé.

— Acho que você não pensa muito, na verdade! — disse Luke.

Sophie desejou não ter se despido. Ela se sentia muito vulnerável assim, descalça.

— Penso, sim — rebateu ela, sem ser muito convincente.

— Não devia ter saído nesse tempo horrível. Resgatar a câmera da vovó não era uma questão de vida ou morte! Não foi só a sua vida que você colocou em risco, sabia?

— Olhe, não sei se você lembra, mas já pedi desculpas. Cometi um erro de julgamento. Não sabia que a estrada alagava tão rápido, mas ninguém morreu. Estamos bem. Por quanto tempo ainda vai ficar irritado com isso?

Um dos tocos de madeira caiu na lareira e de repente o cômodo ficou mais iluminado. Ela conseguia ver a expressão no rosto dele, mas não a entendia.

— Eu acreditava em você, Sophie. Achava que você era uma pessoa legal, talentosa, íntegra. Mas estava errado.

— É mesmo? — perguntou ela, sem saber muito bem qual das opiniões estava questionando.

— É! Descobri que, na verdade, você estava de olho no grande prêmio o tempo todo.

— Não estou entendendo.

— Você fez amizade com a minha avó...

— *Ela* fez amizade comigo.

— Ela confiou em você! E você a ajudou, mesmo isso sendo uma loucura...

— Você a ajudou também!

— Mas não a desperdiçar uma fortuna dela nesses destroços.

Sophie deu de ombros.

— Eu não fiz isso. Ela é uma pessoa bem determinada, que faz o que quer.

— Ela nunca teria feito uma coisa dessas se não fosse por você! Ela praticamente confessou isso.

— Ah é? Bem, isso não é responsabilidade minha.

— Eu acho que é, sim. E acho que você deveria *assumir* essa responsabilidade!

— Não! Você sabia que ela queria comprar a casa. O neto dela é você, era você quem ela devia ter ouvido.

— Bem, mas ela não ouviu. Por sua causa!

Sophie perdeu o controle. Estava tentando ser razoável e compreensiva, mas aquilo era tão injusto que toda aquela adrenalina, o desconforto e a ansiedade deram lugar a um surto de raiva.

— *Como você se atreve?!* Seu idiota, arrogante e pretensioso, como se atreve a me culpar pelo que Matilda fez?!

— A Ali disse... — começou ele e parou.

— O quê? O que a Ali disse? O que ela tem a ver com isso?

— Ela me disse que você e o seu namorado provavelmente estavam planejando arrancar alguma coisa da minha avó. Talvez até a casa!

— Ah, ela disse isso? Bem, para começar, eu nem tenho namorado...

— Tem, sim!

— Não, não tenho! Não fui eu que... — começou Sophie, mas não conseguiu terminar a frase e dizer que tinha sido ela quem teve uma noite de sexo incrível com alguém, mesmo estando comprometida.

— Você tem namorado — declarou Luke. — Tinha uma mensagem no seu celular. Ali leu. Estava bem claro.

— Não vou nem discutir o fato da Ali ficar lendo minhas mensagens, porque, se ela entendeu isso, garanto que... — Sophie parou. — Você leu a mensagem?

— Não.

— Bem, é uma pena, porque isso provaria que essa pessoa específica, com quem eu saí por um curto período de tempo, tem o costume de me mandar mensagens quando está bêbado e se sentindo solitário. Mas nós não estamos mais juntos, e terminamos muito antes de eu conhecer você — declarou Sophie, parando um pouco para respirar, agora sem se preocupar em esconder seus sentimentos de Luke. — Você, por outro lado, seu mauricinho milionário arrogante, me usou da pior forma! "Ah, você pode fingir que é minha noiva para que as mulheres não me perturbem?", "Ah, pode cuidar de mim quando eu estiver sem dinheiro na Inglaterra?", "Ah, pode transar comigo a noite inteira porque minha *namorada* não está disponível e eu fico com dor de cabeça quando não transo?". — Sophie quase cuspiu a palavra.

— Não foi nada disso!

— E não acho que o fato de você ter me ajudado com os direitos de perfuração aliviam sua culpa em nada. Eu paguei pelo seu trabalho!

— O quê? — perguntou Luke, ficando muito irritado de novo. — Você fez o quê?

— Você me ouviu, não é surdo! Eu paguei pelo seu trabalho com o dinheiro que o tio Eric me deu.

— Ah, então você o convenceu a te dar uma esmola, não é? Por que isso não me surpreende?

— Como você ousa falar assim?! Eu amo o tio Eric, e ele me deu o dinheiro para o curso. E foi só para que eu não precisasse esperar o pagamento do dinheiro do petróleo. Gastei uma parte pagando pelo seu trabalho.

— Eu não sabia disso — disse ele, sisudo.

— Muito ocupado para checar suas finanças, não é? Bem, Ali me disse quanto eu devia, e eu paguei. E, não, não me deram nenhum recibo!

— Não era para você ter me pagado. Eu trabalhei pro bono. De graça.

— Eu sei o que pro bono significa, obrigada! E ninguém gosta desse seu jeito presunçoso!

— Sophie!

Luke parecia chocado. Sophie não sabia se era por causa de seu vocabulário ou por algum outro motivo, mas de repente ficou com vontade de rir. Tentou disfarçar, mas não conseguiu. Quanto mais se dava conta de que aquilo era errado, mais ela ria.

— Está rindo de mim? — perguntou ele, e não esperou por uma resposta. Foi até ela, derrubou a lanterna e segurou seus ombros firmemente. Gritando, falou: — Não sei o que fazer com você! Assassinato parece uma boa opção.

Sophie ficou assustada, mas não demonstrou. Molhou os lábios e pigarreou.

— Não tem nenhuma resposta engraçadinha agora? — perguntou Luke.

Ela sabia que precisava fazê-lo rir também. Pensou numa estratégia arriscada, mas decidiu tentar.

— Se estivéssemos em um filme, você agora me chamaria de "sua bobinha tola" e me beijaria apaixonadamente.

— Ah, é? Vamos ver se você gosta disso!

A pressão da boca de Luke foi tão forte que ela sentiu o gosto de sangue quando os dentes se chocaram. Ele a segurava e a beijava como se a estivesse punindo, mas ela reagiu a ele como combustível reage ao fogo.

Eles se empurraram e pareciam estar brigando diante da luz das chamas na lareira, nenhum dos dois querendo soltar o outro, ambos tentando fazer algum tipo de estrago com toda aquela paixão. Línguas, lábios... dedos se esbarravam e se agarravam até que Luke enfim se desvencilhou.

— Meu Deus, Sophie. Minha vida seria muito mais fácil se eu não desejasse tanto você.

Sophie não conseguia falar. Cruzar o rio e quase ser arrastada pela correnteza não tinha sido tão cansativo quanto aquele momento. Ela fechou os olhos e tentou recuperar o fôlego.

— Aqui — disse Luke, depois de alguns segundos. — Beba isso. É conhaque. Acho que você precisa. Acho que nós dois precisamos — sugeriu, entregando a ela o copo de metal.

Ela tomou um gole generoso, tossiu e então se sentiu um pouco melhor.

— Você beija muito bem, Luke Winchester. Isso eu preciso admitir.

— Por que, sua...

Uma batida na porta fez os dois darem um pulo.

— Chegou a cavalaria — anunciou Luke, olhando nos olhos dela.

— Bem na hora. Antes que eu jogasse meu papo de mauricinho milionário arrogante para cima de você mais uma vez.

Sophie estava rindo, se valendo de seu senso de ridículo para esconder a enorme decepção.

— É melhor você recebê-los. Vou me vestir.

Sophie forçou suas pernas a entrarem na calça jeans molhada, achando tudo aquilo muito desagradável, querendo que a cavalaria não tivesse chegado para que ela e Luke pudessem ter outra noite de paixão, mesmo que fosse sobre aqueles tacos soltos no chão. Ela se sentiria culpada depois — agora que sabia que Luke era comprometido —, mas o faria mesmo assim.

— Bem, mocinha, o que andou aprontando? — Dois fazendeiros da Cornualha entraram na sala. — Devia saber que não se deve sair numa noite como essa!

— Sinto muito por ter causado tantos problemas — disse Sophie. — Onde eu moro não alaga assim tão rápido.

— Como vocês conseguiram chegar? — perguntou Luke. — A estrada está inundada e bloqueada pelo carro da Sophie.

— Viemos por cima, pelos campos — respondeu o fazendeiro. — A jovem Moira disse onde estavam. Tínhamos que vir buscar vocês, não é?

— Estamos muito agradecidos — afirmou Sophie. — Teria sido horrível passar a noite aqui.

— Parece que vocês deixaram a coisa bem aconchegante — observou um deles, apontando para a lareira.

— Mas não há colchão nem lugar para dormir. Quer dizer, acho que não — ponderou Sophie. Provavelmente aqueles dois simpáticos homens sabiam o que ela e Luke estariam fazendo naquele momento, se não tivessem chegado.

— É muita gentileza de vocês virem nos resgatar numa noite como essa — agradeceu-lhes Luke.

— Sim, eu sinto muito mesmo. Fui muito idiota. Se eu soubesse...

— Bem, depois que acontece é muito fácil saber de tudo — comentou um dos homens.

— E ela voltou só para pegar uma câmera — contou Luke. — É melhor eu ir buscar logo de uma vez.

— Está no sótão. Acho que sei onde está — disse Sophie. — Me dê a lanterna que eu vou até lá.

— Pode deixar que eu vou, você está descalça.

Quando Luke saiu da sala, Sophie começou a arrumar as coisas. Por último, pegou as botas. Pareciam sem vida, estavam totalmente destruídas e encharcadas. Era como se elas simbolizassem sua relação com Luke: haviam sido lindas e adoráveis um dia, agora não passavam de lixo. Enquanto calça os pés com o couro escorregadio, pensou se seria mesmo capaz de jogá-las fora algum dia.

# Capítulo 25

Um dos fazendeiros ajudou Sophie a atravessar o jardim murado e a subir o morro, onde estavam os tratores. O outro conduziu Luke de volta ao carro por uma trilha no meio do campo para que ele não precisasse passar outra vez pelo vau. Eles decidiram deixar o carro de Sophie no local até a manhã seguinte; a correnteza na enchente ainda estava muito forte e não valia a pena arriscar a vida mais do que já tinham feito.

— Eu me sinto péssima por fazer vocês passarem por isso. Fui tão estúpida — comentou Sophie, enquanto tropeçava e escorregava no caminho lamacento, andando com aquelas botas que não pareciam mais caber em seus pés.

— Não tem problema, senhorita, você não sabia.

— E está tudo bem com o carro do Luke? Ele vai conseguir dirigir de volta até o chalé da Moira?

— Acho que sim. Vocês estão "ficando", como dizem hoje em dia?

— Não. Não mesmo.

O fazendeiro fez uma pausa, talvez percebendo a mágoa de Sophie.

— Logo você vai estar no trator a caminho de casa, quentinha como uma torrada.

— Estou me sentindo muito culpada por tudo isso.

— Não se preocupe! Estamos acostumados com esse tipo de situação por essas bandas.

Moira estava esperando por eles quando o trator enfim estacionou em sua porta.

— Você está bem? — perguntou ao abraçar Sophie.

— Ela está bem — respondeu o fazendeiro. — Mas com frio. Precisa de um banho quente e de comida. Mas confio que você vai cuidar bem dela, Moira.

— Pode ter certeza, Ted. E prometo uma refeição para você e sua família também.

— Melhor levar a moça para dentro. Até breve!

— Então, aproveitou a carona no trator? — perguntou Moira ao levá-la até a cozinha.

— Ah, Moira, estou me sentindo péssima! Esses homens simpáticos podiam ter se afogado por minha causa! E Luke também! Ele já voltou?

— Ainda não. Vou colocá-lo no meu escritório. Tem uma cama de solteiro confortável lá. Eu mesma durmo lá quando recebo muitos hóspedes. Matilda e April já foram dormir — acrescentou.

Sophie franziu o cenho.

— Você *já tem* muitos hóspedes...

— Não se preocupe. Você vai ficar no meu quarto. Vou dormir na casa de uma amiga que mora aqui do lado.

— Luke não devia ficar no seu quarto? Eu posso ficar no escritório. Ele me resgatou, afinal. Devia ficar com o melhor quarto.

— Talvez — respondeu Moira. — O problema é que eu perderia horas arrumando o meu quarto para instalar o Luke lá. Você pode lidar com a bagunça.

Sophie deu um abraço em Moira.

— Você salvou a minha vida. Literalmente.

— Que nada! Agora vá tomar um banho. Use o meu banheiro.

— E o Luke?

— Ele pode tomar banho no banheiro de hóspedes quando chegar. Não se preocupe! Quando estiver pronta, temos sopa, e vou preparar uns sanduíches também.

— Você é maravilhosa, Moira! Mandou até uma mala de resgate para mim.

— Ande logo, menina! Você está encharcando a minha cozinha.

— Está bem. E desculpe por ter sido tão idiota.
— Ande logo!

Sophie teve a sensação de que entrar naquela banheira com água quentinha e perfumada foi a coisa mais deliciosa e luxuosa que já fez na vida. Não há nada mais prazeroso no mundo que um banho quente quando se está encharcado e com frio, pensou. Por alguns minutos a alegria daquela sensação se sobrepôs à tristeza que permeava seu corpo nos últimos tempos, muito mais forte que qualquer outro desconforto físico. Havia estragado tudo com Luke. É claro que ele já tinha Ali, mas Sophie agora estava certa de que, em algum momento, Luke sentiu algo por ela. Porém agora, de algum jeito, ela havia arruinado tudo.

Moira tinha uma almofada de banheira, então Sophie descansou a cabeça nela e fechou os olhos, aproveitando aquele calor delicioso. Conseguia ouvir barulhos lá fora: Luke deve ter chegado. Talvez Moira estivesse dando uma bronca nele, e Sophie se sentiu culpada por estar tomando aquele banho. Será que devia sair e perguntar se ele queria se deitar na banheira com água quente? Talvez ele não quisesse entrar na mesma água. Além disso, ele é americano; as pessoas nos Estados Unidos tomam banho de chuveiro.

Ela percebeu que tinha dado uma cochilada, mas não sabia por quanto tempo exatamente. A água já estava um pouco mais fria, então podia sair sem se preocupar com a temperatura do lado de fora. Ela se levantou da banheira, se secou e procurou um hidratante na prateleira de Moira. Depois de passar creme no corpo, vestiu o roupão de Moira e ficou indecisa. Estava com fome, mas não queria que Luke a visse naquele estado: o rosto ainda vermelho do banho e os cabelos num coque bagunçado porque não os havia prendido direito.

Não ia conseguir encará-lo. Escovou os dentes e foi para a cama. Ela o encontraria de manhã, maquiada e com a cabeça no lugar. Foi dormir.

\*

Sophie acordou às sete com o estômago roncando, mas logo lembrou o motivo de ter ido dormir sem jantar e pensou em se cobrir com o edredom e ficar ali mais um pouquinho. Não, isso era bobagem. Teria de encarar Luke em algum momento. Era melhor que fosse agora.

Viu que Moira havia trazido sua mala para o quarto, além de alguns sanduíches embrulhados em papel-alumínio. Moira provavelmente havia entrado no quarto na noite anterior e Sophie nem ouvira. Começou a comer um dos sanduíches enquanto vasculhava a mala. Pegou a única saia, uma meia-calça, um suéter e estava pronta. Exceto pelos pés. Não havia a menor chance de usar aquelas botas novamente, e muito menos agora, enquanto ainda estavam molhadas.

Sophie ainda estava criando coragem para descer quando alguém bateu à porta. Era Moira.

— Está acordada? Ah, que bom, já está até vestida. Se estiver pronta, pode descer um minutinho? Temos uma emergência e talvez você possa ajudar.

— É claro! Posso ajudar no que for. Vou descer imediatamente — disse ela, e fez uma pausa. — Você pode me emprestar esses sapatinhos de enfiar no pé? — perguntou Sophie, apontando para um par de mules de pele de carneiro.

— Claro.

Matilda e April estavam sentadas à mesa, Moira estava cozinhando algo no fogão e não havia sinal de Luke. Sophie relaxou um pouco.

— Bom dia! Desculpem o atraso.

— Você não está atrasada, querida — falou Matilda. — Mas estamos muito felizes em vê-la.

— Vocês claramente já estão acordadas há um tempo.

— Pessoas mais velhas costumam acordar cedo.

— Dormiu bem? — perguntou Moira, entregando a Sophie uma caneca de chá.

— Dormi feito uma pedra, obrigada — respondeu, puxando uma cadeira para se sentar. — E você? Espero que o quarto extra da sua amiga seja tão confortável quanto o seu.

— É um bom quarto — disse Moira. — E então, quer tomar café da manhã?

Sophie percebeu que os pratos diante de Matilda e April estavam sujos, o que significavam que já haviam comido.

— Dá tempo? Qual é a emergência? O que precisam que eu faça?

— Dá tempo de comer uma torrada — observou Matilda. — Se você comer rápido.

Moira olhou para ela.

— Eu fritei bacon para o Luke.

— Só a torrada está bom — disse Sophie. — E onde está o Luke? Dormindo ainda?

Houve uma breve pausa.

— Luke precisou ir embora, querida — explicou Matilda. — Talvez você não se lembre, mas ontem ele falou que tinha uma reunião.

— Ah... — disse Sophie. Embora estivesse morrendo de medo de encontrá-lo, havia ficado profundamente decepcionada agora que sabia que não o veria mais. — Pena que não pude me despedir e agradecer a ele por ter me salvado.

— Tudo bem, querida, você vai ter uma chance de fazer isso. Se puder nos ajudar.

— A emergência — completou Moira.

— Tem a ver com o Luke. Ele saiu com tanta pressa que me esqueci de lhe entregar um documento muito importante. Ele precisa assiná-lo.

— Ah, sim — reagiu Sophie, passando manteiga na torrada que Moira lhe dera e esperando que Matilda explicasse logo a situação. Sabia que ia precisar fazer alguma coisa e queria terminar logo com aquilo. — E como eu posso ajudar?

— Você precisaria pegar o carro, o meu carro, ir até o aeroporto, entregar o documento para ele assinar e trazê-lo de volta — orientou Matilda. — Você poderia fazer isso? Eu ficaria muito agradecida.

Como Sophie já havia percebido, Matilda não tinha chegado aonde chegou na vida sem uma boa dose de charme e persuasão, além de uma habilidade incrível de conseguir que as coisas fossem feitas do seu jeito. Sophie era boa em vencer aquele tipo de insistência, mas o sorriso de Matilda era irresistível. Ela começou a pensar freneticamente em uma desculpa — a simples ideia de encontrar Luke sozinho, longe de outras pessoas, a deixava aterrorizada.

— Eu até iria, mas não tenho nada para calçar. As minhas botas estão estragadas. Vou ter que comprar sapatos antes de ir embora para casa.

— Posso emprestar os meus mocassins — argumentou Moira rapidamente.

— April não poderia ir — sugeriu Sophie, olhando para ela —, já que é urgente? Pelo menos ela já está de sapatos. — Sophie abriu um sorriso simpático para deixar claro que não estava de má vontade, mas apenas sendo prática, como de costume.

— Ela está com dor de cabeça — respondeu Matilda, também rapidamente. — Já demos todos os analgésicos possíveis para ela tomar, mas nada adianta. Aliás, April, por que não vai se deitar um pouco?

— Eu posso tomar conta de Matilda — disse Moira.

— E eu nem preciso que alguém tome conta de mim — rebateu Matilda.

— Está bem, então. Vou fazer isso. Sem dúvida vou me sentir melhor em breve — concordou April.

— Vai, sim — disse Matilda.

— Vou levar água para você depois que tiver arrumado tudo para Sophie — avisou Moira.

— Pode deixar que eu mesma levo a água, não se preocupe — respondeu April, levantando-se da cadeira.

Aquilo tudo parecia estranho para Sophie, mas não podia acusar April de fingir estar com dor de cabeça. Todo mundo parecia acreditar nela.

— Bem, melhor eu achar um sapato então — disse Sophie, e já estava quase na porta da cozinha quando teve uma ideia. — O seu motorista não pode levar o documento, Matilda? Ele já vai me levar até lá mesmo...

— Ah, de jeito nenhum posso confiar essa tarefa a um estranho, querida! É muito importante! Eu o conheci ontem.

Diante da reação de Matilda, Sophie percebeu que teria de ir de qualquer maneira, não importava o quanto resistisse. Mas, ainda assim, se havia tanta pressa, talvez ela nem precisasse falar com Luke. Podia só entregar o documento para ele assinar e cair fora.

Moira foi encontrá-la no quarto.

— Vou achar um sapato para você. Acho que o seu pé é um pouco maior que o meu, e esse aqui fica bem largo em mim.

— Vai caber, sim. Na verdade, tenho pés bem pequenos para a minha altura. Vou só passar uma maquiagem e...

— Por que não faz isso no carro? — sugeriu Moira. — Leve logo a sua mala inteira. Vai economizar tempo.

— Ah, está bem. Provavelmente vou enfiar o rímel dentro do olho, mas pode ser que o trânsito esteja lento no caminho. Pode ter algum resquício da enchente — concordou Sophie, pegando a mala inteira em vez de só a bolsa de maquiagem. — Quando eu voltar, preciso arranjar um celular novo. Luke deu sorte de não ter perdido o dele na correnteza.

— Com certeza, mas ele estava mais preparado para sair na tempestade que você.

Moira não estava fazendo uma crítica, mas o comentário fez Sophie se sentir culpada outra vez por ter deixado todo mundo preocupado.

— Eu sei que você deve ter me achado uma idiota por ter saído daquele jeito, mas onde eu moro às vezes chove muito e nunca tem enchente.

— Eu sei — disse Moira. — Não estava dando bronca, só explicando. Agora, vamos, corra. Matilda está só esperando você.

Sophie estava curtindo todo o drama da situação. Entrou pela porta de trás do carro segurando o grande envelope de papel pardo e aproveitou o luxo de ter um motorista a conduzindo. Ela também estava feliz em mostrar a Luke que Matilda confiava nela, mesmo que ele não confiasse. Só não adiantaria de nada se Luke ainda pensasse que Matilda estava sendo iludida por Sophie. Mas ele sabia que Sophie estava a caminho; ela havia perguntado antes de sair do chalé.

Havia vestígios da tempestade da noite anterior por toda parte. Muitas das estradas estavam cobertas de lama, e eles tiveram que parar muitas vezes no caminho por causa de carros atolados e outras coisas arrastadas pela correnteza. Sophie pensara que apenas a área em volta da casa tinha sido afetada, mas agora percebia que ela e Luke tinham dado sorte. Era vergonhoso perceber que a situação poderia ter sido muito pior. Felizmente Moira não estava tão preocupada com o carro que Sophie havia alugado; tinha dito que um de seus amigos poderia consertá-lo num minuto.

O motorista levou pouco mais de meia hora para chegar ao aeroporto e, como já estava acostumado ao local, conduziu Sophie até a parte destinada aos jatinhos particulares.

Ela saiu do conforto do banco de trás do carro segurando o envelope e sentindo que tinha sido levada a um universo paralelo de fantasia onde as pessoas nunca voavam nos assentos apertados da classe econômica — nem mesmo a executiva era boa o suficiente para elas.

Uma jovem bonita, com um terninho sofisticado e sapatos de salto alto, estava lá para recebê-la. Ela parecia conhecer o motorista.

— Oi, como vai? O meu nome é Susie. Se puder entrar de novo no carro, Bob pode me seguir e vou levá-los diretamente ao jatinho. Tudo bem, Bob?

Sophie havia se preparado para andar até o jatinho, mas se deu conta de que podia ser perigoso. Era um aeroporto comercial, afinal de contas.

O carro seguiu o veículo de Susie até a escada que dava acesso ao jatinho, muito maior do que Sophie havia imaginado. Ela disse isso a Susie quando desceu do carro.

— Quando se fala em jatinho, as pessoas sempre pensam no modelo da Learjet, mas é preciso algo maior para atravessar o Atlântico. Vou ver se Sheila está aqui, ela deve estar. O jatinho parece pronto para decolar.

Antes que ela pudesse chamar, outra moça glamorosa apareceu.

— A senhorita é Sophie Apperly? O Sr. Winchester está aguardando a senhorita — disse e abriu um sorriso. — O meu nome é Sheila.

Enquanto Sophie subia os degraus, Susie e Sheila trocaram algumas breves palavras e se despediram. Elas pareciam se conhecer bem.

— Costumávamos trabalhar juntas, há alguns anos — explicou Sheila, enquanto Sophie entrava no jatinho. — O Sr. Winchester está numa ligação — avisou ela, apontando para Luke, que estava de costas e obviamente falando com alguém. — Sente-se enquanto espera. A senhorita aceita chá, café ou alguma outra coisa?

O luxo daquele jatinho a envolveu numa atmosfera calma e relaxante. Tudo era forrado com algum material que parecia camurça cor de mel. O assento de Sophie era extremamente confortável e ela percebeu que era só puxar uma alavanca para deitá-lo completamente. A jovem estava curtindo aquele momento, e o fato de estar num jatinho particular a distraiu momentaneamente do turbilhão de sentimentos que vinha experimentando. Uma xícara de chá ia ajudar, mesmo que só tivesse tempo de beber um gole.

— Chá seria ótimo.

Parecia que Sophie estava numa espécie de limbo. Em parte se sentia abraçada pela sensação de conforto e calma, mas, por dentro, o motorzinho do pânico zunia com força, abafado pela leveza do cenário.

— Os jornais estão ali — indicou Sheila. — O chá fica pronto num instante.

Sophie vasculhou os folhetos e os cadernos de economia do jornal desejando encontrar um exemplar da revista *Hello!*, mas se conformou ao achar uma edição da *Vogue*. Não costumava comprar essas revistas, mas gostava de ver quais eram as últimas tendências.

Só que ela não conseguia se concentrar. Luke tinha sido avisado de que ela viria; por que estava demorando tanto na ligação? A comissária e o piloto, que a haviam cumprimentado com um sorriso, pareciam ocupados com os últimos preparativos para a decolagem. Os motores estavam ligados; parecia que o jatinho levantaria voo a qualquer momento.

— A senhorita poderia, por favor, apertar o cinto? — disse Sheila. — Vamos começar a taxiar.

— Ai, meu Deus, o jatinho não vai decolar comigo aqui dentro, não é? — perguntou Sophie, atrapalhada com o cinto de segurança. Sheila riu.

— Nunca tivemos um passageiro clandestino até hoje!

Ela foi até os fundos da aeronave e fechou a porta, abafando o barulho que vinha lá de fora. Sophie torceu para que o chá não demorasse muito e para que o carro a encontrasse na hora de buscá-la.

De repente, Sophie percebeu que não poderia ser considerada passageira clandestina, porque não estava se escondendo de nada. E esse tipo de gente normalmente quer que o avião decole o mais rápido possível. Ela quase se levantou para discutir a semântica daquilo, mas o jatinho começou a se mover.

Agora ela estava em pânico. Sheila avisou que o jatinho ia começar a taxiar, mas será que não deveriam ter esperado estar tudo pronto para decolar? Luke ainda estava na parte de trás do avião, na ligação mais longa da história da humanidade, e o documento de Matilda ainda não tinha sido assinado. E se o motorista não a encontrasse depois? Ia ter que andar um longo trajeto de volta, e tinha começado a chover de novo.

Ela se atrapalhou com o fecho do cinto de segurança, mas, assim que conseguiu se soltar, Sheila apareceu e se sentou ao lado dela, apertando o cinto outra vez.

— Não tire enquanto estivermos nos movendo. Não é seguro.

— Mas eu preciso sair! O jatinho vai decolar!

— Não vai decolar agora. Garanto que o Sr. Winchester tem tudo sob controle.

Sophie se acalmou um pouco. Luke era muito certinho, não faria nada inesperado. E, mesmo estando irritado com ela naquele momento, ele não a colocaria em perigo obrigando-a a voltar para o terminal andando.

A comissária se levantou e o jatinho acelerou. As regras deviam ser diferentes para a equipe e para os passageiros no que dizia respeito à segurança, pensou Sophie. Sheila saiu da cabine e fechou a porta, e então Sophie ficou sozinha.

De repente, ela sentiu que não aguentava mais. Se era seguro para a comissária andar para lá e para cá, devia ser para ela também. Tirou o cinto e seguiu para a parte de trás do avião.

— Luke! Assine esse papel! Preciso sair daqui!

Luke, que ainda estava ao celular, virou-se para ela e sorriu.

— Não entre em pânico, vai ficar tudo bem. É só se sentar e esperar. E coloque o cinto de segurança.

Sophie achara que nunca mais veria Luke sorrindo para ela na vida. Ficou com vontade de chorar. Havia tantas coisas mal resolvidas entre os dois. Tudo deu muito errado, mas ela jamais poderia negar a magia daquelas poucas horas que passaram juntos; coração, alma e mente juntos. Voltou a se sentar, colocou o cinto de segurança e olhou pela janela, contemplando a chuva que batia no vidro e as gotinhas que corriam enquanto o jatinho acelerava e depois, para seu alívio, diminuía a velocidade novamente.

— Está bem — disse Luke, sentando-se diante dela e colocando o próprio cinto. — Desculpe por ter demorado tanto naquela ligação. Pode me dar o documento.

O envelope de papel pardo já estava bem amassado àquela altura. Sophie o estava segurando havia um tempinho.

— Assine logo! O jatinho vai decolar a qualquer momento — disse ela e olhou pela janela. — Ai, meu Deus, estamos andando para trás!

— Isso mesmo. Não queremos perder a nossa vez na fila de decolagem.

Ele tirou o papel do envelope, mas não parecia estar lendo, muito menos pegando uma caneta.

— Mas eu preciso sair antes que decole! Diga a eles que parem!

Por que ele não entendia a urgência daquela situação?

— Está tudo bem. Você está bem.

— Não, eu não estou bem! Estou num jatinho particular que está se movendo e logo estará voando pelos céus! Eu quero sair daqui!

— Não posso deixar você fazer isso, é tarde demais. Além disso, estou raptando você.

— Não! — gritou Sophie. — Não está, não! Isso não é um filme no qual o herói resgata a mocinha da explosão no último minuto!

— Você analisa tudo o que acontece na sua vida de acordo com o que viu ou não num filme?

Sophie respirou fundo.

— É sério, Luke. Diga a eles que parem o avião. Eu quero sair daqui.

— Não vou deixar você ir embora, Sophie, nunca mais.

Sophie achou que fosse desmaiar, uma sensação que ficou ainda pior porque o jatinho agora estava se movendo muito rápido. Ela não ia conseguir sair. Um segundo depois e eles estavam voando. Ela estava com a boca seca e se sentia um pouco enjoada.

— Luke, o que você fez?

# Capítulo 26

❦

— É sério, Luke, você não pode fazer isso! Isso é um sequestro aéreo ou qualquer coisa assim.

Sophie estava tão confusa com aquela situação que seu cérebro parecia não funcionar direito.

— Não, sequestro aéreo é quando alguém assume o controle do avião — explicou Luke, docemente. — Você já tomou café da manhã?

Sophie já nem lembrava o que era um café da manhã, muito menos se havia tomado ou não. Foi então que se lembrou da torrada que não tinha terminado.

— Não sei — respondeu, hesitante.

Luke acenou com a cabeça para Sheila, que trouxe uma bandeja e a colocou na mesa de Sophie. Lá estava o prometido chá, além de um copo de suco de laranja, uma cesta de croissants quentinhos, manteiga e geleia de cereja.

— Você planejou tudo isso — acusou Sophie.

— Me desculpe. Eu fiz tanta besteira que senti que precisava de um plano.

— Champanhe? — ofereceu Sheila ao aparecer do nada com uma garrafa coberta por um guardanapo de pano.

— De forma nenhuma! — respondeu Sophie.

— Talvez mais tarde — sugeriu Luke, e a comissária foi embora com a garrafa.

— O que você está fazendo é horrível! — repreendeu-o Sophie, que olhou para os croissants e ficou com vontade de comê-los.

— Eu sei, mas não é a pior ideia do mundo. E achei que não teria outra oportunidade de me desculpar e me explicar. Então raptei você.

Luke colocou um croissant no prato e o cortou. Passou um pouco de manteiga e geleia nele e o entregou a Sophie.

— Não gosto de geleia. Obrigada — falou ela como que por reflexo. Então lembrou que, na verdade, adorava geleia.

Luke preparou outro croissant para ela, desta vez sem geleia. Ela aceitou.

— Você foi dormir sem jantar ontem. Pode tomar um café da manhã inglês completo depois, se quiser.

A maneira como ele falou "café da manhã inglês completo" a fez sorrir por dentro. Ele ofereceu a metade de outro croissant e ela comeu também. Bebeu o suco de laranja.

— Chá? — perguntou ela.

— Chá, com certeza — concordou Luke. Pegou o bule e serviu o chá numa xícara de porcelana. — Quer leite?

— Só um pouco — respondeu Sophie. Ela bebeu um gole do chá e percebeu que aquela situação com a comida, Luke cuidando dela, a fazia se sentir um pouco mais humana e menos vítima de um rapto nos céus. — Você não vai comer?

Ele negou com a cabeça.

— Eu jantei e tomei café da manhã, além de ter engolido uma boa dose de humildade. Isso é algo que acaba com o apetite.

Sophie olhou para ele, curiosa. Estava de boca cheia.

— Pois é. Quando voltamos ontem à noite, depois que você foi dormir, eu e Matilda tivemos uma longa conversa.

— Sobre o quê? — perguntou ela, adorando aqueles croissants.

— Bem, ela disse: "Você e aquela jovem adorável já estão juntos, afinal?"

Sophie parou de mastigar e precisou tomar mais um gole do chá para engolir o croissant.

— Ela perguntou isso?

— Perguntou. E, quando eu disse que não, que na verdade eu tinha gritado com você, ela não ficou nada feliz.

Sophie abriu um sorriso discreto.

— Duvido que ela tenha dado uma bronca em você. Ela te adora.

— Ela me adora, e é isso que dá a ela o direito de, de vez em quando, me endireitar com uma conversa bem franca.

Sophie riu. Obviamente, ele estava citando as palavras de Matilda.

— Depois, ela fez um interrogatório rigoroso a respeito dos meus sentimentos por você.

Sophie estremeceu.

— E você passou no teste?

— Ah, sim. E aí, então, ela me ajudou a bolar esse plano. Acho que Moira ajudou também.

Sophie começou a falar sério.

— Você sabe que está cometendo um ato ilegal, não é? Eu não estou com o meu passaporte.

Embora já estivesse se sentindo mais amistosa em relação a Luke, não queria que ele achasse que bastava lhe oferecer uns croissants e suco de laranja para que tudo ficasse bem.

— No momento, não é necessário ter passaporte para viajar da Cornualha até Londres, mas pode ser que isso mude.

Sophie devia ter ficado aliviada, mas parte dela se sentiu um pouco decepcionada por não estar cruzando o Atlântico nessa pequena bolha luxuosa.

— Ah, e estou com os sapatos da Moira — observou ela.

— Tenho certeza de que ela não vai se importar que eles façam uma pequena viagem.

Moira provavelmente já estava de saco cheio de ver Sophie chorando em seu ombro — metafórica e literalmente — por causa de Luke. Ela deve ter concordado em sacrificar um par de sapatos para acabar de uma vez com aquilo. Sophie estava torcendo para que Moira não tivesse desperdiçado os sapatos em uma causa perdida.

— Temos mais ou menos uma hora para resolver as coisas — informou Luke. — Bem, eu tenho uma hora.

Sophie engoliu em seco. Aquele resquício de esperança que remoía no estômago tinha aumentado, mas ela não queria perder o controle. Ainda havia o assunto Ali para resolver.

— Pode começar a falar então. O que é esse documento que Matilda precisava entregar para você com tanta urgência? Ou era só uma farsa?

Luke não respondeu.

— Então era uma farsa?

— Eu precisava que você viesse até aqui de alguma maneira, Sophie.

— É mesmo? Não pensou que talvez você pudesse ter ficado no chalé da Moira e conversado comigo? Como um ser humano normal?

Ele meneou a cabeça.

— Eu tenho essa maldita reunião, mas você podia fugir. Além do mais, o chalé da Moira está lotado, não daria para ter uma conversa de verdade.

Sophie reconheceu que isso era verdade enquanto juntava as migalhas de croissant com os dedos.

— E eu realmente preciso ir para Londres — repetiu Luke.

— E seria um problema tão grande assim mudar o horário da sua reunião?

Luke tentou explicar só com o olhar que ele não se ocupava dessas coisas menores, mas acabou respondendo.

— Seria.

— Ainda acho que você deveria dar uma olhada nesse documento. Matilda colocou alguma coisa dentro do envelope. Se fosse apenas uma farsa, ela nem teria se dado ao trabalho.

Luke pegou o envelope, que estava no assento ao lado.

— Ela deve ter colocado algumas folhas de papel em branco só para não parecer que estava vazio — explicou ele, abrindo o envelope e tirando algumas folhas digitadas. — Ah...

Sophie viu a expressão de Luke mudar enquanto ele lia. Primeiro parecia estar lendo algo muito familiar. Depois franziu o cenho e, por fim, abriu um sorriso.

— O que tem de engraçado? — perguntou Sophie, já morrendo de curiosidade.

Ele a encarou e entregou o documento.

— Vovó está dando a casa para você.

Sophie pegou o papel completamente em choque. Leu rapidamente a primeira parte, na qual Matilda dizia a Luke o quanto o amava, e então chegou aos parágrafos importantes.

> Vou dar a casa para Sophie. Quando estávamos em Connecticut, ela me disse que sempre quis morar perto do mar — ela obviamente adora essa casa —, e nós dois sabemos que não preciso de mais uma propriedade, ainda que eu também adore essa casa em particular.
>
> A decisão de ficar com você ou não será dela. Mas meu conselho a você, meu jovem, é que você agarre essa menina e não a deixe ir embora nunca mais...

O texto continuava, mas Sophie não leu. O papel escorregou de suas mãos.

— Isso é horrível!

Luke franziu o cenho e pegou o papel do chão.

— É mesmo tão ruim assim?

— Ela não pode me dar a casa... Isso não está certo! Não é porque eu adoro a casa e tudo mais...

— Você a encontrou.

— *Nós* a encontramos, Luke! Juntos!

— Não teríamos encontrado se você não tivesse procurado. Você sabe disso.

— Mas isso é demais! Meu Deus, já fiquei me sentindo culpada quando ela me deu esse anel. Não posso aceitar uma casa!

— Não pode?

— Não! Que tipo de mulher eu seria se aceitasse? Sei que você nunca teve uma opinião boa sobre mim, Luke, mas eu jamais tiraria a casa da Matilda — disse e fez uma pausa. — Você se lembra de quando me contou, lá em Nova York, de uma mulher que se mudou com os filhos para a casa de praia dela ou algo assim? Eu achei aquilo desprezível e jamais faria algo do tipo. Só que isso agora é ainda pior!

Luke se inclinou para perto dela e segurou suas mãos.

— Mas você não pode recusar. Pense em como a minha avó ficaria triste. Ela ama você e por isso quer te dar a casa.

Sophie apertou as mãos dele.

— Mas uma casa é muita coisa!

— Quanto dinheiro o seu tio Eric te deu?

— Vinte mil libras. Foi muita coisa também.

— Mas você aceitou.

— Sim, e você me deu uma bronca por isso!

— Eu não estava pensando direito. Estava com raiva de você. Estava com raiva da vida, acho. Estava muito confuso.

— Confuso com o quê? Eu nunca tentei te confundir.

— Você é enlouquecedora, encantadora e maravilhosa, e acho que está certa. Não foi você que me confundiu.

Sophie ficou tensa. Ela sabia a resposta para a pergunta que viria em seguida, mas queria ouvir de Luke.

— E quem foi?

Luke olhou para ela, segurando suas mãos com mais força.

Sophie entrelaçou os dedos aos dele.

— Foi a Ali, não foi? Precisamos tirar esse elefante do meio da sala. Ou melhor, do jatinho — disse ela, e deu um leve sorriso. — Elefantes e jatinhos juntos provavelmente não são uma boa combinação.

— Ali e eu nunca estivemos juntos. Ela queria, e se comportava como se estivéssemos.

— Você transou com ela?

— Uma vez, antes de conhecer você. Sophie, eu fiz besteira. Foi só sexo casual com alguém que eu gostava, mas eu nunca a amei. Nunca fingi que amava. Ela queria mais do que eu podia oferecer.

— Pobre Ali. Eu a entendo — observou Sophie. Agora ela conseguia ser magnânima em relação a Ali.

— Foi por isso que ela tentou nos separar. Ela me dizia que você era muito jovem, muito inexperiente, que só estava atrás do meu dinheiro...

— Eu não estou! Tenho o meu próprio dinheiro agora, de qualquer forma, e, mesmo se não tivesse...

— Eu sei que você não está atrás do meu dinheiro. Sei que nem precisa dele. Com os seus talentos e toda a sua habilidade, você consegue pegar um dólar e transformar em cinco. Mas, ainda assim, eu a escutei.

— Por quê? — perguntou Sophie. Ela estava magoada, mas tentou não demonstrar.

— Para mim, você parecia uma criatura de outro mundo, Sophie! Tão inocente, sem nenhuma malícia. Nunca conheci ninguém como você. Acho que eu nem sabia que mulheres como você existiam! Então, tudo o que Ali dizia fazia sentido.

Como Sophie também pensava que Ali era perfeita para Luke, não comentou nada.

— Mas então, quando achei que você tinha se afogado, percebi o quanto a minha vida seria infeliz sem você.

— Aí resolveu me raptar para dizer isso? — perguntou Sophie. Ela quis soar como se estivesse brigando com ele, porque acreditava mesmo que ainda havia muito a ser explicado. Mas no fundo achava isso bem romântico.

— Não parecia ter outro jeito. Eu precisava ir para Londres.

— Está bem, mas você podia ter me ligado ou algo assim.

— Não, não para dizer isso. Além disso, você não tem celular.

De repente, com uma expressão de pavor, Sophie levou a mão à boca.

— Meu Deus, acabei de perceber: perdi todos os meus contatos! Que coisa horrível! — exclamou, e a imagem do celular sendo carregado pela água lhe voltou à mente. Ao mesmo tempo, lembrou que havia muitos problemas piores no mundo do que ficar sem celular, mesmo para uma jovem. — Bem, não há muito o que fazer.

Sophie imediatamente experimentou um sentimento de liberdade maravilhoso. Que importância tinha o celular perdido? Ela estava ali com Luke, o homem que amava.

— Mas você entende por que eu precisava dizer tudo isso pessoalmente? Principalmente depois da forma como me comportei ontem.

Sophie percebeu que estava sorrindo.

— Acho que sim.

Luke olhou para ela. Ele, que sempre passava segurança e confiança, agora parecia quase tímido.

— Por favor, me desculpe — disse, com calma. — Por tudo. Não apenas por ontem, mesmo que eu tivesse uma justificativa. Mas por tudo o que aconteceu antes. Eu estava tentando encontrar desculpas para não amar você.

— Por quê? Me amar é uma humilhação para você?

Se ele desse a resposta errada, Sophie seria capaz de ir até a cabine e pedir ao piloto que voltasse para a Cornualha. E a resposta errada poderia ser qualquer uma, praticamente.

— Você sabe que já fui casado?

— Sei.

— A minha primeira esposa não apenas me humilhou publicamente, ela também limpou a minha conta bancária.

Ainda não era um bom motivo.

— Você é muito rico, pode arcar com isso.

— É verdade. Mas o estrago feito à minha autoestima foi um pouco mais difícil de superar — confessou ele e fez uma pausa. — Eu a amava muito. Então aprendi a não confiar mais nesse sentimento.

— E agora você confia?

— Tudo o que sei é que a vida sem você não faz sentido.

— Isso é... legal. — Sophie mordeu o lábio. Que resposta horrível. Seus sentimentos eram muito mais fortes do que aquelas palavras mostravam.

— Champanhe seria uma boa ideia agora?

— Talvez. Acho que ainda estou em choque.

— Com o quê? — perguntou Luke, enquanto apertava um botão.

— Com tudo! Isso — disse ela, apontando para o entorno. — Você, Matilda querendo me dar a casa.

Sheila apareceu com o champanhe já aberto, serviu duas taças e saiu. Ela era uma profissional excelente: não fez nenhum comentário, apenas serviu a bebida e foi embora. Sophie estava grata por isso. Ela pegou a taça que Luke lhe entregou.

— Tenho uma ideia — disse Luke depois de brindar com Sophie e beber um gole de champanhe.

— Ah, é?

Ele assentiu com a cabeça.

— Pensei numa forma de você não precisar aceitar a casa da minha avó, mas ela ainda assim vai poder dar a casa para você.

— Isso parece bastante complicado e contraditório. É algum tipo de pegadinha de advogado?

— De jeito nenhum. E vai funcionar perfeitamente.

— Então me diga!

— Não é bem assim que eu queria que isso acontecesse.

— Isso o quê?

— O meu pedido de casamento. Queria ter um anel, levar você a um lugar romântico...

O coração de Sophie começou a dar cambalhotas.

— Mas você quer se casar comigo? Sei que você é muito nova e talvez ainda não queira se comprometer dessa forma, principalmente com alguém como eu, mas, se quiser... — começou ele, e fez uma pausa antes de concluir a ideia. — Então Matilda pode nos dar a casa, como presente de casamento.

— Bem, sim, acho que desse jeito seria mais fácil de aceitar.

— Mas você quer se casar comigo? — perguntou Luke, impaciente.

É claro que Sophie queria dizer sim imediatamente, mas uma pequena parte dela ainda queria provocá-lo um pouco.

— Pode ser, mas como vou saber se você me ama de verdade?

— Sophie, eu faço qualquer coisa. Caramba, eu atravessei uma enchente para resgatar você.

— É verdade.

— Vamos fazer o seguinte — sugeriu Luke, depois de alguns segundos. — Beba mais uma taça de champanhe e pense mais um pouco — disse e encheu a taça de Sophie. — Pense em como a minha avó ficaria chocada se decidíssemos morar juntos.

Sophie deu uma risada debochada.

— Acho que ela não ficaria nada chocada! Ela é muito moderna. Não é uma senhorinha qualquer.

— Mas ela é bem velhinha. E, se demorarmos muito a casar, ela pode morrer antes que isso aconteça. Aí ela vai deixar a casa para você no testamento, e você vai ter que pagar um monte de impostos.

— Você se comporta muito como advogado de vez em quando!

— Eu sei. E você me deixa louco, mas eu te amo, Sophie. Casa comigo? Não temos muito tempo. Não posso entrar nessa reunião sem saber a sua resposta.

— Eu posso dar a resposta depois da reunião.

— Eu preciso saber agora. Essa reunião é especificamente sobre a instalação de um escritório permanente em Londres. Pelo menos enquanto você faz o seu curso.

— Você faria isso por mim?

— Num piscar de olhos.

— Ah, Luke.

— Mas apenas por você. Você é única.

— Todo mundo é único, Luke!

Ele deu um sorrisinho irônico.

— Na verdade, acho que muitas das mulheres que conheço são clones.

Sophie concordou com ele ao se lembrar das mulheres que o cercaram no brunch.

— Então você acha que pode passar o resto da vida com um advogado mauricinho e arrogante que nem sempre é esperto?

Sophie estava começando a sorrir. Ela escondeu a boca com um guardanapo.

— Talvez.

— Então vai se casar comigo?

— Acho que sim. Mas só por causa da Matilda

Ele se levantou imediatamente e foi se sentar ao lado dela.

— Ah, Sophie, você não sabe como me deixa feliz. E aliviado. Nunca imaginei que você fosse aceitar!

— Eu também te amo, você sabe. Há muito tempo. E tentei evitar.

— Evitar por quê? O que há de errado comigo? — perguntou ele, tentando soar ofendido, mas sem conseguir esconder a felicidade.

— Você mesmo disse! Você é um advogado mauricinho e arrogante! É muita areia para o meu caminhão.

— Você que é muita areia para o meu caminhão — rebateu Luke, e a beijou. Pouco depois, continuou: — Se soubesse o quanto quero você agora...

— Espero que não esteja querendo entrar para a lista de pessoas que transam em avião! — disse Sophie, que também o desejava demais naquele momento, mas preferia um ambiente com um pouco mais de privacidade.

— Não sei se um avião particular conta. Mas posso tentar descobrir.

— Não comigo! — reclamou Sophie, mas depois brincou. — Uma moça no bar de vinhos me contou que fez isso na viagem de lua de mel, mas acabou se dando conta de que é basicamente transar num banheiro público.

Luke estreitou os olhos.

— Detesto jogar a minha riqueza indecente na sua cara, mas isso aqui é um Gulfstream. Não estaríamos fazendo amor num "banheiro público".

O jeito como ele falou a fez rir; não parecia Luke falando.

— Acho que posso me acostumar com esse estilo de vida.

— Então posso contar para a minha avó que estamos noivos? — perguntou Luke.

— Aham — respondeu ela, recostada no ombro dele.

— Venha cá. Vamos ficar um pouco mais confortáveis, pelo menos enquanto não precisamos colocar o cinto para a aterrissagem.

Depois de puxar a alavanca das poltronas e se ajeitar um pouco, os dois estavam deitados lado a lado. E, embora estivessem completamente vestidos, Sophie sentiu que estava presa a Luke como Velcro — e que nada nunca mais iria separá-los.

— E então, o que vamos fazer quando chegarmos a Londres? — sussurrou ela, deixando a taça de lado.

— Eu sugiro que você vá para a suíte da empresa no Hotel Claridge's enquanto eu vou para a reunião. E depois, quando eu voltar, vou te mostrar tudo que um advogado mauricinho e arrogante pode fazer quando está determinado.

Sophie suspirou de alegria. Era uma proposta irrecusável.

# Agradecimentos

A vida real é sempre mais estranha que a ficção, e a ideia para este livro surgiu da minha própria família: havia uma herança de direitos de perfuração que ficou perdida ao longo de muitos anos. Minha prima Elizabeth Varvill fez um tremendo esforço para tentar coordenar essa questão; adestrar gatos parecia mais fácil que aquilo. E ela não teve um ajudante tão querido como o que inventei para minha protagonista. Então agradeço muito a ela, e não apenas pela maravilhosa ideia para o livro.

Às minhas consultoras americanas, a maioria das quais é mesmo americana! A escritora Maggie Dana, a Nora Neibergall, a Lisa Bernhard e a Liz Fenwick — embora Liz também faça parte do time de consultoras sobre a Cornualha, que inclui a escritora Judy Astley.

A Pete e Mary Donkin e a Amanda Shouler, que conseguiram me colocar dentro de um Gulfstream. Fico aliviada por ele nunca ter levantado voo, mas uau! E muito obrigada!

Também às queridas irmãs Smug — também conhecidas como as escritoras Sara Craven, Jenny Haddon, Kate Lace e Joanna Maitland. Elas não apenas me deram muitas sugestões para a trama, mas seu exemplo me fez produzir o dobro do que faria a cada dia. Também agradeço a Amanda Craig, cujo prêmio generoso para o sorteio da Pen Quiz possibilitou às irmãs Smug passar uma semana escrevendo num pedacinho do paraíso.

A Bill Hamilton e Sarah Molloy, da A M Heath, por se comportarem como rottweilers com todo mundo, mas serem maravilhosos comigo. Muito obrigada.

Às minhas editoras incríveis na Cornerstone, Random House: Kate Elton e Georgina Hawtrey-Woore. Obrigada pelas suas ideias inspiradoras e pela paciência infinita. Não conseguiria fazer isso sem vocês.

A Charlotte Bush e Amelia Harvell, que certamente sabem dos podres de todas as pessoas que podem ajudar a vender os meus livros, porque a cada ano elas conseguem mais. Elas também fazem as turnês parecerem incríveis férias guiadas.

Aos milagrosos departamentos de vendas e marketing, que a cada ano são mais criativos, mais perspicazes e mais esforçados na função de vender os meus livros. Entre eles estão Claire Round, Louisa Gibbs, Rob Waddington, Oliver Malcolm e Jen Wilson. Obrigada!

A Alun Owen, que aguentou os engarrafamentos com a calma de sempre, e à Richenda Todd, que me salva de cometer mais gafes a cada ano, sem nunca me dar bronca.

De verdade, escrever livros é um trabalho de equipe, e eu tenho uma equipe maravilhosa.

Este livro foi composto na tipografia Minion Pro,
em corpo 12/16, e impresso em
papel off-white no Sistema Cameron da
Divisão Gráfica da Distribuidora Record.